Georg Littlefield

Dismas der heilige Räuber

Georg Littlefield

Dismas der heilige Räuber

Ein Meisterwerk göttlicher Gnade

Dismas der Räubersohn ist wohl eine der interessantesten und geheimnisvollsten Personen im Leben Jesu. Viele haben sich schon gefragt, warum hat Jesus Christus gerade ihm, am Kreuz hängend, den Himmel versprochen. Wie war sein Leben? Warum begegneten sich Dismas und Jesus immer wieder? Dieser Roman ist eine fesselnde Lektüre für Jugendliche ab 14 bis 99 Jahren. Die wenig bekannten Episoden seines Lebens sind in eine spannende, fiktive Lebensgeschichte eingebettet. Sie sollen Licht auf den Schächer am rechten Kreuz werfen und die Zuversicht geben: Jesu Barmherzigkeit ist grösser als unsere Schwächen!

Bibliografische Information der Deutschen Nationalbibliothek: Die Deutsche
Nationalbibliothek verzeichnet diese Publikation in der Deutschen National-
bibliografie; detaillierte bibliografische Daten sind im Internet über
http://dnb.dnb.de abrufbar.

Verlag: BoD · Books on Demand GmbH, Überseering 33, 22297 Hamburg,
bod@bod.de

Druck: Libri Plureos GmbH, Friedensallee 273, 22763 Hamburg

ISBN: 978-3-8192-2573-4

Inhalt

Vorwort..7

Im Verliess...8

Die Spelunke................................... 10

Die Flucht...14

Kapharnaum...20

Reise nach Jerusalem...................................25

Die Falle...46

Nadir der Heiler..55

Das Grabmal..61

In Alexandria...82

Der Verrat...88

Der Sturm...100

Neue Hoffnung...121

Unter Seeräubern...133

Apollonia...172

Die Rache..187

Der Plan..200

Inhalt

Auf Zypern...216

In der Heimat...225

Das Begräbnis..241

Zerbrechliches Glück..................................247

Die Räuberbande.......................................263

Der Prozess..270

Die Kreuzigung...275

Himmelslicht..288

Vorwort

Schon als Kind hat mich der reuige Schächer am Kreuz fasziniert. Wie konnte Jesus einem Verbrecher vergeben und ihm zusichern: «Heute noch wirst du mit mir im Paradiese sein?»

Als Jugendlicher kannte ich die grosse Barmherzigkeit noch nicht. Ich wurde die Zehn-Gebote gelehrt und den strengen, gerechten Gott. Also begann ich zu suchen, ob es etwas zum Leben des Schächers auf der rechten Seite gab, welcher Dismas genannt wird. Die Mystikerin Anna Katharina Emmerick lüftete etwas von dem Geheimnis. Sie sah in Visionen die Flucht der Heiligen Familie nach Ägypten vor dem Kindermörder Herodes. Auf dieser Flucht fand die erste Begegnung des Jesuskindes mit Dismas statt. Auch andere Mystiker sahen kleine, weitere Teile aus dem Leben Dismas. In Jerusalem, in der Kirche zum Hahnenschrei, wo Petrus Jesus drei Mal verleugnet hat, gibt es einen Seitenaltar, der dem Heiligen Dismas gewidmet ist. Aber erst ein Buch über Schwester Faustine eröffnete mir ein völlig neues Bild Jesu, um zu verstehen, was mit Dismas geschah: Seine unendliche Barmherzigkeit! Kein Mensch ist verloren solange er noch lebt und durch Einsicht und Reue, die Barmherzigkeit Jesu anrufen kann. Gerade in unserer Zeit, in welcher die Lebenswege vieler Menschen ein stetes Auf und Nieder sind, ist er ein leuchtendes Beispiel, dass kein Mensch aus der Barmherzigkeit Jesu fällt, wenn er Jesus sucht, selbst in den letzten Augenblicken des Lebens. Denn hier gilt die Verheissung Jesu, welche er im Gleichnis der Arbeiter im Weinberg aufzeigte, als alle Arbeiter, ob sie lange oder nur kurze Zeit gearbeitet haben, den gleichen Lohn erhielten:

Das Ewige Leben.

Um die wenigen bekannten Bruchstücke habe ich das Leben Dismas in eine spannende, fiktive Lebensgeschichte eingebettet. Sie soll Licht und die Gewissheit geben: Jesu Barmherzigkeit ist grösser als unsere Schwächen!

Im Verlies

Durch das kleine vergitterte Fenster drang das Geräusch stampfender Stiefel römischer Soldaten. Zusammengekauert lag ich in einer Ecke meines dunklen Verlieses. Der modrige Gestank des faulenden Strohs machte mir das Atmen schwer.

Quietschend öffnete sich die schwere Eisentüre des Verlieses. Das Licht einer Öllampe drang in die finstere Zelle. Ich hob meinen Kopf und schaute zur Türe.

«Dismas, du bekommst Besuch», höhnte der Kerkermeister.

Die römischen Soldaten warfen eine zerlumpte Gestalt herein.

«Geniesst euren Aufenthalt in meiner Luxusherberge. Es wird eure letzte Nacht sein!» Unter hämischem Gelächter fiel die Türe ins Schloss. Wieder herrschte Finsternis. Ein leises Stöhnen erfüllte den Raum. Vorsichtig tastend kroch ich in Richtung der Stimme. Da berührte meine Hand etwas.

«Aua», krächzte eine schwache Stimme. «Pass doch auf! Mein ganzer Körper ist wund von den Peitschen- und Geisselhieben!»

«Bist du es, Gestas?»

«Ja!»

«Ich dachte du wärst tot!»

«Ja, viel fehlt auch nicht mehr. Mit einer siebenzüngigen Geissel haben sie mich geschlagen.»

Und mit einem plötzlich aufflammenden Anflug von Kraft schrie er: «Nieder mit euch römischen Schweinen!»

«Sei ruhig», flüsterte ich, «oder willst du, dass dich der Kerkermeister zu Tode prügelt?»

«Diese römischen Hunde haben den Tod verdient. Sie wollten mich zwingen, unser Versteck preiszugeben. Aber sie werden es nie erfahren, eher sterbe ich!»

«Hättest du auf mich gehört, wären wir jetzt nicht hier. Ich habe dir gesagt, lass die reiche, römische Frau leben. Berauben – ja, töten – nein!

Das Geld hätte genügt! Aber nein, du musstest sie töten.»

«Das geht dich nichts an. Ich bin der Anführer und du hast zu gehorchen! Du warst schon immer zu weich. Aus dir wird nie ein richtiger Räuber!»

Die Stimme von Gestas wurde wieder schwächer. Die Geisselung hatte ihn viel Blut gekostet und der kräftige, sehnige Körper begann leicht zu zittern.

Von draussen drang das Licht einer Fackel durchs Kerkergitter. Es waren Stimmen zu hören. Ich stellte mich neben das vergitterte Fenster und horchte. Ein Soldat sprach aufgeregt mit dem Kerkermeister.

«Sie haben ihn gefangen genommen und er hat sich nicht gewehrt!»

«Von wem sprichst du?»

«Von Jesus dem Nazaräer. Die Tempelwache hat ihn auf Befehl des Hohen Priesters festgenommen. Es geht das Gerücht um, dass einer seiner Jünger ihn für Geld verraten habe.»

Der Kerkermeister brummte ärgerlich vor sich hin: «Haben wir nicht schon genug Ärger mit den Aufständischen! Wollen sie noch mehr Unruhe, jetzt wo so viele Juden zum Passahfest hier sind? Geh und sag es dem Hauptmann. In den nächsten Tagen müssen wir besonders wachsam sein. Ich traue dem Frieden nicht. Es liegt etwas in der Luft. Ich spüre es.»

Der Soldat lief eilig davon. Vorsichtig tastend kroch ich wieder zu Gestas.

«Haben sie über mich gesprochen?»

«Nein, die Tempelwachen haben Jesus, den galiläischen Rabbi, gefangengenommen.»

«Von dem habe ich auch schon gehört. Er predigt den Frieden und die Liebe und wohin hat ihn das nun gebracht? Die Menschen kennen nur ein Gesetz, das Gesetz des Schwertes!»

«Ach sei still, du kennst ihn nicht.»

«Du etwa?»

Ein tiefer Seufzer entfuhr meinem Mund: «Ja, ich kenne ihn! Ich habe dir noch nie davon erzählt. Obwohl ich nicht weiss, wieso, begegnen wir uns immer wieder. Aber das ist eine lange Geschichte.» Gedankenverloren lehnte ich mich gegen die Kerkermauer.

«Erzähl doch! Wenn ich dir zuhöre, spüre ich die Schmerzen etwas weniger. Zudem kann ich sowieso nicht schlafen, denn es wird meine letzte Nacht sein. Morgen werden sie mich hinrichten.»

«Genau wie mich. Sie haben mich heute, wegen dir, auch zum Tode verurteilt als Mörder! Aber ich habe die Frau nicht getötet! Du warst es. Doch sie glaubten mir nicht. Aber er, er würde mir glauben!»

Gestas zog seinen geschundenen Körper auf und setzte sich neben mich. «Erzähl! Du hast die ganze Nacht Zeit.»

«Also», begann ich mit leiser Stimme, «alles begann mit meiner Geburt.»

Die Spelunke

«Es ist ein strammer Knabe!», sagte die alte Frau und hielt ein kleines strampelndes Kind in ihren Armen. «Komm, du alter Halunke und schau dir deinen Sohn an!»

Dröhnendes Gelächter erfüllte die verrauchte Spelunke. Eine mächtige Gestalt, fast zwei Meter gross, mit breiten Schultern, kräftigen Armen und zwei rauen Händen erhob sich vom Tisch. Er nahm das Kind, hob es in die Höhe und rief mit herrschender Stimme: «Ruhe! Ihr elendes Gesindel, erweist eurem zukünftigen Anführer die Ehre! Er wird einmal meinen Platz einnehmen. Sein Name ist Dismas. Seht ihn euch nur an. Von ihm wird man noch reden, wenn ihr alle schon lange tot seid!»

Die halbbetrunkenen Männer taten wie ihnen befohlen wurde, denn sie wussten wie jähzornig Elius, ihr Anführer, werden konnte, wenn man ihm nicht gehorchte.

«Schau gut zu deiner Frau», sprach die alte Judit, «sie darf fünf Tage nicht aufstehen und achte drauf, dass sie jeden Tag ein kräftiges Essen bekommt, denn sie hat viel Blut verloren. Ich werde morgen wieder nach ihr schauen.»

Sie schritt zur Tür hinaus und verschwand in der dunklen Nacht.

Am nächsten Morgen wurde der kleine Dismas gebadet. Einige Schorfkrusten bedeckten seinen Körper. Miriam, die Mutter des Kleinen, sah sie fragend an: «Werden die Krusten mit der Zeit abfallen?»

Judith senkte den Kopf, um Miriam nicht in die Augen sehen zu müssen und murmelte leise: «Ich weiss es nicht.»

So vergingen drei Jahre. Trotz aller Salben und Kräuter wurden die Krusten dicker und bedeckten auch fast das ganze Gesicht.

«Wird das denn nie besser», murrte Elius zornig. «Die Männer flüstern hinter meinem Rücken, dass er aussätzig sei!»

Elius entzündete seine grosse Laterne und ging mit schweren Schritten zur Tür: «Ich schau, ob wir einige unvorsichtige Reisende finden.»

Elius und seine Männer hatten Gräben und Fallen auf den unwegsamen Pfaden des Waldes angelegt und raubten die Reisenden aus. Manchmal lockten sie gegen Abend mit ihren Lichtern auch Reisende in ihre düstere Herberge, wo sie die Unvorsichtigen im Schlaf bestahlen und umbrachten.

Elius lag mit einigen seiner Männer im dichten Unterholz und beobachtete einen Mann und eine Frau, welche auf einem Esel ritt.

«Das ist eine einfache Beute», flüsterte einer hinter ihm.

«Ich weiss nicht recht», sprach Elius nachdenklich, «irgendetwas ist anders als sonst.»

Je näher sie kamen, desto unruhiger wurde Elius. Er, der sonst ohne mit der Wimper zu zucken sein Messer zog, war unsicher! Die beiden Wanderer kamen näher und Elius sah, dass die Frau ein neugeborenes Kind auf dem Arm trug.

«Wir werden sie in die Herberge locken», entschied er, «danach sehen wir weiter.»

Als die Wanderer nicht mehr zu sehen waren, verliessen sie ihr Versteck und gelangten auf einer Abkürzung in die Nähe der Herberge. Die

Männer verschwanden im Haus. Es dauerte nicht lange und Elius sah den Mann und die Frau kommen. Er ging ihnen mit seiner Laterne entgegen.

«Sucht ihr eine Übernachtung?», rief er ihnen zu. «Ihr habt Glück. In dieser einsamen Gegend besitze ich die einzige Herberge.»

«Lass uns hier übernachten, Josef», sprach die junge Mutter, «eine Nacht in einem warmen Haus tut unserem Kind gut!»

Josef willigte ein.

Elius eilte zu seiner Frau Miriam: «Schau dir diese Leute an. Etwas ist nicht so wie sonst. Es ist etwas Besonderes an ihnen. Gib ihnen unser bestes Zimmer!»

In der einfachen Herberge waren die wenigen Zimmer durch dünne Holzwände getrennt und an Stelle einer Tür hingen Stofftücher hinunter.

«Der Ort ist mir unheimlich, Maria», flüsterte Josef.

«Sei ohne Angst. Wir sind so weit gekommen, dann wird uns mit Gottes Hilfe auch hier nichts geschehen!»

«Josef geh doch zur Wirtin und bitte sie um ein Waschbecken und warmes Wasser. Ich möchte unser Kind baden.»

Bald darauf erschien die Wirtin mit einem Holzbecken, gefüllt mit warmem Wasser. Sie stellte das Becken auf den Tisch neben der Wand und legte ein Tuch daneben.

«Ich bin Miriam, die Frau von Elius, der euch hierhergeführt hat und wer seid ihr?»

«Ich bin Maria. Josef ist mein Mann. Er ist Zimmermann.»

Maria entkleidete ihr Kind und begann es zu baden. Miriam war ganz angetan von dem kleinen Knaben mit der schönen rosa Haut. Eine wundersame Kraft ging von dem Kind aus und eine tiefe Glückseligkeit überkam sie.

Miriam verliess das Zimmer und eilte zu Elius.

«Du hast Recht, diese Leute sind etwas Besonderes. Hast du ihr Kind gesehen. Es gleicht einem Engel. Wenn du es nur ansiehst, klopft dir das Herz vor Freude. Lass mich mit Dismas zu ihnen gehen! Vielleicht können sie unserem Kind helfen.»

Elius nickte zustimmend.

Maria war bereits mit Abtrocknen beschäftigt, als Miriam mit Dismas eintrat.

«Kannst du unserem Kind helfen?»

Maria betrachtete das verschorfte Kind und verharrte einen kleinen Augenblick ganz still. Es war, als horchte sie auf eine Stimme in ihrem Innern.

«Komm Miriam, bade dein Kind im Badewasser meines Kindes.»

Miriam entkleidete es und tauchte es vorsichtig ins handwarme Wasser. Kaum hatte das Wasser den Schorf benetzt, begann er sich zu lösen. Nach und nach vielen immer mehr Schorfstücke ab und darunter kam eine zarte Haut zum Vorschein. Die Krusten sanken auf den Boden des Beckens und als Miriam den kleinen Dismas aus dem Wasser nahm, sah sie ihr Kind zum ersten Mal ganz mit einer rosa Haut. Sie begann vor Freude leise zu weinen. So viele Jahre hatte sie gehofft und darum gebetet. Überglücklich zeigte sie ihr geheiltes Kind Elius und allen in der Herberge. Jedem erzählte sie von dem wunderbaren Badewasser.

«Wie heisst den das Kind dieser Frau?», wollte die alte Judith wissen, die im hintersten Winkel der Herberge sass. Josef, der gerade eintrat, um das Waschbecken zurückzubringen, antwortete mit fester Stimme: «Sein Name ist – Jesus!»

Ich lehnte immer noch an der feuchten Wand des Verlieses. Gestas war aber noch nicht zufrieden. Er wollte noch mehr wissen.

«Was geschah dann in jener Nacht? Hat dein Vater die Frau und den Mann umgebracht?»

«Nein! Aus Dankbarkeit haben sie in dieser Nacht niemanden umgebracht. Am Morgen des nächsten Tages sind sie weitergezogen

Richtung Ägypten.»

«Da ist doch noch mehr», bohrte Gestas nach.

So begann ich wieder zu erzählen.

Die Flucht

«Dismas, Dismas! Wo steckst du nur?», murrte Elius.

Wie immer, wenn mein Vater rief, versuchte ich mich zu verstecken. Ich wusste genau, was folgen würde, und ich wollte nicht mit auf seine Raubzüge.

«Es wird Zeit, dass du lernst, wie man zu Geld kommt. Die einen arbeiten und häufen es an, wir holen es uns und geben es aus.»

Die rauen Gesellen von Elius brachen in dröhnendes Gelächter aus.

«Lass ihn in Ruhe, Elius», unterbrach meine Mutter, «er soll lieber fischen gehen. Dein Handwerk wird er noch früh genug lernen.»

«Ja, ja, schütz ihn nur wieder. Seit Dismas gesund geworden ist, tust du alles, damit er nicht wie wir ein ehrbarer Räuber wird.»

«Pah! Was ist schon ehrbar an einem Räuber! Früher hast du eine kleine Herberge geführt, aber das hat dir nicht gereicht. Du wolltest reich werden und dir war jedes Mittel recht. Doch die Toten lasten auf deinem Gewissen. Mit jedem weiteren Mord wurdest du grimmiger!»

«Schweig, Miriam!»

Ich duckte mich hinter dem Holzhaufen neben dem Ofen und hoffte, mein Vater würde mich nicht finden. Doch es half nichts. Schon spürte ich seine Hand an meinem Hemdkragen und er zog mich hervor.

«Kommt Männer, wir gehen!»

Dem festen Griff meines Vaters konnte ich mich nicht entziehen. Als wir ausser Sichtweite der Herberge waren, zog er ein langes Messer aus seinem Gewand.

«Sieh dir dieses Messer genau an! Von jetzt an gehört es dir, Dismas. Wenn du einmal Anführer bist, musst du lernen, damit umzugehen.»

Zögernd nahm ich das Messer und steckte es in mein Gewand. Dabei dachte ich an die Worte meiner Mutter: «Es ist nicht recht, Menschen zu töten!»

Ein Ruf meines Vaters holte mich aus meinen Gedanken: «Eine unserer Fallen ist offen!»

Ich mochte diese Fallen nicht, denn sie waren mit Blättern so geschickt getarnt, dass immer wieder ahnungslose Reisende hineinfielen. Manche brachen sich Arme und Beine, und manchmal fielen sie so unglücklich, dass sie starben.

«Dismas, schau nach, was drin ist!»

Widerwillig schlich ich zum Rand der Falle und blickte hinein. Zwei grosse, braune Rehaugen starrten mich ängstlich an. Ein Stein fiel mir vom Herzen.

«Es ist ein Reh!»

«Sonst nichts?»

«Nein!»

«Na gut, dann haben wir für heute Abend wenigstens ein gutes Stück Fleisch. Männer, wir gehen zu den anderen Fallen und du, Dismas, tötest das Reh, bis wir zurückkommen. Ich habe dir schon oft gezeigt, wie es geht!»

Mir graute vor dem Gedanken, doch ich wusste, dass ich meinem Vater nicht widersprechen durfte.

Als die Männer gegangen waren, schob ich einen dünnen Baumstamm, der in der Nähe versteckt war, in die Grube. Der Stamm hatte grosse Kerben, die mir als Stufen dienten. Während ich hinabstieg, sah mich das Reh mit flehenden braunen Augen an: «Tue es nicht! Tue es nicht!» Aber ich dachte an die Strenge meines Vaters. Das Messer in meiner Hand wurde immer schwerer.

«Warte! Ich helfe dir!» Eine helle Stimme drang an mein Ohr. Ich blickte auf und sah im Licht der Mittagssonne ein rot-blondes Kind stehen.

«Vater, Mutter schaut! Ein Reh ist in die Falle gefallen und der Junge versucht, ihm zu helfen.»

Schnell liess ich das Messer in meinem Gewand verschwinden. Kurz darauf tauchten noch zwei Gesichter am Grubenrand auf, ein bärtiger Mann und eine junge Frau.

«Kann ich dir helfen?», fragte der Mann mit tiefer Stimme.

«Ja», antwortete ich verlegen, «ich brauche noch einen weiteren Stamm. Dann kann das Reh über die schrägen Stämme hinausklettern.»

Es dauerte nicht lange bis ein weiterer Stamm in die Grube glitt. Das Reh versuchte sofort zu entkommen. Beim dritten Anlauf gelang es ihm und es verschwand schnell im Wald.

«Ich bin Josef, das ist meine Frau Maria, und das ist unser Sohn Jesus. Und wer bist du?»

«Ich bin Dismas.»

Kaum hatte ich meinen Namen genannt, zuckte die Frau zusammen.

«Dismas», entfuhr es ihr, «der Dismas von Elius, dem Wirt?»

«Ja!»

Ich wunderte mich, dass diese Leute meinen Vater kannten. Ich hatte sie noch nie gesehen. Doch irgendetwas zog mich zu ihnen hin.

«Das Gasthaus ist in der Nähe. Mein Vater ist gerade nicht da, aber meine Mutter ist dort.»

Irgendwie schien die Frau erleichtert.

«Josef, ich möchte dorthin gehen. Bitte!»

«Gut, aber nur kurz. Ich möchte noch vor dem Abend diese Gegend verlassen. Du weisst, warum!»

Als das Gasthaus in Sicht kam, lief ich voraus.

«Mutter! Mutter, wir haben Besuch!»

«Wer ist es?»

«Ich weiss nicht genau, aber der Mann nennt sich Josef, die Frau Maria, und das Kind heisst…»

«Jesus», unterbrach sie mich.

«Ja, das stimmt. Kennst du sie etwa?»

Meine Mutter zog hastig die Schürze ab, richtete ihr schwarzes, lockiges

Haar und eilte den Fremden entgegen.

«Maria, Josef», rief sie freudig, «wie oft habe ich darum gebetet, euch noch einmal zu sehen! Ihr wart so schnell fort nach der Heilung von Dismas und ich hatte noch so viele Fragen. Und nun ist mein Wunsch erhört worden!»

Ihre Worte trafen mich wie ein Blitz aus heiterem Himmel. War er das Kind, dessen Badewasser mich geheilt hatte?

«Mutter», rief ich, «ist ER es?»

«Ja – Er ist es!»

In der Gaststube sprach sie lange mit Maria, während ich neugierig Jesus beobachtete, der draußen die Hühner um sich versammelte. Normalerweise flohen sie, sobald jemand ihnen zu nahekam, doch bei ihm war es anders. Sie schienen von ihm angezogen zu werden. Wo er auch hinging, folgten sie ihm.

«Warum fliehen die Hühner nicht?», fragte ich.

«Das ist immer so bei den Tieren», meinte er lächelnd. «Sie spüren, dass ich sie gerne habe.»

«Maria, es ist Zeit. Wir müssen weiter», hörte ich den Mann mit tiefer Stimme sagen.

«Ja, Josef, du hast Recht. Ich habe alles gesagt. Wir können gehen.»

Sie verabschiedeten sich von meiner Mutter und ich lief schnell zum Hühnerstall, um ein paar Eier für Jesus zu holen.

«Hier, nimm diese. Es sind die besten Eier weit und breit!»

«Danke, Dismas, ich werde es nicht vergessen.»

Für einen Moment begegneten sich unsere Blicke. Seine sanften, blauen Augen strahlten eine unendliche Geborgenheit aus und es fühlte sich an, als würde die Zeit stillstehen.

«Jesus, komm», rief Maria sanft. Sie verstaute die Eier sorgfältig in der Satteltasche des Esels und Jesus sprang fröhlich voraus. Schon bald waren sie verschwunden.

«Dismas, komm schnell herein! Du musst dich verstecken. Wenn dein

Vater von der Sache mit dem Reh erfährt, wird er verärgert sein.»
Oh, wie recht hatte meine Mutter! Halb totschlagen würde er mich!
«Versteck dich bis morgen in der Höhle beim grünen Moos und komm erst heim, wenn du schwarzen Rauch aus unserem Kamin aufsteigen siehst. Geh jetzt, Elius kommt!»
Schnell packte ich den Essenskorb meiner Mutter und rannte so schnell ich konnte zu meinem Versteck. In jener Nacht schlief ich kaum. Immer wieder gingen mir die Fremden und besonders das Kind durch den Kopf.
Ein sanfter Sonnenstrahl weckte mich am nächsten Morgen. Ich rieb mir den Schlaf aus den Augen und spähte in Richtung unseres Hauses. Noch immer war kein Rauch zu sehen. Mein Magen knurrte und so biss ich in das letzte Stück Brot, das ich im Korb fand und stillte meinen Durst mit Tau, den ich von den grossen Blättern leckte. Die Sonne stand schon hoch am Himmel, als sich endlich ein dünner, schwarzer Rauchstreifen in die Höhe schlängelte.
Ich sprang auf und rannte zurück zum Haus. Drinnen sass meine Mutter am Tisch, das Gesicht in den Händen vergraben, leise weinend. Vorsichtig schlich ich mich zu ihr und legte meine Arme um sie.
«Ja, Dismas, ich weiss, du hast mich lieb. Elius war gestern Abend ausser sich vor Wut. Selbst heute Morgen hat er noch geflucht und dir eine Tracht Prügel angedroht, wenn er abends heimkommt. Es war gut, dass du nicht da warst.»
Meine Mutter hob den Kopf und ich sah den blauen Fleck in ihrem Gesicht. Sie hatte an meiner Stelle die Strafe erduldet.
«Ich will nicht so werden wie Vater!», entfuhr es mir.
«Das musst du auch nicht. Wir werden noch heute von hier fortgehen. Maria hatte recht. Ich muss eine Entscheidung treffen und ich habe mich für dich entschieden, Dismas. Komm, wir packen alles zusammen, was wir brauchen.»
«Und was werden wir essen, wenn unsere Vorräte aufgebraucht sind?»

«Mach dir keine Sorgen. In den letzten sieben Jahren habe ich heimlich etwas Geld zur Seite gelegt. Es ist eine beträchtliche Summe geworden, die uns den Anfang erleichtern wird. Für den Rest wird Gott sorgen.»

Meine Mutter brauchte nicht lange, um alles zu packen. Es schien fast, als hätte sie diesen Moment schon lange vorbereitet. Sie spannte unsere zwei Esel vor den beladenen Karren und ich holte meine beiden Lieblingshühner, die ich in einen verschliessbaren Weidenkorb setzte. Ein letztes Mal blickte ich auf die Herberge, dann fuhren wir los.

Es ging über holprige Wege, durch dunkle Wälder, Schluchten, über Bäche, Hügel und Weiden. Wir waren stets darauf bedacht, keine Spuren zu hinterlassen und umgingen grössere Orte. Am fünfzehnten Tag erreichten wir schliesslich einen grossen See.

«Mutter, wann sind wir endlich am Ziel?»

«Es ist nicht mehr weit. Das ist der See Genezareth. Siehst du das Dorf dort?»

«Ja.»

«Das ist Kapharnaum. Maria hat es mir empfohlen. Dort gibt es viele Fischer. Komm, wir gehen weiter.»

Unsere Flucht stand unter einem guten Stern. Schon beim ersten Bauernhof erfuhren wir von einem leerstehenden Haus, das früher einer alten Frau gehört hatte. Es lag etwas abseits der anderen Häuser und war in einem schlechten Zustand. Das Dach hatte Löcher und der Wind pfiff durch die Ritzen in den Wänden. Doch all das störte mich nicht – für mich war das Haus ein Palast und der nahe See mein eigenes Meer. Endlich konnte ich das tun, wovon ich immer geträumt hatte: Fischer werden!

Meine fleissige Mutter verwandelte das baufällige Haus in kürzester Zeit in ein gemütliches Heim. Wir deckten das Dach neu, besserten die Mauern aus und legten einen frischen Bretterboden. Die Wände strichen wir weiss und wir erneuerten den Tisch und die Stühle. Meine Mutter hatte ein besonderes Talent, das Haus geschmackvoll einzurichten. Kurz gesagt, sie schaffte ein kleines Wunder!

Auch in Kapharnaum blieb das nicht unbemerkt. Wohlhabende Frauen aus dem Dorf kamen zu uns und baten meine Mutter, ihnen im Haushalt zu helfen. So hatten wir ein kleines Einkommen und schon bald fühlte ich mich hier wie zu Hause. Die Zeit im Waldgasthof erschien mir wie ein ferner, böser Traum, der allmählich verblasste.

Kapharnaum

Es war nun schon mein dritter Sommer in Kapharnaum. Meine Mutter legte grossen Wert darauf, dass ich lesen und schreiben lernte. Es fiel mir schwer, aber mit der Zeit und viel Geduld meiner Mutter, machte ich Fortschritte. Sie brachte mir auch das Rechnen bei, aber ich war viel lieber am Wasser. Ich half den Fischern beim Flicken der Netze und beim Sortieren der Fische. Bald kannte ich sie alle, die grossen Fische, die kleinen, die runden und die flachen. Zum Dank bekam ich meistens einige davon. Am liebsten aber schwamm ich im See. Manchmal schwamm ich den Booten entgegen, wenn sie vom Nachtfang am Morgen zum Hafen kamen. Ich war glücklich. Doch mein grösster Wunsch hatte sich noch nicht erfüllt. Ich durfte noch nie mit zum Fischen.

«Dismas...Dismas! Komm steh auf! Heute wollen wir zum grossen Fischermarkt gehen. Es sollen auch Händler aus Syrien und Lyzien kommen, einige sogar aus Nubien und ihre einzigartigen Stoffe mitbringen. Du weisst, wie gerne die Frauen von Kapharnaum solche Kleider tragen.»

Natürlich wusste ich das. Meine Mutter hatte mit ihren geschickten Händen schon viele Kleider für sie genäht. Jede wollte das Schönste haben. Mutter verstand es, die kostbaren Stoffe günstig einzukaufen, daraus prächtige Kleider zu nähen und sie den vornehmen Frauen zu einem guten Preis zu verkaufen.

«Ist gut Mutter! Ich komme. Geh nur schon voraus. Ich nehme den Weg beim Hafen vorbei. Ich möchte mir die Schiffe der Händler ansehen.»

«Na gut. Dann treffen wir uns am Mittag beim Laden von Jussuf.»

Ich sauste aus dem Haus. So schnell mich meine Füsse trugen lief ich zum Hafen. Es lagen viele Schiffe vor Anker.

«Hallo Dismas. Wieder auf Bootsschau?» Ich kannte die Stimme, es war der alte Jakob. Er sass etwas abseits des Steges und flickte sein Netz.

«Am Ende des Stegs, neben meinem Boot, liegt ein neues Schiff, schau es dir an!»

«Danke Jakob.»

Am Steg waren alle Plätze belegt. Immer wenn der grosse Markt war, kamen viele Händler über den See. Schon von Weitem sah ich das neue Schiff. Es hatte weisse Segel mit blauen Querstreifen. Die farbige Fahne mit den arabischen Zeichen flatterte munter im Wind. Die neuen Bretter des Decks waren blitzblank. Die Wellen schlugen kräuselnd an den Bug. Doch den Schiffsnamen konnte ich nicht lesen, weil Jakobs Schiff mir die Sicht versperrte. So kletterte ich auf Jakobs Deck. Ich wusste, er hätte nichts dagegen. Nun sah ich ihn. Das Schiff hiess Suleika. Es war ein prächtiges Schiff, alles glänzte und strahlte. Ich überlegte mir gerade, ob ich die Suleika vielleicht einmal genauer anschauen könnte, als ich jäh aus meinen Träumen gerissen wurde.

«Hilfe! Hilfe!»

Ich schaute mich um. Woher kamen die Rufe? Jetzt war es schon mehr ein Gurgeln als ein Rufen. Es musste jemand am Ertrinken sein, aber wo? - Wo?

Ich rannte zum Bug und spähte über das Wasser. Was ich dort sah, liess mein Herz vor Schrecken beinahe stillstehen. Es war Aurelia, die elfjährige Tochter von Jakob! Sie zappelte, schlug wild mit den Händen um sich und versank langsam im See.

Ich musste sie retten! Ich stieg auf den Rand, stiess mich ab und tauchte ins kalte Wasser. Mit einigen kräftigen Zügen schwamm ich an die Stelle, wo ich sie zuletzt gesehen hatte. Ich holte tief Luft und tauchte ab. Im trüben Wasser konnte ich fast nichts sehen. Mit den Händen tastete ich den Seeboden ab. Sie musste doch hier irgendwo sein! Aber ich spürte nur Steine. Mein Herz hämmerte wie wild und die Luft ging mir langsam aus. Ich drehte mich im Wasser und wollte mit den Füssen abstossen. Da war doch etwas Weiches? Aurelia! Ich packte einen Arm und stiess mich vom Boden ab. Die Lungen taten mir weh und der ganze Körper schrie nach Luft! Da durchbrach mein Kopf das Wasser. Endlich Luft. Ich atmete einige Male tief ein. Aurelias Körper wurde immer schwerer und drohte mich nach unten zu ziehen. Mit letzter Kraft erreichte ich den Steg.

«Komm gib mir den Arm des Mädchens!» Ich schaute nach oben. Ein kräftiger dunkelhäutiger Mann streckte mir seine Hand entgegen. Er zog den leblosen Körper aus dem Wasser. Ich kletterte an der Leiter hoch.

Es schnürte mir fast die Kehle zu: «Jakobs Tochter tot!»

«Vielleicht ist noch etwas zu machen», brummte der Mann. «Hilf mir! Press die Beine gegen den Bauch!»

Ich tat, was er verlangte. Sofort floss Wasser aus dem Mund. Dann zog er den Kopf nach hinten, sodass sich ihr Mund öffnete und blies Luft hinein, immer wieder. Aber Aurelia bewegte sich nicht. Der Mann schaute mich an, schüttelte den Kopf und sprach:

«Ich habe getan, was ich konnte. Mehr kann ich nicht tun.»

«Nein», rief ich, «es darf nicht sein! Sie ist doch sein einziges Kind!»

Ich griff sie an den Schultern und schüttelte sie.

«Wach auf! Wach auf!»

Es gurgelte in ihrem Hals und da geschah es! Unter Husten und Röcheln begann sie zu atmen. Sie schlug die Augen auf und es blickten mich zwei blaue, verängstigte Augen an.

Ich nahm sie in die Arme und flüsterte ihr zu: «Es wird alles wieder gut, Aurelia! Es wird alles wieder gut!»

Der alte Jakob kam über den Steg gelaufen. Keuchend kniete er sich neben uns.

«Mein Gott, was ist geschehen? Sie hat doch an Bord geschlafen, als ich zu den Netzen ging.»

«Der Junge hat sie aus dem See gefischt», sagte der dunkelhäutige Mann. «Ich habe es von der Suleika ausgesehen. Nichts hätte ich mehr auf das Leben des Mädchens gegeben, aber er hat sie dem See entrissen und wäre dabei fast selbst ertrunken!»

Tränen rannen über Jakobs Gesicht, Freudentränen.

«Danke Dismas. Du hast mir mehr gegeben als alles Gold der Welt. Mein einziges Kind!»

Wir brachten Aurelia in Jakobs Haus. Es lag in der Nähe des Marktes.

«Ich muss nun gehen, meine Mutter wartet schon auf mich», sprach ich etwas verlegen.

Bevor Jakob etwas sagen konnte, war ich schon draussen auf der Strasse. Überall waren Händler, die ihre Ware anpriesen. Jeder versuchte mit seiner Stimme noch lauter zu werben. Es wurde gehandelt und gefeilscht. Einige Händler sahen eher wie die Gesellen meines Vaters aus. An diesen ging ich schnell vorbei. Endlich erreichte ich den Stoffladen von Jussuf.

«Dismas hier bin ich.»

Ich drehte meinen Kopf und sah meine Mutter, die gerade einen Stoff begutachtete.

«Gefällt er dir?»

«Ja», murmelte ich.

«Es ist Seide und sehr kostbar. Ich werde für die Frau des reichen Ismael ein Kleid daraus nähen. So etwas wird man in ganz Kapharnaum noch nicht gesehen haben!»

«Mutter, ich muss dir etwas sagen.»

«Nicht jetzt! Zuerst muss ich den Stoff kaufen.»

So wartete ich halt und ich wusste, vor einer Viertelstunde würde meine Mutter das Feilschen nicht aufgeben. Sie war gut darin.

Da stürmte eine Frau zur Türe hinein: «Jussuf hast du schon gehört? Die

Tochter des Fischers Jakob wäre fast ertrunken! Ein Junge hat sich in den See gestürzt und sie gerettet.»

«Das war mutig! Weiss man, wer der Retter war?», wollte Jussuf wissen.

Ich versteckte mich hinter meiner Mutter.

«Ja! Jakob sagte, sein Name sei Dismas.»

Meine Mutter drehte sich um: «Warst du das?»

«Ja Mutter, ich wollte es dir vorhin sagen.»

«Du bist ein Held Junge!», rief Jussuf. «Komm her! Suche dir einen Stoff aus. Helden müssen gut gekleidet sein. Ich schenke ihn dir!»

Als ich mit meiner Mutter aus dem Laden kam, merkte ich sofort, dass die Leute mich anstarrten. Die Frau hatte ganze Arbeit geleistet. In Windeseile hatte sich die Rettung herumgesprochen. Viele Bewohner von Kapharnaum klopften mir auf die Schultern und einige gaben mir kleine Geschenke als Anerkennung.

Das grösste Geschenk aber sollte noch auf mich warten.

Meine Mutter hatte gerade das Abendessen aufgetischt, als es an der Türe klopfte.

«Geh Dismas, schau wer kommt.»

Ich öffnete die Türe. Es war Jakob.

«Darf ich hereinkommen?»

«Ja, komm herein», rief meine Mutter, «und setz dich zu uns an den Tisch. Dismas hole einen Becher Wein. Jakob kann ihn heute sicher brauchen!»

«Ich bin gekommen, um mich nochmals bei dir zu bedanken, Dismas. Aurelia ist das Einzige was ich noch habe, seit ihre Mutter vor zwei Jahren gestorben ist. Du hast sie mir wiedergeschenkt. Darum möchte ich dir einen Wunsch erfüllen. Aurelia hat mir anvertraut, dass du viel mit ihr übers Fischen gesprochen hast. Sie sagte, dein grösster Wunsch sei es, Fischer zu werden! Miriam, wenn du einverstanden bist, kann Dismas bei mir das Fischerhandwerk lernen. Ich werde nicht jünger und könnte einen tüchtigen Fischer gebrauchen.»

Ich stiess einen Freudenschrei aus!

Meine Mutter lachte: «Es ist gut Jakob. Morgen früh kann er bei dir anfangen.»

Was für ein Tag! Überglücklich ging ich zu Bett.

Reise nach Jerusalem

Jakob war ein guter Lehrmeister. Er brachte mir in drei Jahren alles bei, was ein Fischer wissen musste. Die Arbeit auf dem See gefiel mir. Doch es gab da noch etwas, was mein Herz höherschlagen liess. Dies war Aurelia.

«Aurelia! Hast du schon das Frühstück für uns bereit? Nach einer solchen Fischernacht haben wir einen Bärenhunger», rief Jacob ihr vom Holzsteg aus zu.

«Es ist alles bereit. Ich werde doch zwei so tüchtige Fischer nicht verhungern lassen», lachte sie. In der Morgensonne leuchtete ihr rotblondes Haar. Sie trug es offen und es bedeckte den halben Rücken. Ihre strahlend blauen Augen glänzten im Tageslicht und ihr liebliches Wesen vertrieb meine Müdigkeit im Nu!

«Wart ihr erfolgreich, Dismas?»

«Oh ja. Wir haben das halbe Boot voller Fische. Die richten wir nach dem Essen.»

Wir traten ins Haus und setzten uns an den gedeckten Tisch.

«Ich habe noch etwas für dich.»

Etwas verlegen blickte ich sie an.

«Du hast doch heute Geburtstag.»

Ich kramte in meiner Hosentasche und zog einen Lederbeutel hervor.

«Da nimm ihn und schau hinein.»

«Dismas, dass du daran gedacht hast!»

Jakob blinzelte mir belustigt zu, denn er wusste was darin war. Sofort öffnete sie den Beutel.

«Oh! Eine Perlenkette!» Sie fiel mir um den Hals und gab mir einen dicken Kuss. Ich spürte ihre Wärme. Mein Herz pochte wie wild und ich brachte keinen Ton heraus. Jakob lachte laut.

«Du hättest sehen sollen, wie viele Muscheln Dismas öffnen musste, bis er alle beisammen hatte! Kommt Kinder lasst uns feiern!»

Am nächsten Tag war Sabbat. Da durften die Juden nicht fischen gehen. Ihr Glaube verbot es ihnen. So gingen Jakob und Aurelia, wie jeden Sabbat, in die Synagoge. Auch meine Mutter ging fleissig dorthin. Mir hingegen sagte das nicht viel. Ich ging nur mit, weil ich so Aurelia treffen konnte.

«Komm Dismas wir müssen gehen, sonst kommen wir zu spät!»

Heute waren besonders viele Menschen versammelt. Ich erfuhr auch schon bald den Grund.

«Heute wollen wir über die Reise zum Passahfest nach Jerusalem beraten», rief der Älteste. «Jeder sollte dabei sein!»

Meine Mutter war wie immer sofort begeistert.

«Dismas da gehen wir auch mit. Seit wir vor sechs Jahren hier angekommen sind, haben wir Kapharnaum noch nie verlassen. Jerusalem soll eine grossartige Stadt sein.»

Da Jakob und Aurelia auch teilnehmen wollten, willigte ich ein.

Einige Tage später war es so weit.

«Dismas geh zu Jakob und sage, dass wir bereit sind. Wir treffen uns am Ortsausgang mit den anderen.»

Meine Mutter hatte einen Esel bepackt und es sah fast so aus, wie wenn sie auf den Markt gehen würde.

«Meinst du nicht etwas weniger Kleider hätten auch genügt Mutter?»

«Nein, in so einer grossen Stadt muss man passend gekleidet sein und wer weiss, vielleicht kann ich dort etwas verkaufen.»

Da ich wusste, dass sich meine Mutter nicht davon abbringen lassen würde, ging ich zu Jakob.

Aurelia hatte sich hübsch gemacht und sie sah in ihrem blauen Kleid

26

wunderschön aus.

«Sie sieht ihrer Mutter immer ähnlicher und wird jeden Tag hübscher. Wenn das so weitergeht, muss ich mir noch einen Wachhund anschaffen Dismas!», meinte Jakob und lachte. Er hatte schon länger bemerkt, dass ich etwas für Aurelia empfand und auch sie liess mich spüren, dass sie mich mochte.

«Gehen wir zum Dorfrand. Meine Mutter wartet dort mit den anderen.» Aurelia sprang voraus und schon bald waren wir am Rande des Dorfes angekommen und mit den Pilgern auf dem Weg nach Jerusalem.

Wir kamen gut voran. Schon um die Mittagszeit hatte wir Tiberias hinter uns gelassen. Wir zogen das Jordantal hinauf. Gegen Abend erreichten wir Scythopolis. Wir waren nicht die Einzigen, die unterwegs waren nach Jerusalem. Vor den Toren der Stadt hatten sich schon viele Karawanen niedergelassen. Wir suchten uns einen Platz in der Nähe des Stadttores, denn nur so waren wir vor den Angriffen der überall lauernden Räuber geschützt. In dieser Gegend trieb sich allerlei Gesindel herum. Meine Mutter hatte sofort einen geeigneten Platz für unser Zelt gefunden. Es war so platziert, dass sie auf das Stadttor sah. Ich half ihr beim Aufstellen. In dieser Zeit holte Aurelia Wasser für unsere Tiere. Vor dem Stadttor herrschte ein buntes Treiben. Händler versuchten ihre Ware zu verkaufen. Es war ein richtiger orientalischer Basar. Dieses Treiben faszinierte mich.

«Mutter, darf ich mit Aurelia zu den Händlern gehen?»

«Ja, aber lass dir nichts aufschwatzen. Diese Händler verstehen etwas von ihrem Geschäft.»

Ich nahm Aurelia bei der Hand und schon bald befanden wir uns mitten unter den Händlern. Was es da nicht alles zu kaufen gab: Töpfe, Schmuck, Sättel für Kamele, getrocknete Datteln, Kleider in allen Farben und vieles mehr. Es war ein richtiges Gedränge. Wir wurden mehr nach vorne geschoben, als dass wir selber gingen. Ich versuchte einen Stand mit Früchten zu erreichen, als mich zwei strahlend blaue Augen anblickten. Es durchfuhr mich wie ein Blitz.

Da waren sie wieder! Diese Augen! Jesus!

Durch das Gedränge gelang es mir nicht, ihn zu erreichen.

«Aurelia, erinnerst du dich noch wie ich dir von diesem Jungen mit den blauen Augen erzählt habe?»

«Ja, wieso?»

«Ich bin mir sicher. Er stand gerade etwa fünf Meter vor uns. Er hat mir direkt ins Gesicht gesehen. Jetzt ist er weg.»

«Komm Dismas, gehen wir zu deiner Mutter. Das wird sie interessieren.»

«Mutter, Mutter ich habe ihn gesehen!»

«Wen?»

«Jesus! Er ist gewachsen und etwa zwölf Jahre alt. Aber ich habe ihn an seinen Augen erkannt.»

Jakob der gerade von den Tieren zurückkam meinte: «Es sind jetzt viele Karawanen unterwegs zum Passahfest. Ich habe gehört, dass es auch Leute aus Kana und Nazareth hat.»

«Aus Nazareth? Ich glaube seine Mutter hat diesen Ort einmal im Gespräch erwähnt. Komm Dismas, zeig mir, wo du ihn gesehen hast.»

Da es schon fast dunkel war, wurde es schwierig jemanden zu finden. Das Licht der Fackeln tauchte alles in ein helles und dunkles Gemisch aus Farben und Formen. Meine Mutter fragte die Händler nach Menschen aus Nazareth. Ein bärtiger Händler brummte: «Ich glaube dort hinten beim Wasserbrunnen halten sie sich auf.»

Schon von Weitem sahen wir das Feuer, das neben dem Brunnen loderte. Über dem Feuer hing ein Topf, in welchem eine Suppe kochte. «Kennt jemand Maria und Josef aus Nazareth?», fragte meine Mutter.

Eine Frau schaute unter ihrem Kopftuch hervor und winkte meiner Mutter: «Ja sie waren hier, aber sie sind in die Stadt gegangen. Dort sucht Josef Arbeit. Ich weiss nicht, ob sie wieder zurückkommen. Sie leben sehr zurückgezogen und sagen nicht viel.»

Meine Mutter bedankte sich und drehte sich zu mir: «Komm lass uns zurückgehen. Wenn Josef Arbeit gefunden hat, werden sie wohl heute Nacht nicht zurückkommen. Vielleicht sehe ich sie morgen.»

Am nächsten Tag brachen wir beim ersten Sonnenstrahl wieder auf, denn es war besser in der Morgendämmerung zu gehen als in der Mittagsonne. Da viele auch nach Jerusalem wollten, entstand eine grosse lange Karawane, die sich wie eine Schlange durch die hügelige Gegend zog. Aurelia und ich hatten uns den anderen Jungen angeschlossen. Wir sprangen der Karawane voran und hatten oft einen Vorsprung von bis zu zwei Kilometern. Wir näherten uns am dritten Tag Ephraim, als uns plötzlich fremde Männer den Weg versperrten. Ich merkte sofort, dass sie nichts Gutes im Schilde führten. Die Gestalten erinnerten mich an längst vergessene Tage an die Männer meines Vaters! Sie umringten uns und belästigten die jungen Mädchen. Ich stellte mich schützend vor Aurelia.

«Sie ist wohl deine Schwester», höhnte ein Mann mit struppiger Mähne. Er griff nach ihr und wollte sie wegziehen. Ich schlug ihn mit meiner Hand auf den Arm. Fluchend packte er mich am Hemd. Ich konnte mich losreissen und verpasste ihm einen Schlag ins Gesicht. Er blutete aus der Nase und das machte ihn nur noch wütender. Ein paar seiner Bande umringten mich. «Jetzt wird es gefährlich», dachte ich, «wo bleibt nur die Karawane?»

Doch in diesem Moment kam sie in Sicht. Sie liessen mich los und waren genauso schnell verschwunden, wie sie gekommen waren. Im Weggehen rief mir der Struppige zu: «Warte nur! Dich erwische ich schon noch!»

«Dismas, haben sie dir wehgetan?»

«Nein Aurelia, es geht schon. Sie haben mir nur den Knopf am Hemd abgerissen. Sie hatten zum Glück keine Gelegenheit, mich zu schlagen. Doch von jetzt an wollen wir nicht mehr so weit vorne gehen. Es scheint eine unsichere Gegend zu sein. Aber bitte erzähle meiner Mutter nichts davon, sie macht sich sonst nur unnötige Sorgen. Den Knopf kannst du mir annähen.»

Nach zwei anstrengenden Tagen errichteten wir unser Lager vor den Toren Jerusalems. Ich brannte darauf, mir Jerusalem anschauen zu können. Bisher war ich ja nie aus Kapharnaum herausgekommen. So übte diese Stadt eine grosse Faszination auf mich aus. Ich schlich mich zum Stadttor. Doch hinein getraute ich mich nicht, denn rechts und links standen je zwei, mit mächtigen Schwertern bewaffnete, römische Soldaten. Sie blickten grimmig und kontrollierten jeden, der die Stadt betreten wollte. Zimperlich waren sie nicht. Wenn jemand nicht sofort gehorchte, warfen sie ihn in den Dreck und traten ihn mit den Stiefeln. Da spürte ich eine Hand auf meinen Schultern und die Stimme von Jakob flüsterte in mein Ohr: «Komm lass uns zu den anderen gehen. Die Wachen sind heute besonders gereizt. Das ist immer so, wenn es auf das Passahfest zugeht. Sie haben Angst vor Aufständen.»

Am nächsten Morgen war es so weit! Wir stellten uns alle am Eingangstor auf und warteten geduldig, bis die Kontrolle erledigt war. Heute Morgen waren die Wächter besser aufgelegt und so waren wir schon bald an der Reihe.

«Was wollt ihr in Jerusalem?», fragte der römische Legionär und hörte immer die gleiche Antwort: «Zum Tempel um das Passahlamm zu schlachten.»

Die Römer wussten wohl noch weniger als ich, was das Passahlamm zu bedeuten hatte. «Geht schon», befahl der Legionär. So betraten wir Jerusalem.

«Das ist nun die Hauptstadt der Juden», stellte Jakob trocken fest. «Gefällt sie dir?»

Was ich sah, faszinierte mich. Noch nie hatte ich eine so grosse Stadt gesehen. Sie war voller Menschen. Alles drängte durch die engen

Gassen. Überall waren Geschäfte mit allen nur erdenklichen Waren. Farbige Tücher hingen über den Eingängen. Grosse Tontöpfe, prallgefüllt mit köstlichsten Früchten, standen neben Weinschläuchen. Betörender Weihrauchduft lag in der Luft und mischte sich mit geheimnisvollen anderen Düften. Es wurde gehandelt und gefeilscht. Derbes Lachen, Fluchen und orientalische Musik waren zu hören. Alles zusammen ergab ein buntes Gemisch.

«Hier könnte meine Mutter gute Geschäfte mit ihren Kleidern machen!»

«Ja, das könnte sein. Aber sei vorsichtig! Wo sich viele Menschen tummeln, ist auch das Gesindel nicht fern.»

Kaum hatte Jakob fertig gesprochen, spürte ich schon eine Hand an meiner Hose.

«He, lass das sein!», entfuhr es mir. Ich drehte mich um und sah nur noch einen kleinen Schatten um eine Ecke verschwinden.

«Ich habe es dir ja gesagt. Die Kinder werden von ihren armen Eltern zum Stehlen geschickt oder es sind Waisenkinder, die sich so durchs Leben schlagen. Aber das sind nicht die Schlimmsten. Geh nie alleine nachts durch diese Strassen. Die gefährlichen Räuber lauern Unvorsichtigen und Betrunkenen auf, schlagen sie mit Knüppeln nieder und berauben sie. Oft ist danach einer nicht mehr aufgewacht!»

Wir bogen in eine breite Strasse ein, die auf einen offenen Platz führte. Dahinter stand ein mächtiges Bauwerk: Der Tempel.

Jakob ging zielstrebig auf einen der Eingänge zum Vorhof des Tempels zu.

«Komm Dismas, wir müssen unser Opfer anmelden. Bei so vielen Pilgern muss Ordnung herrschen. Nur wer angemeldet ist und wessen Opfergabe von den Priestern angenommen wurde, darf es auf dem grossen Opferaltar darbringen.»

«Was wollen wir denn opfern?»

«Einen Widder. Den werde ich dort drüben bei den Händlern kaufen. Schau mir gut zu. Es sind Halsabschneider! Sie verlangen den dreifachen Preis eines Widders, nur weil jetzt Passahfest ist. Ich muss handeln, sonst bezahlen wir viel zu viel.»

«Jakob, schau dort am Ende des Platzes treibt ein Händler seine Tiere in ein Gehege. Er scheint mir nicht zu den anderen zu gehören. Vielleicht ist er günstiger.»

«Könnte sein. Ich gehe zu ihm. Wenn du willst, kannst du einen Blick in den Tempel werfen, während ich das Tier kaufe und das Opfer darbringe. Sei aber ehrfürchtig, es ist ein heiliger Ort!»

«Ich passe schon auf, Jakob.»

Ich folgte dem Menschenstrom hinein in den Tempel. Überall sah ich Priester in ihren herrlichen Gewändern. Sie waren reich verziert mit Stickereien und hie und da glänzte ein Edelstein. Einige waren beschäftigt mit der Opferung der Tiere. Andere unterrichteten junge Männer in der Auslegung der Schriftrollen. Der Geschmack des verbrannten Fleisches vermischte sich mit den schweren Düften der Rauchgefässe und über allem lag ein Hauch des Geheimnisvollen. Ich fühlte mich nicht so wohl hier. Es war nicht meine Welt. Ich sah eine Weile dem emsigen Treiben zu und verliess dann den Tempel. In der Ferne sah ich Jakob und ging auf ihn zu.

«Hat es mit dem Widder funktioniert?», wollte ich wissen.

«Ja. Nun muss ich ihn noch opfern und die Gebete verrichten.»

«Wo sind eigentlich meine Mutter und Aurelia?»

«Sie sind unten in der langen Strasse bei den Stoffhändlern, geblieben. Ich denke deine Mutter macht dort gute Geschäfte.»

«Ich werde zu ihr gehen.»

Ich war froh, vom Tempel wegzukommen. Das prickelnde Leben in den Gassen war mehr nach meinem Geschmack. Ich brauchte nicht lange, um meine Mutter zu finden. Sie hatte ein prächtiges Kleid ausgebreitet. Rund um sie standen einige Stoffhändler und Frauen. Sie prüften den Stoff des Kleides und schauten die Nähte an.

«Dies ist eine perfekte Naht und der Stoff ist vom Allerfeinsten. Es ist

Seide. Ich will euch gar nicht sagen, wie viele Stunden ich daran gearbeitet habe. Wenn ich nicht meinen Lebensunterhalt verdienen müsste, würde ich es nicht hergeben.»

Meine Mutter war gut im Verkaufen. Sie verstand es, die Stoffhändler um den Finger zu wickeln und in den Frauen das Bedürfnis zu wecken, dieses Kleid unbedingt besitzen zu müssen.

«Aurelia, wie viele Kleider hat meine Mutter schon verkauft?»

«Schon vier Stück. Aber sie nimmt immer nur eines hervor. So meinen die Frauen es sei das Letzte und bezahlen viel mehr.»

Gerade war sich meine Mutter mit einem Händler einig geworden, als sie mich bemerkte.

«Hallo Dismas. Schau dir dieses blaue Kleid an. Der Händler dort drüben hat mir das Doppelte bezahlt wie der in Kapharnaum. Der Tag hat gut begonnen. Ich werde sicher noch mehr gute Geschäfte machen, aber das ist nichts für junge Leute. Dismas zeig' bitte Aurelia den Tempel. Jakob wird bald fertig sein mit der Darbringung der Opfer.»

Meine Mutter wusste wohl, dass ich Aurelia gern hatte und so gab sie mir die Gelegenheit, mit ihr etwas Zeit zu verbringen

Ich hatte es nicht eilig, wieder in den Tempel zu kommen. So schlenderten wir durch die engen Gassen, in welchen ein emsiges Treiben herrschte. Die Händler versuchten mit allerlei Tricks die Pilger in ihre Häuser zu locken. Auch Aurelia kam nicht ungeschoren davon. Ihre rotblonden Haare waren wie ein Leuchtfeuer. Es zog die Händler an wie ein Magnet.

«Eine schöne Kette für eine schöne Frau!» Ein besonders frecher Händler legte ihr blitzschnell eine Kette um den Hals und bedrängte sie mit schmeichlerischen Worten.

«Lass das!», fuhr ich ihn an und gab ihm die Kette zurück.

«Siehst du Aurelia, hier wirst du dein hart erarbeitetes Geld schnell los, wenn du nicht aufpasst.»

«Es ist wohl besser, wenn ich mein Haar unter meinem Kopftuch verstecke.»

«Ja, mach das. Wir sind auch gleich beim Tempel. Da tragen alle Frauen ein Kopftuch.»

Vor dem Tempel wartete schon Jakob und winkte uns zu.

«Komm Dismas, wir Männer wollen in den inneren Bereich zu den Gesetzeslehrern gehen.»

«Geht nur! Ich werde wieder zu deiner Mutter zurückgehen», sagte Aurelia zu mir.

«Das ist gut», meinte Jakob, «wir treffen uns dann am Abend bei den Zelten.»

Sogleich stieg Jakob mit grossen Schritten die Stufen zum Tempel empor. Durch einen Seitengang kamen wir in eine grössere Halle. Auf einer Erhöhung stand ein prächtig gekleideter Mann.

«Das ist der Rabbi Gamaliel!», flüsterte mir Jakob mit ehrfürchtiger Stimme zu. Um Gamaliel standen weitere Gelehrte, sodass ich nicht sehen konnte mit wem er sich so angeregt unterhielt. Wir gingen etwas näher hin.

«Woher hat er diese Weisheit?», hörte ich Gamaliel höchst erstaunt rufen.

«Wer hat dich diese Worte gelehrt, Knabe?»

Eine frische, jugendliche Stimme antwortete: «Der Geist Gottes. Ich habe keinen menschlichen Lehrer. Es ist das Wort des Herrn, das durch meine Lippen zu euch spricht.»

Ich kannte diese Stimme! Ich hatte sie vor vielen Jahren schon einmal gehört. Es musste Jesus sein.

«Jakob, der Knabe dort ist Marias Sohn, Jesus. Sieh dort drüben steht auch sein Vater Josef.»

«Jesus musste zwölf Jahre alt sein. Um die Volljährigkeit nach den israelitischen Vorschriften zu erlangen, wird er jetzt von Gamaliel in der Kenntnis der Gesetze geprüft.»

Ein erneuter Ausruf Gamaliels liess unser Gespräch verstummen.

«Selten hört man so etwas von den Lippen Erwachsener, erst recht nicht von denen eines Knaben und noch dazu eines Nazareners. Der Knabe ist vollkommen. Er soll in die wahre Synagoge eingeführt werden.»

Josefs Augen strahlten vor Glück. Die Prüfung war bestanden. Doch schien es, als seien nicht alle zufrieden.

«Jakob, wieso sieht die Gruppe dort hinten so grimmig drein?», wollte ich wissen.

«Das sind die Anhänger des Rabbis Schammai. Sie sind neidisch, dass nicht Schammai an Stelle Gamaliels Jesus prüfen durfte. Jeder dieser Gesetzeslehrer will der Beste sein. So kommt es oft zu hitzigen Diskussionen und Streitereien über die Auslegung der Gesetzesrollen.»

Ich hatte genug gesehen und schritt schnell dem Ausgang zu. Jakob folgte mir.

«Weisst du Jakob, wenn wir fischen gehen, haben wir abends etwas in den Händen. Was haben die Gesetzeslehrer am Abend vorzuweisen, wenn sie nur um Spitzfindigkeiten streiten?»

Jakob nickte, sagte aber nichts. Dies machte er immer, wenn er keine Antwort wusste.

Schon bald befanden wir uns wieder in den belebten Gassen der Händler. Jakob hatte noch einige Einkäufe zu machen. Die vielen Reparaturen an den Netzen hatten fast seinen ganzen Vorrat an Lindenbast aufgebraucht und das Boot benötigte wieder einen ordentlichen Anstrich.

Das kam mir gerade recht. So hatte ich Zeit, ein Geschenk für Aurelia zu suchen. Schon bald fand ich was ich wollte, einen glänzenden, silbernen Ring. Nach einigem Feilschen war ich auch bereit, den Preis zu bezahlen. Jetzt musste ich nur noch auf den richtigen Augenblick warten, um ihn ihr zu geben.

Bevor ich es recht merkte, neigte sich der Nachmittag dem Abend hin. Vom vielen Laufen und dem Lärm in den Gassen war ich müde geworden. Der Hunger meldete sich und so fragte ich Jakob, ob wir zu den Zelten gehen könnten. Da er alles gefunden hatte, willigte er ein.

Wir waren schon nahe bei den Zelten, als mir der verführerische Geschmack von gebratenen Bananen in die Nase stieg. Meine Mutter hatte mit Aurelia das Abendessen zubereitet. Mir lief das Wasser im Mund zusammen und mein Magen knurrte, denn ich hatte den ganzen Tag nichts Rechtes gegessen.

«Ich habe schon mehr als die Hälfte der Kleider verkauft und das an einem Tag. Die Menschen in Jerusalem müssen reich sein. Sie zahlen, ohne mit der Wimper zu zucken fast jeden Preis. Hier könnte ich das ganze Jahr gute Geschäfte machen», meinte meine Mutter. «Kommt, setzt euch, wir wollen essen.»

«Wie gefällt dir Jerusalem?», wollte ich von Aurelia wissen. Sie lächelte etwas verlegen.

«Nun, wenn man so einen guten Beschützer wie dich hat, kann man sogar durch den Markt gehen ohne belästigt zu werden.»

Das wollte meine Mutter nun genau wissen. Sie gab keine Ruhe, bis Aurelia alle ihre Erlebnisse des heutigen Tages erzählt hatte.

Ich war glücklich, denn ich war in Aurelias Nähe. Wenn sie mir beim Erzählen in die Augen sah, fuhr es wie ein Blitz durch meinen Körper und es wurde mir ganz warm ums Herz. Solche intensiven Gefühle hatte ich noch nie erlebt.

Aurelia musste es ähnlich gehen. Denn immer, wenn sie mich ansah, röteten sich ihre Wangen und ein Lächeln huschte über ihr wunderschönes Gesicht. Aus dem schüchternen Mädchen war eine junge Frau geworden.

«Aurelia, ich helfe dir beim Waschen des Geschirrs. Mutter, du kannst dich ausruhen. Du bist sicher müde vom anstrengenden Tag.»

Meine Müdigkeit war beim Gedanken, mit Aurelia noch etwas Zeit zu verbringen, wie weggeblasen. Schnell packte ich das schmutzige Geschirr zusammen und ging mit ihr zum Bach, der etwas ausserhalb des Lagers war.

«Komm, lass uns schnell das Geschirr spülen, dann können wir noch etwas spazieren gehen», flüsterte mir Aurelia zu, denn es waren noch andere Reisende mit dem Geschirrwaschen beschäftigt.

Aurelia packte das saubere Geschirr in ein Tuch und ich legte es unter ein nahes Gebüsch.

«Komm, wir können es später holen», flüsterte ich.

Plötzlich spürte ich ihre Hand, die sich sanft in meine legte. Mein Herz schlug schneller.

Die Sonne hatte sich zurückgezogen und der helle Vollmond leuchtete sanft vom Nachthimmel. Wir gingen ein kleines Stück dem Bach entlang, bis wir alleine waren.

«Schau Dismas, eine Sternschnuppe!»

Der Schweif der Sternschnuppe zog sich rotglühend über den ganzen Nachthimmel, von Osten nach Westen, wo er sich in einem hellen Feuerball auflöste.

«So etwas habe ich noch nie gesehen, Aurelia.»

«Wünsch dir etwas, aber sage es nicht, dann wird es in Erfüllung gehen!»

Da musste ich nicht lange studieren. Ich wünschte mir, dass Aurelia für immer bei mir bleiben würde.

Ich schaute zu ihr und sie lachte mich fröhlich an. Da zog ich sie sanft an mich. Ich sah in ihre strahlenden Augen. Sie hob ihren Kopf leicht nach oben, schloss ihre Augen und beugte sich mit den Lippen etwas näher zu mir. Wie von einem Magnet angezogen trafen sich unsere Lippen. Seidig weich schmiegten sich ihre Lippen an die meinen. Es schien mir, als ob eine gewaltige Kraft von ihr auf mich überging. Die Welt um mich verschwand und für eine kurze Ewigkeit gab es nur Aurelia und mich.

«Aurelia! Aurelia!»

Die Stimme ihres Vaters holte uns zurück. Ich weiss nicht, wie lange wir so dagestanden waren. Schnell sprangen wir zum Gebüsch zurück und holten das Geschirr.

«Na da seid ihr ja. Das hat aber lange gedauert. Ihr musstet das Geschirr wohl zweimal waschen.» Er zwinkerte mir zu, stellte aber keine weiteren Fragen.

Ich war froh, nichts sagen zu müssen.

Am nächsten Morgen erwartete uns eine Überraschung. Meine Mutter hatte gestern eine reiche Frau kennengelernt, welche sie eingeladen hatte.

«Komm Dismas. Du bist auch willkommen. Nimm Aurelia auch mit. Sie wird noch nie ein so vornehmes Haus von innen gesehen haben.»

Kurz darauf standen wir wieder vor dem grossen Eingangstor von Jerusalem. Diesmal kamen wir sofort hinein. Die Soldaten standen in einer Gruppe zusammen und beachteten uns nicht.

Zielstrebig führte uns meine Mutter durch die engen Gassen.

«Da sind wir. Dort müsste Eucheria wohnen. Bleibt hier. Ich gehe hinein und frage, ob wir hier richtig sind.»

Und schon war sie verschwunden.

«Aurelia, du hast heute noch kein Wort gesprochen. Ist alles in Ordnung?», erkundigte ich mich.

«Ja, Dismas, alles ist gut. Ich muss nur immer wieder an gestern Nacht denken.»

Etwas verlegen senkte sie den Kopf.

«Mir geht es auch so.»

Da kam meine Mutter auch schon zurück.

«Kommt!», rief sie vom Eingangstor her.

Hinter dem Tor lag ein grosser Innenhof. Kleine Bäume, Rosensträucher und ein grosser Brunnen mit einem eleganten Wasserspiel prägten den gepflegten Platz.

Eine schlanke, grossgewachsene Frau von etwa dreissig Jahren in einer stilvoll verzierten, weissen Tunika, kam uns entgegen.

«Seid gegrüsst! Willkommen in meinem bescheidenen Heim. Wir

benutzen es immer, wenn wir uns in Jerusalem aufhalten.»

«Was muss sie wohl noch besitzen, wenn dieses herrliche Anwesen bescheiden sein soll», dachte ich.

«Lasst uns in den Schatten gehen, Miriam.» Und einer Dienerin gebot sie: «Bring unseren Gästen Wasser und Wein!»

Im hinteren Teil war eine kleine Laube mit einem einfachen Steintisch und Holzstühlen angelegt. Exotische Pflanzen, welche ich noch nie gesehen hatte, bildeten ein loses Dach, sodass es angenehm kühl war.

Die Dienerin brachte einen Krug Quellwasser, eine Karaffe Wein und frisches Obst.

«Bedient euch! Danach zeige ich euch das Haus und den Garten.»

Nach einer halben Stunde war die Hausbesichtigung beendet. Meine Mutter war hell begeistert von dem luxuriösen Haus und sie hatte noch eine Überraschung bereit.

«Stell dir vor Dismas, Eucheria hat uns zum Passahfest eingeladen. Auch Aurelia und Jakob dürfen kommen.»

So glücklich wie heute hatte ich meine Mutter noch nie gesehen.

Wir verabschiedeten uns, denn es war Rüsttag, der Tag vor dem Passahfest. Es musste noch vieles erledigt werden, denn die Juden dürfen am Sabbat nicht arbeiten.

Meine Mutter ging wieder auf den Markt, um noch die letzten Kleidungsstücke zu verkaufen. Jakob brachte die vorgeschriebenen Opfer im Tempel dar und ich schlenderte mit Aurelia, Hand in Hand, durch die vielen, romantischen Marktgassen, bis es Zeit war zu den Zelten zurückzukehren. Ein wunderbarer Tag neigte sich dem Ende zu.

Die Sonne war gerade mit ihrem rötlichen Morgenschimmer am Horizont erschienen, als mich meine Mutter weckte.

«Komm steht auf! Heute ist ein besonderer Tag.»

«Ja, Mutter, aber wir sind doch erst am Abend zum Essen eingeladen.»

«Das schon», fügte meine Mutter an, «doch zuvor wollen wir die

Festlichkeiten im Tempel bewundern.»

Ich war davon nicht begeistert. Da ich ihr aber den Tag nicht verderben wollte, zog ich mich an.

Weihrauchschwaden lagen in der Luft, als wir den Tempel betraten. Überall waren festlich gekleidete Juden, Männer und Frauen, welche andächtig den Worten der Prediger lauschten. Es kam mir vor, als wollte jeder den anderen übertreffen, sei es mit Hilfe der Gestik, mit der Lautstärke oder auch nur mit dem Tragen eines Prunkgewands.

Nach vielen, mir unbekannten Ritualen, waren endlich die Feierlichkeiten im Tempel beendet. Wir strömten mit der Menge zu den Toren hinaus und begaben uns zum Haus von Eucheria. Dort trafen wir Jakob und Aurelia. Ich hatte sie seit gestern Abend nicht mehr gesehen und die Zeit erschien mir unendlich lang. Ihr Blick verriet mir, dass es ihr gleich erging.

Eucheria empfing uns freundlich und führte uns in einen grossen, festlich geschmückten Saal. Dort waren noch mehr Gäste. Eucheria stellte uns ihrem Mann, Theophilus und den anderen Gästen vor. Dann wies sie uns einen Platz nahe der Mitte der Tafel zu, sodass ich von meinem Platz aus, den ganzen Saal überblicken konnte.

Zuerst wurde ungesäuertes Brot gereicht, dann über dem Feuer geröstetes Lamm mit bitteren Kräutern. Dazwischen wurden immer wieder jüdische Texte gesprochen, von denen ich nicht viel verstand. Die Süssspeise aus Äpfeln, Nüssen und Wein war schon mehr nach meinem Geschmack. Es wurde auch Wein getrunken, genau nach Vorschrift, vier grosse Becher voll.

Das Fest war gerade in vollem im Gange, als sich plötzlich die Saaltüren öffnete und die Kinder von Eucherias und Theophilus hereinkamen. Ihre Mutter stellte sie uns vor. Der Knabe hiess Lazarus, die ältere Tochter Martha und die jüngere Tochter Maria Magdalena.

Sie zogen sich in die Ecke des Saales zurück und spielten dort mit Holztieren.

Jakob war noch ganz begeistert vom Tempelbesuch.

«Habt ihr den prächtigen Mantel des Hohen Priesters gesehen? Er war mit Goldfäden verziert und mit funkelnden Edelsteinen besetzt. So muss wohl Salomon ausgesehen haben.»

«Nicht das Aussehen ist wichtig! Die Schönheit des Herzens zählt vor Gott!», sprach ein älterer Mann, der in Jakobs Nähe sass.

Theophilus, der ein gebildeter und offenbar sehr wohlhabender Mann war, erzählte uns von seinen Reisen und Erlebnissen. So schritt die Zeit rasch voran.

«Ich bin müde und möchte zu den Zelten gehen», sagte Aurelia und blinzelte mir zu. «Dismas begleitest du mich? So können Jakob und Miriam noch etwas bleiben.»

Ich nickte.

«Ist gut», meinte Jakob, «aber geht durch die grosse Gasse, nicht durch die Seitenwege. Die sind um diese Zeit nicht sicher!»

Aurelia hüllte sich in ein grosses dunkles Tuch, sodass nur ihr Gesicht zu sehen war. So schritten wir, nahe beieinander gehend, durch die immer noch recht belebte grosse Gasse. Viele sassen in den Geschäften, die zur Strasse hin offenen waren. Die einen tranken Wein und die anderen komisch riechende, exotische Getränke. Frauen in auffallend farbigen Kleidern umgarnten Händler, welchen man den Reichtum ansah. Einige Frauen, welche leichter bekleidet waren, liessen einen Ring um ihre Hüften kreisen. Sie lachten und vollführten damit Kunststücke. Von überall her strömten süsslich betörende Düfte, oder es roch nach Räucherwerk.

Ich betrachtete interessiert das bunte Treiben, doch Aurelia flüsterte mir zu: «Komm, lass uns schnell vors Stadttor gehen. Hier ist es mir nicht wohl.»

Der Mond erhellte die Dunkelheit vor dem Stadttor. Ich hatte eine kleine Fackel von Lazarus bekommen, welche ich an einem kleinen Lagerfeuer anzündete. Sie leuchtete uns den Weg.

«Bin ich auch so hübsch wie die Frauen, die du in der grossen Gasse gesehen hast?», wollte Aurelia plötzlich wissen.

«Aurelia! Keine dieser Frauen ist nur annähernd so hübsch wie du!»

«Wirklich?», stammelte Aurelia verlegen.

«Dein Haar gleicht einem goldenen Sonnenaufgang am Morgen. Deine Augen sind so klar und rein wie blaue Saphire und dein Wesen ist erfrischend wie Quellwasser.»

Sie schmiegte sich noch näher an mich und flüsterte mir ins Ohr: «Dismas, ich mag es, wenn du mich in deinen starken Armen hältst. Bei dir fühle ich mich geborgen.»

«Jetzt ist der richtige Augenblick für den Ring», schoss es mir durch den Kopf. Ich steckte die Fackel etwas abseits der Zelte in den Boden und kramte in meiner Hosentasche.

«Was suchst du?», wollte Aurelia wissen. Ich hatte den Ring nun in der verschlossenen Hand und verbarg ihn darin.

«Ich habe etwas für dich! Es ist in meiner Hand. Wenn du sie öffnen kannst, darfst du es behalten.»

Sie lachte und wusste genau, mit ihrer Kraft konnte sie meine Hand nie öffnen. Sie überlegte einen Moment. An ihrem verschmitzten Lächeln wusste ich, sie hatte eine Möglichkeit gefunden. Sie drehte sich um, lief etwas weg und kam mit einem recht grossen Stein in der Hand wieder. Plötzlich warf sie in mir zu.

Reflexartig öffnete ich die Hand, der Ring fiel zu Boden und ich fing den Stein auf. Blitzschnell griff Aurelia nach dem Ring. Ich musste lachen.

«Das hast du gut gemacht!», lobte ich sie.

Aurelia lief zur Fackel und bestaunte den glänzenden Silberring.

«Ist der wirklich für mich?»

«Ja, er ist für die hübscheste Frau von Jerusalem.»

Aurelia wurde etwas verlegen, schaute mich an und gab mir einen innigen Kuss.

Ich hielt ihre beiden feinen Hände mit den meinen fest und schaute ihr

tief in die Augen: «Aurelia, möchtest du mit mir zusammenleben?»
«Ja, das möchte ich!», hauchte ihr Mund. «Lass es unser Geheimnis sein, bis zu meinem 15. Geburtstag, dann wollen wir es meinem Vater und deiner Mutter sagen.»

Am nächsten Morgen regnete es, aber für mich schien die Sonne. Fröhlich half ich, das Zelt abzubauen, denn die Festzeit war vorbei und es war Zeit, die Rückreise anzutreten. Unser Esel hatte nun weniger zu tragen, da meine Mutter alle selbstgeschneiderten Kleider verkauft hatte. Wir reihten uns in eine fast endlose Karawane ein. Aurelia und ich gingen diesmal nicht ganz an die Spitze der Karawane, denn wir wussten nur zu gut, wie das mit den Räubern bei der Hinreise war. Gegen Abend erreichten wir eine geschützte Lichtung, wo wir die Nacht verbringen wollten.

Doch plötzlich entstand eine Unruhe. Es war ein Mann gekommen, der jemanden suchte: «Habt ihr Jesus gesehen? Er ist zwölf Jahre und der Sohn von Maria und Josef. Sie denken, er könnte bei den Jungen sein.» Meine Mutter erschrak.

«Nein, bei uns ist er nicht. Hast du ihn gesehen Dismas?»

«Nein! Aber ich werde bei der Suche helfen», rief ich spontan.

Ich durchkämmte die vielen kleinen Zelte und fragte die Leute nach Jesus, aber keiner hatte ihn gesehen. So begab ich mich wieder zu unserem Zelt und dem Mann der Jesus suchte.

«Ich habe ihn nicht gefunden und auch sonst hat ihn, seit der Abreise, niemand gesehen. Ist er wohl in Jerusalem zurückgeblieben?»

Der Mann schaute besorgt: «Könnte sein. Dann müssen Maria und Josef morgen wieder nach Jerusalem zurück und ihn dort suchen.»

«Ich werde bei der Suche helfen! Ich weiss ja wie er aussieht! Mutter, kann ich mitgehen?»

«Ja, hilf ihnen. Wir werden in Ephraim einige Tage bleiben. Dort können wir uns beim Tor treffen.»

Das dies der folgenreichste Entscheid meines Lebens sein würde, wusste ich damals nicht.

Am nächsten Morgen stand ich früh auf und machte mich bereit. Ich verabschiedete mich von meiner Mutter. Sie umarmte mich und gab mir etwas Geld mit.

«Pass auf dich auf und finde Jesus!»

Ich war schon einige Schritte vom Zelt weggegangen, als Aurelia mir nachsprang und mich am Arm packte.

«Aurelia, was ist denn? Ich komme doch bald wieder.»

«Ich hatte heute Nacht einen schrecklichen Traum! Du warst an einen Schiffsmast gefesselt und das Schiff sank. Du konntest dich nicht befreien! Hier, nimm dies!»

Sie streckte mir ihre Hand entgegen. Darin war ein kleines Messer. Ich kannte es wohl.

«Das kann ich nicht annehmen. Dein Vater hat es dir geschenkt.»

«Ich flehe dich an, um meinetwillen! Nimm es!»

«Also wenn es dich beruhigt, werde ich es in den Saum meines Hemdes stecken. So verliere ich es nicht und es kann mir nicht gestohlen werden.»

Aurelia schaute mir tief in die Augen.

«Ich werde in Kapharnaum auf dich warten!»

Ihr Blick schweifte in die Ferne, als sähe sie dort mein Schicksal und sie fügte leise hinzu: «… auch wenn ich lange warten müsste.»

Ich ging zum Treffpunkt. Da waren schon einige andere. Sie alle wollten bei der Suche helfen. Josef und Maria waren schon in aller Frühe vorausgegangen. Sie hatten wohl kaum geschlafen.

Der Mann von gestern gab ein Zeichen und wir brachen auf. Gegen Abend erreichten wir Jerusalem, wo wir auch auf Maria und Josef trafen. Wir teilten uns die Suche auf. Josef suchte in den kleinen Gassen und wir übernahmen die Händlerstrassen. Der Menschenstrom hatte merklich nachgelassen. Ohne die vielen Pilger war es einfacher den Überblick zu behalten. So kam ich schnell voran, doch Jesus konnte ich nirgends finden. Auch die anderen hatten keinen Erfolg. Wie abgesprochen trafen wir uns alle beim Eindunkeln vor dem Tempel, wo auch Maria bereits wartete.

«Josef, hast du Jesus gefunden?», fragte sie, als er aus einer kleinen Gasse kam.

«Nein! Und gesehen hat ihn auch niemand von unseren Bekannten. Wo sollen wir nur suchen? Jerusalem ist gross und es hat auch viele schlechte Menschen hier. Er könnte überall sein. Vielleicht wurde er verschleppt oder liegt irgendwo verletzt in einer Gasse. – Kommt! Wir wollen alle im Tempel beten.»

Ich war vom Vorschlag nicht begeistert, aber in dieser besonderen Situation ging ich mit. Im Tempel unterrichteten die Schriftgelehrten ihre Schüler. Sie standen in Gruppen zusammen und hörten ihrem Lehrer zu.

«Mir ist es hier zu laut», meinte Josef. «Kommt, wir wollen zu einem etwas abgelegeneren Teil gehen. Dort sollte es ruhiger sein.»

Alle beteten innig. Ich aber war nicht so recht bei der Sache. Ich beobachtete die vorbeigehenden Menschen, als ich plötzlich, weit weg, eine hohe jugendliche Stimme hörte. Auch Josef nahm dies war und hob seinen Kopf.

«Das ist seine Stimme!», rief Maria.

Sie sprang auf und wir eilten in die Richtung, aus der sie kam. Die Stimme wurde immer lauter. Wir gelangten in einen anderen Teil des Tempels, indem viele Schriftgelehrte versammelt waren. In ihrer Mitte befand sich Jesus.

«Jesus!», rief Maria.

«Hier bin ich Mutter.»

«Wir haben dich überall gesucht und waren in grosser Sorge um dich!»

«Wieso? Wusstet ihr nicht, dass ich im Hause meines Vaters sein muss?», antwortete Jesus.

Die Pharisäer schauten sich verwundert an und einer fragte: «Wie meinst du das? Im Hause meines Vaters?»

«Er hat euch sicher schon genug Fragen beantwortet und es ist schon
spät», sprach Josef zu den Pharisäern. «Er ist doch nur ein Kind von
zwölf Jahren!»

«Und doch sind seine Antworten von einer Weisheit, welche nur wenige im hohen Alter erreichen!», sprach ein jüngerer Schriftgelehrter.

«Wer ist das?», flüsterte ich leise.

«Das ist Josef von Arimathäa», sagte eine Stimme hinter mir.

Maria nahm Jesus an der Hand und wir verliessen den Tempel. Josef
führte uns zu einer einfachen Unterkunft, wo wir alle schlafen konnten.

Die Falle

Am nächsten Morgen verliessen wir Jerusalem. Etwa eine halbe Stunde
hinter dem Stadttor bemerkte ich, dass meine Tasche fehlte. Ich hatte sie
bei der Unterkunft vergessen.

«Geht nur weiter, ich werde meine Tasche holen. Ich werde bald wieder
bei euch sein.»

Bevor jemand etwas sagen konnte, war ich schon auf dem Rückweg.

Die Tasche war schnell gefunden und ich schlenderte durch eine kleine
Seitengasse, damit ich nicht den Markt durchqueren musste. Plötzlich
ergriff mich ein beklemmendes Gefühl. Ich schaute mich um und bemerkte zwei verdreckte Gestalten, welche mir mit etwas Abstand folgten. Ich ging schneller und schaute wieder zurück. Nun folgte mir nur
noch einer.

«Den werde ich auch noch abschütteln», dachte ich und bog schnell
rechts in eine Seitengasse ab. Plötzlich sah ich nur noch einen Schatten.
Ich spürte einen Schlag auf den Kopf und es wurde dunkel vor meinen
Augen.

Als ich wieder zu mir kam, lag ich an Händen und Füssen gefesselt in
einem düsteren Raum. Ich hörte raue Stimmen:

«Hat wieder funktioniert! Gut, dass es eine Abkürzung zu dieser

Seitengasse gibt. Eine gute Falle! Jedes Mal, wenn sich einer verfolgt fühlt, biegt er in diese Seitengasse ab.»

«Er kommt mir bekannt vor. Ist das nicht der Bursche, welcher uns vor einigen Tagen vor Jerusalem entkommen ist?»

Ich drehte mich langsam etwas zur Seite, sodass ich die Beiden sehen konnte.

Ein Stich ging mir durchs Herz, als ich sein Gesicht sah: Der Struppige! Er kam herein. Ich stellte mich bewusstlos und schloss die Augen. Ich spürte wie er mich an der Schulter fasste, um mich anschauen zu können.

«Er ist es! Na warte! Dir gebe ich es!»

«Lass es sein! Er ist immer noch bewusstlos. Tot nützt er uns nichts mehr!», meinte der andere Räuber.

Er liess mich los.

«Für den werde ich mir etwas Besonderes ausdenken. Er hatte doch ein hübsches Mädchen bei sich. So schnell wird er sie nicht mehr sehen!»

Die Stimmen wurden leiser und bei mir kam Panik auf.

«Ich muss mich befreien, fliehen!», durchfuhr es mich. Ich blinzelte vorsichtig und sah, dass die beiden Wegelagerer den Raum verlassen hatten.

Ich versuchte mich zu befreien, aber die Fesseln schnitten nur noch tiefer in mein Fleisch. Sie hatten meine Hände so stark verschnürt, dass ich keinen Finger bewegen konnte. Langsam spürte ich, wie Verzweiflung mich packte. Ich dachte an meine Mutter und an Aurelia. «Was wird aus ihnen, wenn ich nicht mehr zurückkomme?»

Der Tag verging, ohne dass jemand nach mir schaute. Als es dunkel geworden war, hörte ich einen Eselkarren vorfahren. Die Türe ging auf und der Schein einer Öllampe erhellte den Raum.

«Ah, er ist wieder zu sich gekommen. Habe ich zu viel versprochen? Ein kräftiger junger Sklave!», pries mich der Struppige an.

«Ich bin kein Sklave!», rief ich und erhielt sofort einen kräftigen Schlag ins Gesicht, sodass ich benommen herum taumelte.

«Er ist noch etwas widerspenstig, aber mit gelegentlichen Peitschenhieben wird er schon ruhiger werden.»

Der dunkelhäutige, kräftige Mann prüfte meine Muskeln und drückte mir den Kiefer auf, um meine Zähne zu sehen.

«Meine Aufseher haben noch jeden Willen gebrochen. Er ist gut im Fleisch, kräftig und gesund. Ich nehme ihn. Mein Herr mag hellhäutige Sklaven.»

Sie verliessen den Raum, aber ich konnte hören, wie sie um meinen Kaufpreis feilschten. Als sie sich einig waren, kamen weitere Männer, verbanden mir den Mund und schleppten mich zum Eselkarren. Sie warfen mich darauf und fuhren in Richtung Stadttor.

«Das ist meine Rettung», dachte ich. «Wenn ich mich bemerkbar machen kann, werden mich die Torwachen finden und befreien!» Also zappelte und schlug ich, so gut es gefesselt ging um mich, als wir beim Tor waren.

Die zwei Wachen kamen und sahen mich. Sie grinsten und meinten: «Ja, mit dem habt ihr aber noch einiges zu tun!»

«Hier habt ihr die abgemachten zwei Silberlinge. Lasst uns nun durch.»

Jäh platzte meine Hoffnung. Bestochen! Sie hatten die Torwachen bestochen!

«Stellt ihn ruhig!», war das Letzte was ich hörte, dann wurde mir wieder schwarz vor Augen.

Als ich wieder erwachte, stand die Sonne schon hoch am Himmel. Mir war schlecht vom Schaukeln des Wagens.

«Er ist wach! Halt!», rief eine kräftige Stimme. Der Eselkarren stoppte und ich wurde unsanft heruntergezerrt und an ein Seil gebunden. Nun sah ich, dass es noch mehr so arme Kerle wie mich gab, welche an ein Seil gefesselt, zwischen den Aufpassern auf den Kamelen, den Weg zu Fuss gehen mussten.

«Sklaven laufen!», schrie mich der Dunkelhäutige an. Er sass auf einem schwarzen Hengst und schwang eine grosse Peitsche, welche er knallend über den Köpfen der Gefesselten kreisen liess. Die Karawane setzte sich wieder in Bewegung.

«Schau, dass du nicht stolperst, sonst wirst du mit der Peitsche Bekanntschaft machen!», flüsterte eine Stimme hinter mir am Seil. «Ich bin Abdullah und wer bist du?»

«Ich bin Dismas. Ich wurde in Jerusalem überfallen und an den Dunkelhäutigen verkauft.»

«Ich bin schon vor fünf Jahren zum Sklaven gemacht worden», sage Abdullah. «Er hat mich vor zwei Wochen meinem Vorbesitzer abgekauft. Vorher war ich ein freier Mann!»

Ich schaute nach hinten und sah einen etwa dreissigjährigen, muskulösen Mann. Seine Haut war von der Sonne gebräunt und sein Gesicht wies viele Narben auf.

«Schau nach vorne und sprich leise! Es ist nicht erlaubt miteinander zu reden. Wenn wir es unauffällig tun und sie auf ihren Kamelen und Pferden reiten, merken sie es nicht.»

«Wer ist dieser Dunkelhäutige auf dem Pferd? Und wohin gehen wir?», fragte ich.

«Das ist Omar, der oberste Sklavenwächter. Ein grausamer Mann! Vor einigen Tagen hat er eigenhändig einen Geflohenen aufgespürt, an einem Seil an sein Pferd gebunden und ihn zurückgeschleift. Das hat der nicht überlebt. Ich habe gehört, wie er zu den anderen Aufpassern sagte, dass wir heute gegen Abend das Meer erreichen. Mehr weiss ich auch nicht.»

Es knallte in der Luft und die Peitsche traf Abdullah auf dem Rücken. Sie hinterliess einen roten Striemen.

«Ruhe!»

Ich merkte, dass es für uns besser war zu schweigen. So gingen wir etwa zwei Stunden, bis wir an einem Bach eine Rast einlegten, um zu trinken.

«Trinkt! Trinkt genug, denn auf dem Schiff, das euch erwartet, gibt es nur wenig Wasser!», rief ein Wächter.

«Wohin fährt das Schiff?», fragte ich.

«Das wirst du schon noch früh genug sehen. Wir segeln ans Ende der Welt. Dort wartet die Hölle auf dich!» Er lachte roh und seine Kumpane stimmten belustigt mit ein.

Nach weiteren, langen Stunden Fussmarsch erreichten wir die Küste.

«Das ist das Mittelmeer», flüsterte Abdullah, «und das Schiff dort ist aus Ägypten. Sie sind leicht zu erkennen an den eigenartigen Schriftzeichen auf den Segeln.»

«Dann segeln wir nach Ägypten?», wollte ich wissen.

«Segeln ist wohl nicht das richtige Wort. Siehst du die vielen Luken? Das sind Öffnungen für die Ruder! Wir müssen auf dem Weg nach Ägypten sicher viel rudern. Wenn wir Glück haben, hilft uns der Wind. Wenn er aber gegen uns bläst, werden einige diese Reise nicht überleben.»

Es schauderte mich.

«Wer aus dem Takt kommt, wird ausgepeitscht! Schau, dass du bei mir an das Ruder gekettet wirst. Ich war schon einmal auf einem Ruderschiff und weiss, wie es geht. Ausserdem bin ich kräftig und wenn du müde wirst, kann ich etwas mehr rudern.»

«Wieso hilfst du mir?»

«Du hast reine Augen. Du bist kein Verbrecher wie die meisten hier und du musst etwa fünfzehn Jahre alt sein. So alt wie mein Sohn.»

Er senkte den Kopf.

«Was ist mit ihm?»

«Ich weiss es nicht. Ich hatte mit einer Sklavin heimlich einen Sohn. Dann wurde er bei ihr gefunden und beide wurden verkauft. Ich hatte damals nicht genug Gold, um sie beide zu kaufen. Das ist nun schon zehn Jahre her», seufzte Abdulla.

Eine Träne rann über sein narbiges Gesicht. Ich schwieg und stellte keine Fragen mehr, denn ich wollte den Schmerz nicht vergrössern.

«Stellt euch vor der Planke auf!», schrie Omar und knallte wieder mit der Peitsch.

Unsere Fesseln wurden vom Seil gelöst. An eine Flucht war aber nicht zu denken.

Dicht nebeneinander standen die Aufpasser mit langen Messern in der Hand. Sie führten uns aufs Schiff unter Deck. Rechts und links des Mittelganges waren die Ruderbänke mit angeketteten Männern. Einige Bänke waren leer.

«Wir müssen diejenigen ersetzen, welche die Reise nicht überlebt haben!», schoss es mir durch den Kopf.

Uns wurden eiserne Fussfesseln angelegt. Jeweils vier Mann wurden an ein Ruder gesetzt und die Fussfesseln mit einer Kette verbunden. Ich wich Abdullah nicht von der Seite und so wurden wir gemeinsam an eine Ruderbank gekettet.

Ein in exotische Kleider gehüllter Mann erschien unter Deck. Er trug eine dicke Goldkette um den Hals und an seinen Händen glitzerten mit Edelsteinen besetzte Ringe. Er musste ein reicher Mann sein!

«Ich bin Echnaton! Herrscher von Luxor! Ihr werdet mir dienen! Ich bin euer Gott! Ich entscheide über euer Leben oder euren Tod! Also strengt euch an und stellt mich zufrieden, wenn ihr lange leben wollt!»

«Ist das der Herrscher von Ägypten?», sprach ich leise vor mich hin.

«Nein», antwortete Abdullah. «Er muss aber ein einflussreicher Ägypter sein. Das Ägyptische Reich wurde von den Römern erobert. Luxor liegt weit oben am Fluss Nil. Es ist eine mächtige Stadt.»

«Wieso weisst du das?»

«Ich wurde kurz nach der Eroberung der Stadt durch die Römer in der Nähe von Luxor, geboren.»

Mehr konnte er nicht mehr erzählen, weil mächtige Trommelschläge ertönten.

Ein Aufseher brüllte: «Das ist der Schlagtakt! Wer ihn nicht einhält, bekommt die Katze zu spüren!»

Ich schaute zu ihm und sah, dass er in der Hand eine Geissel hielt mit Wiederhaken an den Enden. Ein wahres Folterwerkzeug. Es wunderte mich nicht, dass einige diese Tortur nicht überlebt hatten.

Ich lernte schnell, wie man ruderte und was die einzelnen Befehle bedeuteten. Abdullah war mir eine grosse Hilfe. Er zeigte mir auch, wie man kräfteschonend rudert, ohne dass es den Wächtern auffiel. In den Ruderpausen und den Nächten überkam mich oft ein Gefühl der Hilflosigkeit.

«Wieso musste ich den Räubern in die Hände fallen?», fragte ich mich. Wut kam in mir auf und mit jedem Peitschenhieb, den auch ich hin und wieder ertragen musste, brannte sich ein Gedanke in mein Gedächtnis ein: «Wo ist der gerechte Gott? Warum nimmt er mir Aurelia weg?»

Abdullah erzählte mir oft von den Göttern der Ägypter: Von Ra, dem Sonnengott, von Amun-Re, dem König der Götter oder vom Apophis, dem Gott der Finsternis.

«Hast du einen dieser Götter gesehen oder ihre Macht erlebt?», wollte ich von ihm wissen.

«Nein, nur aus Stein gehauene Statuen. Aber wer hat schon einen Gott gesehen oder ein Wunder erlebt?»

«Ich! Meine Mutter erzählte mir oft von einem Kind, in dessen Badewasser ich vom Aussatz geheilt worden sei. Vor meiner Gefangennahme hat er noch im Tempel, in Jerusalem, die Schriftgelehrten in Staunen versetzt. Er wusste oft mehr als sie.»

«Nun, das wird dir hier alles nichts nützen. Hier gilt das Gesetz des Echnaton und seiner Wächter.»

Wir fuhren lange auf dem Mittelmeer und legten da und dort an, um Fracht mitzunehmen. Nach zwei Wochen erreichten wir die Mündung des Nils.

«Schau durch die Luke. Das ist der Leuchtturm von Alexandria. Wir werden wohl den Nil hinauf rudern müssen bis nach Luxor.»

«Ist das weit?»

«Ja – und anstrengend!»

Nach endlosem Rudern, viel vergossenem Schweiss, Geissel- und Peitschenhieben, erreichte das Schiff Luxor. Fünf Männer hatten die Strapazen nicht überlebt: Ausgehungert, krank oder von den Geisselhieben verletzt und entkräftet, starben sie. Man warf ihre Leichen einfach über Bord. Wir waren alle schmutzig und es roch hier unten nach Fäkalien und Fäulnis.

«Wer versteht ägyptisch?», schrie ein Aufseher.

«Ich», rief Abdullah und sagte ihm etwas in dieser fremden Sprache.

«Macht ihn los! Du wirst die ägyptischen Befehle übersetzen. Dafür musst du nicht so hart arbeiten. Aber wehe, wenn du uns hintergehst! Dann wirst du den Krokodilen des Nils zum Frass vorgeworfen.»

«Der Hellhäutige daneben muss auch mit!», rief Omar, «Echnaton mag hellhäutige, junge Sklaven.»

Es lief mir kalt den Rücken herunter. «Er mag junge Sklaven! Wenn er mir nur nicht zu nahekommt. Sonst erschlage ich ihn!», durchfuhr es mich.

So wurde ich losgekettet und konnte mit Abdulla an Deck gehen. Es war schön, wieder den blauen Himmel zu sehen. Der grünblau schimmernde Nil war ein mächtiger Fluss. Die Hafenanlagen waren mit vielen römischen Wachen besetzt. Echnaton konnte überall ohne Kontrolle passieren. Nach etwa einer Stunde Fussmarsch erreichten wir ein feudales Landgut mit grünen Wiesen und blühenden Feldern. Ein grosses Herrschaftsgebäude mit einem beeindruckenden Säuleneingang und viele kleinere Häuser bildeten einen Halbkreis, eine Art Innenhof. Es war ein eiliges Kommen und Gehen. Aus verschiedenen Gebäuden war Lärm zu hören. Ich vernahm die Hammerschläge eines Schmieds und das Klirren von Schwertern, wie wenn ein Kampf geübt würde. Aus der Ferne drang der Geruch von gebackenen Brotfladen und über Feuer gebratenem Fleisch in meine Nase. An einem kleinen Bach sah ich Frauen Kleider waschen, und dazwischen sprangen Kinder herum. Aber überall standen Aufseher und Wachen mit spitzen Lanzen und eigenartig angemalten Augenlidern. Die Frauen hatten noch mehr Farben im Gesicht und trugen tunikaähnliche Kleider. Alles wirkte auf mich sehr fremdartig.

«Kommt mit!», befahl uns Omar, «Echnaton will seine Neueinkäufe seinem Hofstaat zeigen.»

Wir betraten die Vorhalle des grossen Herrschaftsgebäudes. Die Wände waren reich verziert mit farbigen Gemälden von eigenartigen Wesen: Menschenähnlich mit einem Adlerkopf oder einem Schakalskopf zwischen anmutigen Frauengestalten. Ein süsslicher Geruch von Räucherwerk lag im Raum. Vor einer grossen, kupferfarbigen Türe mussten wir warten. Dann ertönte ein Hornstoss und die schwere Türe wurde von den Türwachen geöffnet. Der Anblick des Innenraums liess mich einen kurzen Augenblick staunend innehalten. Eine solche Pracht hatte ich noch nie gesehen: Goldene Wände, ein mit kostbaren Teppichen ausgelegter Boden, Tische und Stühle aus edelstem Holz mit reichverzierten Schnitzereien, über und über mit Edelsteinen und Gold verziert. Die Spitze einer Lanze holte mich aus dem Staunen heraus und trieb mich weiter voran. Zu Füssen eines mit purpurfarbigem Stoff überzogenen Podestes, vor einem imposanten, thronähnlichen Stuhl, mussten wir uns hinknien. Echnaton stand von seinem Thron auf und klatschte in die Hände. Sogleich öffnete sich eine Seitentüre. Frauen und Männer jeden Alters traten hinzu.

«Steht auf ihr zwei! Zeigt eure Muskeln!», befahl Echnaton.

Einige jüngere Frauen griffen nach unseren Oberarmen und kicherten dabei.

«Die Männer sind zum Arbeiten da!», ermahnte sie Echnaton, «nicht für euer Vergnügen. Der Ältere versteht unsere Sprache. Er wird den Sklaven eure Befehle übersetzen. - Nadir!»

«Was wünscht ihr?», fragte ein dicklicher, älterer Mann.

«Ich will, dass der Jüngere zum Hofsklaven ausgebildet wird und dir zur Hand geht!»

«Ja, Herr!»

Er fasste mich am Gewand und zerrte daran. Ich verstand das als Zeichen ihm zu folgen.

Nadir der Heiler

«Ich bin Nadir! Mir sind alle Haussklaven unterstellt! Ich spreche deine Sprache und ich werde dir das Wichtigste in meiner Sprache lernen.»

Wir gingen durch verschiedene Räume, bis wir in eine einfache Unterkunft kamen.

«Hier wirst du schlafen! Wenn du genau das tust was ich sage, wirst du vielleicht länger leben als deine Vorgänger.»

«Was ist mit meinen Vorgängern geschehen?», wollte ich wissen.

«Er hat sie den Nilkrokodilen vorgeworfen! Ich habe sie ausgebildet und aus einer Laune heraus hat er sie, wegen Kleinigkeiten, mit dem Tode bestraft. Also sei aufmerksam und gib ihm keinen Grund dich zu bestrafen! Wenn du morgen dein Zeichen erhältst, komm zu mir. Ich werde schauen, dass es schnell heilt!»

Was meinte er mit dem Zeichen, fragte ich mich. Ich sollte es schmerzhaft erfahren.

Am nächsten Morgen wurden alle neuen Sklaven zur Schmitte geführt. Die Wächter standen um uns herum und immer einer wurde herausgenommen und in die Schmitte geführt. Kurz darauf war ein herzzerreissender Schrei zu hören. Als nächsten packten sie mich und zerrten mich zu einer Feuerstelle. Darin lagen lange Eisenstangen. Der Schmid holte eine heraus. Die Spitze war rotglühend. Die zwei Wächter hielten mich mit festem Griff, sodass ich mich nicht bewegen konnte. Der Schmid drücke das glühende Eisen auf die Haut meines Oberarms. Ein stechender Schmerz durchfuhr mich, als das Fleisch verbrannte. Ich verlor kurz das Bewusstsein. Als ich wieder zu mir kam, lag ich am Boden vor der Schmitte. Ein durchdringender Schmerz ging von der Stelle aus, wo das

Eisen mich berührt hatte. Ein Stern mit Strahlen hatten sie in mein Fleisch gebrannt.

«So jetzt seid ihr alle als Sklaven des Hauses Echnaton gezeichnet! Wenn ihr flieht, wird man euch erkennen, egal wo ihr seid! Ich werde euch finden und es wird mir ein Vergnügen sein euch den Krokodilen des Nils zu verfüttern!», höhnte Omar.

«Geht jetzt zu euren Arbeitsplätzen!»

Ich wurde zu Nadir gebracht.

«Gut, dass du zu mir kommst. So, da legen wir jetzt einige Heilkräuter auf, damit sich der Arm nicht entzündet!», erklärte Nadir. «Du kommst jeden Tag zu mir, damit ich den Verband wechseln kann.»

Die Wunde heilte schnell, aber der Stern mit seinen Strahlen war gut sichtbar!

Die Tage vergingen wie im Flug. Nun war ich schon ein halbes Jahr hier. An Flucht war bei der strengen Bewachung des Geländes nicht zu denken.

Abdulla war der Einzige, zu dem ich Vertrauen hatte. Er war aber oft irgendwo als Übersetzer beschäftigt, sodass wir uns nicht oft sahen.

Ich musste viel Neues lernen. Meine Hauptaufgabe war, Echnaton jeden Wunsch zu erfüllen, sei es Speisen oder Getränke zu reichen, Botengänge zu erledigen oder den Dreck seiner nächtlichen Gelage zu entfernen. Ich merkte wohl, wie seine Augen gierig an mir hingen. Ich gefiel ihm offenbar. Oft machte er anzügliche Bemerkungen. Doch bisher war es mir immer gelungen, rechtzeitig aus seiner Nähe zu verschwinden.

Jeden Abend sank ich todmüde auf mein Strohlager. Nur hier hatte ich Zeit zum Nachdenken. Oft war ich traurig, weil mir der Gedanke, dass ich Aurelia nie mehr sehen würde, fast das Herz brach. Ich konnte auch keinen Trost bei den hübschen Sklavinnen und den jungen Töchtern des Echnaton finden, denn ich wusste, eine Nachlässigkeit, ein Nachgeben, wäre mein Todesurteil! Das wussten auch die jungen Frauen. Sie ergötzten sich daran, mich, während meines Dienstes bei Echnaton, mit zufälligen Berührungen und tiefen Einblicken in ihre offenen Kleider zu provozieren. Echnaton durchschaute ihr Spiel und hatte Gefallen daran zu sehen, wie ich litt.

Doch ich durfte mir nichts anmerken lassen. Es verging keine Woche in der Echnaton nicht einen der Sklaven bestrafte. Oft überlebten sie seine grausame Bestrafung nicht. Halb tot liess er sie in die Sklavenunterkunft werfen. Nadir, der Zeremonienmeister kam dann und brachte verschiedene Salben und Kräuter.

«Ich hasse es, wenn er das tut! Er schlägt sie fast zu Krüppeln und von mir verlangt er, sie wieder zu heilen. Schau mir gut zu, Dismas, und lerne!»

Er zeigte mir, wie man Wunden verband und welches Kraut für welche Verletzung gut war. Ich fragte mich oft, wieso er mir dies alles erklärte. Eines Tages sagte er zu mir: «Ich bin bald zu alt, um Kräuter suchen zu gehen, dann wirst du es für mich tun! Wenn du die Kunst der Salbenherstellung lernst, wirst du später einmal am Hofe aufsteigen können. Mir war es leider nie vergönnt, einen Sohn zu haben.»

So begann für mich eine interessante Zeit. Mit Nadir ging ich oft auf Kräutersuche, aber allein waren wir nie. Immer begleiteten uns einige Wachen. Er sagte zwar, sie seien zur Sicherheit vor Räubern, aber genauso gut bewachten sie auch mich. Nadir hatte ein riesiges Wissen. Obwohl er Zeremonienmeister war, hätte er es mit jedem Arzt aufnehmen können. Es gab fast keine Krankheit, die er nicht mit einer Salbe oder einem Tee lindern konnte. Er hatte auch eine geheimnisvolle, braune Masse, welche die Schmerzen betäubte. Er wollte mir nicht sagen von welcher Pflanze es kommt, aber einmal habe ich ihn beobachtet, wie er am Abend bei einem nahegelegenen Feld, mit rotblühenden Blumen, Schnitte in die Blütenkelche machte und ein weisslicher Saft daraus floss. Am nächsten Morgen hatte sich der geheimnisvolle Saft braun verfärbt und war zäh-klebrig. Ich sah, wie Nadir diese Masse vorsichtig ablöste und in einem Gefäss verschwinden liess. Er war fast fertig, als mich eine seiner Wachen erwischte.

«Na Dismas, ist nun deine Neugier befriedigt?»

Ich hatte das Gefühl, er wusste schon lange, dass ich ihn beobachtete.

«Du bist hinter mein Geheimnis gekommen, aber hüte es! Dieser Saft ist äusserst selten. Du kennst die Wirkung! Wenig davon lindert grosse Schmerzen, aber wer zu viel und zu oft davon nimmt, verfällt der Unterwelt! Ich habe mitansehen müssen, wie Menschen den Verstand verloren haben. Sie wurden durch Geister, die nur sie sehen konnten, gequält und in ihrem Wahn haben sie sich das Leben genommen. Also sei klug!»

Fast zwei Jahre unterwies mich nun Nadir in der Kunst der Kräuter und Salben, als wieder einmal ein Opfer von Echnatons Jähzorn, völlig geschunden in die Unterkunft geworfen wurde. Ich sah sofort, dass er nur überleben konnte, wenn seine Blutungen sofort gestillt, und die Wunden gesäubert würden. Aber Nadir war in Luxor und niemand wusste, wann er wiederkommen würde.

«Dismas, hilf mir!», röchelte der Geschundene.

Was sollte ich tun? Blitzschnell lief alles Gelernte vor meinem Geiste ab und ich wusste was zu tun war!

«Bringt mir saubere Tücher, kleine Hölzer und feine Seilstücke!»

Mit schnellem Griff presste ich die Tücher auf die Stelle am Arm, wo pulsierendes Blut austrat. Die kleinen Hölzer legte ich darüber und zog mit den Seilstücken das Ganze fest an. Die anderen Wunden reinigte ich mit Wasser und wusch sie mit Palmwein aus. Er schrie vor Schmerz, aber das Brennen in den Wunden war besser, als später ein Bein oder einen Arm abschneiden zu müssen, weil sie eiterten und abfaulten. Am Schluss tupfte ich noch einen besonderen Pflanzensaft auf die wunden Stellen. Ich nahm ein graugrünes, dickfleischiges Blatt und schnitt es auf. Das wässrige, gelbliche Fleisch legte ich in dünnen Streifen auf die Wunde. So heilten die Verletzungen viel schneller. Nadir nannte sie «die Pflanze der Unsterblichkeit» und wie er mir erzählte, zogen die

Ägypter nie in einen Krieg ohne diese Pflanze.

«Sieht gut aus», hörte ich plötzlich hinter mir Nadirs Stimme.

«Ich hätte es nicht besser machen können!»

Ich senkte etwas verlegen den Kopf, doch ich war auch stolz auf meine Arbeit.

Schnell sprach sich herum, dass ich, wenn Nadir nicht zur Stelle war, auch helfen konnte. Djumana, eine der Töchter Echnatons, kam wegen jeder Kleinigkeit zu mir. Sie war mit ihren 17 Jahren gleich alt wie ich. Ihr schwarzes, schulterlanges Haar, wurde von einem goldenen Ring, gleich einer Krone, zusammengehalten. Die schwarze Umrandung der Augen, machten ihre dunkelbraunen, schönen Augen noch auffälliger. Sie trug immer eine enganliegende, körperbetonende Tunika.

«Dismas! Komm her! Ich habe mich an einem Papyrus geschnitten. Verbinde mich!»

«Das ist jetzt schon das dritte Mal diese Woche! Zudem heilt ein so leichter Schnitt von selbst», fügte ich an.

«Nein, komm und hole deine Wundsalbe!»

Da sie die Lieblingstochter Echnatons war, durfte ich sie nicht verärgern. Also holte ich die Wundsalbe und strich eine dünne Schicht auf ihren kaum sichtbaren Schnitt. Dabei schmiegte sie sich ganz dicht an mich heran. Ich wollte mich nach hinten beugen, aber da war die Wand. Ich spürte ihren heissen Atem an meinem Hals. Ihre zweite Hand berührte sanft meinen Arm. Mir schoss es durch den Kopf: «Wenn jetzt Echnaton hereinkommt, bin ich erledigt!»

«Kannst du diesen schwierigen Fall behandeln oder brauchst du meine Hilfe?», hörte ich plötzlich eine Stimme.

Es war Nadir, der mich aus dieser heiklen Situation rettete. Djumana zurückzuweisen war für mich genauso gefährlich, wie sich mit ihr einzulassen. So ging ich ihr, wenn immer möglich, aus dem Weg. Dies war aber nicht einfach. Ich hatte wohl bemerkt, dass ich ihr gefiel und sie jede Gelegenheit nutzte, mir nahe zu sein. So entwickelte sich ein gefährliches Spiel. Sie versuchte, sich so oft wie möglich mir zu nähern, und ich versuchte, mich vor ihr zu verstecken. So verging ein weiteres Jahr.

Eines Morgens, ich war gerade dabei die Trinkgefässe zu reinigen, hörte ich hinter mir die tiefe Stimme des Aufsehers Omar: «Komm Dismas! Echnaton geht es nicht gut. Du musst ihm helfen!»

«Geh zu Nadir! Er ist der Heiler!»

«Nadir ist nicht da. Komm!», sagte er in ernstem Ton.

Widerwillig ging ich mit. Nadir hatte oft erzählt, wie launisch Echnaton war. In so einer Verfassung war er unberechenbar. Wir traten in einen Raum des Hauses, in dem ich noch nie zuvor gewesen war. Es musste sein persönliches Zimmer sein. Die Wände waren voll von Götterdarstellungen und anmutigen Frauengestalten. Auf einem edlen Holztisch standen viele kleine Flaschen. Ich erkannte sie. Es waren alles Heiltinkturen von Nadir. Es standen Waschgefässe aus Alabaster neben einem riesigen, mit Samtkissen bepackten Bett. Darin lag Echnaton. Er röchelte leicht und drehte sich unruhig. Er schien nichts um sich wahrzunehmen. Zudem roch sein Atem nach Wein.

«Gib ihm etwas!», befahl Omar.

Panik erfasste mich. Was sollte ich ihm geben? Wenn es nicht half, drohte mir die Peitsche und wenn ich mich irrte und er gar sterben sollte, würde ich in einem Krokodilmagen enden.

«So, mach vorwärts!», herrschte mich Omar an.

Plötzlich hatte ich eine Idee. Baldrian beruhigt, hatte mir Nadir beigebracht. Ich suchte auf dem Holztisch die Baldriantropfen. Da waren sie. Vorsichtig gab ich einige Tropfen in ein Glas mit etwas Wasser.

Omar ging damit zum Bett und richtete Echnaton auf. Er flösste ihm den Trank ein.

Es vergingen bange Minute. Ich spürte mein Herz bis zum Hals hinauf schlagen. Die Zeit schien stehen zu bleiben. Endlich, nach einer halben Stunde, wurde Echnaton ruhiger und fiel in einen entspannten Schlaf.

«Du kannst gehen. Wir brauchen dich hier nicht mehr!», befahl Omar.

Sofort begab ich mich zur Türe. Dort stand Djumana.

«Du hast es gut gemacht! Ich werde mich erkenntlich zeigen!»

Ich wusste nicht genau, was sie damit andeuten wollte. Irgendwie mochte ich sie schon, aber der Gedanke an die Krokodile liess jede Regung ersterben. Und da war das immer noch brennende Feuer für Aurelia. Dachte sie wohl noch an mich? Es waren jetzt schon drei Jahre vergangen, seit wir uns das letzte Mal gesehen hatten.

Das Grabmal

Am nächsten Morgen wartete eine Überraschung auf mich. Ich hatte gerade mein morgendliches Getreidemus gegessen, als Echnaton nach mir verlangte. In seinem Arbeitszimmer sass er auf seinem thronähnlichen Stuhl.

«Dismas, ich weiss, dass ich nicht mehr so lange zu leben habe. Ich lasse schon seit einiger Zeit mein Grabmal bauen. Es ist fast fertig. Djumana überwacht die Arbeiten. Du wirst sie begleiten und dafür sorgen, dass in meiner Grabkammer alle Arzneien vorhanden sind, welche ich für die lange Reise ins jenseitige Reich brauche!»

Aus den Erzählungen von Abdullah wusste ich, dass die Ägypter alles mit in ihr Grab nahmen, von dem sie dachten, dass es ihnen den Übertritt ins jenseitige Reich vereinfachte.

«Komm Dismas!», rief Djumana. Ein von Araberhengsten gezogener Kampfwagen wartete vor dem Haus. Djumana stieg auf den Wagen und packte die Zügel.

«Komm, steig auf und halte dich fest!», rief sie in meine Richtung.

Sie schwang die Peitsche. Ruckartig setzte sich der Wagen in Bewegung. Mit der einen Hand hielt ich mich am Wagen fest, während die andere noch einen Halt suchte. Dabei streifte ich Djumanas Hüfte. Sie lachte.

«Halt dich vorne fest, sonst fällst du mir noch runter. Das wäre doch schade bei deinem schönen Körper!», spottete Djumana.

Nach einer guten halben Stunde stoppten wir vor einer glatten Felswand.

«Hier ist das Grabmal.»

Ein bärtiger, älterer Mann trat auf uns zu.

«Sei gegrüsst Djumana. Wir machen gute Fortschritte. Die Gänge und die Grabkammern sind fast fertig. Schau selbst!»

Eine mannshohe Eingangsöffnung führte in das Innere der Felswand. Durch einen zwanzig Schritte langen Gang erreichten wir eine erste grosse Kammer. Ein zweiter kürzerer Gang führte in einen etwas kleineren Raum. An der Wand waren Nischen herausgeschlagen worden. Ich berührte sie mit meiner Hand.

«Hier hinein wirst du die Salben und Tinkturen für meinen Vater legen», sagte Djumana an mich gewandt.

Der Bauführer kam und besprach Details mit Djumana.

«Darf ich mir die Anlage ansehen, Djumana?», fragte ich.

«Ja, geh nur, ich habe noch zu tun», meinte sie.

Ich betrat wieder den ersten Raum. Warum wurden zwei Räume herausgeschlagen, fragte ich mich. Und was sollen die grossen Platten oberhalb der Gänge, welche auf je zwei, mit sandgefüllten Behältern, standen?

«Dismas, wir gehen», rief Djumana, «für heute habe ich genug gesehen!»

Wir bestiegen wieder den Kampfwagen. Auf halber Strecke zügelte Djumana plötzlich die Pferde und liess sie aus einem Bach trinken.

Ich hatte auch Durst und bückte mich.

«Nicht hier, hinter dem kleinen Hügel entspringt die Quelle. Dort ist auch ein kleiner See. Das Wasser ist da besser.»

Sie lief voraus. Wie ein blauer Saphir strahlte der kleine See. Er war umgeben von grossen Felsbrocken, sodass man keinen freien Einblick hatte. Sie ging ans Wasser und liess wie selbstverständlich ihre Tunika fallen. Da stand sie nun mit ihrem makellosen, nackten Körper.

«Dismas, ich will jetzt baden! Komm!»

Mir wurde gleichzeitig heiss und kalt. Sie ging in den See und drehte sich zu mir um.

«Auf was wartest du?»

«Djumana, es ist mir nicht erlaubt mit dir zu baden! Dein Vater würde mich töten lassen!»

«Wieso meinst du habe ich meinen Vater überredet dich mitzunehmen? Die Aufbewahrungsorte für die Salben hätte ich auch selber bestimmen können.»

«Komm jetzt rein oder ich sage Echnaton, dass du fliehen wolltest. Du weisst, was das bedeutet!»

Ja, das wusste ich! Auspeitschen, Kerker und hungern! So blieb mir keine Wahl. Ich zog mein Kleid aus. Djumana betrachtete mich ganz genau. Ich konnte ihre Blicke auf meiner Haut spüren. Vorsichtig glitt ich in den See.

Djumana kam auf mich zu.

«Findest du mich schön?», wollte sie von mir wissen.

Das war eine gefährliche Frage. Wenn ich nein sagen würde, müsste ich ihre Rache fürchten. Bei einem ja möchte sie vielleicht mehr, schoss es mir durch den Kopf. Bei einem Ja hätte ich aber weniger zu befürchten. Also wählte ich das kleinere Übel.

«Ja, Djumana, du bist eine schöne Frau! Aber ich dürfte nicht hier sein, so nahe bei Dir und nackt!»

«Dismas, du weichst mir immer wieder aus. Dabei sehe ich die Glut in deinen Augen, wenn ich dir nahe bin! Hier sind wir allein! Lass deinen Gefühlen freien Lauf.»

Sie fasste meine Hand und zog mich an sich. Ich spürte die Wärme ihrer Haut. Djumana schien diese Berührung sehr zu geniessen. Ich spürte, wie ihre Hand über meinen Körper glitt. Ich getraute mich kaum zu atmen. Schon trafen ihre Lippen die meinen und ihre Hand hatte ihr Ziel gefunden. Ein wohliger Schauer durchfuhr mich.

«Du hast noch keine Erfahrung mit Frauen?», wollte sie wissen.

«Nein», sagte ich kleinlaut.

«Macht nichts. Lass es einfach geschehen!»

«Djumana! Djumana! Wo bist du?», hörten wir einen Ruf aus der Ferne.

Die Stimme riss uns aus unserem Sinnesrausch zurück.

«Das ist Omar», flüsterte ich Djumana zu.

«Versteck dich hinter diesem Felsen! Ich werde ihn ablenken», sagte Djumana.

«Meine Kleider liegen noch am Ufer bei deinen Kleidern», entgegnet ich.

«Lass mich nur machen. Geh jetzt Dismas!»

«Djumana, wo bist du?», ertönte Omars Stimme erneut.

Schon war er nahe beim See.

«Omar bleib, wo du bist! Ich habe ein Bad genommen. Dreh dich um! Ich komme heraus! Wenn du schaust, sage ich es meinem Vater!», rief Djumana ihm zu.

Ich konnte von meinem Felsenversteck aus sehen, wie sie den See verliess. Schon war sie bei den Kleidern und warf mein Bündel zielsicher über den Felsen direkt in meine Richtung. Hastig zog ich mich an und schlich auf der anderen Seite des Hügels zum Kampfwagen zurück. Kaum war ich da, kamen auch schon Omar und Djumana.

«Hast du die Pferde getränkt?», fragte mich Djumana mit einem herrischen Ton.

«Ja», gab ich zur Antwort.

«Wo warst du? Als ich hier ankam, waren die Pferde allein», wollte Omar wissen.

«Ich musste auch mal. Ich war hinter den Büschen.»

Etwas knurrend gab sich Omar mit der Antwort zufrieden.

«Djumana, wieso hast du nicht auf mich gewartet. Du weisst, ich sehe es nicht gerne, wenn du mit Sklaven allein bist. Man weiss nie!»

Djumana lachte laut: «Ich habe meine Peitsche und meine Messer. Du weisst, wie gut ich damit umgehen kann. Ich brauche kein Kindermädchen!»

«Aber ich bin, mit meinem Kopf bei Echnaton, für dich verantwortlich!»

«Dismas ist keine Gefahr für mich. Er ist mit treu ergeben. Er fürchtet die Krokodile viel zu sehr, als dass er etwas Unüberlegtes tun würde! Stimmt das Dismas?», fragte sie mich.

«Ja», antwortete ich knapp und senkte demütig meinen Blick.

«Ich begleite euch», entschied Omar.

Ich war immer noch, von meinem ersten Liebesabenteuer, wie benebelt. Viele Gedanken rasten durch meinen Kopf. So erreichten wir Echnatons Haus.

In den nächsten Wochen nahm mich Djumana immer wieder mit zum Grabmal, aber es waren stets Aufpasser mit dabei. Anfang Sommer waren die Grabkammern fertig. Die Priester brachten die letzten Wandbilder an. Ich hatte für alle gewünschten Salben und Tinkturen einen Platz gefunden.

«So jetzt ist alles bereit», hörte ich den bärtigen Bauleiter zu Djumana sagen. Sie drehte sich zu mir.

«Dismas, dies ist das letzte Mal, dass du mit mir das Grabmal besuchst. Wenn wir das nächste Mal kommen, werden wir meinen Vater Echnaton hier begraben.»

Noch immer hatte ich nicht herausgefunden, wieso es zwei Kammern gab. Ich musste mit dem alten Bauführer reden. So liess ich meine Arzneitasche in einer Nische liegen und folgte Djumana nach draussen.

«Steig auf! Wir wollen zurückfahren.»

«Ich habe meine Tasche in der Grabkammer vergessen!» Und bevor sie etwas sagen konnte, eilte ich schon zum Grabeingang. In der kleinen Grabkammer war immer noch der alte Bauführer.

«Ich habe meine Tasche liegen gelassen», sagte ich schnell.

«Ja, ich habe es gesehen. Wenn ich du wäre, würde ich noch ein starkes Gift zu den Salben stellen!»

«Wieso?», wollte ich wissen.

«Echnaton hat mir gesagt, er brauche einige Diener und Priester für den Übertritt ins jenseitige Reich. Er nimmt Nadir mit ins Grab!»

«Sie werden mit ihm lebendig begraben?»

«Ja. Nadir zusammen mit einem Priester und einem Diener.»

Grauen und Entsetzen erfassten mich. Lebendig begraben! Ich packte meine Tasche und verliess diesen verfluchten Ort, denn verflucht war, wer mit Echnaton begraben würde.

Es ging Echnaton von Tag zu Tag schlechter.

«Nadir weisst du, dass Echnaton einige Diener ins Grab mitnehmen will?», fragte ich ihn.

«Ja, Dismas, ich weiss es. Auch ich muss mit ins Grab. Echnaton hat es mir gesagt.»

Er sprach es so gelassen aus, dass ich annahm, er hatte schon einen Plan wie er dies verhindern könnte.

«Echnaton wird den Sommer nicht überleben. Sein Körper wird immer schwächer und auch der Saft der roten Blumen kann seine Schmerzen kaum mehr lindern. Es ist, als wenn viele Würmer ihn von innen auffressen würden. Vielleicht sind das die Geister der ermordeten Sklaven», sinnierte Nadir.

«Nadir! Nadir komm schnell!», rief Omar. «Echnaton geht es ganz schlecht. Ich fürchte er stirbt und begibt sich auf die grosse Reise!»

Sofort kam mir wieder die grosse Grabkammer in den Sinn!

«Nadir, das bedeutet auch deinen Tod!», sagte ich mit zittriger Stimme.

«Nein Dismas, das grosse Auge des Sonnengottes wird mich retten.»

Ich verstand nicht, was er meinte.

Nadir war schon einige Zeit weg, als dumpfe Horntöne das Haus durchdrangen.

Das Zeichen für den Tod Echnatons.

Djumana bereitete das Begräbnis vor, während ihre ältere Schwester das Zepter im Haus übernahm. Ich bereitete die Salben und Tinkturen vor. Es war alles im Beutel, als mein Blick auf das Skorpiongift fiel. Ich nahm es vom Gestell und legte es dazu, denn ich wollte Nadir einen qualvollen Hungertod ersparen. Er kam zurück von der Einbalsamierung Echnatons.

«Nadir, hier sind die Arzneien. Ich habe dir auch das Skorpiongift dazugelegt. Du sollst nicht leiden, denn du warst immer so gut zu mir.»

Nadir lachte! Er lachte! War er irre geworden?

«Dismas, ich habe es dir schon einmal gesagt, das Auge des Sonnengottes wird mich retten!»

Er musste wirklich den Verstand verloren haben. Wie sollte der Sonnengott ihn retten? Er glaubte doch selbst nicht einmal an die Götter!

Nadir schritt mit dem Beutel durch die Türe.

«Das Auge ist ...» Weiter kam er nicht mehr, weil ein durchgebranntes Pferd ihn umrannte. Sein Kopf fiel auf einen Stein und er blieb regungslos liegen.

«Nadir, Nadir!», schrie ich vor Schreck.

Ich schüttelte ihn leicht, aber er wachte nicht auf. Er war ohnmächtig.

«Bringt ihn in sein Gemach!», hörte ich Omars Stimme hinter mir zu seinen Dienern sagen. «Und du, Dismas, nimmst den Beutel und folgst mir!»

«Das ist mein Todesurteil», durchfuhr es mich. Ich drehte mich um und wollte fliehen, aber ich blickte nur auf die gezückten Speere von Omars Aufpassern.

«Fasst ihn», befahl Omar, «und bringt ihn zum Grabmal!»

Sie fesselten meine Hände und Füsse und luden mich auf den Transportwagen, zusammen mit der eingewickelten Leiche von Echnaton.

Vor der Kammer erwarteten uns die Priester und Djumana. Sie nahmen den Leichnam vom Wagen und schritten in einer feierlichen Prozession ins Grabmal. Djumana hatte mich nicht bemerkt. Einige Aufpasser nahmen mir die Fesseln ab, reichten mir den Beutel und drückten mich mit sanfter Speergewalt zum Eingang des Grabmals.

«Dismas!»

Es war Djumanas erregte Stimme. «Das muss ein Irrtum sein, Omar! Er ist nicht vorgesehen für die lange Reise», schrie Djumana völlig aufgewühlt.

«Nadir ist nicht verfügbar. Wer soll Echnaton sonst seine Salben in der anderen Welt geben?», wollte Omar wissen.

«Aber nicht Dismas. Ich stehe über dir und befehle ihn freizulassen. Nimm einen anderen!», rief Djumana energisch.

«Stehst du auch über deinem Vater? Er hat mir den Befehl gegeben: Entweder Nadir oder Dismas!»

Das traf Djumana wie ein brennender Pfeil! Gegen ihren Vater konnte sie sich nicht stellen. Noch im Tode war er mächtiger als ihre Liebe zu mir.

Mit erstickender Stimme flüsterte sie: «Wenn es der Wunsch meines Vaters war, muss ich gehorchen!»

In der kleinen Kammer verteilte ich die Salben und Tinkturen in die Nischen, aber das Skorpiongift behielt ich bei mir.

Als die Priester den Sarkophag geschlossen hatten, begannen sie den Raum mit Weihrauch auszuräuchern. Ich weiss nicht, was das für eine Mischung war, aber sie benebelte meine Sinne. Mir wurde schummrig vor Augen und die Wände schienen auf mich einzustürzen. Wir wurden zurück in die grosse Kammer geführt.

«Bringt die Auserwählten!», befahl Omar.

Ein sehr alter Priester kam freiwillig hinein, aber der ausgewählte Diener schlug wildfuchtelnd um sich. Vier Wachen hatten alle Mühe ihn in die Kammer zu befördern.

«Ich will nicht sterben!», schrie er.

Es war Abdullahs Stimme!

«So sterben wir wenigstens zusammen, Abdullah!», sagte ich zu ihm.

«Dismas! Auch du bist hier?»

«Ja, Abdullah. Das Schicksal hat es nicht gut gemeint mit uns.»

Die letzten Priester und Wachen verliessen den grossen Raum. Wenigstens hatten sie uns einige Kerzen dagelassen.

Ich konnte sehen, wie die Priester die Sandgefässe am Eingang des grossen Raumes unten öffneten, welche die Eingangsplatte hielten. Langsam senkte sich die Platte und mit einem lauten Krachen verschloss sie den Eingang.

Wir waren gefangen! - Verloren! - Verdammt!

Mir war vom Weihrauch noch immer ganz komisch im Kopf. Die Kerze brannte noch. Von irgendwo her musste etwas Luft hereinströmen. So mussten wir wenigstens nicht ersticken. Der alte Priester schaute uns an.

«Ihr glaubt nicht ans jenseitige Reich, oder?»

«Nein! Noch nie ist jemand zurückgekommen. Wir werden elendiglich verhungern», schnaubte Abdullah, «du wirst uns auch nicht retten können, oder?»

«Nein, ich werde euch vorausgehen», fügte er an.

«Wie meinst du das?», wollte ich wissen.

Er sagte nichts mehr und nahm etwas zu sich. Sekunden später war er tot.

Ich ging zu ihm und roch vorsichtig an seinem Mund. Bittermandelgeschmack! Er hatte Blausäure geschluckt.

«Dieser Feigling», rief Abdullah verächtlich, «er bringt sich um und wir müssen elendiglich verhungern.»

Wie viel Zeit vergangen war, wusste ich nicht. Es waren nur noch zwei Kerzen übrig, die Luft wurde stickiger und Durst begann mich zu quälen. Meine Hand spielte mit der kleinen Flasche des Skorpiongiftes. Ein immer stärkerer Gedanke drängte sich in meinen Kopf: «Nimm das Gift! Es ist besser als zu verhungern und zu verdursten!»

«Abdullah, hast du auch so einen Durst?»

«Ja, mir kamen schon ganz wirre Gedanken, wie das Blut des alten Priesters zu trinken. Aber er hat sich ja vergiftet. Vielleicht wäre das der schnellere Tod?»

«Ich habe eine Flasche mit Skorpiongift! Es reicht für uns beide!»

Ich stellte die Flasche neben ihn.

«Siehst du Dismas, wohin uns diese verdammten Götter der Ägypter gebracht haben! Wir denken darüber nach, uns selbst umzubringen!»

Wütend stand Abdullah auf und warf ein Opfergefäss auf das Bildnis des Sonnengottes an der Wand. Klirrend zerbrach es mitten im gemalten Gesicht.

Ich schaute auf die Stelle und war mir nicht sicher, was ich da sah. Hatte sich das Auge des Bildes leicht verschoben? Wie ein Blitz durchfuhr es mich! Das Auge des Sonnengottes! Nadir hatte doch davon gesprochen! Ich drehte mich um.

«Abdullah, nein!»

Er setzte gerade die Giftflasche an. Mit einem Sprung war ich bei ihm und schlug sie ihm aus seinen Händen.

«Was soll das Dismas? Du selbst hast es mir doch angeboten?»

«Ja, das war, bevor du das Gefäss an die Wand geworfen hast! Schau, schau!»

«Was soll da sein?», fragte Abdullah.

«Ich weiss es auch nicht genau. Aber Nadir war vorgesehen hier zu sein. Er hat mir gesagt, dass das Auge des Sonnengottes ihn retten werde. Ich hielt ihn für verrückt, aber vielleicht hat der alte Fuchs vorgesorgt! Komm wir wollen die Wand untersuchen solange wir noch etwas Licht haben!»

Wir gingen zum Bildnis des Sonnengottes. Meine Hand fuhr über das Gesicht zum Auge. Durch den Wurf war es leicht in die Wand eingedrückt worden.

«Schau Abdullah! Das Auge lässt sich nach hinten drücken.»

Mit voller Kraft presste ich dagegen. Zentimeter für Zentimeter rückte

70

es nach hinten. Was ich damit auslöste, war mir nicht bewusst. Plötzlich begann rechts und links des Bildes aus kleinen Spalten Sand heraus zu rieseln. Schon bald bildeten sich kleine Haufen, welche immer mehr anwuchsen.

«Dismas, was geschieht hier? Der Sand bedeckt schon den ganzen Boden! Sollen wir statt verhungern nun vom Sand erstickt werden?»

«Nadir hat das geplant, also muss es auch einen Ausgang geben! Wenn der Sand herausrinnt, müsste sich dahinter ein Hohlraum gebildet haben. Komm Abdullah, hilf mir gegen das Bild zu drücken!»

Gemeinsam stemmten wir uns mit ganzer Kraft gegen das Bild des Sonnengottes. Plötzlich spürten wir, wie die Wand nachgab.

«Achtung Abdullah, gleich bricht die Wand ein!», warnte ich ihn.

So war es auch. Unter Getöse stürzte sie ein. Zum Glück ging die Kerze nicht aus. Aber lange würde der kleine Stummel nicht mehr brennen. Ich kletterte über die Wandtrümmer. Dahinter hatte es einen kleinen Raum.

«Abdullah bring mir die Kerze. Ich sehe hier nichts.»

Vorsichtig nahm Abdullah die Kerze und stieg zu mir hinüber.

«Eine Fackel! Schnell Abdullah zünde sie an, bevor die Kerze ausgeht!»

Im Licht der Fackel war nun viel mehr zu sehen. Am Ende des Raums war ein grosser, runder Stein an der Wand:

«Hilf mir den Stein wegzurollen Abdullah!»

Gemeinsam schoben wir ihn Stück um Stück zur Seite. Zum Vorschein kam ein kleiner Stollen von etwa einem Meter Durchmesser.

«Du musst einen besonderen Gott haben, der dich aus diesem sicheren Grab rettet!», sinnierte Abdullah. Ich kroch mit der Fackel voraus. Nach etwa zehn Metern war der Gang zu Ende. Eine Wand aus Steinen versperrte das Weiterkommen. Durch einen Spalt drang ein kleiner Lichtschimmer hinein. Ich drückte kräftig dagegen und einige Steine vielen herunter. Ein kleines Loch entstand und ich konnte den blauen Himmel erkennen.

«Abdullah, wir haben es geschafft! Noch ein paar Steine wegräumen und wir sind draussen in der Freiheit.»

Doch ich kam nicht weit. Im Freien war jemand! Mich packte die Angst!

«Da ist jemand am Ausgang», flüsterte ich Abdullah zu. «Sei ganz ruhig.»

«Ich krieche zurück und schaue, ob ich etwas waffenähnliches finde, damit wir uns verteidigen können», sprach er leise mir zu.

Bange Minuten vergingen. Waren das die Wachen? Hatten sie den Gang entdeckt?

«Dismas? Dismas? Bist du es?»

Es war die Stimme Djumanas!

«Ja, ich bin es», gab ich zur Antwort.

«Du brauchst keine Angst zu haben. Ich bin allein! Komm heraus.»

Die letzten Steine waren schnell entfernt und ich kroch hinaus. Djumana hatte Tränen in den Augen, als sie mir um den Hals viel.

«Ist der Priester auch dabei?», wollte sie wissen.

«Nein, der Feigling hat sich mit Gift umgebracht. Aber da ist noch Abdullah. Den brauchst du nicht zu fürchten. Wir sind Freunde. Er ist noch in der Grabkammer.»

«Wie hast du von dem Gang erfahren Djumana?», wollte ich wissen.

«Als ich vom Grab zurückkam, habe ich um dich geweint und bin zu deiner Kammer gelaufen. Dabei bin ich Nadir begegnet. Nach dem Sturz war er wieder zur Besinnung gekommen. Er wollte mich trösten wegen meines Vaters. Da habe ich ihm gestanden, dass ich auch wegen dir weine! Er hat mir tief in die Augen gesehen und mich gefragt, ob ich bereit wäre alles zu tun, wenn er mich retten könnte. Ich habe ihm mein Wort gegeben. Dann hat er mich bei Osiris schwören lassen, niemandem etwas zu sagen! So hat er mir vom Tunnel erzählt. Er hat den Bauführer bestochen, damit er ihm einen Fluchttunnel anlegt. Er wusste um das Gift des Priesters und wollte nach dessen Tod den Fluchtweg nutzen. Durch seinen Sturz kam aber alles anders. Ich wäre nicht in der Lage gewesen, dich von draussen her zu retten. Der Sand hätte verhindert den Stein wegzudrücken. Zuerst musste der Sand herauslaufen und den Stein freilegen. So blieb mir nur das bange Warten und die Hoffnung, dass du den Geheimgang entdeckst!», erklärte sie mir erleichtert.

Ich schaute um mich. Irgendwie hatte ich ein ungutes Gefühl. War da nicht ein Schatten bei den grossen Steinen vorbeigehuscht?

«Bist du wirklich allein gekommen?», erkundigte ich mich ängstlich.

«Ja», gab Djumana schnell zur Antwort.

Ich legte meinen Zeigfinger auf meinen Mund, damit Djumana schwieg. Vorsichtig schlich ich zu den grossen Steinen und schaute dorthin, wo ich den Schatten gesehen hatte.

Da spürte ich von hinten eine festzupackende Hand an meinem Hals.

«Suchst du mich, du Totenschänder?», brüllte Omar und schlug mir mit der anderen Hand voll ins Gesicht. Ich taumelte und fiel mit voller Wucht zu Boden. Ich war ganz benommen. Omar stürzte sich auf mich. Mit seinen Beinen fixierte er meine Arme. Er packte einen grossen Stein und holte mit beiden Händen zum Schlag aus. Irrsinn flackerte in den Augen von Omar auf. Entsetzen packte mich, aber ich konnte meine Arme nicht befreien.

«Ich zertrümmere dir den Schädel! Stirb du Sklavenhund!», schrie er.

Ich schloss die Augen und erwartete den Schlag – aber … da kam nichts! Plötzlich war der Druck auf meinen Armen weg.

Ich öffnete meine Augen und sah, dass Omar einen Strick um den Hals hatte und Abdullah mit aller Kraft zudrückte.

«Das ist der Lohn für die Peitschenhiebe, für alle, die du zu Krüppeln geschlagen hast, und für die, welche du den Krokodilen vorgeworfen hast!», schrie Abdullah den sterbenden Omar an.

Omar schlug wild um sich. Aber gegen den kräftigen Abdullah hatte er keine Chance. Sein Gesicht wurde blau und mit einem erstickenden Schrei starb er.

«Abdullah, du kannst ihn loslassen! Er ist tot. Ist das nicht eigenartig.

Schon zum zweiten Mal hätte ich heute sterben können. Du hast mir das Leben gerettet!»

«Habe ich gerne getan! Als ich aus dem Tunnel kroch, sah ich, wie Omar dir ins Gesicht schlug. Er war so mit dir beschäftigt, dass er nicht merkte, wie ich mich hinter seinem Rücken anschlich. Ich löste den Strick, der mein Kleid zusammenhält und als er den Stein mit beiden Händen hochhob, legte ich ihn blitzschnell um seinen Hals und drückte zu. Er hat es nicht besser verdient!», fügte Abdullah hinzu.

«Dismas, Dismas!», rief Djumana herbeieilend. «Ich hatte solche Angst um dich.»

«Er muss dir heimlich gefolgt sein. Es ist wohl besser, wenn wir von hier verschwinden! Irgendwo muss doch noch das Pferd von Omar sein», bemerkte ich.

Ich ging hinter die Felsen und fand das Pferd angebunden an einen dürren Baumstrunk.

«Jetzt gehörst du zu mir. Komm!» Das Pferd kam folgsam mit.

«Schau Abdullah! Nun brauchen wir nur noch für dich ein Pferd!»

«Ich habe ein zweites Pferd mitgenommen», warf Djumana ein. «Das hat Omar wohl bemerkt und ist mir gefolgt. Die Pferde sind dort hinter dem kleinen Hügel.»

So besassen wir jetzt jeder ein Pferd. Aber wie sollte es weitergehen?

«Wir können nicht zurück! Sie würden uns sofort umbringen. Wir müssen fliehen, aber wohin?», fragte ich ratlos.

«Ich habe Freunde in Alexandria. Dort können wir uns verstecken. Zuerst aber verschliesse ich den Fluchttunnel mit Steinen, damit niemand weiss, dass wir noch leben», sprach Abdullah.

«Ich muss aber nochmals zurück in meine Unterkunft und meine Salben und Arzneien holen. Diese werden uns noch sehr von Nutzen sein, um etwas Geld zu verdienen. Djumana es wird bald dunkel. Glaubst du, du könntest es schaffen, mich an den Wachen vorbei zu schmuggeln, damit ich meine Sachen holen kann?»

«Ja, das wird gehen. - Ich will dich nicht verlieren! Aber wenn du nicht fliehst, wirst du getötet! Lieber weiss ich, du bist am Leben, als bei mir in Gefahr.»

So ritten wir auf Schleichpfaden in die Nähe der Häuser. Djumana verliess uns und versprach mich zu holen, wenn die Luft rein war. Als die Dunkelheit alles einhüllte, vernahm ich plötzlich die Stimme von Djumana.

«Dismas? Wo bist du?»

Ich sah Djumana schemenhaft. Aber da war noch jemand!

«Du bist nicht allein?»

«Es ist Nadir.»

«Sonst niemand?», fragte ich leise.

«Nein, Dismas», rief Nadir. «ich bin mitgekommen und habe dir deine Sachen gebracht. Es ist viel zu gefährlich in die Stadt hineinzugehen! Sie haben den toten Omar gefunden.»

Ich und Abdullah verliessen unser Versteck und gingen zu den beiden.

«Schön dich zu sehen Nadir! Ich dachte du bist tot!»

«Dasselbe dachte ich auch von dir! Aber du stehst wohl unter einem besonderen Schutz. Ich weiss nicht, welche Macht dich schützt, aber sie muss stark sein! Immer wieder bewahrt sie dich vor dem sicheren Tod.»

«Ja, das ist schon seltsam.»

«Hier sind deine Sachen.»

Nadir gab mir ein grosses Bündel.

«Ich habe deine Salben und Arzneien noch mit vielen von meinen Mittel ergänzt! Du kennst sie alle und weisst, wie sie zu verwenden sind. Hier habe ich dir noch die besondere Heilpflanze, die mit den breiten, grünen, fleischigen Blättern. Im Innern dieser Blätter ist eine gallertartige Flüssigkeit. Du weisst, eingenommen hilft sie bei Verstopfung und lindert Schmerzen. Aber ihre wahre Heilkraft liegt bei den Wunden! Wenn du jeden Tag auf die Verletzungen etwas von diesem Saft streichst, heilt sie in der halben Zeit. Schaue sie dir genau an. Du wirst sie auf den arabischen Märkten finden. Sie heisst Aloe Vera», erklärte mir Nadir.

«Wieso tust du das für mich Nadir?», fragte ich.

«Mir war es nie vergönnt, eigene Kinder zu haben. Du bist für mich wie ein Sohn. Ich habe dich alles gelehrt, was ich weiss. So lebt ein Stück von mir in dir weiter. - Hier hast du noch ein paar Geräte, um Salben und Arzneien herzustellen. Und dort im Beutel sind noch einige Goldstücke. Du wirst sie brauchen.»

«Danke, Nadir. Du wirst immer einen Ehrenplatz in meinem Herzen haben.»

Trotz der Dunkelheit sah ich, wie eine Träne an seiner Wange hinunterrollte. Auch Djumanas Augen waren feucht.

«Es ist Zeit zu gehen», mahnte Abdullah.

So verabschiedeten wir uns. Djumana umarmte mich und drückte mir einen langen Kuss auf den Mund. Beim Weggehen gab sie mir etwas in die Hand.

«Das ist eine Erinnerung, damit du mich nicht vergisst.»

Bevor ich es ansehen oder etwas sagen konnte, waren sie und Nadir schon verschwunden.

Ich öffnete meine Hand und sah ein Amulett. Es war so schwer, dass es aus Gold sein musste. Erst am nächsten Tag bemerkte ich, dass darauf das Portrait von Djumana eingeritzt war.

Mit den Pferden kamen wir gut voran. Wir mieden die grossen Wege und ritten in der Nacht. Am Tag suchten wir uns einen ruhigen Platz, an dem unsere Pferde fressen und wir schlafen konnten. Immer wieder träumte ich von meiner ersten Flucht, weg von meinem Vater. Auch Aurelia sah ich in diesen Träumen. Sie rief nach mir und rannte auf mich zu. Aber immer kurz bevor wir uns berührten, wachte ich auf.

«Dismas! Dismas! Es ist Zeit, weiterzugehen.»

Ich spürte die Hand Abdullahs an meiner Schulter, welche mich sanft rüttelte.

«Steh auf! Heute wirst du die alte Hauptstadt der Ägypter sehen.

Memphis. Sie ist immer noch die zweitwichtigste Stadt in Ägypten.»

«Warum ist Memphis nicht mehr die Hauptstadt?», wollte ich wissen.

«Alexandria liegt näher beim Meer, und ist so für die Römer besser zu erreichen. Komm, wir müssen uns beeilen, damit wir noch vor Sonnenuntergang durch die Tore kommen.»

Abdullahs Plan ging auf. Die letzten Sonnenstrahlen des Tages erhellten die Stadtmauer. Ein grosser Menschenstrom schob sich durch die riesigen Stadttore. Die Wächter standen gelangweilt herum, sodass es uns keine Mühe bereitete in die Stadt zu kommen. Schon bald standen wir auf dem grossen Marktplatz.

«Hier bekommen wir alles, was wir brauchen. Lass mich reden Dismas. Ich weiss, wie man mit diesen Händlern umgeht.»

Der Markt erinnerte mich an Kapharnaum, nur dass alles viel grösser war. Ich merkte, wie mir das Herz schwer wurde, als ich die schönen Stoffe sah.

Wilde Gedanken schossen mir durch den Kopf. Fast drei Jahre waren seit meiner Entführung aus Jerusalem vergangen. Wie geht es meine Mutter? Dachte Aurelia noch an mich? Sie muss jetzt siebzehn sein und bildhübsch. Sie sollte schon seit zwei Jahren meine Frau sein. Und wie geht es Jakob, ihrem Vater? Lebte er noch?

«Was ist Dismas? Du bist so nachdenklich», unterbrach Abdullah meine Gedanken.

«Der Markt erinnert mich an meine Mutter und Aurelia», fügte ich an.

«Ja, ich weiss wie das ist. Wenn wir hier alles bekommen haben, zeige ich dir etwas, was dich auf andere Gedanken bringt.»

Die Abenddämmerung wich langsam der Nacht. Die Lichter der Händler erhellten die Gassen.

«Dismas es ist Zeit zu gehen. Wir müssen heute Nacht noch eine kurze Strecke zurücklegen, damit ich dir das Versprochene zeigen kann.»

«Was ist es?», wollte ich wissen.

«Lass dich überraschen!», meinte Abdullah verschmitzt.

Wir durchquerten das Stadttor. Abdullah verliess schon bald den Pfad und wandte sich einem kleinen Seitenweg zu, welcher vom Nil weg in die Wüste führte. Hätte ich ihn nicht so gut gekannt, ich hätte es für eine Falle gehalten.

Nach einem langen Ritt in der mondlosen Nacht, hielt Abdullah sein Pferd bei einer Oase an.

«Abdullah wo sind wir? Was sind das für Berge in der Ferne?», wollte ich wissen.

«Das wirst du morgen schon sehen. Schlafen wir noch etwas.»

Die Sonne war gerade aufgegangen, als ich erwachte. Ich fühlte mich etwas zerschlagen. Ich streckte meine Glieder und schaute schlaftrunken in die Ferne. Mein Blick streifte die Berge, welche ich gestern Abend gesehen hatte und… ich war schlagartig wach.

«Abdullah! Was sind das für komische Berge?»

«Das ist meine Überraschung! Das sind keine Berge. Das sind Pyramiden!»

«Pyramiden?»

«Berge, welche aus gehauenen Steinen gebaut wurden.»

«Für was hat man sie gebaut?»

«Es sind riesige Gräber für die verstorbenen Pharaonen.»

Ein leichter Schauder lief mir den Rücken hinunter. Waren auch dort Diener und Priester lebendig begraben worden?

«Komm Dismas. Wir wollen noch etwas näher hingehen. Man sagt, die Pyramiden seien mit Hilfe der Götter erbaut worden. Vor sehr langer Zeit, als diese noch hier bei uns waren.»

«Wo sind diese Götter denn jetzt?»

«Keine Ahnung. Vielleicht sind sie weitergezogen.»

Je näher wir den riesigen Steingräbern kamen, desto unheimlicher wurden sie mir.

«Schau, sie sind auf allen vier Seiten gleich lang.»

«Warst du denn schon einmal hier?», wollte ich von Abdullah wissen.

«Ja vor vielen Jahren. Ich bin mit einigen besonders Wagemutigen sogar in die Pyramide eingedrungen. Sie ist nicht viel anders als die Grabkammern Echnatons, nur viel grösser und prächtiger.»

«Und was habt ihr da gemacht?»

«Geholfen die Räume zu entrümpeln», lachte Abdullah.

«Ihr habt die Grabbeigaben gestohlen!»

«Man kann es auch so sagen, aber gebraucht hat sie niemand. Sie müssen Jahrhunderte am gleichen Platz gelegen haben. Die Goldgefässe und Schmuckstücke haben wir mitgenommen. Es hat sicher noch immer etwas Wertvolles darin. Willst du hineingehen? Ich kenne den Eingang.»

«Lieber nicht, Abdulla! Mein Bedarf an Gräbern ist gedeckt. Lass uns lieber weiterziehen.»

«Nun, dann gehe ich alleine. Warte auf mich. Wenn die Sonne am Höchsten steht, bin ich zurück.»

Abdullah war schon einige Stunden fort. Die Sonne brannte unbarmherzig vom Himmel. Eigentlich müsste er längst zurück sein. Die Sonne hatte schon vor einiger Zeit ihren Höchstpunkt erreicht. Ich begann mir Sorgen zu machen. Was, wenn er den Ausgang nicht mehr fand oder verschüttet wurde?

«Dismas komm her!» Es war Abdullahs Stimme.

«Hilf mir!»

Ich ging in Richtung der Rufe und fand ihn in einer leichten Geländesenke. Um ihn herum waren viele kleinere und grössere Gegenstände, Schüsseln und eine Schatulle.

«Ist das alles aus der Pyramide?», fragte ich ihn.

«Ja! Ich habe hinter einer Statue im Grab eine kleine Öffnung gefunden. Da befand sich alles darin. Schau nur! Goldschüsseln und in einer Schatulle Kämme mit Edelsteineinlagen und Goldmünzen.»

«Darf man denn diese Grabbeigaben stehlen? Zürnen die Götter der Ägypter nicht?»

«Bisher habe ich noch keinen gesehen. Wenn sie es zurückwollen, sollen sie es mir sagen», sagte Abdullah. «Da nimm diesen Kamm, Dismas. Sein Holz ist ganz verziert mit Edelsteinen. Für solche Steine bezahlen die Mächtigen viel Gold.»

Abdullah gab ihn mir und wir gingen zurück zu unseren Pferden.

«Ein Kamm passt nicht zu einem Mann. Ich werde die Steine herausbrechen und in einer meiner Salben verstecken», entschied ich.

Mit einem Messer entfernte ich die Steine vorsichtig und drückte sie in die Ringelblumensalbe. Dann verstauten wir den Rest in den Satteltaschen und ritten weiter.

«Heute Nacht werden wir die Vororte von Alexandria erreichen. Die Römer haben überall viele Wachen aufgestellt. Sie trauen den Ägyptern nicht und mir als Dunkelhäutigem schon gar nicht. Aber ich habe einen Plan!», sagte Abdullah.

«Lass hören!»

«Du bist weisshäutig und niemand sieht in dir einen Ägypter. Mit deiner Arztausrüstung werden sie dich respektieren. Ich werde als dein Diener mit dir reisen.»

«Was meinst du dazu?»

«Könnte funktionieren.»

«Also zieh deine schönsten Kleider an und gewöhne dich daran mir Befehle zu erteilen», forderte mich Abdullah auf.

Kurz nach Mitternacht sahen wir das Feuer des ersten Kontrollpostens.

«So, Dismas, es ist so weit. Verdecke dein Sklavenzeichen! Denke daran, es muss glaubwürdig sein. Also behandle mich nicht zu gut! Ich werde jetzt vom Pferd steigen. Sklaven reiten nicht.»

Abdullah band sein Pferd mit den Zügeln an das Meine. Er verdreckte seine Sandalen und Kleider, sodass es aussah, als sei er schon lange zu Fuss unterwegs.

«Halt! Wohin wollt ihr?», erkundigte sich die Wache.

«Ich muss zum kranken Herrn dieses Sklaven», antwortete ich der Wache. «Der Sklave führt mich.»

«Beweise, dass du ein Heiler bist!»

Ich sah, dass der Soldat eine entzündete Hand hatte. Ich fasste ihn an der Hand. Erschrocken zog er sie zurück.

«Gib mir deine Hand. Sie ist entzündet. Ich werde sie untersuchen.»

Der Soldat blickte etwas unsicher zu seinem Kollegen.

«Gib ihm die Hand. Du klagst seit einer Woche über Schmerzen, und sie wird von Tag zu Tag dicker.»

Ich sah die Verletzung an und hatte bald den Grund für die eitrige Entzündung erkannt. Es war ein kleines Holzstück, welches im Handballen steckte.

«Siehst du dieses kleine Holzstück in deiner Hand?»

«Ja», antwortete der Wächter.

«Es verursacht die Entzündung. Es muss raus. Soll ich es herausziehen? Es wird aber etwas Schmerzen verursachen. Danach geht es dir besser.»

«Lass es machen», meinte der andere Soldat. «Ich habe schon andere gesehen, welchen die Hand abgefault ist!»

Der Soldat sah zu mir und nickte.

«Abdullah, reich mir die grosse Tasche!»

«Zuerst muss ich das Holzstück freilegen», erklärte ich den Soldaten. Ich suchte das kurze, scharfe Messer und machte einen kleinen Schnitt. Sofort spritzte Eiter heraus. Mit einer Pinzette fasste ich das Holzstück und zog es mit einem Ruck heraus.

«Aua», schrie der Soldat.

«So jetzt ist der Übeltäter heraus. Nun muss ich die Wunde noch reinigen.»

Nadir hatte mir oft gesagt, dass in der Wunde noch kleine Wesen sitzen, welche das Fleisch anfressen, aber sie ertragen kein Alkohol.

«Habt ihr etwas Schnaps?», fragte ich die Wachen.

«Ja», meinte der andere Wächter und gab mir eine kleine Lederflasche.

«Es wird jetzt brennen, aber es macht deine Hand wieder gesund.»

Ohne mit der Wimper zu zucken, ertrug er die Reinigung.

«Reibe jeden Morgen und Abend deine Wunde mit Alkohol aus. So wirst du deine Hand retten.»

«Ich spüre jetzt schon, dass es etwas besser ist. Der Druck und das Pulsieren in meiner Hand sind verschwunden», sagte der Soldat freudig.

Ich zog ein sauberes Stück Stoff hervor und verband ihm die Hand.

«Reicht das nun als Beweis?», wollte ich wissen.

«Endschuldige unser Misstrauen, es sind schlechte Zeiten», meinte der verarztete Soldat, «und der Sklave sieht gefährlich aus.»

«Ich habe ihn im Griff. Er braucht nur eine starke Hand und die Peitsche», gab ich zur Antwort.

Der Soldat suchte etwas in seinem Mantel und holte eine kleine Marmortafel hervor.

«Hier! Es ist ein Passierschein. Damit kommst du problemlos in die Stadt.»

Dankend nahm ich die Tafel entgegen und verstaute sie in meinen Kleidern.

«Abdullah! Lade die Tasche wieder auf!», befahl ich ihm.

Ich schwang mich auf mein Pferd und Abdullah lief neben dem zweiten Pferd mit. Als wir ausser Sichtweite waren, atmete ich ein paar Mal tief durch.

«Das hast du gut gemacht», lobte mich Abdullah. «Dank der kleinen Tafel, haben wir sogar freien Zugang nach Alexandria.»

«Ja Abdullah. Wir hatten Glück. Aber immer wird das nicht so sein.»

Schweigend gingen wir noch etwa eine Stunde nebeneinander her. Danach richteten wir uns ein Lager ein, denn wir wollten bei Tag und im Schutze vieler anderer Menschen, die Stadt betreten.

In Alexandria

Da stand ich nun vor den Toren Alexandrias, einer der mächtigsten und grössten Städte der Welt, wie mir Abdullah sagte. Ich, der ich in einer Räuberhöhle geboren wurde.

«Nur Rom soll noch grösser sein», meinte Abdullah, «aber da war ich noch nie.»

«Wo müssen wir denn hin Abdullah? Ich sehe viele Strassen hinter dem Tor.»

«Sobald wir die Torwache passiert haben, kannst du mir folgen.»

Mit unserem Passierschein war es ein Kinderspiel hineinzukommen. Eine bunte Welt tat sich vor uns auf. Es waren noch mehr exotische Waren und Händler zu sehen als in Jerusalem. Jerusalem! Es überkam mich weder ein eigenartiges Gefühl. Das letzte Mal, als ich in einer grossen Stadt war, wurde ich verschleppt. Was würde mir Alexandria bringen? Abdullah kannte sich offensichtlich gut aus. Mit sicherem Gespür lenkte er seine Schritte durch die vielen Gassen und Strassen.

«Noch eine Querstrasse und dann sind wir vor dem Haus von Nuri. Er ist ein numidischer Händler und lebt schon seit vielen Jahren in Alexandria», erklärte mir Abdullah.

«Können wir ihm trauen?», wollte ich wissen.

«Ja, er war ein guter Freund, bevor ich gefangen wurde. Gemeinsam haben wir nach meiner Frau gesucht und nach meinem Sohn.»

Traurigkeit spiegelte sich in den Augen Abdullahs.

Wir bogen rechts ein. Die Strasse wurde breiter und mündete in einen kleinen Platz, an dessen Ende ein herrschaftliches, orientalisches Haus mit seinen typischen Rundbögen stand.

«Und hier wohnt dein Freund?»

«Ja, zumindest bis zu meiner Gefangennahme vor gut fünf Jahren.»

«Dann muss er reich sein, wenn er sich so ein Haus leisten kann», staunte ich.

«Ja, er hat es mit dem Handel von Datteln, Orangen und Zitronen zu einem kleinen Vermögen gebracht. Ich habe ihm Datteln verkauft und so haben wir uns kennen gelernt. Aber jetzt muss ich zuerst herausfinden, ob ihm das Haus immer noch gehört. Warte hier. Du fällst an diesem Ort mit deiner hellen Haut auf. Ich werde mich unauffällig nach ihm erkundigen.»

Abdullah schlenderte über den Platz und blieb vor den grossen Waren-körben mit den Früchten stehen. Sofort trat ein in bunte Tücher gehüll-ter Mann aus dem Haus. Sie unterhielten sich angeregt einige Minuten. Dann drehte sich Abdullah um und machte ein Handzeichen in meine Richtung, welches mich aufforderte, zu ihm zu kommen. So überquerte auch ich den Platz. Der Mann führte uns sofort in den Vorraum des Hauses.

«Dismas, das ist mein Freund Nuri. Ich habe ihm schon von unserer Flucht erzählt.»

Nuri war eine respekteinflössende Gestalt. Er war fast zwei Meter gross, kräftig gebaut und hatte keine Haare auf seinem Schädel. Er bemerkte, wie ich ihn musterte.

«Du brauchst keine Angst zu haben. Auch wenn ich etwas grimmig aus-sehe. Fürchten müssen mich nur meine Feinde. Du aber bist ja ein Freund meines Freundes.»

Ein flüchtiges Lächeln huschte über sein Gesicht.

«Dich haben sie auch entführt und versklavt, wie mir Abdullah er-zählte.»

«Ja, ich bin in Jerusalem überfallen und verschleppt worden.»

«In Jerusalem», sprach Nuri nachdenklich. «Da ist doch auch Bethlehem in der Nähe?»

«Ja, aber wie kommst du auf dieses kleine Dorf?», wollte ich wissen.

«Ich werde es dir im Haus sagen. Lasst uns hineingehen.»

Wir kamen in einen runden Raum mit bequemen Sesseln und vielen Kissen. Dort machten wir es uns gemütlich und Nuri knüpfte an unser Gespräch an.

«Ja Bethlehem. Vor etwa 15 Jahren kam eine junge Familie in die Stadt. Sie mussten nach der Geburt ihres Sohnes fliehen. Gar wunderliche Dinge haben sich ereignet. Man berichtete von umgestürzten Göttersta-tuen, wenn sie vorbeigingen, von toten Vögeln, welche das

84

heranwachsende Kind wieder zum Leben erweckte und noch mehr solcher Geschichten. Irgendwann sind sie dann wieder zurückgegangen. Wie war nur sein Name?», überlegte Nuri angestrengt.

«Jesus?», fragte ich.

«Ja! Woher weisst du das?», wollte Nuri wissen.

«Nun, ich bin ihm auch schon begegnet. Zum letzten Mal sah ich ihn im Tempel in Jerusalem, kurz vor meiner Entführung.»

«Und war er immer noch etwas Besonderes?»

«Ich denke schon. Mit zwölf Jahren sass er unter den jüdischen Schriftgelehrten und verblüffte diese mit Antworten auf Fragen, welche sie selbst kaum beantworten konnten. Sie hörten ihm zu und waren sehr verwundert.»

«Soso! Ich bin gespannt, ob man von ihm noch mehr hören wird. Nun ruht euch aus und esst etwas von den köstlichen Früchten. Ich muss noch ein paar Dinge in der Stadt erledigen. Abdullah hast du deinem jungen Freund schon erzählt, wie du gefangen und versklavt wurdest?»

«Nein, ich habe es bisher niemandem erzählt.»

«Erzähl es ihm. In etwa einer Stunde bin ich zurück.»

Ich griff nach einer Orange. Abdullah sah mit leerem traurigen Blick in die Ferne.

«Weisst du Dismas, ich habe bisher noch niemandem davon erzählt. Es war an einem Markttag im Sommer. Wir beide, Nuri und ich, hatten gute Geschäfte gemacht. Ein reicher Römer veranstaltete ein Fest und brauchte für die Festtafel viele Früchte. Ich sollte sie ihm am Abend liefern, was ich dann auch tat. Alles lief gut, bis ich beim Hinausgehen einen Blick in die offene Tür der Sklavenunterkunft warf. Da sah ich sie. Alisha! Meine Frau Alisha. Aber wo war unser Junge? Ohne nachzudenken trat ich ein. Sie sah mich freudig an, aber in ihren Augen sah ich auch Angst. «Unserem Sohn Aman geht es gut. Er ist auch Sklave hier. Aber schnell geh! Wenn sie dich hier in den Frauengemächern finden, töten sie dich», flüsterte mir meine Frau ängstlich zu.

Da ertönte plötzlich eine mächtige Stimme: «Du hast hier nichts zu suchen! Packt ihn!»

Römische Soldaten versuchten mich zu fesseln, aber ich wehrte mich. Sie versetzten mir einen Schlag auf den Kopf und ich verlor das Bewusstsein. Als ich wieder erwachte war ich auf einem Schiff und mein Oberarm schmerzte. Sie hatten mir ein Sklavenzeichen eintätowiert und Ketten an die Füsse gelegt. Dann wurde ich verkauft und musste Sklavenarbeit verrichten. In all den Jahren ist es mir nie gelungen zu fliehen. Den Rest kennst du ja.»

Nuri war schnell wieder zurück. Er war bester Laune und ein Lächeln umspielte seine Mundwinkel.

«Kommt mit. Ich will euch etwas zeigen.»

Wir folgten Nuri. Er ging hinten zum Haus hinaus, durch einen kleinen Garten und dann in ein Nebengebäude.

«Gehört das alles dir?», wollte Abdullah wissen.

«Ja, die Geschäfte gingen gut in den letzten Jahren. So kam einiges zusammen.»

Nuri öffnete ein kleines Tor und wir kamen in einen Vorraum.

«Abdullah, ich habe eine Überraschung für dich.»

Er schaute mich fragend an. Aber ich wusste ja auch nicht, was Nuri meinte. «Kommt!», rief er mit lauter Stimme.

Da öffnete sich an der hinteren Wand eine Türe und zwei Gestalten kamen auf uns zu. Das wenige Licht, welches durch eine kleine Öffnung in den Raum fiel, liess nur schemenhaft erkennen, wer da auf uns zukam. Die eine Gestalt war in Tüchern gehüllt, welche auch den Kopf verdeckten. Die andere schien kräftig und jung zu sein. Die erste Gestalt entfernte ihr Kopftuch und hervor kam das Gesicht einer Frau. Da durchbrach ein Aufschrei die geheimnisvolle Atmosphäre.

«Alisha!», entfuhr es Abdullah. «Aman! Ihr lebt! Ihr seid hier! Wie kann das nur sein?»

Abdullah umarmte beide und ich sah, wie Alisha vor Freude Tränen über die Wangen liefen.

Nuri lachte, wie jemand, dem eine grosse Überraschung gelungen ist.

«Ich habe nach deinem plötzlichen Verschwinden nachgeforscht. Der reiche Römer hat mir erzählt, dass er dich bei den Frauen erwischt hatte und zur Strafe an einen Sklavenhändler verkauft hat. Für dich konnte ich nichts mehr tun. Das Schiff, auf welches du gebracht wurdest, hatte in der Nacht schon abgelegt. Als ich das Haus des Römers verlassen hatte und schon einige Häuser weiter war, zupfte mich ein Kind an meiner Tunika. Es war Aman, den Alisha mir nachgeschickt hatte, als sie merkte, dass ich mich nach dir erkundigte. Wir trafen uns heimlich und ich erfuhr, dass sie deine lange gesuchte Frau und dein Sohn waren. Mit etwas Geschick gelang es mir, beide loszukaufen. Ich gab ihnen Unterkunft und sie arbeiteten dafür für mich. - Welche Götter musst du verärgert haben, dass sie euch nicht zusammenkommen lassen? Endlich hatten wir unser Ziel erreicht und deine Familie gefunden und nun warst du verschwunden. Da ich dich aber gut kannte, wusste ich, du würdest früher oder später einen Weg, hierher zurückfinden. Lasst uns in mein grosses Haus zurückgehen. Heute Abend wird gefeiert!», forderte Nuri uns auf.

Er genoss es sichtlich für seinen wiedergefunden Freund ein rauschendes Fest zu geben. Er liess es an nichts fehlen: Gebratenes Lamm und Hühner, gefüllte Eier, köstlichen Wein, Früchte aller Art, Gebäck und Kuchen. Selbst die Feste in Echnatons Palast waren nicht reichhaltiger. Sogar einige Tänzerinnen hatte Nuri mitgebracht.

Aber Abdullah interessierte das nicht. Er hielt Alisha zärtlich im Arm. Immerzu schaute er sie an. Es schien, als sauge er jeden Augenblick in sich auf, um nichts zu verpassen, wie wenn er Angst hätte, aus einem Traum zu erwachen. Aber es war kein Traum. Er hatte seine Familie wiedergefunden. Ich lehnte mich auf der Bank etwas zurück. Da spürte ich einen Druck im Rücken. Es war das Klappmesser im Saum meines Gewandes, welches mir Aurelia am Morgen gegeben hatte, bevor ich mich aufmachte, um Jesus zu suchen. Sofort stieg wieder diese Wehmut in mir hoch. Wann werde ich Aurelia und meine Mutter wiedersehen? Wie geht es ihnen? Werde ich so viel Glück haben wie Abdullah?

«Dismas! Was ist los? Du schaust so traurig?», fragte Abdullah.

«Ach es ist nichts, Abdullah. Ich freue mich für dich. Und mit den Grabschätzen könnt ihr euch ein neues Leben aufbauen.»

«Gefallen dir die Tänzerinnen?», wollte Nuri wissen.

«Ja, besonders die da hinten. Sie erinnert mich an eine junge Frau, welche ich vor meiner Gefangennahme gut kannte.»

«Das ist Samara», sagte Nuri, «sie tanzt auch hin und wieder bei Festen der Römer.»

Die Tänzerinnen drehten und wirbelten und plötzlich stand Samara ganz nahe bei mir. Gedankenverlorenen strich ich über meinen Arm. Mein Sklavenzeichen juckte mich.

«Deck es wieder zu!», flüsterte Nuri.

«Es ist nicht gut, wenn es jemand sieht», unterstützte ihn Abdullah.

«Du hast recht, Abdullah und ich müssen das Sklavenzeichen loswerden. Sonst können uns die Soldaten und Sklavenhändler wieder einsperren, wenn sie es sehen.»

«Morgen werden wir uns darum kümmern», meinte Nuri. «Wir werden es herausschneiden müssen. Aber Dismas, du weisst doch, wie man Wunden heilen lässt. Das hat mir Abdullah erzählt. Nun ist es aber Zeit, etwas zu schlafen, wenn man kann.» Ein neckisches Lächeln strich über Nuris Gesicht als er Abdullah und Alisha ansah.

Der Verrat

Am, nächsten Morgen erwachte ich früh. Nuri und eine Dienerin waren schon auf.

«Du bist wohl ein Frühaufsteher Dismas»

«Ja, ich konnte nicht mehr schlafen. Viele Dinge gingen mir durch den Kopf.»

«Hast du alle Zutaten, um eine Wundsalbe herzustellen?», erkundigte sich Nuri.

«Nein, es fehlen mir noch frische Kräuter und einige Heilpflanzen.»

«Komm wir gehen auf den Markt. Dort kann man fast alles kaufen, was es auf der Welt gibt», beteuerte Nuri.

Wir gingen durch einige Gassen und kamen zu einem grossen Platz. Einen Augenblick stand ich fassungslos da. Der Platz war gewaltig. Rechts und links schienen die Reihen der Stände endlos. Ich hatte noch nie so viele Händler an einem Ort gesehen.

«Starr nicht so! Es muss nicht jeder sehen, dass du noch nie hier warst. Verhalte dich unauffällig. Sie werden dich für einen Kunden halten, welchem ich den Markt zeige. Also verhalte dich auch so!»

Ich hatte mich schnell wieder gefasst und begann nach den Kräutern Ausschau zu halten. Nuri erklärte mir, dass der riesige Markt aus vielen kleinen Märkten bestand. Man musste nur wissen, wo Früchte, Kamele oder Decken gehandelt werden. So findet man schnell das Gesuchte.

Nuri dirigierte mich sicher durch die nicht enden wollenden Marktstände.

«Schau da hinten hat es Händler mit Kräutern und allerlei Arzneien. Geh hin, aber kaufe noch nichts. Ich habe hier noch zu tun. Wenn du die Kräuter gefunden hast, komm wieder hierher. Ich werde dann mit den Händlern verhandeln. Sonst ziehen sie dir noch das Fell über die Ohren.»

Nuri hatte nicht übertrieben. Jedes Heilkraut, welches mir Nadir im Garten des Echnaton gezeigt hatte, war hier zu kaufen. So hatte ich schnell gefunden, was ich für die Wundsalbe brauchte. Um herauszufinden, wo es am günstigsten war, fragte ich nach dem Preis und wendete mich dann ab, als sei ich nicht mehr interessiert. Bei einem Händler konnte ich nicht widerstehen. Er hatte diese braune Masse, welche Nadir aus den roten Blumen gewonnen hatte.

«Für was ist diese braune Masse gut?», fragte ich, um ein Gespräch beginnen zu können.

«Es soll Schmerzen lindern. Aber ich habe es noch nie ausprobiert. Es ist kostbar und teuer. Für dich kostet dieser kleine Behälter nur einen Gold-Aureus», beteuerte der Händler.

Ich wusste, dass der Preis viel zu hoch lag. Das Gefäss war nie einen Gold-Aureus wert, höchstens die Hälfte, etwa zwölf Denar.

«Ich gebe dir fünf Denar dafür.»

«Bei meiner Mutter. Du willst, dass ich verhungere. Zwanzig Denar muss ich haben. Da mache ich kein Geschäft mehr.»

Nach etwa zehn Minuten hatte ich ihn so weit.

«Zwölf Denar ist mein letztes Angebot», sagte ich mit entschlossener Stimme.

«Also gut», brummte der Händler.

Hast du doch schon etwas gekauft?», hörte ich die Stimme von Nuri.

«Hast du auch nicht zu viel bezahlt?»

«Wenn alle Jungen so gut handeln, werde ich auf mein Alter noch betteln gehen müssen», jammerte der Händler.

Nuri schmunzelte und wir gingen weiter.

«Das Gejammer des Händlers war ein Kompliment. An dir hat er nicht mehr viel verdient. Jetzt müssen wir aber die anderen Kräuter kaufen.»

Mit Nuri an meiner Seite wagten es die Händler nicht, die Preise viel zu hoch anzusetzen. So hatten wir in kurzer Zeit alles zusammen.

Als wir das Haus von Nuri erreicht hatten, wartete Abdullah bereits auf uns.

«Dismas bereite die Salbe zu. Sobald du so weit bist werden wir mit Abdullah beginnen und dieses Unglückszeichen von seinem Arm entfernen», entgegnete Nuri.

Ich holte meinen Mörser und zerrieb die Kräuter und bereitete die Salbe zu, so wie ich es bei Nadir gelehrt hatte. Von der brauen Masse, welche ich gekauft hatte, machte ich einen Trank. Nur wusste ich nicht mehr, wie viel ich dazu verwenden sollte. So nahm ich einen haselnussgrossen

Klumpen und löste ihn in Wein auf.

Es war schon gegen Mittag, als ich mit meiner Salbe zu Nuri und Abdullah ging.

«Wir können beginnen! Bisher habe ich nur Wunden gesäubert und entzündetes Fleisch herausgeschnitten.»

«Lass nur Dismas. Ich habe Erfahrung mit dem Entfernen von Sklavenzeichen», sagte Nuri. Er zog ein scharfes Messer hervor und hielt es über eine Flamme.

«Durch meine Hand sind schon viele Sklaven wieder freie Männer geworden. Einige haben aber später ihren Arm verloren, weil er sich entzündet hat. Aber der Feuergott wird das Messer heiligen. Wenn ich das Messer vor dem Schnitt ins Feuer halte, schwächt das den Geist, der das Fleisch auffrisst. So entzünden sich die Arme weniger und deine Salbe wird den Rest machen.»

Abdullah setzte sich auf einen Stuhl nahe der Feuerstelle.

«Dismas, nimm dort hinten den Gürtel aus Leder und gib ihn Abdullah. Er soll ihn zwischen die Zähne nehmen und darauf beissen, wenn der Schmerz kommt.»

«Ich habe noch was Besseres», rief ich.

Schnell holte ich den Trank hervor, welchen ich gemacht hatte.

«Trink davon Abdullah. Aber nur einen Schluck! Es wird dir den Schmerz nehmen.»

Abdullah nahm ein wenig davon.

«Mir wird ganz schwindlig. Alles dreht sich», meinte Abdullah und begann leise zu lachen.

«Schnell Nuri, zwei Männer sollen ihn halten und du beginnst mit dem Herausschneiden. Jetzt spürt er fast keine Schmerzen. Ich weiss aber nicht, wie lange es anhält», rief ich Nuri zu.

Er arbeitete schnell und sicher. Man sah, dass er dies schon oft gemacht hatte.

«Es ist etwas unheimlich, Dismas. Normalerweise schreien die Männer vor Schmerzen und Abdullah lacht! Was ist das für ein Teufelszeug, dass du ihm gegeben hast?», wollte Nuri wissen.

«Ich weiss es auch nicht genau. Ein alter ägyptischer Heiler hat mir das gezeigt.»

Plötzlich begann Abdullah zusammenzuzucken.

«Die Wirkung lässt nach», bemerkte ich.

«So, das war der letzte Rest. Ich habe alles herausgeschnitten. Nun bist du dran!»

Abdullah begann leise zu sprechen: «Mir ist immer noch schwindlig und ihr glaubt nicht, was ich gesehen habe. Alles hat gestrahlt in Farben und Formen. Götter mit acht Flügeln und zehn Köpfen habe ich gesehen. Doch jetzt ist es weg und mein Arm schmerzt.»

«Das wird gleich etwas besser, wenn ich meine Salbe aufgetragen habe.» Vorsichtig bestrich ich die Wunde und deckte sie mit sauberem Linnen ab.

«Das müssen wir jetzt jeden Tag machen und nach etwa einer Woche wird sich eine Kruste bilden und darunter neue Haut.»

«Nun bist du dran, Dismas. Aber zuerst wollen wir etwas Essen. Die Sonne steht schon am Zenit. Dein Sklavenzeichen entfernen wir am Nachmittag.»

Ich hatte gerade mit dem Essen begonnen, als Lärm vom Hofplatz her zu hören war. Ein Diener kam aufgeregt hereingesprungen und rief: «Römische Soldaten! Viele! Sie suchen einen entflohenen Sklaven!»

Nuri reagierte sofort und gab klare Befehle: «Abdullah, Alisha! Nehmt euren Sohn Aman und geht durch den langen Gang in den Stall der Tiere. Versteckt euch im Stroh. Dismas du auch!»

Schon hörten wir die schweren Stiefel der römischen Soldaten im Haus. Wir rannten den Gang hinunter zu den Tieren.

«Schnell Abdullah! Alle hier in den Strohhaufen! Ich decke euch zu und nicht bewegen!», befahl ich.

Ich deckte alles sorgfältig zu und warf noch etwas Stroh locker obendrauf, sodass es natürlich aussah. Ich versteckte mich in einer halb-zugemauerten, dunklen Ecke, wo der Mist der Tiere hingestossen wurde. Es roch übel. Dafür war ich mir sicher, dass sie hier nicht suchen würden. Von meinem Versteck aus sah ich aus dem Dunkeln auf die Türe. Die Stimmen und Stiefelschritte näherten sich.

«Durchsucht den Stall! Irgendwo muss dieser junge Sklave sein!», befahl eine energische Stimme.

«Wieso glaubst du, dass er hier in diesem Haus ist?», fragte ein Soldat.

«Samara, die Tänzerin hat es mir verraten, damit ich ihr einen Gefallen erweise. Sie hat sein Sklavenzeichen gesehen.»

Wie ein Blitz durchfuhr es mich. Die suchen nur mich. Von Abdullah wussten sie nichts.

Mit seinem Speer begann der Soldat das Stroh zu durchsuchen.

«Stich nur kräftig hinein, dann wirst du schon hören, ob er darin ist», höhnte der Befehlshaber.

Immer näher kam der Soldat an den Ort, wo Abdullah und seine Familie versteckt waren. Ich musste handeln, sonst war alles um sonst für Abdullah. Schon hob der Soldat den Speer und wollte wieder hineinste-chen, dort wo der junge Aman lag. Ich musste ihn retten.

«Sucht ihr mich?», rief ich aus der dunkeln Ecke.

Sofort drehte sich der Soldat um, kam auf mich zu, packte mich und schob den Ärmel hoch.

«Das ist er. Er hat ein Sklavenzeichen! Aber er stinkt wie ein Schwein!»

Inzwischen waren noch mehr Soldaten gekommen. Abdullah und seine Familie lagen immer noch gut versteckt unter dem Stroh.

«Bring ihn her», befahl der Offizier. Er sah sich das Zeichen an und meinte: «Ich glaube ich habe das schon einmal in Oberägypten gesehen. Sklave! Wer ist dein Herr? Sprich!»

«Ich bin kein Sklave! Man hat mich entführt und mir das Zeichen einge-brannt.»

Die Soldaten begannen zu lachen.

«Immer das gleiche Gejammer von den Sklaven.», spottete der Offizier. «Einmal Sklave – immer Sklave! Nuri wasch ihm die Füsse, damit er nicht mehr so stinkt.»

Der Soldat liess mich los, aber fliehen konnte ich nicht. Alle Ausgänge waren von Soldaten besetzt. Nuri zog mich etwas beiseite zu einem Wasserkübel und flüsterte mir zu: «Was soll ich machen?»

«Zuerst müssen wir aus dem Stall raus, damit Abdullah und seine Familie sich in Sicherheit bringen können. Dann werden wir sehen», gab ich zur Antwort.

«Macht vorwärts!», befahl der Offizier, «ich will aus diesem stinkenden Stall raus!»

Wieder packten mich zwei Soldaten und zerrten mich hinaus auf den Hof.

«Nuri hast du gewusst, dass das ein entflohener Sklave ist?», wollte der Anführer wissen. Nuri sah mich an und ich schüttelte leicht den Kopf.

«Nein, Centurio Flavius, er kam mit einem alten Freund. Der ist aber schon weitergezogen.»

«Nun gut. Du bist ein geachteter Mann in der Stadt. Ich glaube deinem Wort.»

«Was passiert mit ihm?»

«Ich weiss noch nicht», gab ihm der Zenturio zur Antwort.

«Er könnte dir noch von Nutzen sein. Er versteht sich auf die Heilkunst. Ich werde dir seine Salben und Kleider bringen», versprach Nuri.

«Komm heute Abend vorbei und bringe mir noch frische Früchte mit!» Die Wachen trieben mich vor sich her, quer durch die halbe Stadt, bis wir vor einem römischen Herrschaftshaus standen.

«Steck ihn in die Arrestzelle!», befahl der Anführer.

Die Zelle war gut vergittert und die Türe aus massivem Eisen gefertigt. Hier konnte ich nicht ausbrechen. So legte ich mich hin und überdachte meine Situation. Wieder einmal war ich in einer ungemütlichen Lage. Nur dieses Mal war ich selbst schuld. Hätte ich nur auf meine Sicherheit geschaut und Abdullah und seine Familie dem Schicksal überlassen, wäre ich vielleicht jetzt frei. Aber um welchen Preis. Der Speer hätte den jungen Aman getötet, wenn der Soldat ins Stroh gestochen hätte.

Der Tag war schon weit fortgeschritten, als sich die Türe zu meiner Zelle öffnete. Es war Nuri. Er trat ein und die Türe wurde wieder geschlossen.

«Wie geht es dir?», wollte Nuri wissen.

«Gut. Ich wurde bisher nicht geschlagen. Und wie geht es Abdullah?», erkundigte ich mich.

«Sobald ihr fort wart, habe ich seine Flucht organisiert. Mit dem verletzten Arm war er zu auffällig. Er ist jetzt schon mit seiner Frau und seinem Sohn auf dem Weg in seine Heimat. Dank dem Passierschein wird er auch sicher durch die römischen Linien kommen. Er ist dir unendlich dankbar, dass du seine Familie geschützt und dafür deine Freiheit hergegeben hast. Er hat mir Gold dagelassen. Er meinte, du wüsstest schon, wo es herkommt. Ich soll dich damit freikaufen.»

Nuri stockte.

«Und?», bohrte ich nach.

«Der Centurio Flavius will darauf nicht eingehen. Er braucht noch ein Geschenk für die Hochzeit seines Vorgesetzten. Da kommst du ihm mit deinen besonderen Fähigkeiten als Heiler, gerade recht. Er hat mir aber versprochen, dich gut zu behandeln.»

«Und wer ist dieser Vorgesetzte?»

«Es ist der Tribun Marcellus. Er hat viel Einfluss in Rom.»

«Rom! Das ist weit weg. Es soll auf der anderen Seite des Meeres liegen, habe ich gehört.»

«Ja, es ist die Hauptstadt des römischen Imperiums. Hier hast du deine Heilerutensilien. Achte gut auf die beiden neuen Gefässe, welche dabei sind.»

Ich nahm eine Schale heraus.

«Die ist aber schwer.»

«Sicher. Sie ist ja auch aus purem Gold. Ich habe sie mit Bronzefarbe angestrichen, damit das nicht jeder sofort merkt. Vielleicht hilft dir das später einmal.»

Ich verstaute die Schale wieder in meinem Bündel, als sich knarrend die Kerkertüre öffnete und der Centurio Flavius hineintrat.

«Nuri geh! Ich werde ihn dir nicht geben!»

Die Wachen schoben Nuri hinaus.

«Du hast Glück, dass ich dich nicht nach Oberägypten zurückschicke. Deinem Zeichen nach gehörst du zum Hause des einflussreichen Echnaton. Er soll vor kurzem gestorben sein, wie Boten mir meldeten. So braucht er dich nicht mehr.»

Er winkte den beiden Wachen und sie kamen auf mich zu, in der Hand einen Bronzereif. Der eine packte mich und der andere legte mir den Bronzereif um den Oberarm und schloss in zu.

«Das ist dein neues Sklavenzeichen! Von nun an bist du ein römischer Sklave!»

«Nimm deine Sachen Sklave! Noch heute Abend werden wir mit meinem Schiff aufbrechen. Wie heisst du?»

«Dismas»

«Komischer Name. Wo bist du geboren? In der Gegend von Jerusalem.»

«Also ein Jude!»

«Nein!»

«Wachen kommt! Schaut, ob er beschnitten ist, wie es Brauch ist bei den Juden», befahl Centurio Flavius.

Ich hatte keine Chance, mich zu wehren. Einer hielt mich fest, und der andere griff mir zwischen die Beine.

«Nein, das ist kein Jude. Er ist nicht beschnitten.»

«Das ist gut für dich Dismas. Juden kann ich nicht leiden. Sie machen nur Schwierigkeiten. Komm jetzt. Wachen bringt ihn auf mein Schiff!»

Vom Haus des Römers war es nicht mehr weit bis zum Hafen. Schon von Weitem sah ich die mächtigen Schiffe. Solch grossen Schiffe und so viele auf einmal, hatte ich noch nie gesehen. Da war das Schiff, welches mich nach Ägypten gebracht hatte, klein dagegen.

«Kapitän, hier haben wir einen Sklaven, den Centurio Flavius mitnehmen will. Wo sollen wir ihn einsperren?»

«Zu dumm. Es sind alle Kammern und Räume besetzt oder mit Vorräten gefüllt. Bindet ihn an den Hauptmast, bis ich etwas Besseres gefunden habe.»

«Pass auf, wie du ihn bindest. Er soll ein Heiler sein. Flavius würde es uns übelnehmen, wenn er verletzt würde», raunte der eine Soldat dem Seemann zu, welcher mich an den Mast binden sollte.

«Und wenn mein Beutel mit den Heilsalben und Tinkturen wegkommt, wird er euch auch zur Rechenschaft ziehen, denn ein Heiler braucht seine Mittel», sagte ich mit fester Stimme. Mit diesem Trick hoffte ich, die Soldaten davon abhalten zu können, meinen Beutel zu durchsuchen und die goldenen Schalen zu stehlen.

«Mit Flavius ist nicht zu spassen», meinte einer der Soldaten. «Legen wir den Beutel ins leere Salzfass neben dem Mast.»

Sie legten den Beutel hinein und verschlossen das Fass mit einem Holzdeckel. Dann banden sie meine Oberarme fest an den Mast, aber meine Hände blieben frei.

«Kapitän, lass ihn bewachen, bis ihr ausgelaufen seid!», befahl ein Soldat.

Der Kapitän winkte und ein von der Sonne gegerbter, alter Mann setzte sich neben mich. Er schwieg eine Zeit lang, bis wir allein waren. Dann fragte er mich:

«Na was hast du verbrochen?»

«Nichts! Ich war nur zur falschen Zeit am falschen Ort.»

«Soso», brummte er. Dabei fuhr er sich immer wieder über einen Verband am Arm.

«Hast du eine Verletzung?», wollte ich wissen.

«Ja, ich bin an einem rostigen Nagel hängen geblieben. Jetzt hat es sich entzündet, pulsiert und es friert mich. Ich habe gehört du seist Heiler?»

«Die Leute übertreiben. Aber einigen kann ich helfen. Nimm deinen Verband weg, damit ich sehen kann, wie es darunter aussieht.»

Der alte Mann entfernte das Tuch und darunter kam eine eiternde Wunde hervor mit einem leichten blauen Strich. Ich wusste sofort, was das war. Nadir hatte oft solche Wunden zu behandeln. Da half nur eines. Die Wunde säubern, den Arm entlang des blauen Strichs leicht aufschneiden und einen starken Schnaps darüber leeren und dann kalten Honig auftragen. Wie mir Nadir erklärte, hilft der Schnaps die kleinen Wundteufel zu vertreiben, welche den eitrigen Ausfluss produzieren. Der Honig beschleunigt die Wundheilung.

«Ruf den Kapitän, damit er mich frei macht. Deine Wunde muss sofort behandelt werden, sonst erlebst du den nächsten Tag nicht mehr!»

Der alte Mann weigerte sich und sagte: «Du kennst den Kapitän nicht. Er ist ein harter Mann. Noch nie hat er einen Matrosen pflegen lassen. Entweder sie werden von allein gesund oder sie sterben und werden über Bord geworfen.»

«Willst du weiterleben?», fragte ich ihn.

«Ja!»

«Gut. Dann lockere meine Seile etwas, damit ich meine rechte Hand nach vorne nehmen kann. Ich verspreche dir, solange du für mich verantwortlich bist, werde ich nicht fliehen.»

Der alte Mann schaute um sich. Es war niemand auf dem Deck.

«Nun gut. Es sind alle beim Essen.»

Er zog an den Seilen und jedes Mal konnte ich meine rechte Hand etwas mehr nach vorne bewegen.

«Das reicht jetzt! Komm neben mich, damit ich deine Wunde säubern kann. Öffne das Fass neben mir. Dort befindet sich mein Beutel und darin ein spitziges Messer. Nimm es heraus. Hat es hier irgendwo ein Feuer und Schnaps?», fragte ich den alten Seemann.

«Nein, aber wir haben Lampen für die Nacht und ich habe noch eine Flasche Schnaps in einem Versteck.»

«Gut, hole beides! Zünde die Lampe an und halte das Messer über die Flamme.»

Er war schnell wieder da und führte aus, was ich ihm gesagt hatte.

«Das reicht jetzt. Gib mir den Griff in die Hand, nimm ein Tuch zwischen die Zähne und beiss darauf. Es hilft den Schmerz zu ertragen.»

Obwohl es mühsam war, konnte ich doch die Wunde mit der freien Hand recht gut säubern. Den leichten Schnitt an der Stelle mit dem bläulichen Strich musste der alte Mann selbst machen. Er tat dies, ohne mit der Wimper zu zucken.

«Gut und jetzt saug etwas Blut heraus, spucke es aus und leere etwas Schnaps darüber. Es wird brennen, aber es zerstört auch die kleinen Teufel in der Wunde.»

Der Mann stöhnte leicht, als der Schnaps die wunden Stellen berührte.

«So und jetzt nimmst du den kleinen Steintopf aus meinem Beutel. Es hat Honig darin. Bestreiche damit die Wunden.»

Als er fertig war, wollte er den alten Verband wieder darüberlegen.

«Halt, nicht dieses dreckige Tuch! Sonst kommen die Wundteufel wieder. Da ist doch noch ein Stück weisses Linnen in meinem Beutel. Nimm das.»

«Wieso tust du das für einen alten, fremden Matrosen?»

«Du hast ehrliche, blaue Augen und scheinst mir ein aufrichtiger Mensch zu sein.»

Seine Augen erinnerten mich an den Knaben Jesus.

Als der alte Matrose seinen Verband angelegt hatte, legte er die Tasche wieder zurück ins Fass und verschloss es.

«Ich heisse Jonas. Und solange du hier an Bord bist, werde ich für dich schauen. Schon oft hat ein Gefangener die Reise nicht überlebt.»

Die Sonne verschwand am Horizont, als der Centurio Flavius mit seinem Gefolge aufs Schiff kam. Kurz darauf verliessen wir den Hafen. Wieder einmal musste ich auf eine Reise mit einem mir unbekannten Ziel.

Der Sturm

Wir waren schon den zweiten Tag auf dem Meer, aber irgendwie kamen wir nicht recht voran. Um mich kümmerte sich niemand. Ich war immer noch am Mast angebunden. Der alte Jonas brachte mir heimlich etwas Essen und Wasser. Von meinem Platz aus hatte ich einen guten Überblick. Der Wind blies heftig und es schien mir, als würde er immer stärker. Der Steuermann kämpfte mit dem Ruder.

«Bei Poseidon! Wenn das nur nicht ein Orkan wird!», rief er laut.

«Kapitän! Ich brauche einen zweiten Mann am Ruder! Ich kann es kaum noch in Position halten!»

Die Segel wurden eingezogen, damit der Sturm sie nicht zerfetzte. Alle Matrosen waren beschäftigt, das Schiff sturmklar zu machen. Längst war auch der Centurio Flavius an Deck.

«Was meinst du Kapitän, wird es noch heftiger werden?», wollte er wissen.

«Schwer zu sagen. Aber die Wolken da hinten, die auf uns zu kommen, sind fast schwarz. Das ist kein gutes Zeichen! Wir sollten Poseidon ein Opfer bringen, damit er sich besänftigt. Was meint ihr Centurio?»

«Ja! Vielleicht beruhigt sich Poseidon dann. Lass die gefangenen Sklaven über Bord werfen. Poseidon soll sie haben.»

Ein Schauder durchfuhr mich. Ich sollte Poseidon geopfert werden.

«Auch den Heiler am Hauptmast?»

«Nein ihn noch nicht! Er ist für den Tribun Marcellus! Ihn opfere ich nur, wenn ich keine andere Wahl mehr habe.»

Also war mein Tod nur aufgeschoben.

Vier Sklaven wurden von den Soldaten herbeigeschleppt und mit den Fesseln über Bord geworfen. Dabei ging mir der Ruf des Kapitäns durch Mark und Bein: «Oh grosser Poseidon! Nimm dieses Opfer an und besänftige das Wasser!»

«Da kann er noch lange rufen», brummte der alte Jonas neben mir, «es gibt keinen Meeresgott Poseidon. Nur Sturm, Wind und Wellen.»

In diesem Augenblick traf uns eine grosse Welle. Das Schiff wurde auf den Wellenberg gehoben und für einen kurzen Augenblick sah ich am Horizont eine weitere riesige Welle auf uns zukommen. Jonas schrie auf.

«Das ist die grösste Welle, die ich je gesehen habe! Die muss zwanzig Meter oder höher sein! Das Schiff wird kentern!»

Ich riss an den Seilen. Wenn ich schon sterben musste, dann nicht an einen Mast gefesselt. Panik ergriff mich.

Alle an Bord rannten angsterfüllt durcheinander. Die Riesenwelle war schon ganz nahe. Das Boot begann sich zu heben, aber ich konnte die Fesseln nicht abstreiften.

Das mächtige Boot wurde von der Riesenwelle erfasst und begann sich aufzurichten, immer steiler. Alles, was nicht festgemacht war, fiel über Bord und ich hing festgebunden am Mast.

«Das ist das Ende!», schoss es mir panikartig durch den Kopf. «Festgebunden an den Masten, werde ich elendig ertrinken und mit dem Schiff in den Tiefen des Meeres versinken.» In Sekundenbruchteilen sah ich mein ganzes Leben vor meinen Augen ablaufen.

Jetzt stand das Schiff senkrecht und kippte nach hinten. Er begann zu knarren und mit einem donnernden Knall brach der Mast unter meinen Füssen zusammen, als er auf dem Wasser aufprallte. Er stürzte ins tosende Meer und ich mit ihm. Ich wurde unter Wasser gedrückt und hin und her gewirbelt. Einen kurzen Augenblick später wurde mein Kopf wieder aus dem Wasser an die Oberfläche gestossen und ich konnte Luft schnappen, um im nächsten Augenblick wieder unter Wasser gedrückt zu werden. Ich weiss nicht, wie lange ich so zwischen Leben und Tod kämpfte, als sich das Meer plötzlich zu beruhigen begann. Mit viel Mühe und Anstrengung gelang es mir, den Kopf aus dem Wasser zu drehen und nach Luft zu schnappen. Ich war noch immer am Mast festgebunden, der auf dem Meer trieb. Meine Kräfte liessen immer mehr nach. Bald würde ich nicht mehr genug Kraft haben, meinen Kopf über

Wasser zu halten.

Dann geschah etwas Merkwürdiges. Auf einmal wurde es ganz still um mich. Ich nahm nichts mehr von der Umgebung wahr, sondern sah mich zurückversetzt zu jenem Abschied von Aurelia, bevor ich Jesus suchen ging. Wieder hörte ich ihre letzten Worte: «Ich hatte heute Nacht einen schrecklichen Traum. Du warst an einen Schiffsmast gefesselt und das Schiff sank. Du konntest dich nicht befreien. Hier, nimm das Messer!» Da sackte mein Kopf unter Wasser und holte mich wieder in die Wirklichkeit zurück.

Das Messer befand sich im Saum meines Kleides. Wie konnte ich es nur vergessen? Ich bog meine rechten Hand nach hinten. Und da war es. Mit einem festen Griff umfasste ich das Messer und zerriss es aus meinem Gewand. Mit letzter Kraft zerschnitt ich die Fesseln und zog mich auf den Mast. Der abgebrochene Querbalken war noch so lang, dass ich mich darüberlegen konnte. Dann schlief ich vor Erschöpfung ein.

Ein heftiger Schmerz weckte mich. Ein Vogel pickte mit seinem Schnabel in meinen Arm. Er hielt mich wohl für tot. Ich verscheuchte ihn und setzte mich auf. Um mich herum trieben grössere und kleiner Holzstücke. Alles Reste des zerstörten Schiffs. Wenn ich in die Ferne schaute, war da nur endloses Wasser. Ich hatte überlebt. Aber was nützte es mir? Nur Wasser wohin ich auch blickte und ich ganz allein. Nach einiger Zeit kam etwas Hoffnung zurück. Nun ich lebte, also muss ich das Beste daraus machen. Ich angelte einige Holzstücke und versuchte, aus dem abgebrochenen Mast ein Floss zu bauen. Die zerfetzten Seilstücke, welche noch am Mast hingen, kamen mir wie gerufen. Schon nach kurzer Zeit hatte ich eine kleine schwimmende Insel gebaut. So kam ich endlich aus dem Wasser. Der Hunger plagte mich und der Durst war schon ziemlich quälend. Weiter draussen sah ich ein Fass schwimmen. Es war etwa fünfzig Meter entfernt. Vielleicht enthielt es etwas Essbares. Ich verwendete ein Holzstück als Paddel und so kam ich langsam näher. Da das Fass recht weit herausragte musste es recht leicht sein. Ich packte das Fass und zog es zu mir auf das Floss.

«Nein, das kann nicht sein», dachte ich. Es sah so aus wie das Fass, welches neben meinem Mast gestanden hatte. Hastig entfernte ich den Verschluss und zum Vorschein kam mein Beutel. Aber da war noch mehr darin. Die Flasche mit dem Schnaps, welche der alte Jonas gebracht hatte, war heil geblieben. Sie war noch etwa zur Hälfte voll und etwas Honig hatte ich auch noch in meinem Honigtopf für die Wundheilung. Hastig öffnete ich den Topf und holte mit meinen Fingern etwas Honig heraus. In meinem Mund schmeckte der süssliche Honig wie das beste Königsmahl. Dann trank ich noch einen kleinen Schluck vom Schnaps. Schon bald merkte ich, wie die Kraft wieder in meinen Körper zurückkehrte.

Ich spähte über das Wasser, um zu sehen, ob noch etwas Brauchbares herumschwamm. Ich barg ein Stück Segeltuch und errichtete ein kleines Zelt. So war ich etwas besser geschützt vor der sengenden Sonne. Aus einer zerbrochenen Planke, welche ich erwischen konnte, ragten kleine Eisenhaken. Ich drehte sie vorsichtig heraus. So gut es ging, bog ich sie etwas zurecht und befestigte eine dünne Leine vom Mast daran. Die Leine knöpfte ich um ein Rundholz, das musste wohl früher ein Teil des Steuerrades gewesen sein und fertig war meine Angel. Ich warf die Leine hinaus, wartete ab und blickte über die spiegelnde Meeresfläche. Vor kurzem war das Meer noch aufgewühlt vom gewaltigen Sturm und nun war es ruhig und fast still. Gedankenverloren starrte ich in die unendliche Weite des Wassers. Nur ein kleiner Windhauch war zu spüren. Ich warf gerade meine Angel wieder aus, als ich in der Ferne etwas aufblitzen sah. Jetzt war es verschwunden. Ich stand auf und blickte hinaus. Da war es wieder. Irgendetwas spiegelte sich in der Sonne. Was war das? Ich wollte es genauer wissen. Ich versuchte mit dem Holzstück mein Floss näher heranzubringen. Tatsächlich kam ich näher. Nun sah ich auch schon etwas mehr. Es war etwas, was auf dem Wasser schwamm. Darauf lag etwas. Was es auch immer war, es bewegte sich nicht. Ich begann noch etwas intensiver zu paddeln. Nun war es schon recht nahe. Jetzt erkannte ich es. Auf dem Meer schwamm das hölzerne Absperrgitter, welches die Ladung verschloss. Aber was glänzte da in der Sonne?

Je näher ich kam, desto klarer wurden die Umrisse. Ich erschrak! Ich erkannte es. Es war eine römische Rüstung.

Vorsichtig näherte ich mich dem treibenden Absperrgitter. Ich kletterte hinüber und schaute ins Gesicht des Römers. Es war der Centurio Flavius. Ich fühle seinen Puls. Er war schwach und er atmete. Er lebte, ausgerechnet er! Aber er war bewusstlos. Seine leichte Rüstung hinderte ihn daran, richtig atmen zu können. In der Sonne heizten sich die Metallteile auf. Er fieberte und ich wusste, wenn ich ihm nicht sofort helfe, würde er die nächsten Stunden nicht überleben. Aber sollte ich ihm wirklich helfen? Er hatte mir das neue Sklavenzeichen anlegen lassen und im Sturm vier Sklaven über Bord geworfen. Ich schaute in sein Gesicht. Eigentlich hatte er feine, edle Züge. Sicherlich wartete irgendwo auch eine Frau auf ihn, vielleicht sogar Kinder. Augenblicklich kam mir wieder Aurelia in den Sinn und wie sie hoffentlich auf mich wartete. Ich rang mit mir. Ich konnte ihn nicht sterben lassen. Also zog ich ihm die Rüstung aus. Dann schleppte ich ihn auf mein Floss. Im Schatten meines kleinen Zeltes untersuchte ich ihn. Er hatte einige Rippen gebrochen, darum fiel ihm auch das Atmen so schwer. Sonst schien er in guter Verfassung zu sein, abgesehen von Schürfungen und einer grossen Beule am Kopf. Dies musste auch der Grund für seine Bewusstlosigkeit sein. Die Schürfungen konnte ich mit meinen Salben behandeln. Mehr konnte ich aber nicht tun. So lag er fiebernd und sich windend unter dem Zelt. Langsam brach die Nacht herein. Wolken waren aufgezogen und das Meer begann sich etwas mehr zu bewegen. Ich kontrollierte nochmals alle Seile und zog sie nach.

Erschöpft legte ich mich neben das kleine Zelt auf dem Floss. Ein sanfter Regen weckte mich. Regen! Wasser! Trinkwasser! Schnell suchte ich alle Gegenstände, mit denen ich Wasser auffangen konnte. Einige Stücke des zerfetzten Segels spannte ich so auf, dass sie Wasser sammelten. Auch meine übermalten Goldschalen stellte ich auf. Bald schon waren die Segel und Schalen voll und ich leerte sie ins Holzfass. So sammelte ich über viele Stunden wertvolles Trinkwasser. Im Fass waren etwa zehn Liter, als der Himmel seine Schleusen schloss. Die kalte Regenluft tat auch Flavius gut. Sie half, sein Fieber zu senken. Ich kühlte zusätzlich seine Stirne mit einem feuchten Tuch und salbte seine Wunden. In der Mittagshitze glühte sein Körper. Ich flösste ihm immer wieder Wasser ein. Mehrmals schien er dem Tode näher zu sein als dem Leben. Dazwischen versuchte ich mit meiner selbstgebastelten Angel einen Fisch zu erwischen, aber es wollte mir nicht gelingen. So blieb der wenige Honig das einzige Essbare.

Flavius Körper kämpfte zwei Tage. Es war wohl gegen Mitternacht, die Sterne leuchteten am Nachthimmel, als Flavius zu sich kam. Er stöhnte und wollte aufstehen.

«Wo bin ich? Wieso habe ich solche Schmerzen in der Brust? Wieso ist es so dunkel? Ich habe Durst!», stöhnte er.

Mit sanfter Gewalt drückte ich ihn zurück und gab ihm aus meinem goldenen Gefäss zu trinken.

«Ganz ruhig. Nicht bewegen. Du hast einige Rippen gebrochen!», gab ich ihm zur Antwort.

«Wo bin ich?», wollte Flavius wissen.

«Erinnerst du dich an den Sturm, dein Schiff, die Riesenwelle?»

«Ja, etwas verschwommen. Aber ich kann mich noch erinnern, wie das Schiff von der Welle zerschlagen wurde und sank. Ich wurde von Bord geschleudert und bin gegen etwas Hartes geschlagen. Danach weiss ich nichts mehr. Ich habe nur noch vage Bilder davon, wie ich auf dem hölzernen Absperrgitter des Laderaums auf dem Meer trieb.»

«So habe ich dich gefunden. Die grosse Beule an deinem Kopf stammt wohl von dem Schlag.»

«Wer bist du?», wandte sich Flavius fragend an mich.

«Ich bin Dismas, der Heiler, den du an den Mast binden liessest. Auch ich hatte Glück und konnte mich von den Fesseln am Mast befreien. Aus den Brettern und dem Mast habe ich ein Floss gebaut. Darauf sind wir jetzt. Durch einen glücklichen Zufall habe ich meinen Beutel mit den Heilsalben retten können. So konnte ich deine Wunden versorgen. Zwei Tage warst du bewusstlos. Zum Glück hat es in der ersten Nacht geregnet, so haben wir etwas Trinkwasser.»

Von dem Schnaps und dem Honig sagte ich ihm nichts. Ich wusste ja nicht, ob ich ihm trauen konnte.

«Warum hast du mich gerettet?»

«Ich töte keine Menschen. Ich heile sie!», sagte ich und schaute ihm tief in die Augen.

Er drehte seinen Kopf weg und schwieg. Er hatte gemerkt, dass ich die vier Sklaven meinte, welche er über Bord werfen liess.

«Und wo sind wir?»

«Keine Ahnung! Irgendwo auf dem Meer! Ruh dich jetzt aus Flavius. Du bist geschwächt vom Fieber.»

Flavius schloss die Augen und schon bald fiel er in einen unruhigen Schlaf.

Auch ich legte mich hin, denn ohne richtige Nahrung wurden auch meine Kräfte langsam weniger.

Sonnenstrahlen weckten mich und wärmten meinen durch die Nacht ausgekühlten Körper. Der Hunger meldete sich. Da Flavius noch schlief ass ich den letzten Rest des Honigs. Dann nahm ich wieder meine selbstgebastelte Angel. Es fehlte mir ein guter Köder. Die farbigen Stoffstreifen hatten nichts gebracht. Ich durchsuchte meinen Beutel, um etwas Brauchbares zu finden. Da kam mir ein kleines Tuch in die Finger. Ich wusste genau was darin war: Djumanas Goldamulett mit ihrem Portrait. Ich zog es hervor und betrachtete es. Das Amulett war etwa vier Zentimeter im Durchmesser und hatte ein Loch für eine Schur. Es glänzte in der Sonne. Das könnte gehen. Ich suchte ein dünnes Stück Hanfschur und band das Amulett am Haken fest. Es baumelte glänzend an der Angelschur. Ich warf die Angelschur aus und wartete. Meine Gedanken kreisten um Djumana. Wie es ihr wohl ging? Nach einiger Zeit zupfte es an der Leine und ich hatte die grösste Mühe sie zu halten. Da muss was Grosses angebissen haben. Die Angelschnur war stark angespannt.

«Hoffentlich reisst sie nicht», dachte ich. Ich zog langsam aber stetig an der Angelschnur. Und da sah ich ihn. Ein etwa fünfzig Zentimeter langer, dicker Fisch hing an der Angel. Ich musste meine ganze Kraft aufwenden, um ihn aus dem Wasser zu ziehen. Wie das am besten ging, wusste ich ja. Jakob war ein guter Lehrmeister gewesen in Kapharnaum. Der grosse Fisch wand sich hin und her und wollte wieder ins Meer zurück. Ich fasste ein Brettstück und tötete den Fisch mit einem gezielten Schlag.

Ich entfernte den Haken und legte das Amulett wieder in meinen Beutel.

«Danke Djumana, dein Amulett hat mir Glück gebracht.»

Mit meinem Messer weidete ich den Fisch aus und legte die essbaren Teile auf ein sauberes Stück Tuch.

«Du scheinst dein Handwerk zu verstehen», hörte ich plötzlich hinter mir Flavius sagen.

«Bist du schon lange wach?»

«Gerade rechtzeitig, um dir zuzusehen, wie du den Fisch zerlegt hast. Wo hast du das gelernt?»

«Ich habe es dir ja gesagt. Ich war Fischer, bevor ich verschleppt und zum Sklaven gemacht wurde.»

«Wie sollen wir den Fisch braten?»

«Roh essen!»

«Ich habe noch nie etwas roh gegessen und werde es auch nicht tun!»

«Na gut, dann hungerst du eben und wirst sterben, denn dein Körper braucht jetzt Nahrung, um heilen zu können. Ich habe schon oft rohen Fisch gegessen, wenn ich beim Fischen auf dem See Hunger bekommen habe. Frisch gefangen schmeckt er ganz gut und sättigt.»

Ich biss herzhaft ins hellrosa-farbige Fleisch. Es schmeckte ausgezeichnet.

«Probiere mal! Es schmeckt wirklich gut!»

Ich streckte ihm ein kleines Stück zu. Er nahm es und biss vorsichtig hinein.

«Schmeckt besser als ich dachte. Bitte gib mir noch ein Stück.»

Etwa die Hälfte assen wir. Den Rest legte ich in ein Tuch, verknüpfte es und hängte es ins Meerwasser. So würde der Fisch länger frisch bleiben.

Flavius trank noch etwas Wasser und legte sich wieder hin. Seine gebrochenen Rippen schmerzten stark.

Ich schaute stundenlang hinaus aufs endlose Wasser, aber nirgends war etwas zu erkennen.

Wir waren nun schon den fünften Tag auf dem Meer gefangen, nur umgeben von endlosem Wasser. Da ich eine glückliche Hand beim Fischen hatte, mussten wir nicht hungern, aber langsam ging uns das Wasser aus. Die Sonne brannte gnadenlos auf uns herunter. Flavius ging es etwas besser und die Schmerzen waren nun nicht mehr so stark.

«Flavius, auf welchem Kurs waren wir, als der Sturm kam?»

«Ich wollte nach Karthago segeln. Wo wir jetzt sind kann ich dir nicht sagen. Das kann nur ein Kapitän anhand der Sterne bestimmen.»

«Wenn wir nicht bald Land sehen oder ein Schiff uns findet, werden wir verdursten.»

Flavius nickte. Er wusste, wie schwierig unsere Lage war. Wir beschlossen, das Wasser noch mehr zu rationieren, aber auch das würde uns nur einen oder zwei Tage bringen.

Wieder brach eine weitere Nacht herein. Weil Leermond war, funkelten die Sterne besonders hell. Ich konnte nicht gut schlafen und starrte in den Sternenhimmel.

Es war kurz vor Sonnenaufgang. Da blitzte etwas Licht auf.

«Flavius, wach auf! Ich habe etwas gesehen!»

«Wo?»

«Da hinten am Horizont, über dem Wasser.»

«Das wird eine Sternschnuppe gewesen sein!»

Wir beide starrten in die Richtung, wo ich meinte etwas gesehen zu haben.

«Da! Hast du es gesehen Flavius?», rief ich aufgeregt.

«Ja, aber nur kurz. Ich weiss nicht, was ich davon halten soll.»

Wir blickten hinaus und immer wieder sahen wir etwas aufblitzen.

Es schien näher zu kommen.

Es begann zu dämmern und da sahen wir es: Ein Schiff! Winzig klein in Richtung Sonnenaufgang. Es war nicht zu erkennen, was für ein Schiff es war.

«Wir müssen uns bemerkbar machen Flavius.»

«Ja, aber wie? Sie können uns kaum sehen und rufen nützt auch nichts.»

«Deine Rüstung, schnell!»

«Was hast du vor?»

«Ich habe das einmal bei den Ägyptern gesehen. Sie haben sich Zeichen durch Aufblitzen von Spiegeln über weite Distanzen zugesandt. Die Sonne steht günstig. Ich kann mit deinem glatten Brustpanzer Lichtblitze auslösen. Vielleicht sehen sie uns.»

Er reichte mir seine glattpolierte Brustplatte. Ich richtete die Platte nach der Sonne aus. Flavius kroch ans Ende des Flosses, genau zwischen mich und dem Schiff am Horizont.

«Schwenk mal! Ich will sehen, ob es klappt.»

Ich drehte die Platte hin und her und ein voller Lichtblitz traf Flavius.

«Ahhh! Ich sehe nichts mehr!», schrie Flavius auf.

«Das geht vorbei. Schliess die Augen und warte einen Augenblick. Das ist, wie wenn du in die Sonne geblickt hättest, nur etwas stärker.»

Ich schwenkte den Brustpanzer immer wieder hin und her und hoffte, dass es jemand auf dem Schiff bemerken würde. Bange Minuten vergingen. Wirre Gedanken schossen mir durch den Kopf.

«Was wäre, wenn sie uns nicht sehen würden? War das unsere einzige Hoffnung? Müssten wir verdursten?»

Doch dann kam bei mir Hoffnung auf.

«Flavius schau! Hast du auch das Gefühl, dass das Schiff grösser wird?»

«Ja, könnte sein. Aber höre nicht auf, meinen Brustpanzer zu schwenken. So können sie die Richtung bestimmen.»

Von Minute zu Minute wurde das Schiff grösser. Es hatte uns bemerkt.

«Kannst du das Segel erkennen Flavius?»

«Den Schriftzeichen nach könnten es Griechen sein.»

Es kam immer näher. Nach einer halben Stunde war das Schiff nur noch etwa fünfzig Meter entfernt.

«Wir haben euer Lichtsignal gesehen. Schiffbrüchige! Wer seid ihr?», hörte ich eine Stimme vom Schiff herrufen.

Flavius reagierte sofort: «Ich bin Flavius!»

Es wurde ein Boot zu Wasser gelassen und sie ruderten zu uns. Aus dem Boot wurde mir ein Seil zugeworfen. Ich band es am Floss fest.

«Ich bin Karnaos, der Kapitän dieses Schiffs. Wir kommen aus Kreta.»

«Ich bin Centurio Flavius. Unser Schiff ist vor einer Woche im heftigen Sturm gesunken. Nur ich und mein Sklave überlebten.»

«Sklave», dachte ich. «So ist das also! Zuerst pflegen und durchfüttern und sobald die Lage besser wird, braucht er mich nicht mehr und ich bin wieder nur sein Sklave.»

Sie halfen Flavius ins Boot. Auch ich kletterte hinein, aber sie beachteten mich kaum.

Auf dem Schiff wurde Flavius eine schöne Kajüte zugeteilt. Ich bekam eine Hängematte zuhinterst im Mannschaftsraum. Zumindest wurde ich nicht wieder an einen Masten gefesselt.

Da kam ein eher kleiner, rundlicher Mann auf mich zu.

«Ich bin Aris und zuständig für die Küche. Du wurdest mir zugeteilt. Es hiess du verstehst was von Pflanzen und Kräutern. Wie heisst du?»

«Mein Name ist Dismas.»

«Komischer Name. Woher kommst du?», wollte der Mann wissen.

«Ich bin in der Nähe von Jerusalem geboren, wurde verschleppt und zum Sklaven gemacht. Ich war drei Jahre in Ägypten und habe dort viel über Pflanzen und Kräuter gelehrt, aber mehr zu Heilzwecken.»

«Ich verstehe nicht viel von Kräutern. Du kannst mir helfen das Essen zu machen. Bald werden wir Kyrene anlaufen. Dort kannst du mit mir Kräuter und Esswaren kaufen. Aber mach dir keine Hoffnungen, du könntest fliehen. Ich muss mit meinem Leben für dich bürgen», fügte Aris noch hinzu.

Ich hätte es schlechter treffen können. In der Küche hatte man wenigstens immer genug zu Essen.

Am nächsten Tag liefen wir die Lybische Küste an. Im Hafen der blühenden Kleinstadt Kyrene gab es einen prächtigen Markt. Hier deckten sich offensichtlich viele Schiffe für die Weiterfahrt mit Gemüse, Fleisch und Wasser ein. Daneben gab es aber noch allerlei andere Waren. Ich musste nicht lange nach Gewürzen und Kräutern suchen. Aris kaufte ein Salzfass und gab mir etwas Geld, damit ich Kräuter einkaufen konnte. Obwohl ich an Flucht dachte, war es nicht möglich, da mich ständig zwei kräftige Matrosen begleiteten. Ich kaufte verschiedenste Gewürze und nebenbei auch einige Heilkräuter. Es gelang mir sogar unauffällig etwas Honig zu beschaffen. Ich überzeugte die Männer, dass ich es zum Würzen des Fleisches benötige.

«Hast du alles Dismas?», rief mir Aris zu.

Ich nickte.

«Dann werden wir wieder aufs Schiff gehen.»

Flavius hatte sich zurecht gemacht und seine Uniform wieder angezogen. Die Rippen mussten noch schmerzen, aber er zeigte es nicht. Er lehnte an der Reling, als wir wieder an Bord gingen.

«Wie geht es dir Flavius?», fragte ich ihn.

«Immer besser, dank deiner Pflege! Ich weiss wohl, dass ich dir mein Leben verdanke. Daher werde ich dich nicht als Geschenk an Tribun Marcellus geben. Du wirst in meinem Hause in Karthago arbeiten!»

«Karthago», sagte ich halblaut vor mich hin, «wo liegt das?»

Flavius lachte laut.

«Du bist noch nicht weit in der Welt herumgekommen. Karthago ist die zweitwichtigste Stadt im römischen Reich nach Rom. Sie liegt gegenüber von Sizilien.»

«Ist das weit weg von Jerusalem?»

«Du hast wirklich keine Ahnung, meinte Flavius, «komm ich zeige dir eine Karte in meiner Kajüte, die ich vom Kapitän bekommen habe.»

In seiner Kajüte kramte er in einer Schublade und holte eine Karte hervor, welche auf ein Stück Leder gezeichnet war.

«Siehst du. Hier sind wir. Das Wasser auf dem wir segeln heisst Mittelmeer. Hier liegt Karthago, dort Rom und hier Alexandria in Ägypten. Jerusalem ist hier unten.»

«Dann entfernen wir uns ja von Jerusalem, wenn wir nach Karthago segeln.»

«Ja, so ist es! Du bist noch jung. Wenn du dich gut anstellst, werde ich dich auf meine Reisen mitnehmen!»

Es gefiel mir nicht, aber so bestand die Hoffnung einmal fliehen zu können, wenn wir näher bei Jerusalem sein würden.

Das Schiff stach wieder in See und schon bald hatten wir Kyrene hinter uns gelassen. Wir segelten in Sichtweite der Küste entlang. Als schmales grünes Band waren die Umrisse der Küste zu erkennen. Dahinter folgten Zwischentöne, welche in ein einheitliches gelbgrau übergingen.

«Das ist die Wüste», erklärte mir Flavius, der hinzugetreten war. «Diese typische sandgelbliche Farbe ist charakteristisch für sie.» «Dort ist es sehr heiss, und es hat kein Wasser. Nur erfahrene Karawanenführer können sie durchqueren. Wir würden sterben.»

«Ausser man kennt die Oasen! Ich habe in Ägypten solche gesehen», ergänzte ich.

«Morgen erreichen wir Karthago. Du wirst sehen, es ist eine prächtige Stadt. Mein Vater wurde vor dreissig Jahren von Kaiser Augustus für seine Verdienste mit einem Stück Land belohnt. Zusammen mit dreitausend anderen Siedlern haben sie das zerstörte Karthago wieder aufgebaut. Im römischen Reich ist es zur wichtigsten Handelsstadt nach Rom aufgestiegen.»

«Wieso wurde Karthago zerstört?», wollte ich wissen.

«Karthago war ein Unruheherd, ähnlich wie Jerusalem. Das duldete Rom nicht und folgte der berühmten Empfehlung von Cato dem Älteren: Im Übrigen meine ich, dass Karthago zerstört werden muss. Der grosse Scipio Aemilianus belagerte Karthago drei Jahre lang und nahm es dann in sechs Tagen ein. Danach wurde die Stadt dem Erdboden gleich gemacht und die 50'000 überlebenden Einwohner in die Sklaverei verkauft. Aber das war vor etwa hundert Jahren. Nun hat die Stadt bereits wieder mehr als 30'000 Einwohner.»

«Bist du dort geboren?», fragte ich ihn.

«Ja und dort sind auch meine Frau Claudia und meine beiden Buben.»

«Ich dachte du lebst in Alexandria?»

«Nein, da bin ich nur in meiner Einsatzzeit als Soldat. Ein Einsatz in einem unruhigen Gebiet, hilft Karriere zu machen.»

Da kam Aris hinzu.

«Komm, wir müssen das Essen kochen.»

Ich ging mit ihm in die kleine Kombüse des Schiffs. Für die Offiziere gab es Kichererbsensuppe, Bohnen und gebratenen Speck. Für die Mannschaft Kohlsuppe und Haferbreimus. Es war schon etwas seltsam für mich, statt Heilmittel zu machen, die Kräuter zum Würzen zu verwenden. Aber schon Nadir hatte mich gelehrt, bittere Medizin mit Gewürzen und Honig schmackhafter zu machen. Mit dem angedünsteten Knoblauch, aus welchem ich bei Halsschmerzen einen Wickel machte, schmeckte ich nun die Bohnen ab. Zur Kichererbsen Suppe gab ich etwas Oregano dazu und den angebratenen Speck würzte ich mit etwas Pfeffer und Koriander. Zur Kohlsuppe der Mannschaft passte das orientalische Kraut. Es hatte die Eigenschaft, den Geschmack zu verstärken und eine gute Würze abzugeben.

«Hast du nichts für den Haferbrei?», wollte Aris wissen.

«Nein. Da wären Nüsse gut oder Früchte.»

«Ich habe noch überreife Feigen.»

«Ja, das geht auch. Schneide sie in kleine Stücke. Sie verleihen dem Haferbrei einen süsslichen Geschmack.»

Nadir hatte oft die bittere Medizin für Echnaton in reife Feigen gesteckt. Nur wenig gekaut, kam der bittere Geschmack des Wirkstoffs im Mund nicht zu seiner vollen Wirkung.

«Gib mir bitte zwei Orangen aus deinem Vorrat!»

«Was willst du machen?»

«Auspressen und den Saft daruntermischen. Du wirst sehen, es gibt dem Haferbrei einen frischen Geschmack.»

Als wir fertig waren, kam Kapitän Karnaos herein.

«Was habt ihr gemacht? Man riecht den Duft der Speisen im halben Schiff. Mir läuft das Wasser im Munde zusammen. Lasst mich probieren Aris!»

Aris reichte dem Kapitän von jeder Speise etwas.

«Wunderbar! Selbst die eintönige Kohlsuppe schmeckt heute köstlich.»

«Es ist Dismas Werk! Mit den Gewürzen, welche wir in Kyrene gekauft haben, vermag er allen Speisen einen besonderen Geschmack zu geben.»

«Ihr könnt das Essen in der Offiziersmesse auftischen. Beginnt mit etwas Wenigem des Mannschaftsessens! Ich will sie überraschen.»

So brachten wir zuerst die Kohlsuppe und etwas Haferbreimus in die Offiziersmesse.

«Heute gibt es Mannschaftsessen!», verkündete der Kapitän.

Sofort begann ein Gemurmel und einige verzogen missfallend ihr Gesicht. Nur Flavius nahm alles stoisch hin. Er war sich wohl von der römischen Armeeküche einiges gewohnt.

Als Aris den Deckel der Kohlsuppe hob, schnupperten einige den ungewöhnlichen Duft.

«Das ist doch nicht unsere normale Kohlsuppe! Die riecht ja viel besser!», rief Menelaos, der Steuermann.

Kapitän Karnaos begann zu lachen: «Probiert! Sie schmeckt noch besser als sie riecht.»

Alle löffelten ihre Holzschalen bis auf den letzten Tropfen leer. Selbst Flavius nickte mir anerkennend zu und meinte: «Eine bessere Kohlsuppe habe ich nicht einmal in Rom gegessen.»

«Nun das Haferbreimus!», befahl Karnaos. Auch hier waren sich alle einig. So gut zubereitet hatten sie es noch nie gegessen.

«Aber das war ja viel zu wenig!», murrte der Steuermann.

«Nur Geduld Menelaos! Das waren nur die Appetithappen. Aris bring nun das Offizierssessen!»

Bereits die Kichererbsensuppe begeisterte.

«Was ist das für ein Kraut, das diesen feinen Geschmack abgibt?», wollte Menelaos wissen. Aris schaute zu mir und forderte mich auf, Antwort zu geben.

«Das ist Oregano. Es schmeckt nicht nur gut, sondern hilft bei der Verdauung.»

Ich hatte in Ägypten Nadir des Öfteren Oregano an Echnaton geben sehen, wenn er nach üppigen Gelagen über Schmerzen in der Bauchgegend klagte.

Nun waren die Bohnen und der angebratene Speck an der Reihe.

«Aris, deinen Hilfskoch kannst du behalten! So gut habe ich auf einem Schiff noch nie gegessen! Aber für die Mannschaft dürft ihr nicht so gut kochen, sonst werden sie fett und faul», meinte Menelaos. Die Anderen lachten laut. Es war offensichtlich, dass alle das Mahl genossen.

«Flavius, kannst du uns den Burschen überlassen? Du musst ja noch deine Fahrt nach Karthago bezahlen! Wie wäre es?», fragte Kapitän Karnaos.

«Nun wir werden sehen», wich Flavius der Frage aus.

Bezahlen! Bisher hatte ich mich nicht darum gekümmert. Eigentlich hätte uns der Kapitän in Kyrene absetzen können. Offenbar hatte aber Flavius Karnaos überzeugt, seine Segelroute zu ändern, um nach Karthago zu segeln.

Am nächsten Tag begann sich der Küstenstreifen zu verändern. Er wurde zusehends grüner. Die Vegetation wurde üppiger und die Steppe rückte mehr in den Hintergrund bis sie ganz verschwand. Flavius kam aus seiner Kabine und schaute auf die Küste. In seinen Augen war zu erkennen, dass er die Gegend gut kannte.

«Noch zwei Stunden Dismas, dann erreichen wir den Hafen von Karthago. Pack deine Sachen zusammen, damit wir nach der Ankunft gleich aufbrechen können.»

Ich verschwand unter Deck und holte meinen Beutel. Als ich wieder aufs Deck kam, erlebte ich eine Überraschung. Zwei Matrosen packten mich und banden mir meine Hände auf dem Rücken zusammen. Kapitän Karnaos schaute tatenlos zu.

«Was soll das Flavius?», wollte ich wissen.

«Nun, auch wenn du mich gerettet hast, bleibst du mein Sklave! Matrose gib mir seinen Beutel!»

«Halt! Das sind meine Sachen!», schrie ich aufgebracht.

«Ein Sklave hat keine persönlichen Sachen!»

Er durchsuchte meinen Beutel. So also sah seine Dankbarkeit aus. Nun bestiehlt er mich noch. Er war ja noch schlechter als die Kumpane meines Vaters. Die waren weniger verschlagen.

«Ah, da ist es!» Er zog Djumanas Goldamulett hervor. Er hatte offenbar genau beobachtet, wo ich es nach dem Fischen in meinem Beutel verstaut hatte.

«Bitte nicht! Es ist ein magisches ägyptisches Amulett!», flehte ich ihn an.

Doch es half nichts. Flavius ging auf Karnaos zu und überreichte ihm das Goldamulett.

«Hier! Das wird deine Kosten gut decken.»

Karnaos betrachtete das Amulett. Da ergriff ich die Gelegenheit.

«Schau es dir nur genau an! Es zeigt das Abbild der ägyptischen Göttin Kauket.»

«Eine schöne Göttin», meinte Karnaos spöttisch. Er hatte ja recht. Djumana war gut abgebildet darauf. Aber er wusste ja nicht, wen das Abbild zeigte. Also log ich ihn an und nutzte das, was mir Nadir über die ägyptischen Götter erzählt hatte.

«Sie ist die Göttin der Finsternis und des Chaos. Drehe das Medaillon um und du wirst deine Zukunft sehen.»

Er kehrte es um und ich wusste, er würde eine leere, glattpolierte Fläche sehen.

«Da ist nichts! Es ist leer»

«So ist es! Das ist das Abbild der Finsternis. In ihr ist es dunkel und leer! So bringt dieses Medaillon allen Unglück, welche es auf unehrenhafte Weise erlangen», sagte ich mit unheilvoller, beschwörender Stimme und schaute Karnaos tief in die Augen. «Der frühere Besitzer hat es mir geschenkt, um den Fluch loszuwerden.»

«Dummes Zeug!», fuhr Flavius dazwischen: «So etwas gibt es nicht! Aberglaube!»

«Aberglaube? Meinst du Flavius? Warum hast du dann während des Sturmes dem Meeresgott vier Sklaven geopfert?»

Karnaos wurde zusehends nervöser.

«Bringt Dismas unter Deck. Dort soll er bleiben, bis wir den Hafen erreicht haben», befahl Karnaos.

Sie zerrten mich wieder in den halbdunkeln Mannschaftsraum, warfen meinen Beutel neben mich und liessen mich gefesselt liegen. Es dauerte etwa eine halbe Stunde bis jemand die Treppe herunterkam. Es war Karnaos. Er zündete eine Kerze an, damit es etwas heller wurde.

«Sei leise und hör zu!», flüstere er. «Ich war schon in Ägypten und habe die Götterstatuen gesehen und von den Flüchen der Pharaonen gehört. Die Göttin Kauket gibt es wirklich, hat mir ein Ägypter in meiner Mannschaft bestätigte. Ist da wirklich ein Fluch darauf?»

«Ja sicher! Wieso ist denn das Schiff von Flavius in den schweren Sturm gekommen? Weil er mich gefangen genommen und so den Fluch wieder aktiviert hat. Wenn du jetzt das Amulett behältst, dass du unehrenhaft erhalten hast, wird der Fluch auch dich treffen! Deine Fahrten werden unter einem unglücklichen Stern stehen!»

Karnaos schaute mich entsetzt an. Jetzt hatte ich ihn dort, wo ich ihn haben wollte. Jetzt war er bereit alles zu tun, um den Fluch abzuwenden. Und auf ein gutes Tauschgeschäft würde er sicher eingehen. Ich wollte unbedingt das Amulett zurück. Schliesslich hatte es mich vor dem Verhungern auf dem Floss gerettet. Also sagte ich zu ihm: «Ich kann dir helfen. Hast du das Amulett bei dir?»

«Ja.»

«Gut! Ich werde den Fluch von dir wegnehmen. Dazu brauche ich aber meine Hände. Mach sie los! Ich werde nicht fliehen. Wohin auch? Wir befinden uns ja auf See.»

Er löste die Handfesseln und ich nahm meinen Beutel. Ich suchte die Ringelblumensalbe. Darin hatte ich die Edelsteine aus dem Kamm des Pyramidengrabes versteckt. Ich fand sie und auch ein Säcklein mit schwarzem Pulver. Nadir verwendete es, wenn er offenes Feuer hatte, um die Leute zu beeindrucken.

«Ich muss meine Hände salben, damit sie für den Bannzauber bereit sind.»

Ich zeigte ihm die Ringelblumensalbe. Mit dem Zeigfinger suchte ich einen Edelstein und nahm ihn zusammen mit der Salbe in meine Hand.

Ich salbte meine Hände ein und achtete darauf, dass er den Stein nicht sah. Er war rot. Im Palast von Echnaton nannten sie ihn Rubin.

«Bist du bereit?», fragte ich Karnaos.

«Ja!», fügte dieser an.

«Dann lege jetzt das Amulett hier auf den Boden und stelle die Kerze dazu! Wenn der Bannspruch Erfolg haben soll, muss ich den Fluch des Amuletts brechen.»

Ich nahm etwas schwarzes Pulver in die rechte Hand. In der linken hielt ich den Rubin. Ich murmelte leise und unverständlich, sodass es geheimnisvoll wirkte. Dann bewegte ich meine rechte Hand auf die Kerze zu und öffnete sie. Eine kleine Stichflamme erhellte den Raum. Ich nutzte den Überraschungseffekt und die kleine Blendung. Legte den Rubin hin, packte das Amulett und liess es in meinen Beutel fallen. Karnaos zuckte zurück und stiess ein leises Zischen aus.

«Was war das?»

«Der Fluch musste weichen. Du hast es gesehen. Er hat sich in einer Flamme aufgelöst. Und sieh!», ich deutete auf den Rubin. « Zurück blieb nur ein versteinerter Blutstropfen der Göttin Kauket.»

«Wo ist das Amulett?»

«Es hat sich verwandelt in diesen Rubin. Die Göttin hat dich belohnt, dass du ihr Ebenbild geachtet hast.»

Karnaos nahm den Stein und schaute ihn im Kerzenlicht an. Er schien den Wert des Steines zu kennen und war zufrieden.

«Sie hat mich gut belohnt. Der Rubin ist wertvoller als das Gold des Amuletts.»

«Der Stein wird dir Glück bringen», schmeichelte ich ihm.

«Du bist mir unheimlich! Doch ich kann dich nicht einfach freilassen. Du gehörst ja Flavius.»

«Ich gehöre nicht Flavius! Er hat mir unter Gewalt sein Sklavenarmband angelegt.

Wenn du meine Fesseln etwas lockerer anlegst, kannst du ja nichts dafür, dass ich mich befreiten konnte. Dafür werde ich dich auch nicht erneut mit einem Fluch belegen!»

Karnaos studierte einen Moment, dann hatte er einen Entscheid gefällt. Ohne etwas zu sagen, legte er mir die Handfesseln wieder an. Dieses Mal aber ziemlich locker.

Dann verliess er mich mit den Worten: «In einer Stunde erreichen wir den Hafen in Karthago. Kurz davor ist die Küste flach und ein Schmugglerpfad führt in eine gebirgigere Gegend, wo es keine Römer hat. Am Ende dieses Ganges hat es eine kleine Kabine mit einem Fenster.»

Sofort befreite ich mich von den Fesseln. Ich packte meinen Beutel und schlich zum Treppenaufgang. Hier lag auch die Vorratskammer. Ich hatte beobachtet, wo Aris den Schlüssel dazu versteckte. Ein Griff hinter ein loses Holzbrett unter der Treppe und ich hielt ihn in der Hand. Leise öffnete ich die Türe und schlich hinein. Ich packte getrocknetes Fleisch, meine gekauften Kräuter, Nüsse, Honig und eine Flasche Schnaps. Dann spähte ich durch einen Spalt hinaus auf den Gang. Er war leer. Ich versteckte den Schlüssel wieder an seinem Ort, schlich zu der kleinen Kammer am Ende des Ganges und verschwand darin. Anschliessend ging ich zum Fenster und sah ein Seil herunterhängen. Ich war an Achtern, dem hinteren Teil des Schiffs und unten war ein kleines Beiboot am Seil befestigt. Vielleicht brauchten sie es, um damit Untiefen auszuloten. Oben hörte ich Matrosen reden. Gerne wäre ich am Seil hinuntergeklettert, aber die Gefahr, dass ich bemerkt würde, war zu gross. Da gab es plötzlich Lärm auf dem Schiff.

«Cäsars Schiff», hörte ich rufen. Die Stimmen der Matrosen verstummten. Wahrscheinlich waren sie alle in den vorderen Teil gegangen, um das aussergewöhnliche Schiff zu sehen.

Das war meine Chance! Ich band meinen Beutel auf den Rücken, packte das Seil und liess mich zum Beiboot hinunter. Vorsichtig späte ich nach oben. Es war niemand zu sehen. Mit meinem scharfen Messer durchschnitt ich das Seil. Schweiss rann mir über die Stirne. Das Seil war dick und ich kam nur langsam voran. Strang für Strang durchtrennte ich es. Ich war beim letzten Strang, als die Stimmen wieder lauter wurden. Mit einem kräftigen Zug durchtrennte ich den letzten Strang. Das Boot trieb lautlos und langsam weg vom Schiff. Ich legte mich flach hin, sodass mich niemand sehen konnte, falls sie es bemerken würden. Ich war schon etwa zweihundert Meter vom Schiff entfernt, da lief das Beiboot auf eine Sandbank. Mit einem Ruck stand es still. Ich setzte mich auf und schaute mich um. Es waren nur noch etwa zwanzig Meter bis zur Küste. Auf dem entfernten Schiff sah ich die Matrosen aufgeregt gestikulieren. Wahrscheinlich hatten sie mein Verschwinden bemerkt.

Ich liess mich vorsichtig ins Wasser gleiten. Zu meiner Überraschung war es hier gar nicht tief, wie es Karnaos gesagt hatte. Schnell watete ich durchs seichte Wasser an die Küste und verschwand im dichten Gestrüpp.

Neue Hoffnung

Landeinwärts kam ich auf einen Trampelpfad. Er führte ins hügelige Hinterland. Ich kam gut voran, war aber vorsichtig. Bei jedem Geräusch versteckte ich mich. Es begegneten mir verschiedene Gestalten auf dem Weg. Aber es waren keine Römer unter ihnen. Nachdem ich mehrere Stunden dem Pfad gefolgt war, wurde er auf einmal breiter. Ich kletterte auf einen Baum und schaute mich um. In der Ferne konnte ich eine Siedlung erkennen. Nach einer römischen Siedlung sah sie nicht aus. Ich beobachtete eine Weile das Kommen und Gehen, bis ich mir sicher war, dass mir hier keine Gefahr drohte. Als es eindunkelte, verliess ich mein Versteck im Baum und begab mich zu den ersten Häusern. Ich konnte die Sprache nicht verstehen. Viele der Menschen hatten eine sehr dunkle Hautfarbe. Die Ägypter nannten sie Numider. Es gab nur wenige richtige Häuser. Die meisten waren grosse Hütten mit offenen Feuerstellen darin. Ich wollte gerade wieder zur nächsten grösseren Hütte, als ich eine vertraute Sprache hörte. Da sprach jemand Hebräisch!

«Wenn ich nur wüsste, was das in ihrer Sprache heisst, dann könnte ich mit ihnen handeln?»

Ich fasste allen Mut zusammen und sagte: «Vielleicht verstehen sie es auf ägyptisch!»

Der Mann drehte sich um und musterte mich.

«Wer bist du?»

«Ich bin Dismas und wer bist du?»

«Ich bin Nathanael, Händler aus Jerusalem!»

«Jerusalem! Dort wurde ich vor fast fünf Jahren von Räubern verschleppt und an Sklavenhändler verkauft.»

«Ah, daher die Sklavenzeichen an deinem Arm!»

«Diese Menschen verstehen nur schlecht die römische Sprache. Kannst du ägyptisch sprechen?»

«Ja, aber nur wenig. Ich habe es als Sklave in Ägypten gelernt.»

«Ich möchte gerne, dass sie mir ihre gewobenen Stoffe und Teppiche verkaufen.»

«Nun, das sollte ich hinbekommen.»

Es gelang mir mit einigen Brocken Ägyptisch, etwas römischer Sprache und mit Händen und Füssen den Handel einzufädeln. Der Numider und der Händler einigten sich und beide waren zufrieden mit dem Handel.

«Gut gemacht Dismas! Du warst mir eine grosse Hilfe. Dafür werde ich dir nun auch helfen. Komm wir werden deinen Sklavenring entfernen. Hinten im Dorf hat es so etwas wie eine Schmiede.»

Wir durchquerten den Ort. Er war grösser als es zuerst den Eindruck machte. Hier lebten viele Nomadenfamilien und Händler. Vor einem grösseren halboffenen, aus Steinen gebauten Haus blieb Nathanael stehen. Es war Lärm von schlagenden Hämmern zu hören.

«So, da sind wir. Komm, wir wollen hineingehen und schauen, ob sie uns helfen können.»

Im halboffenen Raum brannte ein grosses Feuer und davor stand ein Amboss. Zwei Männer waren beschäftigt, ein Stück glühendes Eisen zu beschlagen. Offenbar kannte der Händler die beiden. Sie begrüssten sich herzlich und Nathanael deutete auf meinen Sklavenring. Einer der Männer kam in meine Richtung und begutachtete den Bronzering. Dann nickte er Nathanael zu.

«Komm zum Ambos Dismas. Sie können den Ring entfernen.»

Etwas mulmig war es mir schon, als einer der beiden kräftigen Numider meinen Arm auf dem Amboss fixierte. Der andere platzierte seinen Meissel auf den Verschluss des Rings und schlug zu! Ich spürte kaum etwas, aber der Verschluss brach auseinander. Sie entfernten den Ring von meinem Arm und zeigten ihn mir mit sichtlicher Freude.

«Sie haben das schon oft gemacht und wissen, was es für die armen Sklaven bedeutet, wenn sie den Sklavenring los sind», sprach Nathanael zu mir.

«Dein ägyptisches Sklavenzeichen auf deiner Haut muss auch noch weg!», sagte der eine Numider zu mir. Ich war selbst früher Sklave bei den Römern. Daher spreche ich eure Sprache. Ich weiss, wie man das macht. Aber du musst Schmerzen ertragen können – kurz, aber heftig!»

«Wie machst du das?»

«Ich habe ein flaches Brenneisen. Das machen wir glühend und drücken es kurz auf das Sklavenzeichen. Das Zeichen und die oberste Hautschicht verbrennen und es bleibt eine Narbe zurück.»

Ich überlegte kurz. Beim Herausschneiden bestand immer die Gefahr, dass sich der Arm entzündet. Eine Narbe bildete sich auch. Beim Herausbrennen war die Gefahr kleiner, da die kleinen Wundgeister Hitze nicht mögen.

«Gut, aber bringt mir etwas heisses Wasser. Ich möchte noch einen Trank zubereiten, der Schmerzen lindert.»

Verwundert schaute mich Nathanael an.

«Ich war zwar Sklave in Ägypten, habe dort aber einiges gelernt.»

Mit dem heissen Wasser bereitete ich den Trank aus der braunen Masse zu.

Ich nahm einige Schlucke. Schon bald merkte ich, wie sich alles bei mir zu drehen begann und die Bilder vor meinen Augen verschwammen.

«Ihr könnt anfangen, der Trank wirkt.»

Ich hatte wohl etwas viel von dem braunen Zeug genommen. Plötzlich begann alles in verschiedensten Farben und Formen zu strahlen. Ein Rausch von Empfindungen überflutete mich. Ganz entfernt spürte ich, dass etwas an meinen Arm kam und ein dumpfer Schmerz durchfuhr mich. Immer schneller drehten sich die Farben und Formen, bis es mir schwarz vor den Augen wurde. Ich verlor das Bewusstsein.

Ich erwachte erst wieder, als mir Wasser über den Kopf geleert wurde.

«Ah, da bist du ja wieder», drang Nathanaels Stimme wie von weit her an mein Ohr. «Du warst etwa eine Stunde bewusstlos!»

«Da habe ich wohl zu viel von dem braunen Schmerzmittel genommen. Mein Kopf brummt immer noch. Und jetzt spüre ich auch den Schmerz an meinem Arm.»

Ich schaute auf die Stelle, wo mein Sklavenzeichen war. Dort prangte jetzt eine verbrannte rotschwarze Narbe. Ich öffnete meinen Beutel und suchte die Wundsalbe. Dann strich ich vorsichtig etwas über die Wunde.

«Ruhe dich aus Dismas», meinte Nathanael, «wir dürfen hier in der Schmitte bleiben. Ich lege mich jetzt auch schlafen. Morgen sehen wir weiter.»

Am nächsten Morgen erwachte ich vom Lärm der beiden Numider. Sie fachten das Feuer an und spalteten Holz. Meine Narbe schmerzte noch ein wenig, aber sie war schon etwas weniger rot als gestern. Nathanael redete mit einem der Numider. Dann kam er zu mir.

«Sie wollen nichts weiter für deine Befreiung. Das Kupferarmband reicht ihnen.»

«Dann bist du hier fertig und reist wieder nach Jerusalem?»

«Ja, so ist es. Ich werde in Karthago nach einem geeigneten Schiff suchen. Es fährt sicher eines nach Jerusalem. Wenn du deine Überfahrt bezahlen kannst, nehme ich dich mit.»

«Ja, das wird gehen. Aber ich müsste zuerst auf einen Markt. Ich muss dort noch etwas erledigen.»

«Da bist du in Karthago richtig. Die Stadt hat einen sehr grossen Markt. Aber du solltest dein Aussehen ändern, damit du nicht sofort als entflohener Sklave auffällst!»

«Sobald wir in der Stadt sind, werde ich dafür sorgen, Nathanael.»

So verabschiedeten wir uns und wanderten einen halben Tag über verschlungene Pfade, bis wir eine breitere Strasse erreichten. Sie führte hinunter zum Meer. Vor uns öffnete sich eine grosse Bucht und da lag es: Karthago!

Von der Anhöhe aus sah ich eine prächtige Stadt mit Steinhäusern, grünen Parks, römischen Bädern und einem grossen Hafen. Er war besonders gut geschützt mit einer starken Mauer zum Schutz der dort ankernden Kriegsschiffe.

«Ja, die Römer sind hervorragende Erbauer. Ihre Viadukte, Thermen und Häfen suchen ihresgleichen», meinte Nathanael neben mir. «Wir werden jetzt in die Stadt gehen. Bleib dicht hinter mir und decke deinen Arm gut zu, dass deine Wunde nicht auffällt!»

Wir kamen problemlos durch das Eingangstor. Die römischen Soldaten interessierten sich nicht für die ein- und ausgehenden Personen. Sie schienen hier viel entspannter und gleichgültiger zu sein. Die Hitze machte ihnen in ihren Rüstungen zu schaffen. Sie suchten die Schattenplätze und versuchten sich möglichst wenig zu bewegen.

Wir gingen durch drei schmale Gassen und bogen dann bei einem grossen halbrunden Gebäude mit vielen Stufen auf eine breite Strasse ab.

«Was ist das für ein Gebäude?», fragte ich Nathanael.

«Das ist ein Amphitheater. Hier tragen grosse Künstler ihre Gedichte vor und es werden Geschichten gespielt.»

«Gedichte und Geschichten?»

«Nun, so etwas haben wir in Jerusalem nicht. Du musst dir vorstellen, es ist hier so wie in einer Synagoge. Einer liest etwas vor und andere hören zu, nur dass sie die Texte selber erfinden zur Belustigung der Zuhörer. Das hat aber nichts mit Göttern zu tun, höchstens wenn sie sich über andere Götter lustig machen.»

«Haben die Römer denn auch Götter, die sie verehren? Auf dem Schiff, wo ich gefangen war, hörte ich viel den Namen Neptun.»

«Ja. Das ist der Gott des Meeres! Ich habe einmal ein Bildnis aus Stein von ihm gesehen mit Streitwagen und Dreizack.»

«Ist das ihr einziger Gott?»

«Nein, sie haben mehrere Götter. Jupiter ist ihr Göttervater. Er beherrscht Blitz, Donner und Luft. Mars ist ihr Kriegsgott und Venus die Göttin der Liebe. Sie haben viele Götter. Mir hat einmal ein römischer Kaufmann über fünfzig Götter aufgezählt.»

«Die Ägypter haben auch viele Götter», unterbrach ich ihn, «da haben es die Juden aber einfacher, wenn sie nur an einen Gott glauben.»

«Ja, das kann sein. Wenn du weiter in der Welt herumkommst, wirst du sehen, dass auch die Griechen viele Götter verehren. Nur wir Juden haben nur einen Gott. Daher ist unser Glaube auch etwas Besonderes!»

Im Gespräch erreichten wir den Markt.

«Wir werden uns hier trennen. Ich mache hier meine Geschäfte und du erledigst, was du tun musst. Vor allem verändere dein Aussehen, damit du nicht erkannt wirst! Ich werde versuchen, uns eine Schiffsfahrt in die Nähe von Jerusalem zu besorgen. Wir treffen uns hier, wenn die Sonne im Mittag steht!»

Nach diesen Worten verschwand er im Gewühl der Marktbesucher.

Zuerst musste ich zu Geld kommen. Also kramte ich in meinem Beutel und holte eine der übermalten Goldschalen hervor. Ich zog mich in einer Seitengasse in eine Nische zurück und begann die Farbschicht abzukratzen. Mit Sand, den es auf dem Boden genug hatte, schmiergelte ich die letzten Farbreste weg. Dann ging ich zu einer gelöschten Feuerstelle, die ich in einer Ecke entdeckte, und holte dort etwas Holzasche. Zusammen mit meinem Ledertuch polierte ich die Schale. Den Trick mit der Asche hatte ich den ägyptischen Dienern abgeschaut, welche die Goldgefässe von Echnaton putzen mussten. Bald schon glänzte die Schale und Ornamente und Verzierungen kamen zum Vorschein. Ich verstaute sie in meinem Beutel und machte mich auf die Suche nach einem Goldhändler. Mit meiner schäbigen Kleidung konnte ich nicht in die feinen Goldhändlerstuben. Sie hätten die Römer gerufen und angenommen, ich hätte sie gestohlen. Also suchte ich in den dunkleren Gassen neben dem Markt und fand einen etwas zwielichtig und verschlagen aussehenden kleinen Mann mit einer grossen Goldkette um den Hals und protzigen Goldringen an den Fingern. Bevor ich nähertrat, fasste ich mein Messer mit einer Hand und verbarg es unter meinem Gewand. Sofort sprach er mich an.

«Suchst du etwas? Hast du etwas anzubieten?»

«Kommt darauf an, wer das fragt. Wer bist du?»

«Ich bin Oris. Ich kaufe und verkaufe Goldwaren und stelle keine Fragen!»

«Nun, dann könnten wir vielleicht ins Geschäft kommen.»

«Komm herein, wir wollen zusammen etwas trinken. Du hast sicher Durst!»

Er brachte mir ein Glas frisches Wasser. Seine listigen Augen fixierten mich. Hinten im Raum stand ein dunkelhäutiger, kräftiger Mann. Sein Gesicht war mit Narben übersäht.

«Setz dich hin! Was willst du? Kaufen oder verkaufen?»

Er wies auf einen bequemen Platz. Ich nahm meinen Beutel mit der einen Hand, stellte ihn vor mir auf den Boden und setzte mich.

«Zuerst möchte ich, dass wir allein sind» und deutete auf den Mann.

«Gut, aber dann möchte ich deine zweite Hand sehen. Man muss vorsichtig sein.»

Ich drehte mich etwas, sodass ich mit dem Messer in der Hand über meinen Beutel kam. Dann liess ich das Messer geräuschlos hineingleiten. Ich nahm die Hand hervor, sodass er sie sehen konnte. Oris schaute nach hinten und wies den Mann mit einer Handbewegung an, sich zurückzuziehen.

«So, da wir nun alleine sind, lass uns Geschäfte machen!»

Ich merkte sofort, dass mir da ein äusserst raffinierter Händler gegenübersass.

«So etwas hast du noch nie gesehen», versuchte ich ihn zu interessieren. Ich griff in meinen Beutel und holte die goldene Schüssel hervor. Die Augen des Händlers blitzen kurz auf und für einen Augenblick war ein Erstaunen auf seinem Gesicht zu sehen. Dann verwandelte sich sein Gesicht wieder in die undurchschaubare Händlermiene, welche er sich sicher in vielen Verkaufsjahren angeeignet hatte.

«Normalerweise stelle ich keine Fragen nach der Herkunft. Aber eines muss ich wissen! Kam diese Schüssel, auf welchen Wegen auch immer, hier in Karthago in deinen Besitz? Ich frage das nur, weil sie so besonders verziert ist, dass sie leicht wiedererkannt werden könnte!»

Ein schlauer Fuchs. Wenn ich sie hier gestohlen hätte, könnte er sie in Karthago nicht zum Kauf anbieten.

«Nein, schau sie dir genau an. Sie stammt aus Ägypten», antwortete ich. Oris strich sich durch den Bart. Im Geiste rechnete er sich wohl schon aus, wem er sie verkaufen könnte und zu welchem Preis.

«Nun, was meinst du? Welcher Preis ist angemessen? Aber du sollst wissen, dass ich den Goldpreis kenne.»

Er legte die Schale auf eine Waage, kratzte dann mit einem scharfen Messer an der Unterseite der Schale um festzustellen, ob sie aus reinem Gold ist.

«Sie scheint aus massivem Gold zu sein. Hat wohl einem hohen Ägypter gehört oder einem Priester!»

Dabei schaute er mich prüfend an. Ich hatte schon beim Eintreten eine steinerne Mimik aufgesetzt, sodass er aus meinem Gesicht nichts lesen konnte. Offensichtlich irritierte ihn das. Er wusste jetzt nicht, wo er mit seinem Angebot beginnen sollte. Würde er zu tief einsteigen bestand für ihn die Gefahr, dass ich gehen würde. Wäre er zu hoch, würde sein Gewinn beschnitten.

«Wir wollen doch beide etwas verdienen. Ich biete dir 50 Gold-Aureus.» Das entsprach etwa der Hälfte des reinen Goldwertes, welches er gewogen hatte.

Ich lachte und sagte zu ihm: «Du weisst so gut wie ich, dass dies niemals dem Wert entspricht. Schon gar nicht für eine so schöne verzierte Schale.»

Oris spürte, dass er mit mir kein einfaches Spiel hatte. Er schaute zur Türe hin, wo sein Bewacher verschwunden war.

Ein ungutes Gefühl überkam mich und ich griff heimlich nach meinem Messer, das ich neben mir ablegte, ohne dass er es sehen konnte. Da ging die Türe auf und der Dunkelhäutige blieb bedrohlich darin stehen.

«Also 50 Gold-Aureus ist ein gutes Angebot», sagte Oris, der nun durch die Anwesenheit seines Bewachers an Sicherheit gewonnen hatte und versuchte, mich einzuschüchtern. Ich hielt dagegen, so dass er sah, dass ich den Wert kannte.

«75 Gold-Aureus, dann kannst du sie immer noch für 150 verkaufen!»

«60», machte der Händler sein nächstes Angebot.

«Nein 75 und keinen Aureus weniger!»

Oris blickte kurz zum Dunkelhäutigen und der kam zwei Schritte näher auf uns zu. Jetzt wurde es kritisch. Ich packte die Goldschale und gleichzeitig zückte ich mein Messer.

«Raus mit ihm oder das Geschäft ist geplatzt. Wer mir zu nahe kommt oder mich betrügt, bekommt es mit meinem Messer zu tun! Du wärst nicht der Erste! Aber für dich wäre es das Letzte, was du sehen würdest!»

Meine Rede und Mimik mussten überzeugend gewesen sein, denn er wies den Aufpasser an, vor der Türe zu warten.

«Du scheinst zu allem entschlossen zu sein! Also mein letztes Angebot 70 Gold-Aureus!»

«70 Gold-Aureus und einen silbernen Ring.»

Oris überlegte kurz, nickte und streckte mir dann seine Hand zu, um das Geschäft zu besiegeln.

Mit einem silbernen Ring an der Hand, den Aureus in der Tasche und einem Gefühl der Erleichterung verliess ich die zwielichtige Händlerstube. Ich wollte schnell von diesem unsicheren Ort weg. So ging ich auf dem schnellsten Weg wieder zurück zum Markt. Da ich nun Geld hatte, konnte ich mich an den Ständen der Kleiderverkäufer umsehen. Ich suchte mir eine schöne, leicht verzierte Tunika aus und einen dazu passenden Gürtel. Nun fehlte mir noch eine dazu stimmige Toga, wie sie alle wohlhabenden Römer trugen. Ich fand schnell einen Händler mit einer guten Auswahl. Er brachte mir einige Modelle. Von meiner Mutter wusste ich, wie sich die gute Qualität eines Stoffes anfühlen und verarbeitet sein musste.

«Wo hast du die bessere Qualität?», wollte ich vom Händler wissen.

«Gefallen sie dir nicht?»

«Die Muster sind in Ordnung, aber der Stoff ist nicht von guter Qualität! Viel zu wenig dicht und mit Webefehlern!»

«Ah, da habe ich es mit einem Fachmann zu tun. Warte, ich hole weitere Modelle.»

Er verschwand, um kurz darauf mit fünf neuen Togen zu erscheinen.

«Das ist doch etwas anderes! Prüfe es!»

An dieser Qualität hätte meine Mutter ihre Freude gehabt.

«Spitzenqualität!»

«Und teuer!», erwiderte der Händler.

Nach einem längeren Feilschen erwarb ich eine Toga für zwei Gold-Aureus.

Um das Bild zu vervollständigen, kaufte ich römisches Schuhwerk. Nach einem Barbierbesuch war meine Verwandlung vollkommen. Er hatte die langen Haare geschnitten und den Bartflaum entfernt. Wie abgesprochen war ich zur Mittagszeit am abgesprochenen Ort, um mich mit Nathanael zu treffen. Ich sah ihn schon von Weitem kommen. Ich drehte mich etwas ab, sodass er mein Gesicht nicht sofort sah. Ich bemerkte amüsiert, wie er mich suchte. Nun setzte ich zur Meisterprüfung an, wandte mich in seine Richtung und sprach mit verstellter Stimme: «Kannst du mir sagen, wo ich hier Gewürze kaufen kann?»

Nathanael sah mich kurz an: «Edler Herr, dort hinter den Orangenhändlern sitzen die Gewürzhändler.»

Dann drehte er sich um und suchte weiter.

«Nathanael! Ich bin es, Dismas!»

Er drehte sich wieder um und schaute mich verdutzt an.

«Das kann nicht sein! Deine Haare, deine Kleider! Du siehst aus wie ein wohlhabender, junger Römer. Und du trägst eine Toga, wie es nur Römer tun dürfen!»

«Also ist meine Verwandlung gelungen!»

«Ja, aber wie hast du das nur bezahlt? Ein Sklave!»

«Das musst du nicht wissen. Aber ich bin niemandem etwas schuldig geblieben. Der Rest ist mein Geheimnis.»

«Hast du ein Schiff für die Überfahrt gefunden?»

«Ja, die Phönix. Sie legt noch heute gegen Abend im Handelshafen, ab.»

«Gut, das passt. Dann treffen wir uns dort. Ich muss noch im Markt Kräuter kaufen», fügte ich an.

Er schaute mich fragend an.

«Ein weiteres Geheimnis. Ich werde es dir später erklären.»

Ich füllte meine Vorräte zur Herstellung von Salben wieder auf. Es war alles zu finden. Neben den Kräutern kaufte ich auch sauberes Leinen, Duftöl aus Zitronen- und Orangenschalen sowie Hammelfett für die Salben. Um auf alles vorbereitet zu sein, erwarb ich noch eine weitere, einfache Tunika, aber mit verborgenen Innentaschen für Messer und Münzen, einen Kleidersack und ein kurzes Schwert, welches ich am Gürtel befestigen konnte. Die Toga verstaute ich im neuen Kleidersack. Ich wollte gerade gehen, als mein Blick auf eine Pflanze viel. Es war eine Aloe Vera Pflanze. Jene Pflanze, welche mir Nadir beim Abschied gezeigt hatte. Es war genau das Richtige für meine Brandnarbe. Also kaufte ich eine Pflanze mit schönen, fleischigen Blättern und stellte sie vorsichtig in meinen Beutel mit den Heilmitteln. Dann schlenderte ich dem Hafen zu.

Die Phönix war ein recht grosses Handelsschiff mit hochgezogenem Schiffsrumpf an beiden Enden. Auf einem prangte ein imposanter hölzerner Tierkopf mit Hörnern.

«Es ist ein altes phönizisches Handelsschiff. Heute gehört es dem griechischen Händler Diosyos. Er handelt Wein und Olivenöl. Komm ich stelle ihn dir vor.»

«Gut, aber wir müssen uns zuerst auf eine gemeinsame Geschichte für mich einigen. Als Römer kann ich mich nicht Dismas nennen.»

«Dismus Decius, tönt doch römisch, nicht wahr?»

«Dismus Decius gefällt mir! Und ich wurde in der Provinz Palästina geboren, wo mein Vater stationiert war.»

«Ja die Geschichte klingt gut und passt zu deinem Aussehen.»

So gingen wir zum griechischen Schiffsbesitzer und bezahlten den Überfahrtpreis.

Mit den Namen war er zufrieden und stellte keine weiteren Fragen. Er zeigte uns eine Kammer mit zwei Hängematten. Ausser uns waren noch etwa ein Dutzend andere Reisende an Bord.

Ich war voller Hoffnung nach fast fünf Jahren bald wieder nach Hause zu kommen zu meiner Mutter und vor allem zu Aurelia!

Aurelia - meine Aurelia!

Als die Nacht hereinbrach, hatten wir schon eine rechte Strecke zurückgelegt. Der Wind blies stark und füllte die Segel. Das Schiff glitt schnell durch das sich kräuselnde Wasser. Ich stand beim Steuermann und schaute übers Wasser. Im Licht des Vollmondes zeichnete sich die Stilette einer kleinen und einer grösseren Insel ab.

«Das sind die Pelagischen Inseln», erklärte mir der Steuermann. «Es ist gefährlich zu nahe hinzufahren. Es hat Untiefen und verborgene Felsen. Ich habe den Befehl erhalten, bei diesem starken Wind einen grossen Bogen um die Inseln zu machen.»

Da ich müde war, ging ich in unsere Schlafkammer. Nathanael hatte sich auch schon hingelegt und döste vor sich hin. Ich legte meine verzierte Tunika ab und zog die einfache Tunika an. Ich ritzte ein Blatt der Aloe Vera auf und strich etwas von der gallertartigen Masse auf meine Brandwunde. Ich bemerkte sofort eine leichte Kühlung auf der warmen Wunde. Dann legte ich mich in meine Hängematte und dachte über den ereignisreichen Tag nach. Die Vorfreude auf das baldige Wiedersehen mit meinen Liebsten liess mich nicht einschlafen.

Unter Seeräuber

Ich dachte an Aurelia und versuchte mir ein Bild zu machen, wie sie heute wohl aussehen würde, als an Deck eine schrille Trillerpfeife ertönte. Nathanael schreckte aus seinem leichten Schlaf auf.

«Da stimmt etwas nicht! Das ist die Alarmpfeife! Irgendeine Gefahr droht!»

Mit einem Satz sprang er aus der Hängematte und hetzte die Treppe hoch aufs Deck. Ich folge ihm.

«Klar machen zum Gefecht!», hörte ich den Kapitän rufen.

Und dann sah auch ich den Grund. Von Backbord näherte sich ein Schiff. Es hatte Kollisionskurs. Das mussten Seeräuber sein.

«Ist das ein Seeräuberschiff?», fragte ich Nathanael.

«Ja! Wir sind wegen des grossen Windes zu weit nach Osten abgetrieben worden und nun in die Nähe der Seeräuberinsel Aithusa.»

«Was werden uns die Seeräuber tun?»

«Ausrauben! Wenn wir Glück haben, verschonen sie unser Leben, aber meistens töten sie alle. Sie sind gut im Kämpfen und meistens zahlenmässig überlegen», sagte Nathanael mit Panik in der Stimme.

«Du meinst unsere Chancen stehen schlecht?»

«Sehr schlecht! Das Piratenschiff ist gross und wir haben nur wenige Seeleute. Und das sind sicher keine erfahrenen Kämpfer.»

Blitzartig kamen mir die längst vergessenen Bilder meines Vaters und seiner Weglagerergefährten ins Gedächtnis zurück. Haben sie je Erbarmen gezeigt? Ja! Ihresgleichen haben sie verschont. Da kam mir eine Idee.

Das Schiff kam immer näher und hatte nur noch zwei Schiffslängen Abstand.

Die Mannschaft hatte sich mit Messern und Säbeln bewaffnet. Alle starrten gebannt auf das Piratenschiff.

«Nathanael, willst du dein Leben retten?»

«Ja! Aber ich habe noch nie gekämpft!»

«Das würde dir unter diesen Voraussetzungen auch nichts nützen. Hier hilft nur eine List! Komm mit mir unter Deck!»

Die Zeit war knapp. Ich eilte die Treppe hinunter.

«Nathanael, du hast gesagt, ein Kampf ist fast aussichtslos. Dann wird die Mannschaft schnell überwältigt und muss sich ergeben.»

«Ja und dann plündern sie uns und schneiden uns wohl die Kehle durch.»

«Aber nicht, wenn wir Gefangene sind. Dann sind wir Ihresgleichen.»

«Du willst sie täuschen?»

«Ja, mit meinem verletzten Arm wird mir dies auch gelingen! Schnell zieh deine schönen Kleider aus. Hast du was Altes?»

«Ja, ich habe mir meine alte Tunika vor ein paar Tagen an einem Ast zerrissen.»

«Gut! Zieh sie an! Pack deine Sachen schnell in deine Tasche und komm mit!»

Wir eilten im Unterdeck zu den leeren Mannschaftsräumen. Dahinter gab es immer eine Arrestzelle für widerspenstige Matrosen. Wir gingen hinein und ich zog die Türe zu.

«Schnell! Gib mir eine Tasche! Hier hinter den Brettern und den modrigen Tüchern werden sie nicht suchen. Verschmier dein Gesicht und deine Tunika mit Dreck und setz dich hin.»

Ich nahm ein Seil vom Boden und fesselte Nathanael. Da ging eine mächtige Erschütterung durchs Schiff. Die Piraten hatten uns erreicht. Hastig fesselte ich meine Füsse und Band mir ein Seil um die Hände. Ich drehte mich zu Nathanael: «Zieh meine Fesseln an!»

So gut er es mit seinen gebundenen Händen tun konnte, zog er das Seil an.

Ein fürchterliches Geschrei drang vom Deck zu uns hinunter. Es dauerte etwa zehn Minuten, dann war es still. Irgendwie war der Hauch des Todes zu spüren. Er durchdrang jede Ritze des Schiffs. Da öffnete sich mit einem Ruck unsere Türe. Zwei Paar kalte, zu allem entschlossene Augen blickten uns an. Die Säbel in ihren Händen waren blutverschmiert. Beide hatten vom Kampf kleinere, blutende Schnittwunden. Der eine drehte sich um und rief: «Das Unterdeck ist sauber. In der Arrestzelle sind zwei Gefangene!»

«Ich schau sie mir an!», war die Antwort einer tiefen Bassstimme.

Wenige Augenblicke später betrat ein breitgebauter, etwa 40-jähriger Mann den Raum. Er trug eine Mischung aus bunten Kleidern, die er wohl von seinen Raubzügen hatte. Sein Gesicht war braungebrannt und es fehlte ihm die Hälfte eines Ohres.

«Warum seid ihr Gefangene?», fragte er mit herrischer Stimme.

Nathanael war wie gelähmt vor Schreck und brachte keinen Ton heraus. Das war vielleicht gut so. Ich hatte mehr Erfahrung mit solchen Situationen.

«Ich bin Dismas, ein entflohener Sklave. Sie haben mich wieder eingefangen, nachdem ich mein Sklavenzeichen ausgebrannt hatte. Schau meinen rechten Oberarm an!»

Er griff nach meinem Arm und schob den kurzen Ärmel nach oben. Er sah die leicht entzündete rote Verbrennung und nickte.

«Als entflohener Sklave hätte dich bei deinem Besitzer der sichere Tod erwartet! Da hast du Glück gehabt, dass wir schneller waren. Und was ist mit dem anderen?»

«Er heisst Nathanael und stottert. Wenn er aufgeregt ist, bringt er keinen Ton heraus. Er ist ein Dieb! Er hat die Schiffspassagiere bestohlen und wurde erwischt. Mit seinem feinen Aussehen schmeichelt er sich bei den Leichtgläubigen ein, um sie auszuspionieren und dann zu bestehlen. Er sollte nach unserer Ankunft in eine Löwengrube geworfen werden.»

«Die können dich nicht mehr den Löwen vorwerfen. Wir haben sie alle über Bord geworfen, nachdem wir ihnen die Kehle durchgeschnitten hatten. Bindet sie los!», befahl er seinen beiden Männern.

«Ich bin Kapitän Koros, Herrscher über die Insel Aithusa! Was ich befehle, ist Gesetz!», dabei plusterte er sich auf und seine beiden Männer senkten ehrerbietend den Kopf.

«Ihr könnt bei uns bleiben. Aber passt auf! Wer mich hintergeht, wird getötet!»

Ich wusste, wie ich mich bei ihm in ein gutes Licht setzten konnte und sagte: «Ich sehe, deine Männer haben im Kampf Wunden erlitten. Ich verstehe mich auf die Heilkunde. Als Sklave habe ich einem Heiler geholfen. Wenn du möchtest, versorge ich die Wunden deiner Männer. Sie werden dann schneller wieder gesund und einsatzfähig.»

«Gut, zeig deine Künste. Einen Heiler haben wir noch nicht. Nathanael soll dir helfen.»

Dann verliess er und seine Männer die Arrestzelle.

«Wie kannst du nur so überzeugend lügen? Ich selbst habe es fast geglaubt. Ich bin also ein Dieb.»

«Dafür lebst du, Nathanael! Oder soll ich sie zurückrufen und ihnen sagen, du seist auch ein Passagier?»

Er schüttelte den Kopf.

«Dann schweig und vergiss nicht zu stottern!»

Als ich auf Deck kam, sah ich, dass einige Piraten Verletzungen vom Kampf hatten.

Unser Schiff wurde mit einigen Stricken mit ihrem eigenen Schiff verbunden und so segelten wir weiter. Sie hielten wohl Kurs auf ihre Räuberinsel.

Ich öffnete meinen Heilerbeutel und begann, so gut es ging, die Verletzten zu versorgen. Ich schnitt ein grosses Blatt der Aloe Vera ab und schälte das Mark heraus und zerrieb es zu einer pastenförmigen Flüssigkeit.

Es war Ironie des Schicksals, dass Nathanael seinen eigenen feinen Linnenballen, welche er aufs Schiff mitgebracht hatte, nun selber zerschneiden musste, um die Wunden zu verbinden. Immer, wenn ich die Wunden gesäubert und etwas vom Aloe Vera Saft darübergestrichen hatte, gab mir Nathanael ein Stück Stoff, um die Wunden abzudecken. Er schaute mir gut zu und schon bald konnte er die einfachen Wunden selbst versorgen.

Es waren etwa fünfzig Seeräuber. Mit dem auf unserem Schiff gefundenen Schnaps, betranken sich die meisten, um ihre Schmerzen zu vergessen. Nur Koros und seine Führungsleute tranken fast nichts.

«Aithusa in Sicht!», hörte ich es vom Mastausguck herrufen.

Ich sah hinüber und erkannte kleine Feuer an der Küste. Sie mussten bei Dunkelheit zur Navigation dienen.

«Das erbeutete Schiff hat mehr Tiefgang als unseres. Lasst den Anker hinunter! Wir werden sie erst bei Tageslicht in den Hafen fahren. Jetzt wäre es zu gefährlich», befahl Koros. «Dreibein, du bleibst mit den beiden aus der Arrestzelle an Bord! Der Rest geht auf unser Boot!»

Obwohl sie viel getrunken hatten, bewegten sich die Seeräuber recht sicher. Offenbar waren sie sich gewohnt, viel zu trinken. Als der Letzte das Boot verlassen hatte, löste Dreibein das Verbindungsseil. Das Piratenschiff glitt davon und bald verschwand es hinter einem grossen Felsen. Das musste wohl der Eingang zum Hafen sein.

Ich merkte schnell, wieso der Mann Dreibein hiess. Er stützte sich beim Gehen auf eine Krücke, weil ein Fuss verkrüppelt war. Er verwendete die Krücke geschickt, um den kranken Fuss zu entlasten, um eben auf drei Beinen zu gehen.

«Ich bin Dreibein, die rechte Hand von Koros. Glaubt nur nicht, weil ich nur einen gesunden Fuss habe, könnt ihr euch lustig machen über mich! Meine Krücke hat schon manchen erschlagen! Bringt mir Wein oder haben die anderen schon alles getrunken?»

«Ich werde in der Schiffsküche nachschauen! Komm Nathanael und hilf mir suchen!»

Wir gingen die Treppe hinunter ins Untergeschoss zur Schiffsküche.

«Nathanael weisst du, wo wir sind? Gibt es Land in der Nähe?»

«Wenn das stimmt, dass Koros Stützpunkt, die berüchtigte Pirateninsel Aithusa ist, dann ist eine Flucht mit einem kleinen Ruderboot unmöglich. Ohne ein Schiff mit einer Mannschaft erreichen wir nie das Festland!»

«Also bleibt nur die Möglichkeit, uns bei den Piraten einzuschmeicheln, bis sich eine Fluchtmöglichkeit ergibt. Hole deine Tasche aus der Arrestzelle und binde alles, was Wert hat an deinen Körper. Sie werden unsere Taschen sicher durchsuchen.»

«Wo bleibt der Wein?», hörte ich Dreibein vom Deck herrufen.

Ich fand in einem Kasten der Schiffsküche noch drei Flaschen Honigwein. Ich brachte sie Dreibein zusammen mit getrocknetem und gesalzenem Fleisch. Es dauerte nicht lange und er hatte die erste Flasche geleert. Seine Bewegungen wurden langsamer, dafür löste es seine Zunge.

Inzwischen war auch Nathanael wieder hinaufgekommen.

Ich flüsterte im zu: «Hast du alles erledigt?»

Er deute auf sein Gewand und sagte augenzwinkernd: «Ich glaube, das üppige Essen tut mir nicht gut. Ich habe sicher zwei Kilo zugenommen.»

«Das Essen ist bei uns nicht so gut. Wir haben keinen guten Koch. Vielleicht sollten wir beim nächsten Überfall den Koch des Schiffs nicht töten, sondern unseren Koch! Wer so schlecht kocht sollte nicht länger leben», lallte Dreibein vor sich hin.

Ich nutzte die Gelegenheit und fragte ihn aus.

«Sind die anderen zur Insel gefahren?»

«Ja, aber die Einfahrt ist gefährlich. Es hat versteckte Felsen. Darum hat es Koros nicht gewagt das neue, längere, schwerere Schiff bei Nacht hineinzufahren. Das machen wir am Morgen, wenn das Meer ruhig ist und wir mehr sehen.»

«Ist es denn noch weit bis zum Hafen.»

Dreibein lachte höhnisch: «Es gibt keinen Hafen! Es ist eine geschützte Bucht. Gut zu verteidigen. Da ist unser Stützpunkt.»

«Ist der denn gross? Wie viel Mann seid ihr denn?»

«Du willst mich aushorchen!», schrie er betrunken, um im nächsten Augenblick trotzdem zu antworten, «wir sind etwa hundert Mann. Wir haben dort unsere Hütten und die Kneipe. Dort gibt es Rum! Nicht so ein komisches Zeug wie das, was du mir gebracht hast!»

«Ist Aithusa eine Steininsel?»

«Es ist eine Insel mit Feuerbergen. Aber die glühenden Schlunde sind erloschen. Morgen werdet ihr sehen, dass sie einen grünen Gürtel hat, mit Bäumen und Wiesen. Wir haben auch Schafe und Schweine. Einige Frauen züchten diese für uns. Was wir sonst noch benötigen, beschaffen wir uns von den vorbeifahrenden Schiffen», meinte er grinsend.

Dreibein liess den Kopf sinken und döste ein.

«Nathanael. Das ist unsere Chance! Statt Schiffe zu plündern und Menschen zu töten, können wir vielleicht auf der Insel arbeiten und von dort aus unsere Flucht planen.»

«Ja, diese Chance müssen wir packen Dismas!»

«Hoffentlich geht Koros darauf ein. Der morgige Tag wird es zeigen. Ich gehe noch schnell in die Küche. Ich muss etwas Salbe zubereiten. Ich habe heute viel gebraucht.»

Ich begab mich in die Schiffsküche und bereitete mit dem Fett ein grosses Gefäss mit Salbe zu. Auf den Boden des Topfs legte ich einige Goldmünzen. Weitere Goldmünzen versteckte ich in meiner Tunika in den eingenähten Innentaschen. Danach ging ich in unsere Kammer und legte mich in meine Hängematte.

«Dismas, Nathanael, aufstehen! Genug geschlafen! Kommt an Deck!»

Die durchdringende Stimme von Dreibein riss mich aus dem Schlaf.

Schlaftrunken stampfte ich die Leiter hoch aufs Deck. Ich schaute hinüber zur Insel und bemerkte, dass sie grösser war, als sie mir in der Nacht erschien. Über den steilabfallenden Küstenfelsen erstreckte sich ein grünes Band. Die Insel musste recht fruchtbar sein, wenn sich so eine starke Vegetation bilden konnte.

«Koros Schiff kommt!», rief Dreibein.

Es bog um den grossen Felsen, vor dem wir ankerten. Es war ein eher kleines Schiff mit vielen Segeln, ganz darauf ausgelegt schnell zu sein. Sie kamen dicht an uns heran. Dann legten sie eine Holzplanke von einem Schiff zum anderen. Hinüber kam Koros, der Steuermann und ein Dutzend Männer.

«Dann wollen wir unser Beutestück nach Hause bringen!», rief Koros.

«Steuermann an die Arbeit! Je zwei Männer rechts und links ans Lot!»

«Drei Faden Backbord.»

«Vier Faden Steuerbord.»

Der Steuermann nickte: «Setzt das Vorsegel!»

Vorsichtig steuerte er die Phönix um den grossen Felsen in eine geschützte Bucht.

«Zwei Faden Backbord!», rief einer der Männer.

«Ein Faden, vier Fuss Steuerbord!»

«Werft den Anker!», befahl der Steuermann. «Weiter geht es nicht.»

Koros war zufrieden und meinte anerkennend: «Du hast wie immer gute Arbeit geleistet. Dafür bekommst du eine extra Belohnung vom Anteil der Beute! Männer durchsucht das Schiff und bringt alles auf Deck!»

Das Dutzend Männer verschwand in den Lager- und Mannschaftsräumen. Koros ging in die Kapitänskajüte, während der Steuermann die Offiziersunterkünfte durchwühlte.

Es war erstaunlich, was da alles zum Vorschein kam. Das Schiff hatte viele Güter geladen, darum war es in der Nacht vor dem Überfall so langsam. Im Laderaum lagen vor allem Stoffe, Früchte, Salz, Gewürze, Olivenöl und Wein. Aus den Kajüten kamen viele Kleider, Schuhe, Seemannskoffer und Reisebeutel. An einem besonderen Ort wurden die Wertsachen gelagert: Goldmünzen, Ringe und Schmuckstücke.

Koros schaute zufrieden aus, als er das Erbeutete auf dem Deck inspizierte: «Das hat sich gelohnt! Schade nur, dass wir gestern Nacht zwei tüchtige Kämpfer verloren haben. Dafür mussten sie alle mit ihrem Leben bezahlen.»

«Einer war Kaliros, sein bester Freund», flüsterte mir Dreibein zu.

«Bringt die Beute an Land zum Lagerhaus. Dort werde ich am Nachmittag allen ihren Beuteanteil geben. Dreibein du überwachst alles! Wehe wenn etwas verschwindet!»

«Und das Schiff?», wollte Dreibein wissen.

«Das Schiff ist noch in gutem Zustand. Ich werde es morgen an einen sicheren Ort bringen. Man weiss ja nie, ob man irgendwann ein Ersatzschiff braucht.»

Dreibein nickte und gab den Männern Anweisung, die Beiboote zu wassern, damit sie die Ladung an Land bringen konnten.

Koros ging zum ersten gewasserten Beiboot, drehte sich zu mir um und forderte mich auf mitzukommen: «Dismas, pack deine Sachen und komm!»

Ich gehorchte und nahm meinen Beutel und den Kleidersack mit. Bevor ich ins Boot steigen konnte, warf Dreibein prüfend einen Blick auf meine Sachen.

«Deine Salben und Tinkturen interessieren mich nicht! Aber was sind das für schöne römische Gewänder?»

«Die musste ich als Sklave tragen, wenn hoher römischer Besuch kam», log ich ihn an.

«Gut, du kannst gehen.»

So verliess ich die Phönix. Die Reise endete wieder an einem anderen Ort, als ich es erwartet hatte.

«Was für eine Macht verhindert nur meine Rückreise?», fragte ich mich. Fünf Jahre schon und wieder keine Hoffnung auf eine schnelle Heimkehr!

Die Piraten mussten sich schon seit einiger Zeit hier eingenistet haben, denn auf der Anhöhe, im grünen Gürtel der Insel, hatten sie ein richtiges kleines Dorf errichtet. Zu meiner Verwunderung hatte es hier auch Frauen und Kinder. Offensichtlich lebten sie hier, wenn sie nicht gerade auf Raubzügen waren.

Koros erwartet mich im Dorf. Wir durchquerten es schnell und er steuerte zielsicher auf ein schönes, freistehendes, aus behauenen Steinen gebautes Haus oberhalb des Dorfes zu.

«Das ist mein Haus. Von hier aus kann ich die ganze Küste überschauen. Komm herein!», winkte mir Koros zu. Das Haus war geschmackvoll eingerichtet. Ohne Zweifel waren die Stühle und Tische von Beutezügen.

«Setz dich! Ich werde meine Frau holen! Du musst sie dir anschauen! Etwas ist nicht gut! Heile sie!»

Also daher wehte der Wind. Es dauerte nicht lange und Koros erschien mit einer blondhaarigen, etwa fünfundzwanzigjährigen Frau. Sie schien etwas bleich und schwach. Sie schaute zu Boden und wagte kaum, mich anzuschauen.

«Das ist Helga. Sie stammt aus Germanien. Ich habe sie vor zwei Jahren auf einem griechischen Schiff gefunden, als Sklavin, so wie du. Leider versteht sie nur wenige Worte. Du musst es mit Zeichensprache versuchen. Finde heraus, was ihr fehlt! Ich gehe jetzt zum Lagerhaus. Wenn du fertig bist Dismas, kommst du nach!»

Als Koros das Haus verliess, hellte sich das Gesicht von Helga auf. Es schien, als sei sie erleichtert, dass er gegangen war.

«Wie kann ich nur mit ihr sprechen?», sprach ich leise vor mich hin.

«Ich verstehe dich.»

Das hatte ich nicht erwartet.

«Wieso verstehst du mich?»

«Ich hatte eine Amme, die so sprach wie du. Sie kam auf ihrer Flucht als junges Mädchen mit ihrer Tochter zu uns. Sie war Jüdin. Dort galt es als Verbrechen, ein Kind zu haben ohne Ehemann. Sie hatte Angst, gesteinigt zu werden. Mein Vater stellte sie für den Haushalt ein. Als meine Mutter bei der Geburt starb, zog sie mich auf und lernte mich ihre Sprache.»

«Und vor was hast du Angst? Man sieht es dir an.»

Sie schaute beschämt zu Boden.

«Du bist erst wenige Minuten hier und hast es schon bemerkt. Dank Koros lebe ich noch und habe zu Essen, aber er ist ein sehr harter Mann. Er hat unser Schiff überfallen und meine Eltern getötet! Nur die jungen Mädchen liess er am Leben und teilte sie seinen Männern zu. Mich behielt er für sich.»

Sie machte eine lange Pause und seufzte vor sich hin. Ich konnte mir vorstellen, was sie durchgemacht hatten.

«Aber ich hätte es auch noch schlechter treffen können. Die anderen Mädchen haben es noch härter als ich. Wenig essen, viel Arbeit und du weisst schon was. Fliehen kann man von dieser Insel nicht, ausser man hat ein grosses Schiff.»

«Eine traurige Geschichte. Meine ist auch nicht besser. Wie alt bist du?»

«Ich bin zweiundzwanzig.»

«Koros möchte, dass ich dir helfe. Ich habe einiges von einem Heiler gelernt. Du bist bleich und schwach. Fehlt dir etwas? Kann ich dir helfen?

«Nein. Das sind Frauenangelegenheiten.»

Ich schmunzelte etwas und sagte zu ihr: «Die Töchter des ägyptischen Herrschers Echnaton hatten auch einmal im Monat deine Farbe, wenn sie ihre Frauenangelegenheit hatten. Der Heiler, dem ich half, hat ihnen dann immer einen Trunk aus Honig, Wein, Kräutern und einer braunen Masse verabreicht, welche ich auch besitze. Sie lindert Schmerzen. Ich werde dir diesen Trank zubereiten. Sind die Schmerzen auszuhalten?»

«Fast nicht. Zudem verliere ich viel…»

«Viel Blut?»

«Ja!»

«Gut, dass du mir das gesagt hast. Dann werde ich noch einige spezielle Kräuter dazutun. Es hat den ägyptischen Töchtern immer geholfen. Kann ich den Kessel da für meinen Trank brauchen?»

«Ja, aber ich habe noch eine Bitte. Sage Koros nicht, dass du mit mir sprechen kannst, sonst darfst du nie mehr kommen. Er ist sehr eifersüchtig.»

«Gut zu wissen. Ich werde schweigen – wie du!», sagte ich mit einem Lächeln auf dem Gesicht. Sie lächelte zurück und verschwand in einem anderen Zimmer.

Schon nach kurzer Zeit war der Trank fertig.

«Helga, der Trank ist angerichtet.»

Sie kam aus der Kammer. Ich musste zwei Mal schauen. Sie hatte sich zurecht gemacht und sah dadurch viel besser aus.

«Hätte ich gewusst, dass ich heute Besuch bekomme, hätte ich mich schon vorher vorbereitet.»

«Nimm jetzt vom Trunk zwei grosse Schlucke, aber nicht mehr! Am Anfang muss man mit wenig beginnen, damit sich der Körper daran gewöhnt. Dann am Abend nochmals zwei und am Morgen wieder.»

Sie nahm das Gefäss und trank.

«Es ist gar nicht so bitter, wie ich erwartet habe.»

«Das macht der Honig. Jetzt muss ich aber gehen. Koros wird sich sicher schon fragen, wo ich bleibe, wenn er so eifersüchtig ist.»

«Ja, geh», sagte sie und schaute etwas verlegen auf den Boden, «aber komm bitte wieder! Du musst ja meine Gesundheit überwachen.»

Ich verliess das Haus und ging in Richtung Dorf. Ich musste über Helga nachdenken. Sie hatte ein hartes Schicksal, schien aber nicht verbittert zu sein, nur einsam.

Ich erreichte das Lagerhaus. Die Männer waren beschäftigt, die Waren aufzustapeln. Koros und Dreibein wachten akribisch darüber, dass nichts verschwand.

«Jaros! Leere deine Hosentasche!», befahl Dreibein. Hervor kam eine Steinkette.

«Du wolltest stehlen!»

«Nein, nein! Sie hat ja keinen Wert, aber meine Frau möchte auch einmal etwas Schönes! Koros du weisst, wie die Frauen sind!»

Koros lachte laut und meinte: «Ja die Weiber! Deine hat dich wohl gut im Griff, dass du für sie sogar stiehlst.»

«Es sind ja nur farbige Steine. Keine Edelsteine.»

Koros sah die Kette an und gab sie ihm wieder.

«Ja, sie hat keinen grossen Wert. Aber du hast gegen meinen Befehl verstossen! Ich muss dich bestrafen!»

Koros warf einen Blick zu zwei seiner Männer. Diese kamen sofort.

«Haltet ihn fest!», befahl Koros.

«Nein, bitte töte mich nicht! Ich mache alles, was du willst!», schrie Jaros.

«Töten werde ich dich nicht. Es sind letzte Nacht schon zu viel Männer gestorben.»

Koros packte Jaros linke Hand und drückte sie auf den Tisch. In der anderen Hand hielt er ein Messer.

«Ich werde dir den kleinen Finger abschneiden, damit du nie vergisst, was du getan hast!»

Er wollte gerade mit dem Messer ansetzen, als ich ihm zurief: «Aber schneide nicht zu weit hinten! Sonst entzündet sich die ganze Hand, dann der Arm und am Schluss stirbt er!»

Koros drehte sich um.

«Ah Dismas, der Heiler! Komm hierher!»

Ich sah die Angst in den Augen von Jaros. Ich wusste aber auch, dass Koros nicht mehr umkehren konnte, ohne seinen Respekt zu verlieren.

«Dismas, nun kannst du beweisen, dass du einer von uns bist. Schneide ihm den Finger ab!»

Er drückte mir sein Messer in die Hand. Es war noch schmutzig vom Kampf der letzten Nacht.

«Lass mich mein Messer nehmen. So wird sich seine Wunde weniger entzünden.»

Koros nickte. Ich holte mein Messer hervor und hielt es über die Flamme der Kerze auf dem Tisch.

«Jaros schau weg! Wenn du zuckst, verlierst du die ganze Hand!»

Er drehte seinen Kopf weg und ich schnitt das vorderste Glied des kleinen Fingers ab. Schlagartig kamen mir die Bilder des Tierschlachtens bei meinem Vater in den Sinn. Ob er wohl noch lebt? Koros Äusserung holte mich wieder in die Wirklichkeit zurück.

«Das ist aber wenig», meinte er.

«Du wolltest, dass er sich immer daran erinnert? Das wird er! Es hat seinen Zweck erfüllt. Nun muss ich es aber verbinden, damit es nicht entzündet!»

«Gut», brummte Koros, «nimm von den Tüchern, welche wir auf dem Schiff gefunden haben.»

Ich nahm Jaros beiseite.

Mit meinem Messer schnitt ich ein Stück weisses Linnen zurecht.

Aus meiner Tasche holte ich den Schnaps.

«Es wird jetzt etwas brennen. Dafür heilt es dann besser.»

146

Ich leerte etwas Schnaps über die Wunde. Jaros zuckte. Dann bestrich ich die Wunde mit Aloe-Vera-Saft, drückte ein Stück Leinen auf die Wunde und band es satt zu.

«Jaros, nimm dieses Stück Stoff. Verbinde den Finger jeden Tag mit einem neuen Stück davon. Dann wird er schneller heilen. Es fehlt dir jetzt das vorderste Glied, aber der Rest des Fingers wird dir bleiben. Wenn es verheilt ist, kannst du die Hand wieder normal gebrauchen.»

«Danke», stammelte er fast unhörbar, «ich weiss, Koros hätte mir meine Hand verstümmelt.»

«Dismas, komm!», rief mir Koros zu.

Ich lief zu ihm.

«Hast du herausgefunden, was Helga fehlt?»

Ich überlegte, ob ich ihm die Wahrheit sagen sollte. Aber «Frauensachen» waren schwierig zu erklären. Also wählte ich eine Zwischenlösung.

«Sie ist bleich und dünn. Ich habe ihr einen Stärkungstrunk zubereitet. Mit gutem Essen und etwas Ruhe wird sie sich sicher bald erholen. Ich habe das schon bei anderen Frauen gesehen. Der Stärkungstrank hat schon vielen geholfen. Ich muss ihn aber jeden Tag frisch zubereiten, er verliert schnell seine Wirkung.»

«Du kommst jeden Tag zu mir und bereitest den Trunk zu. Wo ist eigentlich der andere von deinem Schiff, der Betrüger?»

«Du meinst Nathanael.»

«Er ist hinten im Lagerraum und zählt die Stoffballen und die anderen Waren vom Schiff», mischte sich Dreibein ein, der mit dem Erstellen einer Liste beschäftigt war.

«Und Schreiben und Lesen kann er auch. Er scheint nicht immer nur ein einfacher Betrüger gewesen zu sein. Ich traue ihm nicht.»

Nathanael kam zurück und meldete Dreibein, was er gezählt hatte.

Koros drehte sich zu uns und sagte: «Dismas und Nathanael, ihr könnt in das Haus von Kaliros ziehen. Es liegt nur einen Steinwurf von meinem Haus weg. Da er nun tot ist, braucht er das Haus nicht mehr.»

«Und seine Frau?»

«Er lebte alleine. Er machte sich nichts aus Frauen. Wenn das bei euch anders ist, könnt ihr euch eine Frau aussuchen, wenn wir das nächste Mal ein Schiff mit Frauen kapern. Was noch dort ist, könnt ihr aufteilen. Die Wertsachen habe ich schon geholt.»

Koros ging vor die Lagerhalle, wo seine Männer bereits warteten.

«Dreibein verteile etwas von den erbeuteten Esswaren an die Männer. Geht nach Hause und esst! Heute Mittag, wenn die Sonne am höchsten steht, kommt ihr wieder hierher, dann wird die Beute verteilt!»

Nathanael und ich holten unseren Teil der Esswaren und gingen dann zu unserer neuen Unterkunft. Das Haus lag wirklich nur etwa hundert Meter entfernt von Koros Haus, aber etwas weiter unten im Hang. Das Steinhaus hatte einen grossen Raum fürs Kochen und Essen. Im hinteren Teil gab es zwei kleinere Kammern mit einer etwa einen Meter grossen Öffnung in der Wand, von der aus man nach draussen sehen konnte. Diese liess sich mit einem Bretterladen von innen verschliessen. Das Haus war recht schmutzig und einfach eingerichtet. Neben dem Haus hatte es einen angebauten Stall, aber er war leer. Auch der nahe Garten war verwildert. Man sah, dass hier eine Frau im Haushalt fehlte. In der einen Kammer waren noch die Kleider des getöteten Kaliros und Schuhe.

«Du kannst alles haben», rief mir Nathanael zu, «ich will nichts von diesen schmuddeligen Kleidern. Ich nehme das leere Zimmer, da ich sowieso nicht vorhabe, länger hierzubleiben. Du kannst seine Kammer haben und sein Bett. Aber pass auf! Es könnten noch Wanzen und Flöhe darin sein.»

«Hast du denn schon einen Fluchtplan?»

«Mit Gold lässt sich vieles organisieren», versicherte mir Nathanael.

«Ja, wenn man welches hätte! Hast du denn etwas verstecken können vor den Piraten?»

«Ja, ich habe es in einem der Stoffballen versteckt. Heute beim Zählen, im Lagerraum als ich allein war und alle zugesehen haben, wie du die Fingerspitze abgeschnitten hast. Die Zeit war aber zu kurz. Die Hälfte ist immer noch in dem weissen Stoffballen. Vielleicht bekomme ich heute Nachmittag nochmals die Gelegenheit, den Rest zu verstecken.»

«Sei aber vorsichtig! Du hast gesehen, was er mit Betrügern macht.»

Ich ging wieder in den grossen Hauptraum und versuchte, ein Feuer zu machen. Schon bald loderte ein kleines Feuer in der Kochstelle. Ich hängte einen Topf mit Wasser an den Hacken der Kette, welche über der Feuerstelle hing. Ich legte etwas von dem Trockenfleisch hinein, welches ich bei der Verteilung von Dreibein erhalten hatte und würzte die Suppe mit meinen Kräutern ab.

«Schmeckt gut!», meinte Nathanael, als er den ersten Löffel probiert hatte.

«Ja, aber wenn es doch noch einige Zeit geht, bis wir fliehen können, sollten wir den Garten herrichten und Gewürze anpflanzen. Ewig wird mein Vorrat nicht halten. Vielleicht sollten wir uns auch Kleintiere zu tun, damit wir etwas Fleisch haben. Ich habe gesehen, dass die anderen Häuser, Ställe, Hühner und Schweine haben.»

«Keine Schweine! Die sind unrein. Als Jude darf ich kein Schweinefleisch essen.»

«Ich habe schon Schweinefleisch gegessen. Ich kann keinen grossen Unterschied feststellen zu Rindfleisch, wenn es gebraten ist.»

«Es wird Zeit. Die Sonne steht schon recht hoch. Wir wollen doch nicht zu spät kommen. Sonst verpasse ich vielleicht die Gelegenheit, den Rest des Goldes zu verstecken.»

Also gingen wir wieder zum Lagerhaus. Der Platz davor füllte sich. Es waren nicht nur Männer gekommen sondern auch Frauen und Kinder. Einige Frauen redeten intensiv auf ihre Männer ein. Offensichtlich brachten früher nicht alle das Gewünschte aus der Beute nach Hause.

Koros stellte sich beim Eingang der Lagerhalle auf ein Fass und hob die Hände.

Augenblicklich wurde es still.

«Wir haben gute Beute gemacht! Das Schiff war vollgeladen mit Olivenöl, Wein, Trockenfleisch, Salz, Gewürzen und Früchten. Ein Stoffhändler muss auch unter den Fahrgästen gewesen sein. Es hat viele Ballen Kleiderstoffe. Ihr Frauen, ihr habt immer gejammert, dass ihr bald keine Kleider mehr nähen könnt. Nun habt ihr alles, was ihr braucht. Jeder Mann bekommt eine Amphore Olivenöl, Wein, zwei Mass Salz und einen Anteil an allem anderen Essbaren. Familien bekommen zwei Teile. Jeder Mann kann sich einen Ballen Stoff aussuchen. Die Frauen gehen nicht in die Lagerhalle, weil es das letzte Mal zum Streit unter ihnen gekommen ist. Das Gold wird so aufgeteilt: Jeder bekommt eine Goldmünze. Wer schon länger als zwei Jahre hier ist, bekommt zwei. Meine Truppführer drei. So nun wisst ihr es! Nachdem Kaliros beim letzten Überfall in einem glorreichen Kampf gefallen ist, wird Dreibein die Verteilung überwachen. Wer stiehlt, wird hingerichtet! Nun stellt euch auf! Die Truppführer zuerst, dann die, welche am längsten bei mir sind und zuletzt die beiden Neuen, Dismas und Nathanael, welche auf dem Schiff in Ketten gelegt waren! Sie bekommen kein Gold, aber Esswaren und Stoff!»

«Nathanael komm!», rief Dreibein. «Da du als letzter drankommst, kannst du mir helfen! Geh zu den Stoffballen und den Öl-Amphoren. Gib jedem einen Stoffballen und das Öl.»

Nathanael nickte und ging in die Lagerhalle. Dabei huschte ein Lächeln über sein Gesicht. Offenbar schien sein Plan aufzugehen, auch den Rest des Goldes noch zu verstecken. Ich sah, wie er den weissen Linnenstoffballen ganz nach hinten trug, sodass man ihn nicht sah.

«Dismas zu mir!», befahl Dreibein. «Du wirst jedem, der die Halle betritt einen blauen Punkt mit der Tinte auf die Hand machen. So kann ich erkennen, wer seinen Teil schon erhalten hat.»

150

Er übergab mir ein Tintenfass und einen Federkiel. Ich tat, was er von mir verlangte. Die Verteilung ging gut voran. Fast alle Männer hatten schon ihre Waren und das Gold bekommen. Der Platz leerte sich, als plötzlich ein heftiges Streitgespräch aus der Halle nach draussen schallte.

«Gib es mir! Es steht mir zu!», hörte ich laute Rufe.

«Nein, das ist meine!», rief eine andere Stimme. War das nicht Nathanael?

Koros, Dreibein und einige Truppführer eilten hinein. Ich hinterher.

«Was ist da los?», fragte Dreibein den erregten Mann, welcher vor Nathanael stand.

«Ich wollte meine mir zustehende Öl-Amphore mitnehmen. Diese da hinten, aber er will sie mir nicht geben. Er gab mir eine andere. Ich wollte aber die da hinten, weil sie zwei kräftige Griffe hat und leicht verziert ist.»

Koros strich sich nachdenklich durch den Bart. Nathanael schaute nervös um sich.

«Bring mir diese Amphore her!», befahl Dreibein Nathanael. Er holte sie und stellte sie vor ihn hin. Dreibein öffnete sie und streckte einen Finger hinein und dann in den Mund. «Bestes Olivenöl!» Dreibein öffnete auch eine andere Amphore und probierte ebenfalls. «Ich kann keinen Unterschied feststellen. Beide Öle sind gleich.»

«Nun, wenn es nicht das Öl ist, muss es etwas anderes sein», erwiderte Koros, zog sein Schwert und zerschlug die Amphore mit einem kräftigen Schlag.

Das Öl floss aus und dann – dann kam der Grund des Streites zum Vorschein. Der Boden der Amphore war gefüllt mit Goldstücken. Das Gold, welches Nathanael zur Seite geschafft hatte.

Bevor Nathanael etwas sagen konnte, drehte sich Koros um, schaute ihn zornig an und versetzte ihm einen Schwerthieb.

Nathanael sackte zusammen und fiel tot um.

«Das geschieht mit Betrügern!», sagte Koros trocken, «werft ihn ins Meer!»

Obwohl ich Nathanael erst kurz kannte, ging mir sein Tod nahe. Ich liess mir aber nichts anmerken.

«Dreibein, führ die Verteilung zu Ende», befahl Koros.

Schon nach kurzer Zeit hatten alle Männer ihren Anteil.

«So Dismas, jetzt bist nur noch du an der Reihe. Komm!», rief mir Dreibein zu. Ich ging hinein.

«Hier dein Teil der Esswaren und eine Amphore Öl. Gold gibt es nicht für dich, aber du kannst dir auch noch einen Stoffballen aussuchen.»

«Gib mir irgendeine. Ich habe ja keine Frau, welche bestimmte Farben wünscht», sagte ich gelassen.

Dreibein lachte laut und meinte: «Du hast Glück! Da nimm diesen bunten Stoffballen.»

Ich wollte schon gehen, als mich Dreibein am Arm hielt und sagte: «Nimm auch noch den weissen Stoffballen dahinten! Du wirst ihn brauchen, wenn wir Verletzungen haben.»

«Wie soll ich nur die Waren zu meinem Haus bringen?», murmelte ich vor mich hin. Dreibein hörte es und winkte einige grössere, spielende Kindern zu sich: «Holt einen Karren und helft unserem Heiler seine Sachen ins Haus zu bringen!»

Kurze Zeit später war alles verladen und ein johlender Haufen Kinder schob den Karren den Hang hinauf. Am Haus angelangt halfen sie mir, alles hineinzutragen. Ich bedankte mich und gab jedem etwas von den süssen Datteln, welche ich erhalten hatte. Der Abend senkte sich nieder und ich machte ein Feuer auf der Kochstelle. Ein sanftes Licht tauchte den Raum in eine behagliche Atmosphäre.

Das erste Mal seit fast fünf Jahren war ich in einem Haus, alleine und frei. Eigentlich müsste ich froh darüber sein, aber wehmütige Gedanken überkamen mich. Die Atmosphäre erinnerte mich an zu Hause. Und mein einziger Vertrauter, Nathanael, war auch nicht mehr. Um mich abzulenken, begann ich den weissen Stoffballen aufzurollen, um daraus Tücher für die Wundbehandlung zu schneiden. Als ich ihn fast ausgerollt hatte, fiel ein etwa kokosnussgrosser Stoffsack heraus.

«Der Rest des Goldes von Nathanael!», schoss es mir durch den Kopf. Er hatte es also nicht mehr geschafft, alles in die Amphore zu stopfen. Ich öffnete den Beutel, und darin lagen lauter im Feuerlicht funkelnde Goldstücke. Ein kleines Vermögen! Aber wohin damit? Wenn man es jetzt bei mir fand, würde es mir wie Nathanael ergehen. Ich ging mit einer Kerze in meine Kammer und suchte ein Versteck. An der Rückwand tastete ich die Steine der Wand ab, um zu sehen, ob einer locker war. Fast in der Ecke fand ich einen, welcher sich bewegen liess. Ich drehte ihn vorsichtig und zog ihn hinaus. Es war ein komischer Stein. Er war gross, aber viel zu schmal für die Mauerdicke. Ich hielt die Kerze vor das Loch, schaute hinein – und war überrascht. Da steckte schon ein Beutel darin. Ich zog ihn heraus und leerte ihn auf den Boden. Im Kerzenlicht glitzerten und funkelten prächtige Edelsteine, Gold und Schmuckstücke. Die hatte wohl Kaliros versteckt.

Irgendwie war alles unwirklich. Da sass ich nun am Boden im Kerzenlicht mit Gold und Edelsteinen, frei, wäre in Kapharnaum ein reicher Mann und trotzdem gefangen auf einer kleinen Insel unter der Aufsicht eines Seeräuberhauptmanns.

Ich packte alles wieder in den Beutel, legte meinen noch dazu und schob den Stein wieder in die Wand. Dann legte ich mich hin und schlief sofort ein.

Am nächsten Tag weckte mich ein Hahnenschrei. Irgendwo in der Nähe mussten Hühner sein. Ich überlegte mir, ob ich auch welche halten sollte, schon wegen der Eier und des Fleisches. Die frischen Strahlen des Morgenlichts erhellten meine Hütte. Es war etwas kalt, da es auf den Herbst zuging. Ich zündete ein Feuer an und setzte Wasser auf. Ein Becher heisses Wasser mit etwas Ingwerwurzel belebte meinen Körper sofort. Wie ein sanftes Feuer breitete sich die Wärme in mir aus. Da klopfte es hart an der Türe.

«Ich komme!», rief ich. Draussen stand Koros.

«Heute wirst du mich begleiten. Ich stelle dir meine Truppenführer vor und zeige dir die wichtigsten Orte der Insel. Zuerst gehst du aber den Trank für Helga brauen. Ich glaube, er hat schon etwas gewirkt. Sie war heute Morgen besser drauf. Danach kommst du zum Lagerhaus!»

Er drehte sich um und ging den Weg zum Dorf hinunter.

Und ich machte mich auf, meinen Trank herzustellen. Es war ja nur eine kleine Strecke bis zu Koros Haus. Als ich dort ankam, krähte der Hahn wieder. Die Türe ging auf und Helga trat heraus.

«Ah, du hast Hühner! Der Hahn hat mich heute Morgen schon geweckt.»

«Hühner sind gute Haustiere. Sie brauchen nicht viel, geben aber Eier und hin und wieder einen guten Braten.»

«Ja, ich habe mir auch schon überlegt, ob ich welche halten soll.»

Ich schritt hinein.

«Wie geht es dir?»

«Viel besser. Die Schmerzen sind nur noch dumpf zu spüren und die Blutung hat fast aufgehört.»

«Die Schmerzen sind schon noch da Helga, aber mein Trank macht, dass du sie nicht mehr so spürst. Ich muss dir jetzt einen neuen Trank zubereiten, denn sonst kommen sie wieder. Und du musst dich noch einige Tage schonen! Du darfst nichts Schweres heben!»

Während ich den Trank zubereitete, schlich sie um mich herum und beobachtete alles ganz genau.

«Du hast gestern gesagt, du wärst an einem ägyptischen Hof gewesen, bei einem Eloton.»

«Echnaton! Er war sehr reich und hatte viel Einfluss.»

«Und du durftest seine Töchter behandeln, ein Jude?»

«Ich bin kein Jude. Nur dort aufgewachsen.»

«Meine Amme Ruth erzählte mir viel vom jüdischen Glauben und dass eines Tages ihr Gott, der Messias, zu ihnen kommen und sie in sein Reich mitnehmen würde.»

«Ja, ich weiss davon. Aber ich habe jetzt keine Zeit, mit dir darüber zu reden. Ich muss jetzt zu Koros!»

«Ja, geh! Aber sag ihm nicht, dass es mir besser geht, sonst darfst du nicht mehr kommen. Ich habe dir ja gesagt, er ist sehr eifersüchtig. Er wacht über mich wie eine Glucke. Und du bist doch der Einzige, mit dem ich reden kann.»

Ich verliess das Gebäude und begab mich zum Lagerhaus. Koros war mit seinen Truppführern beschäftigt, die restlichen Lebensmittel zu ordnen.

«Ah, gut dass du kommst, Dismas. Hier hat es noch eigentümliche Fläschchen und komisch riechende Kräuter. Vielleicht weisst du, was es ist und ob man damit noch etwas machen kann.»

Ich schaute mir die Sachen an und erkannte sofort, dass dies Heilkräuter und Tinkturen waren.

«Das sind Heilkräuter und Zutaten, welche ich auch für meine Salben verwende.»

«Gut, dann nimm sie zu dir! Wir werden schon bald wieder auf die Schiffsjagd gehen!»

Die Truppenführer lachten derb, so wie einst die Gesellen meines Vaters. Ich verstand wohl, was sie mit «Schiffsjagd» meinten. Nun kamen mir meine Erfahrungen von damals zugute. Ich wusste, wie man mit solchen Leuten umgehen musste.

«Hoffentlich eine lohnende Jagd», erwiderte ich.

Koros verzog vielsagend sein Gesicht und meinte: «Das hoffe ich doch. Einer, der auf dem Schiff um sein Leben flehte, hat mir verraten, dass ein reichbefrachtetes Schiff zum nächsten Vollmond hier durchfahren würden mit einer Lieferung für wohlhabende Römer. Geholfen hat es ihm nichts, aber mir.»

Wieder lachten seine Truppenführer.

«Dismas, dies ist Valerian, ein Gladiatorenkämpfer aus Rom, Nobilor, aus Numidien und Silas aus Korinth. Alle waren Ausgestossene, Verfolgte. Sie haben sich mir angeschlossen. Lieber ein Seeräuber als ein Sklave!»

Alle drei nickten zustimmend.

«Das Wichtigste auf dieser Insel ist das Wasser. Es gibt keine Quellen. Aber dafür reichlich Regen im Frühling. Viel Regen. So viel, dass das Wasser für das ganze Jahr reicht, wenn man schlau ist. Valerian zeig Dismas unsere Wasserzisternen, die wichtigsten Gebäude im Dorf und steig mit ihm auf den Vulcano. Von dort kannst du die ganze Insel überblicken. Dort ist auch unser Spähersitz.»

Valerian war Mitte zwanzig. Etwa 1.70 Meter gross und von bulliger Statur. Seine starken Oberarmmuskeln hoben sich deutlich vom muskulösen Körper ab. Er bemerkte meine Blicke und sagte: «Die starken Arme kommen vom Schwertkampf. Ich musste viel trainieren mit dem schweren Kampfschwert.»

«Du warst in der Arena in Rom?», wandte ich mich erstaunt an ihn.

«Ja, ich war früher ein römischer Hauptmann. Aber durch schlechte Freunde wurde ich in eine unehrenhafte Sache verwickelt und vom Kaiser verurteilt: Tod oder Gladiatorenkämpfer! Ich wählte den Gladiatorenkämpfer, obwohl die normalerweise auch nicht lange leben und oft als Krüppel in der Gosse enden. Aber immer noch besser als der sofortige Tod.»

«Nun du lebst!»

«Ja, ich war ein guter Kämpfer. Aber ich musste andere Gladiatoren im Kampf töten. Freunde! Aber in der Arena gilt: Töten oder getötet werden! Bei einem Gladiatorenaufstand ist mir dann die Flucht gelungen.»

Sein Körper war übersät von verheilten Wunden. Einige waren tiefer und als Schwerthiebe noch erkennbar.

«Hier im Dorf gibt es neben dem Lagerhaus und den Hütten der Männer noch ein Wirtshaus. Der einäugige John hat den besten Schnaps und eine rechte Mahlzeit bekommt man bei ihm auch. Aber spiel mit ihm keine Karten! Er ist einer der besten Kartenbetrüger, die ich kenne.»

«Danke für die Warnung!»

«Alles, was du sonst brauchst, musst du dir selber beschaffen. Einige halten Schweine oder Hühner. Viele Frauen haben einen Garten mit Gemüse. Was wir nicht selbst herstellen können, holen wir uns von den vorbeifahrenden Schiffen.»

«Ich habe nun ein Haus, aber niemand der sich um den Garten oder den Stall kümmern könnte.»

«Nun, als Heiler kannst du dich ja in Lebensmitteln und Gartenarbeit bezahlen lassen.»

«Eine gute Idee!»

«Und vielleicht erbeuten wir beim nächsten Überfall auch eine hübsche Haushaltshilfe für dich?»

Er zwinkerte mir belustigt zu. Ich verstand seine Andeutung sofort. So erreichten wir den Dorfplatz, einen kleinen Platz mit einem grossen Brunnen in der Mitte.

«Von diesem Brunnen kannst du frisches Wasser holen. Es kommt von der grossen Wasserzisterne dort oben.»

Er deutete mit dem Finger den Berg hinauf. Wir schritten etwa fünfzig Meter an einer aus Steinplatten gelegten Wasserrinne den Berg hinauf. Überall wuchsen Kakteen und Mastixbäume. Oben angelangt standen wir vor einem etwa 10 x 20 Meter grossen Bergsee, welcher talwärts von einer massiven Sperre aus aufgeschichteten Steinen und einem Holzwehr bestand.

«Das ist unser Süsswasservorrat. Weiter oben sind noch zwei Becken, aber sie sind fast leer. Jetzt beginnt dann die Zeit des vielen Regens. Dann füllen sich die Becken wieder. Wir leiten das Regenwasser der kleinen Bäche hierher, welche den Berg herunterfliessen.»

«Wer hat die Becken gemacht?», wollte ich wissen.

«Das hier ist schon alt. Immer wieder versuchten Ausgestossene auf dieser Insel zu leben, aber das Wasser reichte wohl nicht. Wir haben nun noch zwei weitere Becken angelegt. Wenn du schlau bist, sammelst du das Regenwasser von deinem Dach, sonst musst du alles Wasser für Tiere und Garten heranschleppen.»

«Wenn ich recht gesehen habe, verläuft in der Nähe von Koros Haus ein kleines Bachbett.»

«Ja, so ist es. Es wird gespeist von einem der Wasserbecken. Koros hat sein Haus aus diesem Grund dorthin gebaut. Er hat auch einen kleinen Wasserteich hinter seinem Haus. Dein Haus ist ja auch nicht weit weg davon. Vielleicht kannst du dir auch einen Wasserteich anlegen.»

«Ich werde es mir überlegen. Was beutet der Name des Berges: Vulcano?»

«So haben wir den Feuerberg benannt. Hast du noch nie einen Feuerberg gesehen?»

«Nein, was ist ein Feuerberg?»

«Komm wir gehen hinauf zum Spähersitz. Dann kann ich es dir zeigen.»

Ein enger Weg führte in Schlaufen den Berg hinauf. Je höher wir kamen, desto karger wurden die Bäume, bis sie ganz aufhörten. Es waren nur noch Flechten an den schwarzen und grauweissen Felsen und einzelne kleine Sträucher. Hier oben blies ein starker, kühler Ostwind.

«Das ist der Regenwind, welcher die Wolken bringt», meinte Valerian.

«Sieh Dismas, dort hinten ist der Spähersitz. Wir haben ihn mit Holz gebaut und gedeckt, weil das Wetter hier recht garstig sein kann.»

Von hier oben hatte man einen prächtigen Blick über die ganze Insel. Drei Berge mit ringförmigen Vertiefungen in der Mitte beherrschten die Insel. Dazwischen waren grosse ebene Flächen mit Mastixbäumen und Gras. Der Boden dort schien recht fruchtbar zu sein.

«Diese drei eingedrückten Berge waren einst Feuerberge und gehörten dem römischen Gott Vulcanus, dem Gott des Feuers. Man sagt, dort ist der Zugang zur Unterwelt offen. Wenn es der Gott Vulcanus will, speien sie glühende Steine und ein rotglühender Feuerstrom kommt heraus und verbrennt alles was ihm in den Weg kommt. In Catania auf Sizilien, habe ich mit eigenen Augen den Zorn von Vulcanus gesehen. Rotes Höllenfeuer erhellte den Nachthimmel und fuhr gegen den Himmel. Es war, als öffne sich die Unterwelt, der Hades.»

«Aber wenn ich hier in die runde Vertiefung blicke, kann ich kein Feuer sehen!»

«Manchmal verliert Vulcanus das Interesse an einem Feuerberg. Dann verschliesst er den Zugang zur Unterwelt und Flora, die Göttin der Blumen und des Frühlings, lässt alles wieder erblühen.»

«Sind die anderen beiden Feuerberge auch erloschen?»

«Ja, den rechts auf der Westseite nenne wir Nero und den im Osten Rosso, weil er im Abendlicht rot erscheint.»

Ich drehte mich um und schaute den steilen Abhang hinunter zum Meer.

«Geh nicht zu weit hinaus. Die Steine sind dort lose.»

Ich machte einige Schritte zurück und ging zum Spähersitz.

«Wie kann man von hier oben eine Warnung geben?»

«Mit dem Horn dort. Wenn Gefahr droht, erfolgt ein Hornstoss. Dann schauen wir hinauf, welche Fahne geschwenkt wird.»

«Fahnen?»

«Ja, hier sind sie. Schau! Jede Farbe hat eine Bedeutung. Dann wissen wir, woher die Gefahr kommt. Aber das erkläre ich dir ein anderes Mal. Ich muss jetzt wieder zurück. Unser nächster Beutezug steht schon bald an. Übermorgen ist Vollmond.»

«Ja, Koros hat vorhin so etwas angedeutet.»

Der Himmel verdunkelte sich immer mehr und auf dem Abstieg begann es zu regnen. Als wir das Dorf erreicht hatten, gingen wir zum Lagerhaus. Koros war noch dort und plante offenbar den nächsten Raubzug mit seinen Truppenführern.

«Dismas nimm die Kräuter und Salben. Richte für übermorgen eine Tasche mit Verbandsmaterial und alles, was du brauchst. Du wirst auf unsere Raubfahrt mitkommen! Nun kannst du nach Hause gehen!»

Ich packte die Sachen in einen Jutesack und stampfte im immer stärker werdenden Regen zu meinem Haus. Als ich näherkam, sah ich Rauch aus dem Kamin aufsteigen. Ich hatte doch das Feuer gelöscht, als ich wegging. Es musste also jemand da sein. Vorsichtig näherte ich mich dem Haus und öffnete die Türe einen Spalt. Es loderte Feuer in der Kochstelle. Sonst sah ich niemanden. Ich ging hinein und stellte den Jutesack ab. Dann hob ich ein Holzscheit auf, damit ich mich im Notfall wehren konnte. Da hörte ich ein leises Singen aus meiner Kammer.

«Wer ist da?», rief ich.

Die Türe der Kammer ging auf und Helga kam heraus.

«Kaliros war nicht sehr ordentlich und ein kleiner Dreckspatz. Ich habe die Kammer geputzt, das Bett frisch gemacht und die Kochstelle gereinigt.»

«Wieso tust du das?»

«Du hast mir geholfen und ich helfe dir. Nun muss ich aber gehen. Koros wird bald nach Hause kommen. Ich muss das Essen kochen. Deines brutzelt in der Pfanne. Lass es nur nicht anbrennen!», sagte sie und verschwand hinaus in den Regen.

Der Duft aus der Pfanne erfüllte das ganze Haus. Schnell lief ich hin und schaute hinein. Es war ein Eintopf aus Gemüse und Fleisch. Mit den Fingern fischte ich ein kleines Stück heraus. Es war Hühnerfleisch. Da das Fleisch und Gemüse gar waren, stellte ich die Pfanne beiseite und griff einen Holzlöffel. Der Eintopf schmeckte köstlich. Die Menge war wohl für zwei Essen gedacht, aber ich konnte gar nicht aufhören, bis der Topf leer war. Das Essen im Bauch und die Wärme machten mich müde. So ging ich in meine Kammer. Im Schein meiner Kerze konnte ich sie fast nicht mehr erkennen. Helga hatte alles geordnet. Die Kleider waren gefaltet und feinsäuberlich aufeinandergeschichtet. Das Bett war gemacht und der Boden gewischt. Ich legte mich aufs Bett und schlief sofort ein.

Am nächsten Morgen war es immer noch wolkenverhangen. Immerhin regnete es nicht. Ich leerte den Jutesack und ordnete die Kräuter und Salben. Es hatte einige seltene Kräuter darunter und solche, welche ich nicht kannte. Als die Sonne langsam durch die Wolken drang, ging ich zu Koros Haus und klopfte. Koros öffnete und ich trat ein, um den Trank für Helga zu brauen.

«Ist dein Dach dicht und regnet es nicht herein?», wollte Koros wissen.

«Nein bis jetzt nicht.»

«Nun, der grosse Regen kommt erst. Also prüfe dein Dach. Wie steht es mit der Tasche mit dem Verbandsmaterial? Hast du sie bereit?»

«Ja, ich bin fast fertig. Aber erwarte keine Wunderdinge! Eine abgeschlagene Hand oder einen abgetrennten Fuss kann ich nicht heilen und tiefe Wunden auch nicht. Wie geht es Helga?»

«Sie hat wieder Farbe im Gesicht und arbeitet im Haus. Du hast gute Arbeit geleistet. Ich denke, dass du Morgen nicht mehr kommen musst. Zudem ist dann Vollmond. Da brauche ich dich auf dem Schiff!»

Helga zuckte bei den Worten zusammen und verschwand in ihrer Kammer.

«Kannst du noch etwas anderes als die Heilkunst?», wollte Koros wissen.

«Ja, ich bin ein guter Fischer. Ich habe einige Jahre Erfahrung damit.»

«Ah, das ist gut. Das wird dir und uns helfen. Da Fleisch knapp ist, kommt frischer Fisch immer gut an. Die Gegend um die Insel ist sehr fischreich. Kleine Boote haben wir genug. Romero ist unser bester Fischer. Sein Haus ist unten am Anlegeplatz, geschützt in den Felsen. Geh zu ihm und lass dir die Boote und Netze zeigen.»

Ich nickte und stellte den fertig zubereiteten Trank auf den Tisch.

«Helga, komm! Hier ist dein Trank!», rief Koros.

Helga kam aus ihrer Kammer. Obwohl sie es zu verbergen versuchte, sah ich, dass sie geweint hatte. Ich überlegte mir, was der Grund sein könnte.

«Helga, als Lohn für seine Heilkunst bringst du ihm ein Huhn und einen Hahn. Damit kannst du deine eigenen Hühner züchten, Dismas.»

«Danke, das ist ein guter Lohn. Aber zuerst muss ich den Stall herrichten. Ich werde mich melden, wenn er bereit ist.»

«Komm morgen nach dem Mittag mit deiner Tasche zum Schiff. Wir werden bei Anbruch der Nacht ablegen.»

Ich verliess das Haus und ging hinunter zum Strand. Es lagen etliche kleine Boote dort und etwas weiter oben auch mir wohlbekannte Fischernetze. Sofort musste ich an Jakob und Aurelia denken. Ob sie noch an mich dachten? Wie geht es ihnen wohl geht? Ein heftiger Windstoss beendete meine Gedanken und ich suchte Schutz hinter den Felsen. Da sah ich auch das Haus von Romero. Es lag vor Wind und Wellen geschützt etwa zehn Meter über dem Meeresspiegel hinter diesen Felsen. Als ich auf das Haus zulief, öffnete sich die Türe und ein Mann etwa um die dreissig stand im Türrahmen.

«Du bist doch Dismas, den sie bei der letzten Enterung aus der Arrestzelle befreit haben, oder?», empfing mich eine Stimme. Es musste Romero sein.

«Ja, der bin ich. Koros schickt mich zu dir, weil ich Fischer bin. Aber dich habe ich nicht gesehen während des Kampfes.»

«Ich war auch nicht dabei. Da ich der erfahrenste Fischer bin und Koros von mir die besten Fische bekommt, will er nicht, dass mir etwas zustösst. So kann ich hierbleiben und die Siedlung bewachen, während sie auf Enterfahrt sind.»

«Dann hast du es gut getroffen. Wenn du möchtest, kann ich dich beim Fischen unterstützen. Du zeigst mir dafür, wo die besten Fischgründe sind.»

Er war einverstanden und zeigte mir sein Boot. Es war ein etwas grösseres Ruderboot. Mit dieser Nussschale konnte man nicht weit von der Insel weg, sonst hatte man die Kraft nicht, wieder zurückzurudern.

«Morgen muss ich auf die Enterfahrt.»

«Gut, wenn du dies überlebst, komm danach zu mir.»

Ein kalter Schauer lief mir den Rücken hinunter: Wenn du dies überlebst.

«Wie viele sterben denn bei so einem Angriff?»

«Bei schlecht vorbereiteten Booten niemand, manchmal einer oder zwei. Bei gut bewaffneten Booten ist auch schon die halbe Mannschaft verletzt worden und viele später an Wundbrand umgekommen.»

Das waren keine guten Aussichten. Denn wenn das Boot so vollbeladen sein wird, wie der arme, getötete Kerl erzählt hat, war es sicher gut bewacht.

Nachdenklich schritt ich nach Hause.

Da ich ausgeruht sein wollte für die morgige Enterfahrt, legte ich mich am Abend früh schlafen. Sofort fiel ich in einen unruhigen Schlaf. Ich träumte von wilden Kämpfen. Überall sah ich abgeschlagene Arme und Beine. Ich konnte nicht schnell genug die Wunden stillen. Da kam einer der Angegriffenen auf mich zu, holte mit seinem Schwert aus und….

«Dismas, Dismas!», laute Rufe schreckten mich auf. Ich torkelte, noch ganz benommen von dem schrecklichen Alptraum, zur Türe und öffnete sie. Da stand Koros.

«Komm schnell! Helga geht es gar nicht gut! Als ich nach Hause kam, sah ich Blut am Boden. Überall ist Blut!»

Ich packte meine Tasche und eilte hinter Koros her.

«Sie ist in ihrer Kammer. Geh rein!»

Ich nahm die Öllampe von Koros und ging hinein. Er blieb draußen stehen. Helga lag auf ihrem Bett. Beide Arme hatten etliche blutende Schnitte. Ich sah mir die Wunden genau an. Dann schaute ich Helga tief in die Augen und flüsterte ihr leise zu:

«Davon stirbt man nicht. Die Schnitte sind viel zu oberflächlich. Viel Blut, aber das heilt schnell wieder. Wieso hast du das gemacht?»

Sie flüsterte mir ins Ohr: «Damit du nicht auf die Enterfahrt musst. Sag ihm, es sei ernst.»

«Und wie erkläre ich ihm die Schnitte?»

«Siehe bei der Kochstelle nach. Da liegen Messer. Ich bin draufgefallen, vor Schwäche. Mir geht es eben nicht gut. Jetzt falle ich gleich wieder in Ohnmacht», flüsterte sie mir augenblinzelnd zu.

«Lebt sie noch?», rief Koros in die Kammer.

«Ja, bring mir frisches Wasser aus dem Kessel und ein Tuch.»

Koros kam kurz danach mit einer Schüssel: «Die Messer sind voll Blut!»

«Sie muss vor Schwäche darauf gefallen sein. Ein Rückfall! Jetzt ist sie ohnmächtig! Gib mir das Tuch.»

Ich tauchte es ins Wasser und betupfte ihre Stirne.

«Überlebt sie es?»

«Ich kann es nicht genau sagen. Sie hat viel Blut verloren. Die nächsten beiden Tage werden entscheidend sein. Ich verbinde jetzt ihre Wunden. Wenn sie wieder zu sich gekommen ist, sollte sie aus diesen Bohnen einen Sud machen. Sie stammen aus der Gegend von Kaffa, wie mir mein Lehrmeister erzählte. Wer das trinkt, wird gestärkt. Wer es aber am Abend trinkt, kann die ganze Nacht nicht einschlafen»

«Ich kann nicht bleiben. Morgen ist Vollmond! Du wirst ihr diesen Sud brauen und zu ihr schauen.»

«Und die Enterfahrt?»

«Dann muss sich eben wieder Valerian um die Verletzten kümmern. Er hat dies bisher auch gemacht und Erfahrung mit Wunden von den Schwertkämpfen.»

«Ich werde Valerian einen Beutel mit Verbandsmaterial und Salben richten.»

Koros strich sich nachdenklich durch den Bart: «Vielleicht ist die Arbeit für Helga zu schwer, oder sie verträgt das Klima nicht. Eine zweite Frau könnte sie entlasten. Dann kommt sie wieder zu Kräften. Sie könnten sich die Arbeit teilen und ich, ich hätte auch mehr Spass.»

Bei diesen Worten zuckte Helga zusammen, was auch Koros sah. Um die Situation zu retten, sagte ich zu ihm: «Ich glaube, sie kommt wieder zu sich.»

Helga spielte gut mit und öffnete ihre Augen, um sie sogleich wieder zu verdrehen.

«So richtig aber nicht», meinte Koros.

«Lass sie schlafen. Die Wunden sind verbunden. Ich werde morgen wieder kommen.»

Auf dem kurzen Heimweg musste ich über Helga nachdenken. Warum tat Helga dies? War ich für sie so wichtig, dass sie mich um jeden Preis schützen wollte?

Der nächste Tag war trübe. So erwachte ich nicht am Morgen, sondern erst, als es schon fast Mittag wurde. Wolken hingen tief über der Insel. Daraus nieselte es leicht. Ich ging schnell zu Koros Haus. Als ich eintrat, war er gerade mit dem Schleifen seines Schwertes beschäftigt.

«Es muss scharf sein heute Nacht!», raunte er.

Ich ging zum Kessel und goss Wasser hinein. Dann drehte ich ihn zum Feuer hin.

«Ist Helga schon erwacht?»

«Nein, sie ist immer noch in ihrer Kammer. Als ich vorhin nachschaute, schlief sie noch. Dabei ist es schon Mittag und ich habe Hunger.»

Ich wollte einige der Kaffa-Bohnen ins kochende Wasser geben und streifte mit dem Arm den heissen Kessel. Reflexartig liess ich die grünen Bohnen fallen.

«Mist! Jetzt sind mir die Bohnen ins Feuer gefallen! Ich muss neue holen gehen.»

«Nimm sie doch heraus», meinte Koros und zeigte auf einen langen Schöpflöffel aus Eisen. Damit fischte ich die Bohnen heraus. Diese verbreiteten einen leicht angebrannten Geruch.

«Ich weiss nicht, ob sie so noch ihre Wirkung haben. Sie sind dunkelbraun.»

«Probiere es aus! Du weisst doch, wie es schmecken soll.»

Ich warf einige der schwarzen Bohnen ins heisse Wasser und liess es kurze Zeit ziehen. Ein angenehmer Geruch verbreitete sich. Ich tauchte den Schöpflöffel hinein und nahm vorsichtig einen kleinen Schluck.

«So hat das noch nie geschmeckt. Wenn es wirkt, müsste ich das schon bald spüren.»

Da öffnete sich die Kammer und Helga kam etwas unsicher heraus. Sie setzte sich auf einen Stuhl beim Tisch. Sie begann Koros mit den wenigen Worten, welche sie in seiner Sprache konnte, und mit Zeichen zu erklären, dass sie auf die Messer gefallen war. In der Zwischenzeit begann ich die Wirkung des Trankes zu spüren. Mein Herz schlug schneller und meine Müdigkeit war verschwunden.

«Es wirkt! Ich spüre es.»

«Gut, dann gib Helga etwas davon!»

Helga trank nur einen kleinen Schluck und verzog das Gesicht. «Gib mir auch etwas davon, Dismas! Ich will die Wirkung selber testen!», sagte Koros. Ich füllte einen Becher und reichte ihm diesen. Bevor ich etwas sagen konnte, hatte er bereits den ganzen Becher in einem Zug geleert.

«Halt, nicht so viel! Ich weiss nicht, wie eine so grosse Menge wirkt.»

«Nun, das werden wir sehen! Dann kommt raus, ob du ein Heiler oder ein Betrüger bist!»

Bei diesen Worten zuckte ich zusammen. Aber er meinte das wohl nicht so erst, denn er begann laut zu lachen, als er meine Reaktion sah.

Seine körperlichen Anzeichen liessen auch nicht lange auf sich warten. Schon nach kurzer Zeit begann Koros, sich auf dem Stuhl hin und her zu bewegen.

«Das Zeug hat es in sich. Ich fühle, wie meine Lebensgeister erwachen. Ich könnte Bäume ausreissen. Nur bei Helga scheint er nicht zu wirken.»

Helga sass immer noch zusammengekauert auf ihrem Stuhl und bemühte sich, schwach und leidend auszusehen. Doch auch bei ihr zeigte sich eine Wirkung. Ihr Gesicht begann sich leicht zu röten. Das aber bemerkte Koros nicht.

166

«Dismas, du kannst doch kochen. Dort hinten sind die Vorräte. Mach mir etwas Herzhaftes! Ich muss stark sein heute Nacht!»

Ich ging zur Feuerstelle und schaute nach oben. Dort hingen Schinken, Speck und Würste. Der Rauch der Feuerstelle strich über das Fleisch. Es wurde aussen schwarz, so blieb es auch über lange Zeit essbar. Ich hatte dies auch schon bei Echnaton in Luxor gesehen. In der Ecke stand ein Fass mit in Salz eingelegten Fischen und Säcke mit Weizenkörnern und getrocknete Bohnen.

«Damit lässt sich etwas Gutes kochen», bestätigte ich ihm.

Schon kurze Zeit später hatte ich eine warme Mahlzeit mit Bohnen, Speck und einem Körnerbrei zubereitet. Koros griff sofort zu.

«Schmeckt ganz anständig!» Er ass viel, aber ich hatte genug gekocht, sodass die Reste auch noch für mich und Helga reichten.

«So ich muss zum Schiff! Dismas, wo hast du den Beutel mit Verbandsmaterial und Salben?»

«In meinem Haus.»

«Gut, daran kommen wir ja vorbei. Helga ich werde morgen, wenn die Sonne im Mittag steht, wieder hier sein! Dann brauche ich ein kräftiges Essen! Hast du verstanden?»

Helga nickte und sagte: «Morgen, Sonne, du essen.»

Koros packte seinen Mantel und das Schwert. So stampften wir in die feuchte Nebellandschaft hinaus.

«Dismas was meinst du? Wird Helga wieder gesund? Es wäre nicht die Erste, die das Klima hier nicht erträgt und stirbt.»

«Ich denke schon, aber sie ist noch schwach vom Blutverlust.»

«Du braust heute Nachmittag deinen Stärkungstrunk, bringst ihn Helga und reinigst die Wunden! Mal schauen, ob ich vom Raubzug kräftige, junge Frauen mitbringen kann.»

Wir kamen bei meinem Haus an und ich holte den Verbandsbeutel. Gemeinsam schritten wir zum Dorf. Dort wartete seine Mannschaft schon.

«Männer, heute Nacht wird wieder fette Beute gemacht. Wenn wir das durchgezogen haben, sollte es über den Winter reichen. Auf zum Schiff!»

Koros packte Valerian am Arm: «Nimm den Verbandsbeutel von Dismas! Er wird nicht mitfahren! Er muss einen Spezialauftrag für mich erledigen!»

Valerian stellte keine Fragen. Er nahm den Beutel und setzte sich ins Ruderboot.

«Wünsch mir Glück», sagte Koros, «denn, wenn ich nicht zurückkomme, werdet ihr verhungern. Die Insel kann euch nicht ernähren.»

Es lag eine melancholische Stimmung in der Luft. Es war wohl die Vorahnung einiger Frauen und Kinder, dass sie ihren Mann und Vater nie mehr sehen würden.

Die Ruderboote legten ab und ich schaute ihnen mit den anderen nach, bis sie im Wolkengrau verschwunden waren.

Zurück in meiner Hütte suchte ich die Zutaten für den Stärkungstrunk zusammen und ging hinüber zu Helgas Haus.

Sie war schon ganz munter und sang leise vor sich hin.

«Du brauchst wohl meinen Trank nicht!»

«Nein! Der letzte Trank wirkt immer noch. Es kribbelt überall in meinem Körper.»

«Ja, das hat der Trank so an sich. Bei manchen hält die Wirkung fast einen Tag an.»

Ich ging einige Schritte auf sie zu und sagte: «Wieso hast du das mit den Schnitten gemacht? Sie könnten sich entzünden und wenn du Pech hast, kannst du daran sterben!»

«Du bist der Einzige, mit dem ich richtig sprechen kann», sagte sie, senkte den Blick zu Boden und fügte leise mit sanfter Stimme hinzu, «und der Einzige, der bisher rücksichtsvoll und nett mit mir umgegangen ist. Du bist anders als diese rauen Seeräubertypen.»

Ich fühlte mich geschmeichelt.

«Aber wenn Koros merkt, dass ich besser mit dir sprechen kann als er,

168

darf ich sicher nie mehr alleine kommen. Und sollte er herausfinden, dass du ihm nur etwas vorgespielt hast, könnte das üble Folgen für dich haben.»

«Ich weiss!»

«Also mache ich jetzt einen Trank, falls er einen Aufpasser auf uns angesetzt hat. Trink ihn, und spiel weiterhin am Tag die Müde und Erschöpfte!»

Bald schon köchelte der Trank vor sich hin.

«Ich muss jetzt gehen! Ich darf nicht zu lange bleiben! Vielleicht werde ich beobachtet!»

So verliess ich das Haus und ging zurück zu mir. Ich nutzte die Zeit, solange es hell war und richtete den Stall her. Ich sollte ja noch ein Huhn und einen Hahn von Koros bekommen.

Als der Abend hereinbrach, war der Stall hergerichtet. Für das frische Wasser hatte ich einen kleinen Teich geschaufelt und ihn mit Steinen befestigt. Das Dachwasser floss bereits hinein und füllte ihn langsam. In den kommenden Tagen hatte ich mir vorgenommen, auch noch einen kleinen Kanal zum Bachbett bei Koros Haus zu graben, damit ich auch im Sommer Frischwasser haben würde.

Ich zündete ein Feuer in meiner Hütte an und dachte an die Männer auf Koros Schiff. Sie mussten jetzt an der Position zum Abfangen des Handelsschiffes sein und ihm dort auflauern. Ich war froh, nicht mit dabei sein zu müssen. Mittlerweile war es draussen stockdunkel und dichter Nebel hatte sich über die Insel gelegt. Eine Gemüsesuppe und ein Stück Fladenbrot waren mein Nachtessen. Da klopfte es leise an der Türe. Ich öffnete und vor mir stand Helga mit einer Laterne in der Hand.

«Ich habe Angst so alleine im Hause. Darf ich etwas bei dir bleiben?»

«Hat dich jemand kommen sehen?»

«Sicher nicht! Hier oben sind das die einzigen beiden Häuser und der Nebel ist so dicht, dass man kaum die Hand vor den Augen sieht.»

«Also komm herein! Aber du musst rechtzeitig wieder zurück!»

«Der Nebel ist dicht. So kann nicht einmal Koros sein Schiff sicher an den Felsen vorbei in die Bucht lenken. Er muss warten bis sich der Nebel lichtet und um diese Jahreszeit kann der Nebel bis zu einer Woche liegen bleiben.»

«Ich mag dieses Wetter nicht. Am See Genezareth hatte es nie lange Nebel.»

«Da wo ich herkomme, in Casta Regina in Germanien, haben wir im Herbst oft Nebel gehabt. Dann sind wir zu den Schafhirten aufs nahe Feld gegangen und haben ihren Geschichten am Lagerfeuer zugehört. Ein Hirte kam mit meiner Amme aus deiner Gegend. Er erzählte die besten Geschichten. Am liebsten hatte ich die Geschichte vom kleinen Kind, welches in einer Krippe lag. Der Hirte erzählte von leuchtenden Wesen, welche am Himmel erschienen und von wunderbarem Gesang. Und wie diese Leuchtwesen ihm und den anderen Hirten gesagt hatten, es sei ein König geboren. Sie sollen ihn besuchen und ehren. Er erzählte auch von Königen, welche das Kind besucht und Geschenke gebracht hatten. Manchmal sogar von einem strahlenden Stern über dem Ort, wo das Kind war, aber auch, dass die Eltern mit dem Kind fliehen mussten, weil böse Leute dem Kind nach dem Leben trachteten.»

Als sie das sagte, schaute ich auf und fragte sie: «Hat der Hirte auch den Namen des Kindes und der Eltern gesagt?»

«Ja, sogar immer wieder. Die Eltern hiessen Maria und Josef ...»

«... und das Kind? Nannte er es Jesus?»

«Ja, aber woher weisst du das?»

Ich runzelte die Stirne: «Ich kenne dieses Kind. Es gibt es wirklich. Ich bin ihm schon einige Male begegnet. Zum letzten Mal sah ich Jesus vor fünf Jahren im Tempel von Jerusalem. Er musste etwa zwölf Jahre gewesen sein.»

«Und ist er ein König?»

«Ich glaube nicht. Seine Eltern sind nicht reich, aber an ihm ist etwas Besonderes. Er ist aussergewöhnlich und die Ältesten staunten über

170

seine Weisheit. – Aber dann hat mich das Schicksal getroffen und ich wurde von Sklavenhändlern verschleppt. Aber darüber mag ich nicht sprechen.»

«Ich verstehe», sagte Helga mitfühlend.

Ich gab ihr noch den Rest meiner Suppe und richtete ihr ein Nachtlager in der zweiten Kammer her. Ich legte noch schnell zwei grosse Holzstücke ins Feuer damit es bis am Morgen warm in der Hütte bleibt.

«Lass uns schlafen gehen. Wer weiss, was der morgige Tag bringt. Vielleicht muss ich viele Verwundete pflegen. Dann will ich ausgeschlafen sein.»

Helga verschwand in ihrer Kammer und ich legte mich auch hin. Viele Gedanken gingen mir durch den Kopf. Nun war ich auf einer einsamen Insel mitten im grossen Meer und selbst hier hörte ich Geschichten über Jesus. Es kam mir vor, als seien unsere Leben geheimnisvoll miteinander verbunden. Ich dachte darüber nach, als ein heller Blitz in der Nähe einschlug und fast gleichzeitig erschütterte ein mächtiger Donner die Stille. Ich hörte Helga schreien und im nächsten Augenblick stand sie zitternd vor mir: «Ich habe Angst!»

«Du brauchst keine Angst zu haben. Es ist nur ein Gewitter. Ich habe schon viele erlebt. Das geht vorbei.»

Bevor ich mich versah, schlüpfte sie unter meine Decke und klammerte sich an mich.

«Also bleib da, aber drück nicht so fest.»

Allmählich liess das Gewitter nach und Helga beruhigte sich. Ihr Körper entspannte sich und ich fühlte die angenehme Wärme ihres Körpers. Sie schmiegte sich an mich und ihre Hand fuhr über meine Brust. Ein angenehmes Gefühl breitete sich in meinem Körper aus. Ich drehte mich zu ihr hin. Mit einem sanften Druck zog sie meinen Kopf zu sich hin und küsste mich.

«Aber Koros…»

«Er wird es nie erfahren», flüsterte sie.

Apollonia

Als ich erwachte, war Helga verschwunden. Es musste schon Morgen sein. Draussen war es nass und trüb. Eine angenehme Wärme erfüllte das Haus. Helga hatte noch eingefeuert, bevor sie gegangen war. Helga! Doch wie sollte das mit uns weitergehen? Wenn Koros etwas merken würde, wäre das unser sicherer Tod. Ich stampfte ins Nass hinaus und hinunter zum Hafen. Etliche Frauen waren dort versammelt. Alle warteten auf die Rückkehr ihrer Männer, aber an diesem Tag kam kein Schiff. Es wurde Nacht und wieder Tag. Er neigte sich auch schon wieder dem Abend zu, als vom Ausguck der Insel ein Hornstoss zu hören war. Ich eilte an den Strand und sah Koros Schiff.

«Mein Gott!», entfuhr es mir.

Koros Schiff war schlimm zugerichtet. Überall waren zertrümmerte Planken zu sehen. Der Hauptmast stand zwar noch, aber grosse Teile des Segels hingen in Fetzen hinunter. Auf dem Deck lagen Körper, die sich nicht bewegten. Andere klammerten sich an der Reling fest. Alles schaute sehr trostlos aus.

Die wenigen Männer, welche zum Schutz der Insel zurückgeblieben waren, ruderten in einem kleinen Boot zum Schiff hinüber. Ich sah, wie einige offensichtlich verwundete Männer ins Boot hinuntergelassen wurden. Langsam setzte sich das Boot in Bewegung.

Während es immer näherkam, schrie eine Frau verzweifelt auf: «Mikos, mein Mikos!»

Offensichtlich war ihr verletzter Mann Mikos darunter.

Am Strand angekommen, stieg Koros als erster aus. Auch er schien verletzt zu sein. Er hielt mit seiner rechten Hand die linke Schulter. Ich eilte zu ihm.

«Bist du verletzt?»

«Ja, etwas. Aber schau zuerst nach den anderen! Ein paar hat es schlimm erwischt. Ich werde das Lagerhaus öffnen lassen. Dort kannst du sie behandeln. Bei einigen kannst auch du nichts mehr machen. Gib ihnen viel

Schnaps, damit sie die Schmerzen nicht so spüren!»

Ich richtete eilends mit den Strohballen und Tüchern einige Liegen her. Die ersten Verletzten wurden hineingetragen. Was ich da sah, liess mir den Atem stocken. Viele hatten Schwertverletzungen und Stichwunden. Einfach alles, was es bei einem harten Kampf gibt.

«Ich habe schon gemacht, was ich konnte!», sprach jemand hinter mir.

Ich drehte mich um und sah Valerian.

«Du wirst auch nicht mehr viel machen können! Es war eine schlimme Fahrt.»

«Wie viele sind tot?»

«Acht sind tot und von den fünfzehn Verletzten werden auch einige noch sterben. Du hast sie ja gesehen!»

«Dann sind ja mehr als die Hälfte verletzt oder tot!»

«Ja, es war ein schwerer Kampf, aber wir haben gesiegt und fette Beute gemacht.»

Fette Beute! Aber um welchen Preis!

Ich verband die Wunden so gut ich konnte. Valerian kannte sich mit Schwertwunden aus. Doch oft waren wir beide machtlos. Bei schweren Verletzungen konnten wir ihnen nur viel Schnaps geben, damit ihre Schmerzen etwas erträglicher wurden.

Einige offene Wunden verschloss Valerian mit einem glühenden Eisen. Das hatte ich vorher so noch nie gesehen. Das musste er bei den Gladiatorenkämpfern gelernt haben.

«Dismas, schau nicht so entsetzt! Nur so hat der Verletzte eine Chance zu überleben.»

«Wo hast du das gelernt?», wollte ich wissen.

«Das wurde in Rom in der Arena so gemacht. Besser man brennt die Wunde aus, sonst entstehen nur eitrige Geschwüre und die Verletzten sterben qualvoll.»

Ich musste nach draussen an die frische Luft. Es war alles etwas viel für mich.

Als ich wieder hineinging, kam Koros auf mich zu.

«Schau dir meine Wunde an! Was kann man da machen?»

Ich entfernte den Verband an der Schulter und sah eine tiefe Schnittwunde am Oberarm.

«Ich habe so eine Verletzung schon einmal gesehen. Die Sehne ist vom Schwertschlag verletzt worden. Du darfst mit dem Arm nichts Schweres heben, sonst reisst sie ganz ab, dann ist der Arm lahm. Ich werde dir eine Schlinge machen.»

Mürrisch hielt er still, während ich seine tiefe Wunde säuberte. Er musste grosse Schmerzen haben, aber er zeigte es nicht. Ich strich noch etwas von der Aloe-Salbe darauf und verband die Schulter mit frischem Linnen.

«Also, mit dem Arm nichts hochheben! Du musst ihm Zeit geben zu heilen!»

«Das Heilen wird schneller gehen mit den neuen Frauen.»

Ich schaute ihn fragend an.

«Frauen?»

«Ja, es waren viele reiche Römer und junge Frauen auf dem Schiff. Sie wollten zu einem Fest nach Karthago. Leider waren auch einige Soldaten darunter. Sie haben uns schwere Verluste zugefügt.»

«Dein Schiff sieht ja schlimm aus!»

«Es lässt sich alles reparieren. Das römische Schiff war noch schlechter dran. Wir haben alles, was brauchbar war, umgeladen und es dann versenkt. Wir haben immer noch das Schiff, auf dem du warst. Ich habe es in einer kleinen Bucht auf der anderen Seite der Insel versteckt. Man weiss ja nie!»

«Gut zu wissen», dachte ich für mich. Vielleicht könnte mir diese Information einmal nützlich sein. Mit einigen guten Seemännern könnte eine Flucht gelingen, denn ich hatte nicht vor, mein Leben hier auf dieser Insel zu verbringen.

Unterdessen waren noch mehr Männer vom Schiff an Land gekommen.

174

Darunter war auch Dreibein. Er schien ohne Verletzung davon gekommen zu sein.

«Dreibein wird das Entladen übernehmen, aber erst morgen. Heute ist es schon zu spät. Jetzt feiern wir unseren Sieg! Dreibein, stell eine Wache für die Frauen auf.»

Sofort übernahm er das Kommando.

«Dismas, komm her!», rief Dreibein. «Du bist ausgeruht. Du wirst die Nachtwache übernehmen!»

Er reichte mir ein langes Messer. Ich schaute es an und erschauderte. Es sah fast so aus wie das Messer, dass mir mein Vater vor langer Zeit in der Waldherberge gegeben hatte. Ich hörte wieder seine Worte: «Sieh dieses Messer genau an! Von jetzt an gehört es dir Dismas. Wenn du einmal Anführer bist, musst du mit ihm umgehen können.»

«Ist etwas?», fragte Dreibein?

Ich fasste mich schnell und brachte eine Notlüge vor.

«Nein, es ist alles in Ordnung. Ich dachte gerade darüber nach, ob ich das wohl allein schaffen würde.»

Dreibein lachte laut!

«Es sind nur Frauen! Die erzittern schon, wenn sie nur ein Messer sehen. Also geh jetzt und löse Silas ab! Zu Essen und zu Trinken hat es genug dort.»

Es blieb mir nichts anderes übrig, also ging ich zum Ruderboot. Schon nach kurzer Zeit hatte ich das Schiff erreicht. Silas wartete schon.

«Endlich kommt jemand!»

«Ich musste zuerst nach der Wunde von Koros schauen. Bist du auch verletzt?»

«Nichts Ernstes. Nur einige kleinere Schnittwunden. Aber ich bin müde. Mir fallen fast die Augen zu. Hier ist der Schlüssel zur Gefangenenkammer. Wir haben zwölf Frauen erbeutet. Essen haben sie bekommen. Sie brauchen also nichts.»

Silas schwang sich über die Reling und verschwand mit dem Boot. Es war inzwischen dunkel geworden. Eine Fackel erhellte mir die Nacht. Überall hatte es noch Blutspritzer auf dem Deck. Es musste ein schrecklicher Kampf gewesen sein. Ich war froh, nicht dabei gewesen zu sein.

Es waren keine Sterne am Himmel zu sehen. Immer noch hingen schwere Regenwolken über der Insel. Ich hatte nichts zu tun und so verging die Zeit nur langsam. Ich entschloss mich, das Schiff zu inspizieren. Mal sehen was Koros diesmal erbeutet hatte. Im Lagerraum hatte es neben den üblichen Lebensmitteln wie Wein, Öl, Getreide auch exotische Pflanzen und Früchte, welche ich noch nie gesehen hatte. Ich getraute mich aber nicht, diese zu probieren, da ich in Ägypten gelernt hatte, dass manchmal schöne Früchte tödlich sein können.

Auf meinem Rundgang kam ich auch an der Gefangenenkammer vorbei. Ich schob das Gucklochholz zur Seite und späte hinein. In der Kammer brannte eine Laterne, sodass ich die Gesichter und Gestalten sehen konnte. Die Frauen trugen schöne Tuniken. Von den Gesichtern her schätzte ich sie auf 15 bis 25 Jahre.

«Wir haben Durst!», rief eine junge Frau.

«Ihr habt zu essen bekommen!», rief ich zurück.

«Ja, aber kein Wasser.»

Ohne eine Antwort zu geben, schloss ich das Guckloch wieder und ging auf Deck. Dort stand ein grosses Wasserfass. Ich füllte einen Eimer und ging wieder zurück.

Ich öffnete das Guckloch erneut und rief ihnen zu: «Stellt euch an der Schiffswand auf, sodass ich euch sehen kann!»

Ich zählte die Frauen und kam auf elf.

«Es fehlt eine! Wo ist sie?», rief ich hinein.

«Schau etwas rechts auf den Boden», sagte eine sanfte junge Stimme, «dort liegt eine junge Mutter. Es geht ihr nicht gut. Sie hat vor einigen Tagen ihr Kind verloren und nun hat sie Fieber.»

Das kannte ich. Nadir hatte mir erklärt, dass wenn Frauen ihre Kinder verlieren, sich die Milch in den Brüsten staut und sie dann krank

176

werden. Ich wusste, was zu tun war. So holte ich aus dem Lagerraum einige saubere Tücher. Nach einem Kontrollblick durchs Guckloch zog ich mein Messer und öffnete die Türe. Keine der Frauen regte sich. Ich stellte den Wasserkessel ab.

«Wer sprach vorhin mit mir über diese kranke Frau?»

«Ich», meldete sich eine etwa siebzehnjährige, junge Frau mit hüftlangem, blondem Haar. Sie trug eine rosa Tunika, welche ihre edlen Körperformen erahnen liessen.

«Komm zu mir! Die andern bleiben, wo sie sind!», sagte ich mit strenger Stimme, denn ich traute den Frauen nicht.

«Wie heisst du?»

«Apollonia»

«Die Frau hat wahrscheinlich zu viel Milch in den Brüsten. Schau nach! Sind sie prall gefüllt?»

Apollonia ging zu ihr hin, sprach mit ihr und berührte ihre Brüste.

«Ja, sie sind prall und hart.»

«Wenn eine Besserung eintreten soll, muss sie die Milch ausstreichen. Danach machst du ihr kalte Umschläge.»

«Bist du ein Arzt?»

«So was ähnliches.»

Zum ersten Mal schaute sie auf und mir direkt ins Gesicht. Sie hatte gleichmässige, schön geformte Gesichtszüge. Ihre ganze Erscheinung zeugte davon, dass sie in einer hochgestellten Familie aufgewachsen sein musste. Ich verliess den Raum und schloss die Türe wieder. Ich verspürte etwas Hunger. Im Lagerraum fand ich alles, was ich brauchte. Ich war eigentlich satt, aber die exotischen Früchte strahlten mich an und ich wollte sie unbedingt probieren. Vielleicht kannte eine der Frauen die Früchte?

So stand ich schon bald wieder bei der Gefangenenkammer.

«Apollonia komm zu Türe», rief ich, «der Rest an die Wand!»

Ich öffnete und Apollonia sah mich ängstlich an.

«Komm heraus! Ich tu dir nichts!»

Sie machte zwei Schritte auf den Ausgang zu und blieb dann stehen. Die Furcht war in ihren Augen gut zu sehen. Ich packte sie am Arm, zog sie über die Türschwelle und schloss zu.

«Du brauchst keine Angst zu haben. Ich bin nicht so wie die anderen.»

«Das habe ich bemerkt. Wieso hilfst du uns?»

«Weil niemand unnötig leiden soll.»

«Komm mit in den Lagerraum. Du sollst mir sagen, was das für Früchte sind! Aber lüge mich nicht an! Einige kenne ich schon!»

Ich begann mit den mir bekannten Früchten und Apollonia sagte mir, welche Namen sie hatten und wie sie schmeckten.

«Und was ist das?»

Ich zeigte auf eine grünlich-rote, faustgrosse Frucht.

«Sie kommt aus dem Gebiet der dunkelhäutigen Nubier und heisst Dika. Das Fleisch, dass den länglichen grossen Kern umgibt ist rötlich und sehr süss.»

Ich schnitt mit dem Messer eine Frucht an und probierte das Fruchtfleisch. Apollonia hatte nicht zu viel versprochen. Es war ein Genuss! Ich schnitt ein Stück ab und gab es ihr.

«Woher kommst du?», fragte ich Apollonia.

«Ich komme aus Athen. Mein Vater ist ein grosser Gelehrter. Ich sollte am Hof eines römischen Senators das römische Leben kennenlernen.»

«Nun wirst du das Leben einer Seeräuberbraut kennenlernen. Es ist hart und rau!»

Sie blickte niedergeschlagen zu Boden.

«Vielleicht hast du Glück und kommst zu einem Seeräuber, der nicht ganz so hart ist.»

Ich sah einen schönen Strauch mit kleinen schwarzen Beeren und griff danach.

Da entfuhr Apollonia ein Schrei, der mir durch Mark und Bein ging.

«Nein, nicht essen!»

Sofort zog ich meine Hand zurück.

«Was ist denn mit dieser Pflanze?»

«Sie ist hochgiftig! Die schwarzen Beeren schmecken süsslich, aber wenn du nur schon eine davon isst, bekommst du Krämpfe und drei oder vier Beeren können dich töten! Die Pflanze heisst Tollkirsche.»

«Warum warnst du mich?»

«Du warst gut zur kranken Frau. Du scheinst nicht so schlecht zu sein, wie die anderen.»

«Ich bin auch nicht freiwillig unter den Seeräubern. Aber es ist Zeit, dass du wieder zu den anderen Frauen gehst.»

Ich brachte Apollonia zurück. Der Nachthimmel begann sich langsam aufzuhellen.

Ich hörte plätschernde Geräusche und schaute über die Reling. Es näherten sich einige Boote. Es waren Dreibein und seine Männer. Sie wollten wohl die Beute an Land bringen.

«So, hast du Spass gehabt mit den Frauen?», wollte Dreibein von mir wissen und zwinkerte mit den Augen.

«Nein, ich war viel zu müde!»

Einer der Männer lachte derb und sagte: «Dafür ist man nie zu müde!»

«Dismas, du kannst ins Boot steigen, aber warte noch. Ich werde dir einige der Frauen mitgeben. An Land wartet schon Silas auf sie.»

«Und was geschieht mit ihnen?»

«Das wird Koros entscheiden. Normalerweise können sich die besten Kämpfer eine aussuchen und sie für sich behalten oder verkaufen.»

Bald schon sassen sechs gefesselte Frauen bei mir im Boot, darunter auch Apollonia. Ich ruderte los. Sofort sprach mich Apollonia ängstlich an.

«Was geschieht mit uns?»

«Ich weiss es nicht so genau. Ich bin ja erst seit kurzer Zeit hier. Aber ich denke, ihr werdet an die erfolgreichsten Kämpfer als Sklavinnen abgegeben.»

Einige Frauen schrien entsetzt auf. Bisher kannten sie wohl Sklavenarbeit nur von ihren Bediensteten. Vielleicht erinnerten sich aber auch einige Frauen daran, wie schlecht ihre Sklaven behandelt wurden.

«Schönes Frischfleisch!», rief Silas, als wir den Strand erreicht hatten. Die Frauen erzitterten. Sie mussten sich vor dem Boot aufstellen. Koros kam herbei und betrachte eine nach der anderen. Er hatte seinen Arm in der Schlinge. Trotzdem griff er einigen an den Hintern und die Brüste.

«Gesunde, kräftige Frauen! Die können gut arbeiten und Kinder gebären. Die Schwarzhaarige mit den langen dunklen Haaren behalte ich für mich. Bring sie zu meinem Haus. Die anderen kannst du an deine besten Männer verteilen, aber schau, dass zuerst jene eine Frau bekommen, welche noch keine zu Hause haben.»

Silas nickte.

«Dismas komm her! Meine Wunde tut mir weh. Du musst sie reinigen und neu verbinden.»

«Dafür müssen wir zu meinem Haus. Ich habe alles dort.»

Ich wollte schon gehen, da hielt Koros mich am Arm fest.

«Zuerst suchst du dir eine aus! Jemand muss dir dein Haus in Ordnung halten.»

Ich schaute etwas unsicher zu den Frauen hinüber.

«Oder magst du keine Frauen?»

«Doch, doch», antwortete ich schnell. Wie würde wohl Helga reagieren, wenn ich plötzlich eine Frau im Haus habe?

«Nun, welche willst du?»

Apollonia schaute mich mit flehenden Augen an.

«Die mit den langen blonden Haaren.»

«Eine gute Wahl!», meinet Koros, «fast hätte ich sie genommen. Aber zu Helga hätte sie nicht gepasst. Übrigens, dein Trank hat gewirkt! Es scheint ihr wieder besser zu gehen.»

Silas reichte mir den Strick mit dem Apollonias Hände festgebunden waren. Zusammen mit Koros ging es dann zu meiner Hütte. Ich öffnete die Türe und wusste nicht recht, was ich jetzt mit Apollonia machen sollte. Korso sah es und meinte:

«Binde sie los. Sie soll einfeuern. Wenn sie nicht gehorcht, musst du sie züchtigen!»

Er nahm einen daliegenden Lederriemen und schlug ihr damit auf den Rücken.

Apollonia zuckte zusammen und schrie kurz auf.

«Siehst du Dismas, so geht das! Dann wissen sie, wer ihr Herr ist! Und wenn sie weglaufen sollte, verpasst du ihr eine ordentliche Tracht Prügel, bis sie weiss, dass es sich nicht lohnt, wegzulaufen. Die Insel ist klein und irgendwann haben alle begriffen, dass es sich nicht lohnt. Mal schauen, wie lange sie braucht, um es zu begreifen.»

«Wie viele Male ist Helga weggelaufen?»

«Viele Male! Für jedes Mal hat sie einen Striemen auf ihrem Rücken. Aber jetzt weiss sie, dass es sich nicht lohnt.»

«Wie heisst du?», fuhr Koros sie an.

«Apollonia», antwortete sie leise.

«Eine junge Griechin. Apollonia, bring uns ein Gefäss mit sauberem Wasser!»

Sie schaute um sich und fand eine Holzschüssel und das Fass mit Wasser.

Ich hatte meine Tasche geholt. Vorsichtig entfernte ich den Verband. Die Wunde hatte sich entzündet.

Durchs Fenster sah ich jemanden zur Türe kommen. Sie öffnete sich und Helga kam herein. Sie war offenbar sehr aufgebracht und sagte in ihrer gebrochenen Sprache:

«Neue Frau? Schwarze Haare! Nein!»

Koros lachte.

«Ah, hat Silas die Schwarzhaarige zu mir gebracht! Helga gefällt das wohl nicht! Sie ist eifersüchtig!»

Er drehte sich zu Helga.

«Sie bleibt! Und du auch!»

Helga schaute wütend. Koros hatte immer noch den Lederriemen in seiner gesunden Hand. Er stiess mich weg, stand auf und versetzte Helga einen Schlag auf die Schulter und den Rücken. Helga wirkte immer noch wütend. Das erzürnte Koros und er schlug erneut zu. Helga viel zu Boden. Apollonia wich entsetzt in den hintersten Winkel der Küche zurück.

«Lass es gut sein», sagte ich, um Koros zu beruhigen. Er liess von Helga ab und setzte sich wieder. Helgas Kleid war durch die Schläge aufgerissen und man sah gut die vielen Striemen auf ihrem Rücken.

Sie stand auf und ging wortlos zur Türe hinaus.

«So schafft man sich Respekt!», brüstete sich Koros. Dabei verzog er sein Gesicht. In seinem Wutanfall hatte er auch seinen verletzten Arm angespannt.

«Koros du musst unbedingt deinen Arm schonen! Er hat sich entzündet!»

«Hast du noch von der schwarzen Masse, welche Schmerzen stillt?»

Ich hatte noch, aber ich war so verärgert wegen der Schläge, dass ich ihn anlog:

«Nein, wir müssen unbedingt Neues besorgen. Vielleicht hat es auf dem Markt in Kyrene etwas.»

«Dahin können wir nicht segeln. Viel zu viele Römer! Dann muss halt der Schnaps helfen.»

Ich verschloss die Wunde mit sauberen Tüchern und Koros ging hinaus.

«Viel Spass mit deiner neuen Frau!», rief er mir noch zu. Dann war es ruhig. Apollonia stand immer noch ganz erschrocken im hintersten Winkel der Küche.

«Komm her. Vor mir musst du dich nicht fürchten!»

Langsam kam Apollonia zum Tisch in der Mitte.

«Was willst du von mir? Wirst du mich auch mit dem Lederriemen schlagen, wie euer Anführer seine Frau geschlagen hat?»

«Nein, du kannst die Haus- und Gartenarbeit machen.»

Sie schaute erleichtert, um kurz darauf wieder den besorgten Gesichtsausdruck anzunehmen.

«Du hast doch noch etwas! Sage es nur. Du brauchst wirklich keine Angst zu haben.»

Sie duckte sich etwas verlegen und sagte dann mit leiser Stimme: «Ich habe noch nie mit einem Mann…»

Ich musste lachen: «Du brauchst deswegen keine Angst zu haben! Ich werde nichts tun, was du nicht willst. Du kannst in der zweiten Kammer nebenan schlafen.»

Sie hauchte ein sanftes: «Danke.»

«Wenn dir andere Fragen stellen zu uns, lächle etwas verlegen und gib keine Antwort. Sie werden damit zufrieden sein.»

Apollonias angespannter Körper lockerte sich und sie schaute mir verwundert in die Augen: «Du bist wirklich anders als die meisten Männer, die ich kenne! Du passt auch nicht zu diesen Seeräubern. Wieso bist du hier?»

«Das ist eine lange Geschichte. Doch jetzt ist nicht die Zeit dafür. Ich muss noch einiges erledigen. Du kannst deine Kammer einrichten, wenn du etwas findest. Viel habe ich nicht. Hattest du eine Kiste mit deinen Kleidern auf dem Schiff?»

«Ja, sie ist gut zu erkennen an den griechischen Göttern, welche darauf eingeritzt sind: Apollo, Zeus und Aphrodite.»

«Ich kenne diese nicht!»

«Sie sind einfach zu erkennen: Zeus hält den Blitz in der Hand, Aphrodite hat einen Spiegel und Apollo einen Pfeil und Bogen.»

«Gut, das kann ich mir merken.»

Ich trat ins Freie und schaute zum Haus von Koros hinüber. Wie es wohl Helga ging? Ich wollte es wissen. Doch zu auffällig durfte ich nicht sein, sonst würde Koros merken, dass wir uns gut verstanden. In diesem

Augenblick trat Koros hinaus, sah mich und rief mir zu: «Dismas komm mit! Wir gehen zum Lagerhaus. Die Beute muss noch verteilt werden.» Dies lief gleich ab wie letztes Mal, mit einem Unterschied. Die Frauen, welche ihre Männer verloren hatten, bekamen zuerst einen «Heldenanteil», wie es Koros nannte, da sie heldenhaft für die Sache gekämpft und gestorben waren. Der Heldenanteil bestand aus einigen Goldstücken. So konnten die Frauen mit ihren Kindern einige Zeit überleben, bis sie vielleicht einen neuen Mann hatten. Ich schaute mich nach der Kiste mit den griechischen Symbolen um, fand sie aber nicht.

«Koros, meine Frau braucht Kleider. Hatte es nicht Kisten mit Kleidern dabei?»

«Doch, aber wir haben nur die Esswaren und wertvollen Sachen hierhergebracht. Wenn du Kleider brauchst, kannst du nachher zum Schiff hinüberrudern und mitnehmen, was du brauchst. Zuerst aber hilfst du Dreifuss und mir bei der Aufteilung.»

Der Nachmittag war schon angebrochen, als die Verteilung fast beendet war.

«Dismas, was sind das für komische Pflanzen und Früchte? Kennst du sie?», wollte Koros von mir wissen. Er deutete auf die exotischen Pflanzen und Früchte, welche mir Apollonia in der Nacht gezeigt hatte.

«Die grünlich-rote, faustgrosse Frucht ist essbar. Sie schmeckt süss. Die anderen aber kenne ich nicht. Ich würde nicht davon essen. Sie könnten giftig sein.»

Koros kratzte sich im Bart und entschied dann: «Dreibein, die Frucht kannst du verteilen. Den Rest wird Dismas wegwerfen. Wir haben schon genug Männer verloren. Nicht, dass noch einer an einer Vergiftung stirbt!»

Ich holte eine Schubkarre und lud die exotischen Pflanzen und Früchte auf. Da erinnerte ich mich daran, dass ich ja noch die Kleiderkiste von Apollonia vom Boot holen sollte, bevor es dunkel würde. Ich schob den Karren in ein nahes Gebüsch und ging zum Strand. Ich nahm ein

184

Ruderboot und schon bald hatte ich das Schiff erreicht. Es war niemand an Bord, da in der Zwischenzeit alle Frauen an Land gebracht worden waren.

So ging ich in den Laderaum und fand einige offene Kleiderkisten. Sie hatten wohl diese Kisten durchwühlt, in der Hoffnung darin etwas Wertvolles zu finden. Ich schaute mir die Deckel an. Ein goldfarbiger Blitz in der Hand eines Kriegers leuchtete mir entgegen. Das musste die Kiste von Apollonia sein. Ich schaute hinein. Edle Kleider waren darin, Schuhe mit Bändeln und vieles mehr, aber keine Wertsachen. Ich schloss den Deckel und zog die massive Holzkiste an Deck. Ich hatte Mühe sie alleine auf das Boot zu bekommen, da sie recht schwer war. Es war mir ein Rätsel, wie Kleider und Schuhe so schwer sein konnten. Mit Seilen an den beiden Griffen an der Seite gelang es mir, die Kiste auf das Ruderboot hinunterzulassen.

Es dämmerte bereits, als ich wieder den Strand erreichte. Schnell ging ich zu meinem Haus.

«Komm mit Apollonia! Ich habe deine Kiste gefunden. Aber sie ist recht schwer. Hilf mir.»

Sie freute sich und kam sofort mit. Unten am Strand zogen wir die Kiste gemeinsam aus dem Boot.

«So kommen wir nicht gut den Berg hoch», murrte ich, «da hinten im Gebüsch ist meine Schubkarre.» Ich holte sie und wollte den Inhalt ins Meer kippen.

«Warte! Da hat es noch gute Früchte darunter!»

Apollonia sortierte flink die Früchte und Pflanzen.

«Siehst du Dismas, diese sind gut. Die anderen kenne ich nicht oder sind giftig. Diesen kleinen Strauch mit den schwarzen Beeren habe ich dir ja schon in der Nacht gezeigt, die Tollkirsche.»

Apollonia suchte in ihrer Kiste und holte einen Beutel heraus und legte die guten Früchte und Pflanzen hinein. Ich warf den Rest ins Meer. Als ich den Tollkirschenstrauch in den Händen hielt, kam mir ein Gedanke:

«Vielleicht könnte er mir noch nützlich sein.» Ich stellte ihn unauffällig zur Seite. Dann luden wir gemeinsam die Kiste auf den Karren.

«Apollonia, geh schon voraus. Ich schaffe das schon.»

Ich wollte nicht, dass sie sah, dass ich den Tollkirschenstrauch auch noch auf den Karren stellte. Der Transport war anstrengend, aber ich kam gut voran und erreichte schon bald unser Haus. Den Strauch versteckte ich schnell in der Nähe. Apollonia kam heraus und half mir, die Kiste hineinzutragen.

«Deine Kleider müssen ja aus Stein sein, so schwer ist die Kiste.»

Apollonias Augen bekamen ein listiges Funkeln.

«Das hat einen anderen Grund.»

Nun war meine Neugier geweckt. Ich schaute mir die Kiste genau an.

«Hat sie einen doppelten Boden?»

«Ja! Mein Vater meinte, es wäre vielleicht nützlich, wenn die Wertsachen nicht so offen im Koffer lägen.»

Sie legte den Kofferinhalt auf ihr Bett, sodass der Boden sichtbar wurde. Ich bemerkte in den Ecken unscheinbare Holzriegel, welche sich zur Seite schieben liessen. So konnte man den doppelten Boden anheben. Was zum Vorschein kam, liess mich staunen. Sorgfältig verpackt lagen da goldene Ketten, eine mit Edelstein verzierte Haarspange, Ringe und viele Gold- und Silbermünzen.

«Schnell, mach das wieder zu! Wenn das jemand sieht, könnte uns das den Kopf kosten! Das ist ja ein kleines Vermögen.»

«Mein Vater ist reich und vorsichtig. Er meinte, es könnte mir einmal nützlich sein, wenn ich in Schwierigkeiten kommen würde.»

«Hier nützt es dir vorläufig nichts. Du würdest sofort auffallen, wenn du Gold- oder Silbermünzen hättest. Leg die Kleider wieder hinein und dann machen wir etwas zu Essen.»

Ich zeigte Apollonia meine Vorräte und wo es sauberes Wasser gab. Gemeinsam kochten wir einen Gemüseeintopf und verfeinerten ihn mit etwas geräuchertem Speck.

«Ich bin froh, bei dir zu sein», sprach Apollonia leise. «Wie es wohl den anderen Frauen geht?»

Ich konnte es mir vorstellen, darum sagte ich nichts. Ich wollte sie nicht erschrecken. Doch das Grauen sollte ihr in dieser Nacht nicht erspart bleiben.

Die Rache

Wir waren schon zu Bett gegangen, als es heftig an der Türe klopfte. Ich sprang auf und öffnete. Draussen stand eine Frau mit langen schwarzen Haaren, die nur spärlich bekleidet war.

«Das ist Miriam», flüsterte Apollonia hinter mir.

«Komm schnell! Du musst helfen! Koros tobt!»

Ich zog meine Hose an und rannte zu Koros Haus. Miriam und Apollonia folgten mir. Ich hörte schon von Weitem Helgas Schreie. Was tat dieses Scheusal ihr an! Ich sprang durch die geöffnete Tür und sah das Grauenvolle. Mit einem eisernen Feuerhaken schlug Koros auf Helga ein und schrie:

«Ich werde dich lehren, mir zu widersprechen! Du wirst mir jetzt gehorchen.»

«Nein, ich nicht steigen in dein Bett mit anderer Frau! Ich lieber sterben», stammelte Helga in Koros Sprache.

«Gehorche!», schrie er.

Koros holte aus und wollte zuschlagen, aber da zuckte sein Arm und das Eisen fiel ihm aus der Hand. Er schrie auf. Die Sehne war noch weiter gerissen. Er schleppte sich zum Tisch und setzte sich auf einen Stuhl.

«Dismas, was machst du hier?»

«Ich hörte die Schreie und wollte sehen was los ist», log ich ihn an.

«Nichts ist los!», rief Koros immer noch erregt. «Keinen Spass mag sie mir gönnen! Aber hier befehle ich!», schrie er.

Dann sank er plötzlich zusammen. Sein Kopf schlug auf die Tischplatte, zwischen zwei leeren Schnapsflaschen. Er war bewusstlos. Die

Schmerzen und der Alkohol waren wohl zu viel.

In der Ecke des Raumes lag Helga blutüberströmt. Koros hatte ihr mit dem Schürhaken tiefe Wunden zugefügt. Sie wimmerte.

«Kannst du mich verstehen Helga?»

Sie hauchte ein schwaches: «Ja.»

Ich winkte den beiden Frauen.

«Holt warmes Wasser und Tücher. Apollonia, geh zum Haus zurück und bring mir die grosse Tasche in meiner Kammer! Schnell!»

Helga blutete aus einer Wunde am Hals. Apollonia kam mit der Tasche. Ich nahm ein sauberes Tuch heraus und drückte es gegen die Wunde.

«Ich werde sterben Dismas!», sagte Helga mit schwacher Stimme. «Da kannst auch du nichts mehr machen. Schau!»

Sie nahm die Hand von ihrem Bauch. Aus einer tiefen Stichwunde trat pulsierend Blut. Entsetzt wich ich zurück. Das war ihr Todesurteil! Nadir hatte in Ägypten nie eine solche Wunde heilen können. Sie starben in wenigen Minuten.

«Dismas, komm, halte mich. Ich will in deinen Armen sterben.»

Ich legte meinen Arm um sie. Sie schaute mir tief in die Augen: «Wenn du kannst, flieh von dieser Insel!»

Sie begann leise zu zittern und ich wusste der Tod war nahe. Dann sah sie mit ihren Augen in die Ferne und flüsterte:

«Schau, da sind meine Eltern. Sie kommen mich holen, Dismas! Da sind auch die leuchtenden Wesen, von denen die Hirten sprachen. Sie sind so schön! Siehst du sie nicht?»

Sie lächelte und ihr Gesicht bekam einen seligen, friedlichen Ausdruck. Sie tat noch einen tiefen Atemzug, dann brachen ihre Augen. Sie war tot!

Vorsichtig legte ich sie hin, als ob sie es noch spüren könnte. Langsam wurden meine Gedanken wieder klarer. Aus meinem Innern spürte ich, wie ein mächtiges Gefühl von mir Besitz nahm: Hass – brennender, verzehrender, grenzenloser Hass erfasste mich!

Ich drehte mich um und schaute zu Koros. Er lag immer noch bewusstlos auf dem Tisch. Ich packte ein Messer und Schritt auf ihn zu.

Da ertönte eine mir wohlbekannte Stimme vom Eingang her.

«Was ist hier los?» Es war Dreibeins Stimme.

Ich liess das Messer in meinem Gewand verschwinden und drehte mich um.

«Du bist ja voller Blut! Und was ist mit Helga? Ist sie tot?»

«Ja, von Koros im Suff erschlagen! Ich konnte nichts mehr für sie tun.»

In diesem Augenblick erwachte Koros kurz und lallte:

«Helga, du gehorchst mir!»

Dreibein ging zu Koros und sagte zu ihm: «Leg dich hin und schlaf deinen Rausch aus.»

Er winkte mir.

«Komm, hilf ihm aufs Bett!»

Widerwillig machte ich, was er sagte. Koros stank nach Alkohol und Schweiss. Zudem war sein Körper warm, zu warm. Er hatte Fieber. Ich legte ihn aufs Bett und er schlief sofort ein.

Dreibein drehte sich den Frauen zu und meinte:

«Schleppt Helga nach draussen! Morgen früh hebt ihr ein Loch aus und werft sie hinein!» Dann ging er wieder. Wieso er zu so später Stunde vor Koros Haus war, sagte er nicht. Ob er mir wohl nachspionierte?

«Miriam, wirf noch ein paar Holzscheite ins Feuer, damit es warm bleibt. Schlafen kannst du bei Apollonia. Aber morgen früh musst du zu Koros zurück!»

Es dämmerte bereits. Ich hatte keinen Schlaf gefunden, zu aufgewühlt war ich.

Also stand ich auf. Apollonia und Miriam waren schon dabei, ein Morgenessen zu kochen. Ihnen war es wohl auch nicht besser ergangen. Schweigend tranken wir etwas warmes Wasser und assen den gekochten Körnerbrei.

«Miriam, ich begleite dich zu Koros. Apollonia, im Stall steht eine

Schaufel. Hole sie und komm dann auch. Wir müssen Helga noch begraben.»

Als wir das Haus betraten, hörte man nur das Schnarchen von Koros.

«Gut, er schläft noch. Geh hinaus und hebe mit Apollonia hinter dem Haus ein Grab aus. Ich schaue zu Koros.»

Seine Stirne war mit Schweissperlen übersäht.

Draussen hörte ich Stimmen. Dreibein war schon wieder da. Ich hörte, wie er die Frauen nochmals befragte, was letzte Nacht abgelaufen war. Dann kam er brummend hinein.

«Dumme Sache! Koros war schon immer etwas jähzornig. Betrunken ist er besonders gefährlich. Helga muss ihn gereizt haben. Sonst wäre er nicht so ausgerastet! Wie geht es ihm?»

«Nicht so gut. Sein Fieber ist gestiegen.»

«Kann man was tun?»

«Nein, man muss abwarten.»

Ich war selbst überrascht, dass ich dies sagte, denn ich wusste genau, dass das Fieber von der Wunde am Arm stammte. Der Eiter begann seinen Arm zu entzünden. Eigentlich hätte man die Wunde mit Alkohol reinigen müssen. Ich spürte, wie der Zorn auf Koros wieder in mir hochkam. Wieso sollte ich ihm helfen? Er hatte Helga erschlagen. Er war ein schlechter Mensch. Ich wollte ihn leiden lassen. Es gefiel mir, ihn leiden zu lassen. Er würde den Arm verlieren, den Arm, mit dem er Helga erschlagen hatte. Was für Gedanken. Ich erschrak selbst über mich. Solche Gefühle waren mir neu.

«Was macht ihr hier? Wo ist Helga?», fragte Koros, der erwacht war.

«Verdammter Schmerz! Ich kann kaum meinen Arm bewegen.»

«Kannst du dich an etwas von gestern Nacht erinnern?», fragte ihn Dreibein.

«Nicht richtig, nur verschwommen. Ich muss wohl sehr viel getrunken haben. Haha! Wieso?»

Ich schaute betreten zu Boden. Auch Dreibein wollte nicht antworten.

Er hatte wohl Angst, als Überbringer der schlechten Nachricht, dafür leiden zu müssen. Schliesslich überwand er sich und sagte zu Koros: «Komm nach draussen.»

Koros hielt seinen schmerzenden Arm mit der anderen Hand und trat hinaus.

«Helga, wieso ist sie tot? Wer war das?»

Niemand antwortete. Er fragte nochmals. Diesmal energischer: «Wer war das?»

«Du erinnerst dich wirklich an nichts?», erkundigte sich Dreibein.

«Verdammt, nein!» Er wurde unsicher.

«War ich das?»

Alle schwiegen.

«Miriam du warst doch hier! War ich das?»

Sie versteckte sich hinter mir und sagte leise:

«Ja!»

Koros stand wie versteinert da. Es war nicht zu erkennen, ob er sich nun erinnerte oder nicht. Aber er fasste einen Entschluss: «Verscharrt sie! Und Stillschweigen über das Geschehene. Zu niemandem ein Wort. Sonst landet derjenige neben ihr. Sie ist einfach verschwunden! Fertig!»

Dann ging er wieder hinein. Er holte eine weiter Schnapsflasche und trank ein Viertel daraus.

«Jetzt ist es schon besser. Es ist kalt hier drin, feuert ein! Ich lege mich wieder hin.»

Er zog die Decke über sich und drehte sich zur Wand.

Ich ging hinters Haus. Die Grube war ausgehoben. Zusammen zogen wir Helga dahin. Dreibein beobachte alles mit kontrollierenden Blicken.

«Werft sie hinein», befahl er, «und schaufelt das Loch zu. Keine Steinhaufen! Flach muss es sein! Dann werft Laub darüber. Nichts soll darauf hindeuten, dass sie hier vergraben ist. Ihr habt Koros gehört!»

Nach getaner Arbeit ging Miriam ins Haus, während Apollonia und ich zu uns zurückkehrten.

Es kam, wie es Koros geplant hatte. Niemand wagte offen, nach dem Verbleib von Helga zu fragen. Dieses Problem hatte er gelöst, aber dafür ging es ihm körperlich von Tag zu Tag schlechter. Die Entzündung breitete sich weiter aus, weil ich die Wunde nur schlecht reinigte. So verging eine Woche und Koros Schmerzen wurden immer unerträglicher. Jetzt war der Augenblick gekommen, ihn für den Tod von Helga bezahlen zu lassen. Beim nächsten Besuch nahm ich Valerian mit. Koros war verwundert.

«Valerian, was machst du hier?»

«Du weisst es Koros. Für deinen Arm gibt es nur noch eine Lösung.»

«Nein, ich lasse nicht zu, dass du mir den Arm abhackst!»

«Du weisst selbst was passiert, wenn du dies nicht zulässt! Du kannst daran sterben.»

«Nein, ich brauche meinen Arm!»

Alles Zureden von Valerian half nichts. Er musste unverrichteter Dinge wieder gehen.

Als ich am nächsten Tag wieder zu ihm ging, sah ich einen rot-bläulichen Strich an seinem Arm. Und noch einen Tag später reichte er schon bis zur Schulter. Die Schmerzgrenze von Koros war wohl erreicht, da er kleinlaut sagte:

«Dismas, lass Valerian kommen. Es muss wohl sein.»

Sofort rannte ich ins Dorf und holte ihn. Valerian schaute sich den Arm an und dann mich. Er deutete auf den rötlich-blauen Strich und schüttelte leicht den Kopf, ohne dass es Koros mitbekam.

«Ich muss noch mein Schwert schärfen. Dismas, komm hilf mir.»

Wir gingen hinaus.

«Hast du diesen Strich auf dem Arm bemerkt?»

«Ja, was bedeutet er?»

«Nichts Gutes. Noch keiner, der solch einen Strich hatte, überlebte die Amputation. Es scheint, als sei dies das Zeichen des Todes!»

«Und wenn du den Arm nicht abschlägst?»

«Alle die diesen Strich hatten sind gestorben. Mit oder ohne, abgeschnittenem Arm. Es ist, als frässe sich etwas in ihren Körper. Sie bekommen Schüttelfrost, Fieber und Wahnvorstellungen. Manche haben einen furchtbaren Todeskampf. Dann sterben sie.»

Ich bekam Angst. Ich wollte, dass er seinen Arm verliert. Das war gerecht! Aber sterben. Nein!

«Du musst Dreibein sagen, dass du den Strich gesehen hast und dass ihn bisher niemand überlebt hat. Auch, dass Koros sich geweigert hat, den Arm abnehmen zu lassen. Wenn du ihn jetzt abschlägst und er stirbt, schieben die Anderen die Schuld vielleicht uns zu. Lass es bleiben. So ist er selbst schuld und nicht wir.»

«Du hast recht! Ich werde mit Dreibein und den anderen reden. Aber zuerst muss ich Koros davon überzeugen, dass ich es nicht machen kann.»

Er nahm sein Schwert und schlug damit gegen einen Stein. Sofort entstand eine tiefe Kerbe.

«So, jetzt ist das Schwert unbrauchbar für diese Arbeit.»

Wir gingen wieder hinein und Valerian log ihn an, er habe das Schwert fallen gelassen, sodass es unbrauchbar sei. Vor morgen könne er die Scharte nicht reparieren. Koros murrt, gab sich aber damit zufrieden. Als Valerian gegangen war, fühlte ich Koros Stirn. Sie war glühend heiss. Er stöhnte über Schmerzen am ganzen Körper. Dann viel er in einen fiebrigen Schlaf. Immer wieder schlug er mit dem gesunden Arm um sich, fluchte und redete, wirres Zeug:

«Geht weg von mir! Geht weg von mir! Kommt mir nicht zu nahe!»

Miriam, die im Haus in der Küche arbeitete, schaute erschrocken zu mir.

«Ist er wach?»

«Nein, vielleicht plagen ihn die vielen Toten, die er auf seinem Gewissen hat oder er wird verrückt.»

«Und wenn er auf uns losgeht?»

«Geh zu Apollonia. Ich brauche dich jetzt nicht. Dann bist du in

Sicherheit.»

Koros Fieber war noch mehr gestiegen. Er war nass geschwitzt, und seine Augen bekamen einen immer irreren Ausdruck. Da ich gesehen hatte, was er in seinem Zorn anrichten konnte, beschloss ich seinen Tod zu beschleunigen. Als Miriam gegangen war, trat ich vors Haus und schaute, ob Dreibein in der Nähe war. Als ich nichts bemerkte, schlich ich zu meinem Haus, holte einige Beeren des versteckten Tollkirschenstrauches und ging wieder zu Koros. Dort presste ich die Beeren vorsichtig aus und mischte den Saft in etwas Wasser.

Koros war jetzt etwas ruhiger. Ich ging zu ihm und rüttelte ihn. Er erwachte, war aber benommen.

«Mir ist so kalt und ich habe Durst.»

Ich nahm den Holzbecher mit dem Saft.

«Trink! Du wirst bald nichts mehr spüren.»

Er trank ihn in einem Zug leer. Dann legte er sich wieder hin.

Ich spülte den Becher sorgfältig aus und beobachtete den schlafenden Koros. Er wurde wieder unruhig. Da klopfte es an der Türe. Draussen waren Valerian und mit ihm alle Anführer: Dreibein, Nobilor und Silas.

«Wie geht es Koros?», fragte Dreibein.

«Ich denke nicht gut. Seht selbst!»

Im gleichen Augenblick drang ein schauriges Geschrei aus seiner Kammer:

«Weg von mir ihr Verfluchten! Ihr seid tot!»

Mit einem Ruck stand er auf und taumelte aus seiner Kammer. Er war schrecklich anzusehen. Seine Augen waren blutunterlaufen, die Pupillen weit geöffnet und sein Körper zitterte. Er packte den eisernen Feuerhaken, mit dem er Helga erschlagen hatte, und schlug wild um sich, als wolle er jemanden abwehren. Er steigerte sich in einen richtigen Tobsuchtsanfall. Die Anführer flohen zur Türe hinaus, Dreibein und ich versteckten uns hinter der Feuerstelle.

«Kein Wunder ist Helga tot, wenn er so toben kann!», flüsterte Dreibein.

194

Lange dauerte der Tobsuchtsanfall nicht. Plötzlich griff er sich an den Hals, als bekäme er keine Luft mehr. Dann sackte er zusammen. Er zuckte noch ein paar Mal. Dann lag er regungslos da.

Stille erfüllte den Raum.

Die Anführer kamen wieder hinein und rüttelten an Koros.

«Da gibt es nichts mehr zu rütteln», sagte ich, «er ist tot!»

«Hades, der Gott der Unterwelt, hat ihn geholt», meinte Silas der Korinther.

«Er muss weg», meinte Nobilor, «wer weiss, was er hatte. Es könnte ansteckend sein. Wir sollten ihn verbrennen.»

Alle waren damit einverstanden.

«Dismas, hole die Frauen und mach einen Scheiterhaufen. Dann verbrennt ihn!», befahl Dreibein.

«Wir brauchen einen neuen Anführer», sagte Valerian.

«Wir machen das wie beim letzten Mal», schlug Dreibein vor. «Zuerst sagen wir den anderen, das Koros heute an seinen Verletzungen aus dem letzten Kampf gestorben ist. Dann treffen wir uns morgen und wählen unseren neuen Anführer.»

Alle stimmten zu. Dann verliessen sie das Haus und ich blieb mit Koros zurück. Ich war erleichtert, dass er nun tot war. Aber da war auch das schlechte Gewissen, dass mich plagte, da ich genau wusste, dass ich mit Schuld war an seinem Tod. Doch das wusste ja nur ich. Auch vom Gift hatte niemand etwas mitbekommen. Zum Glück hatte es gewirkt, bevor er jemanden in seinem Wahn, verletzen konnte.

Es hatte auch etwas Positives. Vielleicht bot sich jetzt die Chance, von dieser Insel fliehen zu können.

Ich tat was mir aufgetragen wurde und verbrannte Koros.

Am nächsten Tag wurde Silas zum neuen Anführer gewählt. Es stellte sich schon bald heraus, dass auch er ohne Bedenken töten und rauben konnte. Zudem war vor ihm keine Frau sicher. Auch Apollonia stellte er nach. Doch ich schützte sie. Alle dachten, wir hätten etwas miteinander. Aber ich wollte und konnte nicht. Sie erinnerte mich zu fest an Aurelia. Aurelia – Wie es ihr wohl ging? Dachte sie noch an mich oder hatte sie inzwischen einen anderen gefunden?

So lebten Apollonia und ich zusammen wie Bruder und Schwester.

Die Zeit verging. Fünf Jahre war nun Silas schon unser Anführer. Er war sehr aufmerksam, sodass sich keine Gelegenheit ergab zu fliehen. Ich musste auf die Enterfahrten mit, obwohl ich dies verabscheute. Es gab jedes Mal Verletzte und manchmal auch Tote. Meine Aufgabe war es, die Verletzten zu versorgen. Wenn ich aber angegriffen wurde, musste auch ich mich verteidigen. Ich hatte Glück und kam immer mit kleinen Verletzungen davon.

Auch dieses Mal wurde ich von einem jungen Römer angegriffen, obwohl ich mich nur um die Verletzten kümmerte. Er rannte mit erhobenem Schwert auf mich zu. Ich sah, dass er keine Ahnung vom Schwertkampf hatte. So versetzte ich ihm mit meinem Schwert einen leichten Hieb an seinem schwertführenden Arm, sodass er sofort sein Schwert fallen liess. Mit der anderen Hand fasste er sich unwillkürlich an den verletzten Arm. Er kauerte sich zusammen.

«Bleib so», flüsterte ich ihm zu. «Willst du leben?»

«Ja sicher!», antwortete er mir verängstigt.

«Dann lass dich fallen und verhalte dich still, wie wenn du tot wärest!»

Er tat es. Im Kampfgetümmel fielen wir beide nicht auf.

«Wieso tust du das?», flüsterte der junge Römer.

«Du hast ein Medaillon um den Hals. Ist es ein Bild deiner Frau?»

«Ja!»

«Darum! Ich will nicht, dass eine junge Frau vergeblich auf die Rückkehr ihres Geliebten warten muss!»

«Also bleib hier liegen und stell dich tot! Wenn wir weg sind, versuche dich zu retten.»

Ein leichtes Nicken mit seinem Kopf zeigte mir, dass er mich verstanden hatte.

In der Zwischenzeit hatte sich das Kampfgeschehen auf die Brücke des Schiffes verlagert. Die letzten Verteidiger gaben auf. Dann war alles vorüber.

Wir hatten nur wenige, leichte Verletzungen. Schnell waren die wertvollen Güter auf unser Schiff verladen. Silas legte ein Feuer auf dem Deck, und wir verliessen das dem Untergang geweihte Schiff.

Dass der junge römische Kaufmann überlebt hatte, merkte keiner der Männer.

Nur Silas sagte nach einer Weile: «Mein Feuer war wohl nicht stark genug. Das Schiff hätte sinken sollen. Aber jetzt ist es schon zu weit weg, um umzukehren. Ich sehe das Schiff, am Horizont, aber es brennt nicht.»

Das freute mich, denn so hatte der Römer grössere Chancen zu überleben.

Wieder einmal kehrten wir nach einer Enterfahrt, müde und erschöpft, zu unserer Insel zurück. Apollonia wartete, zusammen mit den anderen Frauen am Strand auf uns. Diesmal kehrten wenigstens alle Männer zurück. Einige leicht verletzt, aber lebend.

Apollonia sprang mir entgegen:

«Wie geht es dir? Bist du verletzt?»

«Nein, nur ein paar kleine Kratzer.»

Von der Rettung des jungen Römers erzählte ich ihr nichts.

In den letzten Jahren waren wir zu einem gut eingespielten Team geworden. Sie sorgte sich um den Haushalt, den Garten und die Tiere und ich besorgte Holz, Lebensmittel und besserte das Haus aus. Vor allem aber schützte ich sie vor Silas, der ins nahegelegene Haus des Koros eingezogen war.

«Hast du es schon gehört? Romero, der Fischer ist verunglückt», berichtete mir Apollonia.

«Nein», antwortete ich. «Davon habe ich noch nichts gehört»

«Du hast ihm in den letzten Jahren doch viel geholfen beim Fischen. Er ist gestern, bei den hohen Wellen aus seinem Boot gefallen. Alia, die Frau vom Wirt, wollte Fische holen und hat vom Ufer aus gesehen, wie er sich im Netz verfangen hat und ertrunken ist.»

Offenbar meinte es das Schicksal zur Abwechslung mal gut mit mir. Das war die Chance von den Enterfahrten wegzukommen und etwas unbeobachteter zu sein!

«Schade um ihn. Aber es musste so kommen. Er hat viel zu viel getrunken», erklärte ich Apollonia. «Er war schon früher einige Male rausgefallen, aber es war immer jemand mit dabei, der ihn wieder herausgezogen hatte. Wegen der Enterfahrt war er diesmal alleine. Ich werde zu Silas gehen. Da ich der beste Fischer nach Romero bin, wird ihm wohl nichts anderes übrigbleiben, als die Fischerei in meine Hände zu geben. Zudem habe ich dem jungen Kato vieles über die Wundheilung beigebracht. Er kann mich gut ersetzen auf den Enterfahrten. Aber wir müssten ins Haus am Strand ziehen, da alle Netze und Geräte dort sind und es jetzt leer steht. Romero hauste dort alleine.»

«Ich kenne das Haus am Meer. Hinter den Felsen hat es auch einen kleinen Garten und ein Wasserbecken. Ich würde gerne dahinziehen», versicherte mir Apollonia.

Silas willigte schnell ein, weil er sich dadurch ausrechnete, dass Apollonia öfters alleine war.

Schon nach kurzer Zeit hatte sie die verdreckte Junggesellenhütte in eine saubere, behagliche Unterkunft verwandelt. Für die Hühner hatte sie den heruntergekommenen Stall wieder hergerichtet. Auch den versteckten Gold- und Edelsteinschatz, aus meiner Kammer, hatte ich unbemerkt ins neue Haus gezügelt.

Seit ich die Fische für die Inselbewohner fing, kam Silas viel vorbei. Apollonia verstand es aber geschickt, ihn hinzuhalten, ohne dass er sein Ziel erreichte. Ich war immer noch beschäftigt, die Flucht zu planen. Da ich nun alleine mit dem kleinen Fischerboot hinausfahren konnte, erkundete ich die Insel. Ich fuhr um sie herum und suchte das zweite

Schiff. Ich wusste, dass es irgendwo versteckt sein musste. Wenn Silas viel getrunken hatte, sprach er manchmal davon. Als Silas einige Wochen später wieder auf Enterfahrt war, hatte ich endlich die Gelegenheit, auch die zerklüftete Südspitze der Insel abzusuchen. Früh am Morgen brach ich mit meinem kleinen Ruderboot auf. Als die Sonne über dem Meer emporstieg, hatte ich bereits die ersten gefährlichen Klippen erreicht. Für mein Ruderboot stellten sie keine besondere Gefahr dar. Mit etwas Vorsicht konnte ich gut dazwischen durchsteuern. Ein grosses Schiff aber musste gut aufpassen, dass es sich nicht den Rumpf aufriss. Ich überlegte, wo ich ein Schiff verstecken würde. Am Steilhang des Vulkans hatte es einige kleine Buchten. Von hier aus konnte ich nicht hineinsehen, also ruderte ich auf sie zu. Da viel mir eine besonders schmale Bucht auf, die von einem Felsvorsprung geschützt und tief genug war, dass ein Schiff nicht auflief. Grosse Sträucher und kleinere Bäume verhinderten den Einblick. Ich ruderte um den Felsvorsprung herum in die schmale Bucht hinein. Und da sah ich es! Gut getarnt, mit Tüchern und Ästen, lag da die Phönix, unser Schiff, dass Koros versteckt hatte. Mit vier Mann liesse sich das Schiff im Notfall steuern. Ich ging an Bord und schaute mir alles an. Es war in gutem Zustand. Mit diesem Schiff könnte eine Flucht gelingen. Der gefährlichste Teil aber war, die richtigen Männer für den Plan zu gewinnen, ohne dass Silas etwas davon mitbekam.

Gutgelaunt ruderte ich zu den Fischgründen zurück. Eilig zog ich die Netze ein, nahm die Fische heraus und ruderte zum Strand.

«Hast du einen guten Fang gemacht?», rief mir Apollonia zu.

«Ja, einen sehr guten.»

Apollonia schaute zuerst ins Boot und dann mich fragend an:

«Aber du hast doch auch schon mehr gefangen?»

«Das meinte ich auch nicht! Komm wir gehen ins Haus, dann erzähle ich dir alles. Man weiss nie, wer zuhört.»

Im Haus angekommen, platzte Apollonia fast vor Neugier.

«Erzähl! Wieso bist du so guter Laune?»

«Ich habe endlich das zweite Boot gefunden! Es lässt sich mit vier Mann steuern.»

Apollonias Augen begannen zu leuchten.

«Endlich! Nach so vielen Jahren ist unsere Gelegenheit gekommen. Aber vier vertrauenswürdige Männer zu finden, das wird schwierig!»

«Nun, lass das meine Sorge sein. Ich habe da schon einen Plan.»

Der Plan

In den nächsten Wochen ging ich vermehrt ins Dorf und in die Kneipe. So bekam ich mit, wer unzufrieden war. Ich hatte schon einige im Visier. Da war Jaros. Er war mir immer noch dankbar, dass ich Koros daran gehindert hatte, den ganzen Finger abzuschneiden. Auch auf Pablo konnte ich mich verlassen. Ich hatte seinen Sohn Moro vor dem Ertrinken gerettet. Der ist jetzt dreizehn Jahre alt und von der Kraft her fast ein vollwertiger Mann. Und der wehmütige Dimitros. Er sehnte sich nach seiner Heimat, der Insel Zypern.

Damit ich alle noch besser kennenlernte, verbrachte ich mehr Zeit mit ihnen. Jaros hatte, als ich auf die Insel kam eine erbeutete Frau, welche ihm den Haushalt machte. Aber vor drei Jahren war sie bei einer schweren Geburt gestorben. Auch das Kind hatte es nicht überlebt. So war er allein und verbittert. An allem seinem Unglück gab er Koros Schuld und dieser, wie er sie nannte, verfluchten Insel! Er wollte unbedingt weg von dieser Insel und machte mir gegenüber auch keinen Hehl daraus.

Auch Pablo war ohne Frau. Diese war an einer Lungenentzündung gestorben. Aber er hatte ja noch seinen Sohn Moro. Dem wollte er ein besseres Leben bieten. Nach einigen Gläsern Rum erzählte er mir oft, was er alles mit ihm tun würde, wenn er eines Tages genug Schätze zusammen habe und frei sein werde. Er vergass nur, dass Seeräuber nie frei sein werden und nicht einfach die Insel verlassen können.

Dimitrios war der Schwierigste zum Einschätzen, aber auch der

Wertvollste, da er Steuermann war und ein erfahrener Seemann. Ohne ihn würden wir kaum das grosse Schiff steuern können. Er hatte eine Frau, war aber auf sie nicht gut zu sprechen, da sie mit Silas ein Verhältnis hatte. Wenn er davon sprach, sah man den Hass in seinen Augen. Seinen Kummer ertränkte er regelmässig im Wirtshaus. Wenn er dann betrunken war, schwärmte er von seiner goldenen Insel Zypern, welche doch so ganz anders als dieser hässliche Felsbrocken sei. Er würde alles sofort eintauschen, wenn er nur wieder dort sein könnte.

Ich stärkte alle geschickt in ihren Träumen und wartete auf eine gute Gelegenheit. Diese kam schneller als gedacht.

Die Sommerhitze setzte Silas zu, sodass er es vorzog, lieber mit dem Schiff auf Beutefahrt zu gehen, als auf der Insel die Hitze zu ertragen. So befahl er in drei Tagen, bei Leermond, eine Enterfahrt zu unternehmen. Jetzt waren meine Künste gefragt, damit Jaros, Pablo und Dimitrios nicht fahrtüchtig sein würden. Nun begann der schwierigste Teil. Ich musste Jaros und Pablo in mein Vorhaben einweihen. Für Dimitrios hatte ich einen speziellen Plan vorgesehen.

Da ich beide schon gut kannte und sie treue Fischkunden von mir waren, dachten sie sich nichts Besonderes dabei, als ich sie für den Abend in mein Haus einlud.

Apollonia war mit dem Braten der Fische beschäftigt, als es an der Türe klopfte. Ich ging hin und öffnete.

«Kommt rein, meine Freunde! Heute gibt es etwas zu feiern.»

«Was denn?», fragte Pablo neugierig.

«Hab Geduld! Du wirst es bald erfahren.»

Apollonia war eine gute Gastgeberin und hatte im Nu ein Essen hingezaubert.

Als alle satt waren und schon einige Gläser Wein getrunken hatten, begann ich vorsichtig die Lage abzutasten.

«Ein gutes Essen vor der nächsten Enterfahrt kann man immer gebrauchen. Ist das nicht so Jaros?»

«Vielleicht ist es auch meine Henkersmalzeit.»

«Sei nicht so pessimistisch», tadelte ihn Pablo, «bisher bist du immer ohne grosse Verletzungen davongekommen. Und das andere hat Dismas geheilt.»

«Ja schon. Aber wie lange hält das Glück wohl noch an? Letztes Mal wurde Ramon getötet und davor gleich drei andere.»

«Ja, da waren die glücklicher, welche zu krank waren, um mitfahren zu können», streute ich ein.

«Noch glücklicher sind die, welche gar nicht auf dieser verfluchten Insel sind», sagte Jaros etwas gereizt.

«Ja, da hast du recht! Für mich und Moro wäre das auch besser. Was kann ihm diese Insel bieten?»

«Nicht viel», sagte ich beiläufig, «aber wenn man wegwollte, braucht es ein gutes Schiff und auch ein paar Männer, welche es steuern können!» Jetzt hatte ich den Köder ausgelegt. Ich war gespannt, ob sie zubeissen würden.

«Wenn sich die Gelegenheit ergibt, müsste ich nicht lange überlegen», meinte Jaros. «Je schneller ich von dieser Unglücksinsel herunterkomme, desto besser!»

«Ja, aber man müsste sehr vorsichtig sein. Wenn Silas etwas davon erfahren würde, wären alle einen Kopf kürzer.»

«Ich würde das Risiko eingehen», bemerkte Jaros gelassen.

«Lasst mich ein Gedankenspiel unter Freunden machen. Nehmen wir einmal an, wir hätten ein mittelgrosses Schiff. Könnte man dieses mit vier Mann steuern?»

«Es wäre nicht einfach, besonders das Segelhissen. Aber wenn alle kräftig wären und das Meer nicht zu rau, sollte es gehen», meinte Pablo.

«Aber nur, wenn man einen erfahrenen Steuermann hat!», wendete Jaros ein.

«Wenn er das Schiff falsch in den Wind legt, könnte es gefährlich werden mit so wenigen Männern.»

Nun war der Zeitpunkt gekommen, alles auf eine Karte zu setzen. Ich schaute Apollonia an und sie nickte zustimmend.

«Was würdet ihr sagen, wenn ich ein Schiff hätte und einen Plan, wie wir von dieser Insel wegkommen könnten?»

«Du hast zu viel Wein getrunken Dismas! Zum Glück kann dich Silas nicht hören. Jaros und ich können schweigen. Es wäre ein Jammer einen so guten Fischer und Heiler zu verlieren.»

«Dismas, du bist ein schlauer Fuchs! Du bist nicht betrunken! Und ich weiss noch, wie du Koros beeinflusst hast, damit ich nicht den ganzen Finger verliere. Pablo, wenn Dismas so etwas sagt, dann ist an der Sache etwas dran. Sag es uns Dismas!»

«Ja, Jaros hat recht! Ich habe eine Möglichkeit gefunden, wie wir hier wegkommen. Aber es muss schnell gehen und wir brauchen einen guten Steuermann. Seid ihr dabei, wenn wir noch diese Woche die Flucht antreten?»

Beide nickten.

«Schwört ihr mir bei eurem Leben, dass ihr schweigen werdet?»

«Ja!», rief Jaros begeistert.

«Auch ich schweige! Aber ich komme nur mit, wenn wir Moro auch mitnehmen.»

«Natürlich, Pablo. Moro ist sogar wichtig, damit wir genügend Besatzung haben.»

«Aber wir haben weder ein Schiff noch einen Steuermann.»

«Das habe ich alles bedacht! Ein Schiff habe ich und...»

«Du hast ein Schiff?», brach es überrascht aus Jaros hervor. «Wo und wie gross?»

«Nur Geduld, ihr werdet alles zur rechten Zeit erfahren. Zuerst muss ich mich aber um euch kümmern, damit ihr übermorgen nicht fahrtüchtig ausseht. Sonst müsst ihr auf Enterfahrt.»

«Ich habe ein Mittel, das Brechreiz auslöst. Es muss echt aussehen. Ihr müsst bleich sein und wirklich erbrechen. Es ist etwas unangenehm, aber ihr werdet euch sehr schnell erholen.»

«Wenn es sein muss», murrte Jaros.

«Aber der Steuermann?»

«Dimitrios!»

«Das geht nicht! Er ist nicht zuverlässig genug! Er könnte unseren Plan verraten!»

«Nur, wenn er davon weiss. Er wird es erst mitbekommen, wenn wir auf dem Schiff sind und Silas weit weg.»

«Aber er wird nie dein Mittel schlucken.»

«Muss er auch nicht. Er schluckt aber anderes gerne.»

«Du meinst, weil er sich manchmal bis zur Bewusstlosigkeit betrinkt.»

«Ja genau. Ich werde ihn am Abend davor dazu bringen, viel zu viel zu trinken.»

«Aber danach ist er tagelang nicht zu gebrauchen.»

«Auch dagegen gibt es ein Mittel. Es ist die graubraune Kaffabohne. Ein Sud davon getrunken und du bist sofort wieder bei Sinnen.»

«Dann müssen wir ihn betrunken auf das Boot bringen und du machst ihn wieder wach.»

«Ja!»

«Aber wird er denn mitmachen?»

«Ich denke schon. Zudem hat er eine Wut auf Silas, da dieser seiner erbeuteten Frau nachsteigt. Nun will er von der nichts mehr wissen. Also, was hält ihn noch hier?»

«Ja das stimmt! Wenn er betrunken ist, lallt er immer etwas von einer goldenen Insel mit Namen Zypern, auf die es ihn hinzieht.»

«Und das Schiff?»

«Lasst das meine Sache sein. Wenn ihr mir vertraut, wird alles zur rechten Zeit da sein.»

So schlossen wir einen Pakt und besiegelten ihn mit einem Becher Rum. Die Nacht war schon hereingebrochen, als Jaros und Pablo gingen. Ich schloss die Tür hinter ihnen und blickte auf Apollonia.

«Was meinst du? Sind sie überzeugt?»

«Ja! Hast du das Glänzen in den Augen von Pablo gesehen und das Lachen in Jaros Gesicht? Die wollen weg von hier und sie werden schweigen!»

Der nächste Tag war geprägt von Vorbereitungen. Da unser Haus nahe an der Küste und dazu etwas abseits lag, fiel es nicht auf, dass wir Vorräte und alles, was man für eine Flucht braucht, bereitstellten.

Am Abend vor der geplanten Enterfahrt kamen Pablo und Jaros zu mir, um das Brechmittel zu holen.

«Also macht es wie abgesprochen! Zuerst nehmt ihr etwas von dem ersten Pulver. Das wir euch fahl aussehen lassen. Etwa eine Stunde vor der Abfahrt schluckt ihr das Brechpulver. Wenn ihr das Essen vorher gut kaut, ist es einfacher danach! Denkt dran. Ich gehe jetzt ins Wirtshaus, um mich um Dimitrios zu kümmern. Wenn es dunkel geworden ist, könnt ihr das Wenige, das ihr mitnehmen wollt, Apollonia bringen. Sie wird es verstecken, bis wir es holen können.»

So gingen wir alle drei zurück ins Dorf. Sie in ihre Häuser und ich ins Wirtshaus. Dimitrios sass an einem hinteren Tisch und schaute weltabwesend auf seinen Becher voll Rum. Er hatte schon ordentlich gebechert.

«Träumst du von der Enterfahrt?», sprach ich ihn an.

«Nein!», brummte er. «Wer weiss, ob ich lebend zurückkomme! Lieber würde ich zu meiner goldenen Insel Zypern fahren. Sicher sind meine Verfolger längst gestorben oder weitergezogen.»

«Das könnte sein. Hast du den noch Verwandte dort?»

«Ich hatte eine Frau und zwei Kinder. Aber die Götter meinten es nicht gut mit mir. Beide wurden krank und starben. Die einflussreichen, alten Eltern meiner Frau gaben mir die Schuld, weil ich zu wenig den Göttern geopfert haben soll. Ich wurde aus dem Dorf gejagt und mir wurde gedroht, sie würden mich erschlagen, sollte ich wiederkommen. Meine Frau weinte, musste aber gehorchen. Alles wurde mir genommen.

Heute würde ich mich nicht mehr vertreiben lassen und alle mit dem Schwert erschlagen, die mir drohen.»

«Wie lange bist du schon fort?»

«Es ist der zehnte Sommer. Ihre Eltern waren schon alt und gebrechlich, als sie mich vertreiben liessen. Sicher leben sie nicht mehr und… vielleicht lebt meine Frau noch. Sie ist sicher besser als diese Untreue, die ich jetzt habe.»

Ich bestellte noch einen Krug Rum mit zwei Bechern. Ich trank nicht viel, aber füllte ihm immer wieder nach, bis der Krug leer war. Dimitrios war so betrunken, dass er beim Aufstehen den Kopf an einen Balken stiess und hinfiel. Er blutet aus einer Schramme am Kopf. Nichts Schlimmes, aber es sah schrecklich aus, wie das Blut über das Gesicht rann. Ich verlangte vom Wirt ein sauberes Tuch. In diesem Moment kam Silas herein.

«Dimitrios du dummer Säufer!», rief er, als er ihn so am Boden liegen sah. «Wie willst du morgenfrüh das Schiff steuern, wenn du so besoffen bist? Ich habe langsam genug von dir! Dismas wie geht es ihm? Kann er morgen das Schiff steuern?»

«Ich weiss nicht recht. Saufen ist er sich ja gewohnt, aber der Schlag an den Kopf und der Sturz verheissen nichts Gutes. Manche erholen sich nicht mehr davon und werden irre im Kopf. Ich müsste ihn pflegen und beobachten. Es wäre wohl besser, du würdest morgen dem zweiten Steuermann, Hernandez, dein Schiff anvertrauen. Ob du Dimitrios mitnehmen willst, musst du entscheiden. Wenn er aber im Kopf nicht klar ist, könnte das bei einem Kampf ein Nachteil sein.»

«Ich will ihn nicht dabeihaben! Nimm ihn zu dir und pflege ihn! Seiner Frau ist er in diesem Zustand auch nur eine Plage.»

Ich wusste genau, wieso er Dimitrios zu mir schickte, damit er freie Bahn bei seiner Frau hatte. Aber auch mir kam dieser Vorfall zu Hilfe. So hatte ich Dimitios unter meiner Kontrolle. Noch etwas Schnaps zu Hause und er würde schlafen, bis Silas fort war und ich das zweite Schiff hatte.

Zwei Männer luden Dimitrios auf einen Karren und brachten ihn zu meinem Haus.

Wir legten ihn im Stall auf ein Strohlager.

«Danke Männer, ihr könnt jetzt wieder zurück. Ich komme alleine mit ihm klar.»

Apollonia kam aus dem Haus und betrachtete Dimitrios.

«Was ist passiert?»

«Nichts Schlimmes. Er war so betrunken, dass er den Kopf angeschlagen hat und umgefallen ist. Es ist nur eine Platzwunde. Blutet stark, aber ist nicht gefährlich.»

«Wird er denn einsatzfähig sein?»

«Ich denke schon. Er wird einen Brummschädel haben, aber mein Trank wird ihn wachhalten.»

Am nächsten Morgen bei Sonnenaufgang wurde das Enterschiff beladen. Pablo und Jaros halfen mit. Jeder konnte sehen, dass sie ganz fahl im Gesicht waren.

«He ihr zwei! Was ist mit euch los? Ihr seht so krank aus? Zu viel getrunken?», wollte Dreibein wissen.

«Nein», sagte Pablo, «aber mir ist so komisch im Bauch, als ob tausend Teufel darin tanzen.»

«Und mir ist übel!», keuchte Jaros.

Sie verschwanden im grossen Lagerraum, wie wenn sie noch mehr Ladung holen würden. Hinter einem Stoffballen holten sie das Fläschchen mit der Brechflüssigkeit und tranken es.

«Was nimmt man für die Freiheit nicht alles auf sich», sagte Jaros.

Sie packten je eine Weinamphore und brachten sie zum Hafen. Gerade wollten sie diese in ein Ruderboot legen, da übergaben sie sich. Kalter Schweiss trat auf ihre Stirn. Sie sahen wirklich erbärmlich aus.

«Scheisse!», rief einer.

«Widerlich!», ein anderer.

Silas, der unweit von ihnen bei Dreifuss stand, drehte sich um.

«Sie sahen heute Morgen schon schlecht aus, wenn das nur nicht ansteckend ist», nörgelte Dreifuss.

«Gestern Dimitrios, heute Pablo und Jaros! Aber ich kann keine kotzenden Männer auf dem Schiff brauchen! Verdammt!», fluchte Silas.

«Pablo, Jaros, ihr geht sofort nach Hause! Ich kann euch so nicht auf dem Schiff gebrauchen.»

Wie zur Bestätigung wurden sie wieder von Krämpfen und Würgen ergriffen.

Sie nickten und schleppten sich weg.

«Was ist das nur für ein Mittel?», flüsterte Pablo Jaros zu.

«Wenn ich es nicht von Dismas bekommen hätte, würde ich behaupten, ich wurde vergiftet.»

Am Hafen wurden die letzten Ruderboote mit Proviant und Waffen beladen.

Ich war auch am Hafen, um zu sehen, ob alles nach Plan lief. Bis am Mittag würde alles bereit sein und Silas mit den Männern die Insel verlassen. Zurückbleiben würden nur noch die zehn Wachen, welche aber ihren Dienst recht nachlässig ausüben würden, wie jedes Mal. Da ich die Insel gut kannte, wusste ich, wo man ungesehen das versteckte Schiff hinsegeln konnte. Es gab auch eine nahe Bucht, von wo aus wir nur einen kurzen Weg zu unserem Haus hatten.

Der Nachmittag war schon angebrochen, als Silas endlich die Anker lichtete. Zuvor hatte er aber noch bei Pablo und Jaros vorbeigeschaut, um sich zu überzeugen, dass sie sich nicht vor der Fahrt drückten. Er machte aber schnell wieder kehrt, als er das Erbrochene roch. Nun, da er fort war ging ich vorbei.

«Dismas, mir ist so schlecht. Willst du uns töten?», rief der geschwächte Jaros.

«Nein, darum komme ich ja. Aber das Mittel war notwendig. Ihr habt ja gesehen, dass Silas sehr misstrauisch ist. Selbst jetzt müsst ihr auf die

Wachen aufpassen. Ich gebe euch ein Stärkungsmittel. Danach sollte es euch schnell besser gehen. Aber wartet bis die Dämmerung einsetzt, dann kommt zu meinem Haus. Wir werden die mondlose Nacht nutzen. Die Sterne werden genügend Licht für unser Vorhaben geben.»

Die Sterne strahlten vom wolkenlosen Nachthimmel. Pablo, Jaros und ich stiegen in mein Fischerboot. Für die Wache musste es aussehen, als begleiteten sie mich auf die nächtliche Fahrt zum Fischen.

«Dein Mittel hat gut gewirkt. Ich fühle mich schon wieder recht kräftig», meinte Pablo. Jaros stimmte ihm zu.

«Ja, den Trick habe ich von einem weisen, alten Mann in Ägypten gelernt. Aber das ist lange her. Jetzt aber müssen wir hellwach sein, damit wir nicht auf die Felsen auflaufen, welche sich hier überall befinden. Jaros du weisst, wie das geht! Du hast es auch schon beim grossen Schiff gemacht. Liege ganz flach und halte die Lampe vorne an den Bug. Ich werde rudern. Immer wenn du einen Felsen siehst, sage es sofort, damit ich reagieren kann.»

Ich kannte die Stelle eigentlich recht gut, aber im schwachen Licht der Sterne konnte man sich schnell irren. So brauchten wir über eine Stunde, bis wir an der schmalen Bucht waren, an der die Phönix lag.

«Ich glaube nicht, dass man hier ein Schiff verstecken kann», meinte Jaros.

«Siehst du! Genau darum wurde es hier versteckt. Jetzt noch um diesen Felsvorsprung und dann wirst du es sehen!»

«Ich sehe nichts. Wo soll es sein?»

«Schau genauer hin. Es ist mit Ästen und Tüchern getarnt.»

Als wir nur noch einige Meter davon entfern waren, sahen beide plötzlich das Schiff.

«Oh, das ist aber ein grosses Schiff!», wunderte sich Pablo. «Ich hatte es mir kleiner vorgestellt.»

«Lasst uns an Bord gehen und die Tarnung abbauen!», befahl ich.

Wir brauchten recht lange, um alle Äste, ja halbe Bäume zu entfernen und die Tücher einzurollen. Dann war das Schiff bereit für seine Befreiungsfahrt. Aber ohne Dimitrios würde das nicht gehen. Als der Morgen dämmerte, waren wir wieder in meiner Fischerhütte. Am Tag etwas zu unternehmen, war zu gefährlich aufgrund der Wachen. Es war geplant, dass Silas erst in zwei Tagen wieder zurückkommt. So mussten wir in der kommenden Nacht die Fahrt starten, sonst wäre es zu spät.

«Also, heute Abend, zwei Stunden vor Dämmerung kommt ihr wieder, aber jeder alleine! Sonst fällt es auf! Pablo nimm deinen Sohn mit. Mir wäre es lieber gewesen in der Dämmerung das Schiff zu holen. Aber wir brauchen Licht, um die Felsen und Untiefen zu sehen!»

«Und Dimitrios?», warf Pablo ein.

«Der wird bis am Abend nüchtern sein.»

Sie nickten und schlossen die Türe hinter sich.

Am nächsten Tag schien die Zeit still zu stehen. Es wollte einfach nicht Abend werden. Aber das war wohl so, weil ich den Abend herbeisehnte. Dimitrios war inzwischen aus seinem Rausch erwacht, den Apollonia durch fleissiges Eingeben von Rum bis jetzt verlängert hatte. Sein Kopf schmerzte. Er wunderte sich, bei mir zu sein. Ich erzählte ihm, was in der Kneipe vorgefallen war und dass Silas ihn einen Säufer nannte. Ebenso erwähnte ich, dass Silas in der Nacht bei seiner Frau war. Er brauste auf, aber das Kopfweh liess ihn schnell ruhiger werden.

«Wenn ich nur von hier weggehen könnte. Selbst in Zypern könnte es nicht schlimmer sein.»

«Würdest du es wirklich wagen, von hier zu fliehen, wenn du ein Schiff hättest?»

«Sicher! Was hält mich den hier? Eine untreue Frau? Ein brutaler Anführer? Einmal habe ich mit Koros ein Schiff versteckt, aber ich weiss nicht wo, da er mir die Augen verbunden hatte. Er nahm mir die Binde nur ab, als ich das Schiff in eine enge Bucht steuern musste. Danach hat er mir die Augen wieder verbunden. So überlebte ich wenigstens. Die andern fünf Männer hat er alle umgebracht, um sein Geheimnis zu schützen.»

«Ich kenne den Ort, wo das Schiff liegt!»

«Wirklich?»

«Ja, ich habe ihn zufällig entdeckt. Also würdest du mit diesem Schiff eine Flucht unternehmen?»

«Sicher, aber wir brauchten ausser dir und mir noch drei Männer, um das Schiff fahren zu können. Ausserdem schmerzt mir der Kopf.

«Dagegen kann ich etwas tun. Trink dieses Gebräu. Es wird dir etwas die Schmerzen lindern und dich wachhalten.»

Ich reichte ihm den Sud aus den Kaffabohnen und tat noch etwas von der braunen Masse hinein, welche Schmerzen stillte.

«Ist das bitter?»

«Ja, aber es hilft.»

Da klopfte es an der Türe. Pablo kam mit Moro. Wenig später gesellte sich auch Jaros hinzu.

«Auch du Jaros?», wunderte sich Dimitrios.

«Jetzt sind wir alle. Wir müssen uns beeilen. Die Dämmerung beginnt.»

Mit meinem kleinen Fischerboot ruderten wir vier Männer samt Moro zügig zur schmalen Bucht. Diesmal sahen wir viel mehr, liefen aber Gefahr, von den Wachen auf der Höhe gesehen zu werden.

Dimitros erkannte die Stelle wieder, als wir kurz vor der schmalen Bucht waren.

«Seht ins Wasser! Hier ist ein Riff! Es kommt bis fünf Fuss an die Oberfläche. An dieser Stelle hätte ich fast das Schiff beim Verstecken versenkt.»

Wir schauten uns an. Keiner von uns hätte das bemerkt. Schon bald waren wir alle an Bord. Dimitrios gab klare Anweisungen und nichts deutete mehr darauf hin, dass er vor kurzem noch betrunken und benommen war.

Wir hatten gerade noch genügend Licht, als wir vorsichtig das Schiff in Bewegung setzten. Ich ruderte mit meinem Boot voraus, so wie es mir

Dimitrios gesagt hatte und achtete auf versteckte Untiefen. Alles lief glatt, wie wenn wir das schon dutzende Male gemacht hätten. Am Ende der Bucht warteten wir bis die Nacht vollständig hereingebrochen war. Jetzt waren wir für die Wachen nicht mehr zu sehen. Dimitrios steuerte das Schiff in die nahe Bucht, die bei meinem Haus lag und liess den Anker hinunter.

Mein Fischerboot brachte uns alle wieder an Land.

Apollonia wartete schon ungeduldig.

«Ist alles gut gegangen?», wollte sie wissen.

«Ja!», sagte ich. «Und hier, ist jemand gekommen?»

«Nein, es war ruhig. Nur die normalen Fischverkäufe.»

«Dann laden wir jetzt das Gepäck in mein Fischerboot und bringen es still hinüber.»

«Ich habe nichts dabei», murrte Dimitrios.

«Ja, an das habe ich nicht gedacht. Und wenn du jetzt zu deinem Haus gehst, sieht dich deine Frau. Du kannst ihr nicht vertrauen, seit sie mit Silas etwas hat.»

«Ja, aber ich gehe nicht ohne meine Beute. Sie ist nicht im Haus, sondern im angebauten Stall versteckt.»

«Das Risiko ist gross!»

«Ja, aber wovon soll ich sonst leben?»

Alle stimmten zu.

«Gut, aber zuerst wird alles verladen. Vor der letzten Fahrt, bevor wir ablegen, kannst du deine Beute holen. Wenn du zurückkommst, mache mit der Fackel kreisende Bewegungen. Dann wissen wir, du bist alleine. Hast du verstanden?»

«Ja!»

Es war etwa gegen Mitternacht, als alles bereit war. Apollonia, Jaros, Pablo und Moro waren schon auf dem Schiff und machten es auslauffertig. Ich ruderte zurück. Zuerst ging ich in mein Fischerhaus und holte meinen Schatz. Er war recht schwer und ein rechtes Vermögen. Damit würde ich überall ein gutes Leben führen können. Ich legte die kleine Truhe ins Fischerboot und wartete auf Dimitrios. Aus dem Dunkel der Nacht sah ich eine Fackel aufleuchten. Aber sie bewegte sich nicht im Kreis!

Ich stiess das Fischerboot vom Strand ab. Es war schon knietief im Wasser. Die Ruder hatte ich bereit, als ich Dimitrios rufen hörte:

«Weg Dismas, die Wachen sind nur wenig hinter mir!»

Ich begann zu rudern und sah, wie Dimitrios über den Strand ins Wasser lief. Hinter ihm dunkle Gestalten. Es entstand ein Getümmel. Ich hörte Schwerter klirren und dann Stille. Eine tödliche Stille. Ich kniff meine Augen zusammen und versuchte etwas zu erkennen. Da bemerkte ich, dass etwas auf mich zu schwamm.

«Ich bin es Dismas, ich bin am Arm verletzt!», hörte ich Dimitrios Stimme.

Ich faste seinen gesunden Arm und wollte ihn ins Boot ziehen. Da schrie er auf. Etwas hatte ihn gebissen. Er wurde nach unten gezogen. Seine Hand hielt immer noch den Bootsrand. Das Fischerboot begann zu schaukeln.

«Haie!», schoss es mir durch den Kopf. Ramos hatte mir einmal gesagt, dass sie von Blut angelockt werden.

Ich schlug einige Male mit dem Ruder auf die Wasseroberfläche und traf wohl das Tier. Da wurde das Boot durch einen heftigen Ruck erschüttert. Es schlug gegen einen Felsen. Ich viel hinaus und das Boot drehte sich. Alle meine Schätze samt meiner glückliche Zukunft verschwanden in der Tiefe des Meeres.

Ich schwamm zum Schiff, wo mir Jaros ein Seil zuwarf. Tropfnass berichtete ich den anderen was vorgefallen war.

«Wir müssen auch ohne Dimitios lossegeln. Hierbleiben ist der sichere Tod!», rief Pablo.

«Du hast recht!», sagte ich. «Lichten wir den Anker und segeln los.»

Jaros hisste mit den anderen das Segel. Langsam nahm das Schiff etwas

Fahrt auf.

Wir fuhren um die Buchtspitze, dort wo mein Fischerboot gekentert war. Unser Haus kam in Sichtweite. Es sah im Sternenlicht wie ein Palast aus. Apollonia betrachte es, als sie plötzlich rief: «Da ist etwas im Wasser!»

Ich schaute und erkannte eine Gestalt. Es war Dimitrios! Ich band ein Seil um meine Hüften, gab das Ende Jaros und sprang ins Wasser. Nach wenigen Zügen hatte ich ihn erreicht. Ich band ihn mit dem Seil fest und schwamm zum Schiff zurück.

«Zieht ihn heraus», rief ich und zog mich an der Bordwand empor.

Mit vereinten Kräften gelang es uns, den kräftigen Körper an Bord zu holen.

Er blutete aus einer Armwunde. Ein typische Schwertverletzung. Die andere Wunde war an seiner Wade. Hier hatte wohl der Hai zugebissen. Die Wunden der Reisszähne waren zu sehen. Dimitrios kam zu sich. Er spürte die Wunden nicht so stark. Das war wohl noch die Wirkung der schmerzstillenden braunen Masse.

Ich verband ihn, während er erzählte, was vorgefallen war.

«Diese verfluchten Hunde! Silas hatte einen zusätzlichen Wächter nur für mich dagelassen. Er hatte sich in der Nähe deines Fischerhauses versteckt und gesehen, wie wir hinausgefahren sind. Vom Feuerberg aus hatte er uns beobachtet und es den anderen gemeldet. Die Wächter versteckten sich vor meinem Haus, und als ich im Stall war, wollten sie mich knebeln! Doch ich konnte fliehen. Am Strand holten sie mich ein. Aber ich erschlug alle. Diese Wunde ist von Laoris, dem ich einmal bei einer Enterfahrt das Leben rettete. Nun ist auch er in der Unterwelt!»

«Du bist schwerer verletzt als du meinst», sagte ich. «Noch hilft dir mein Trank, aber bald werden die Schmerzen kommen.»

«Nun gut, dann bringen wir das Boot in Fahrt, bevor dies geschieht.»

Er liess noch mehr Segel setzen. Anschliessend schaute er in den Sternenhimmel und setzte dann den Kurs fest.

«Ja, Dismas, da oben gibt es Wegweiser! Wenn ich einmal Zeit habe, erkläre ich es dir.»

«Wohin segeln wir? «

«Ich habe Kurs aufs offene Meer gesetzt. Dort wird Silas nicht sein. Später wenden wir in Richtung Zypern, mein Zypern. Aber jetzt musst du mir helfen. Die Schmerzen kommen!»

Ich führte ihn unter Deck und er legte sich in der Kapitänskajüte aufs Bett. Er zog das Hemd aus, damit ich besser seinen Arm behandeln konnte. Darunter kam Überraschendes zum Vorschein. An seinem Körper hingen viele kleine Beutel. Alle zusammengehalten durch ein festes Band.

«Es hätte mich fast in die Tiefe des Meeres gezogen. Aber es hat mir auch das Leben gerettet. Sieh, dieser Beutel hier mit Goldstücken hat einen Schwertschlag abgewehrt. Er hätte sonst mein Herz getroffen.»

Er hatte seine Schätze retten können, meine hingegen befanden sich nun auf dem Meeresboden. Etwas Weniges hatte ich aber noch in meiner Tasche. Das würde für den Anfang reichen.

Ich holte meine Tasche und verband seinen Arm. Er hatte eine tiefe, lange Schnittwunde am Unterarm erlitten. Die Armsehne war wohl auch getroffen, denn er hatte Mühe, die Hand zu bewegen.

«Du musst den Arm schonen! Ich habe ihn gereinigt. Wenn du spürst, dass er warm wird, musst du es mir sagen, denn sonst geht es dir wie Koros.»

Ich gab ihm etwas Schnaps. Dann schlief er ein.

Auf Deck schaute ich zurück und sah die Insel langsam immer kleiner werden. Die Insel, auf der ich sechs lange Jahre gelebt hatte. Es zogen all die Raubfahrten an mir vorbei, die Verwundeten, die Getöteten und auch Koros. Alles lastete schwer auf meiner Seele. Doch nun konnte ich alles auf dieser Insel der Unglückseligen zurücklassen. Und es blieb auch dort. Ich hörte nie mehr etwas von dieser Insel oder von Silas.

Gegen Morgen kam Wind auf. Ich ging zu Dimitios und fand ihn ruhig schlafend. Vorsichtig weckte ich ihn.

«Wie geht es dir?»

«Es geht so. Ich habe Schmerzen im Arm, aber es ist auszuhalten. Wieso weckst du mich?»

«Es kommt Wind auf und wir wissen nicht, wohin wir segeln müssen.» Dimitrios setzte sich etwas benommen auf. Das Schiff schwanke. Es lag offenbar nicht gut im Wind.

«Stütz mich Dismas! Ich muss auf die Brücke.»

Oben angekommen drehte er am Steuerrad und legte das Schiff in den Wind. Wir hatten Mühe, die Segel so zu setzten, wie Dimitrios es wollte. Aber schliesslich gelang es uns doch noch.

«Jetzt haben wir Kurs auf Zypern. Dismas, roll ein Fass vor das Steuerrad, damit ich darauf sitzen kann. Zum lange Stehen, bin ich zu schwach.»

Moro und ich rollten eines herbei und schon bald thronte Dimitrios darauf wie auf einem Königssessel.

Auf Zypern

Am dritten Tag ging es Dimitrios schon um einiges besser. Der Arm- und die Wadenwunden heilten gut. Seine Laune wurde auch immer besser, weil er sich nahe der Heimat fühlte. Die Insel Kreta umfuhren wir in einem weiten Bogen.

«Bald müssten wir die ersten Schiffe meiner Heimat sehen und dann meine Insel. Davor hat es römische Wachschiffe», erklärte Dimitrios.

«Kommen wir an denen vorbei?», fragte ich ihn.

«Sicher, denn wenn kein Krieg ist, sind sie nicht so aufmerksam. Holt Fischernetze und tut so, als ob ihr sie flicken würdet. Du, Apollonia, gehst besser unter Deck, damit sie dich nicht sehen. Auf einem Fischerboot hat es keine Frauen.»

«Das weiss ich! Ich bin in Athen aufgewachsen und ich kenne euch aus

Zypern. Mein Vater Novatus hatte oft eure Gelehrten bei uns zu Gast.»

«Novatus, der Bruder Senecas des Jüngeren?»

«Ja!», fügte sie an.

«Wie hast du das nur all die Jahre verbergen können? Hätte Silas das gewusst, hätte er für dich ein hohes Lösegeld verlangt. Aber geh jetzt unter Deck!»

«Schiff voraus!», rief Moro vom Ausguck aus.

Dimitrios holte sein Fernrohr und schaute hinaus. «Es ist ein römisches Schiff, aber kein Kriegsschiff.»

Nach einer Viertelstunde waren wir auf gleicher Höhe. Es musste ein Handelsschiff sein, denn es waren viele Waren, Weinkrüge, Stoffe und Oliven sichtbar. Auch Passagiere, Frauen und Kinder waren zu sehen. Ohne sich um uns zu kümmern, fuhren sie weiter. Immer mehr Schiffe tauchten am Horizont auf.

«Seht ihr die Schiffe? Ein untrügerisches Zeichen, dass wir in die Nähe eines Hafens kommen. Ich werde aber nicht Paphos ansteuern, sondern den kleineren Salamis. Dort können wir bei Einbruch der Dämmerung unbemerkt ankern und an Land gehen.»

Je näher wir dem Hafen kamen, desto nervöser wurde Dimitrios. Er lief, wie ein aufgescheuchtes Tier auf der Brücke hin und her.

«Was ist mit dir los, Dimitrios?», wollte ich wissen.

«Was ist, wenn ich an Land gehe und diese unglückseligen Eltern noch leben? Oder wenn Gaya, meine Frau, einen neuen Mann hat?»

«Es wird dir wohl nichts übrigbleiben, als heimlich nachzuschauen. Wenn dir das, was du sehen wirst, nicht gefällt, kannst du ja mit dem Schiff weitersegeln.»

«Du hast recht! Kommst du mit heute Nacht? Es ist nicht weit vom Hafen zu meinem ehemaligen Haus. Etwa eine Stunde zu Fuss. Wenn wir nach der Ankunft schnell aufbrechen, wird es noch nicht ganz dunkel sein, bis wir ankommen. Gerade richtig, um alles zu prüfen und doch nicht gesehen zu werden.»

217

«In Ordnung, ich komme mit. Aber wir müssen auch für Apollonia, Jaros, Pablo und Moro eine Lösung finden. Ich werde sie rufen, damit wir beraten können.»

Es war schnell eine Lösung gefunden. Pablo und Moro wollten warten bis wir von unserer nächtlichen Erkundung wieder zurück waren und dann, im Schutz der Nacht, mit ihren Habseligkeiten an Land rudern. Eine Unterkunft würden sie sicher finden. Er hatte ja genügend Goldstücke, um die Anfangszeit zu überbrücken.

«Ich werde mit ihnen gehen», entschied Apollonia, welche in den Jahren auf der Insel zu einer selbstbewussten, starken Frau herangereift war. «In Salamis müsste Krios, ein Freund meines Vaters wohnen, der öfters bei uns in Athen war. Wenn Pablo und Moro bei mir sind habe ich keine Angst, bis ich ihn gefunden habe. Und was machst du, Dismas, wenn Dimitrios hierbleibt?»

«Nun, ich werde versuchen ein Schiff zu finden, dass mich in meine Heimat nach Palästina bringt. Wenn Dimitrios nicht hierbleiben will, suchen wir eine neue Mannschaft und ein neues Glück.»

«Ich werde wieder meinen alten Beruf ausüben. Vor meiner Piratenzeit war ich Weinhändler. Diesmal werde ich die Kunden aber nicht mit gepanschtem Wein betrügen», meinte Jaros.

So hatten wir alle unsere Pläne und waren bereit für das Hereinbrechen der Dämmerung.

Als die Sonne langsam hinter dem Horizont verschwand, kam der Hafen von Salamis in Sicht.

«Wir werden hier rechts, neben dem Hafen, in dieser Bucht ankern», entschied Dimitrios. Pablo und Moro drehten die Ankerwinde und der schwere Anker sank lautlos auf den Meeresboden.

Dimitrios drängte zum Aufbruch.

«Dismas komm, steig ins Ruderboot!»

«Wir sollten zuerst deine Verbände erneuern.»

«Nein, es braucht zu viel Zeit!»

Ich packte meine Tasche und schwang mich ins Boot. Mit einigen kräftigen Ruderschlägen gelangten wir an den kleinen Kiesstrand. Das Boot war schnell an Land gezogen und unter einigen Ästen versteckt. Zielsicher schlug Dimitrios einen schmalen Weg ein, einen besseren Trampelpfad, ins Landesinnere. Nach etwa einer halben Stunde meinte er: «Es hat sich nicht viel verändert. Die Häuser in der Ferne sehen in dem fahlen Licht immer noch gleich aus. An der nächsten Wegkreuzung müssen wir nach rechts, dann sind wir schon ganz nah.»

Bisher waren wir niemandem begegnet. Wir schlugen den Weg nach rechts ein.

«Siehst du, Dismas, die Häuser da vorne?»

«Ja», gab ich zur Antwort.

«Das Erste ist das Haus der Eltern meiner Frau. Komm wir schleichen uns an und sehen, ob es noch bewohnt ist.»

Vorsichtig näherten wir uns dem Gebäude. Das Licht war schon stark zurückgegangen, gerade recht, um nicht gesehen zu werden, aber genügend, um die Lage zu inspizieren.

«Da ist kein Licht und keine Feuer. Ein gutes Zeichen», flüsterte Dimitrios.

«Früher hat immer ein Feuer in der Küche gebrannt, auch wenn sie auf Reisen waren. Dann hat ein Diener das Feuer gehütet.»

Dimitrios schlich am Haus vorbei und deutete auf das Kleinere dahinter.

«Hier habe ich gewohnt. Schau das Flackern eines Feuers.»

Dimitrios schwankte leicht, als wir uns im Gebüsch neben dem Brunnen versteckten.

«Was ist los Dimitrios?»

«Ich fühle mein Herz bis an den Hals hinauf schlagen und es ist mir etwas schwindlig.»

«Das wundert mich nicht. Du hast Blut verloren und bist so schnell hierhergelaufen. Da muss das Herz schlagen. Zudem bist du aufgeregt.»

«Ja, ob Gaya wohl noch hier ist?»

Da öffnete sich die Haustüre und eine Gestalt kam heraus. Sie näherte sich unserem Versteck. Jetzt war sie schon so nahe, dass ich sehen konnte, dass es ein Mädchen von etwa zehn Jahren war. Es trug einen Krug.

«Mach ihn ganz voll!», rief eine Stimme vom Haus her.

«Gaya!», entfuhr es Dimitrios.

Das Mädchen hörte es, drehte sich zu uns um und wollte fliehen.

Dimitrios war aus dem Busch herausgetreten, streckte seine Hand aus und hielt es am Arm fest.

«Tut mir nichts!», flehte das Mädchen.

«Keine Angst, wir wollen nichts von dir!»

«Wohnt hier nicht Gaya, die Frau des Dimitrios?»

Das eingeschüchterte Mädchen antworte sofort: «Ja, aber wir sind nicht reich. Bei uns gibt es nichts zu stehlen.»

«Lebt ihr alleine?»

«Ja, eine Seuche hat vor einigen Jahren unsere Insel heimgesucht. Viele sind gestorben.»

«Auch die in dem Haus da vorne?»

«Ja auch sie und viele Diener.»

In Dimitrios Augen funkelte es auf. Also war das Problem behoben.

«Lydia, wo bleibst du?», rief die Stimme vom Haus her.

Dimitrios liess das Mädchen los und winkte mir. Ich kam auch hervor.

«Wir sind arme Wanderer. Ob wir bei euch etwas zu essen bekommen?»

«Ja, die Gastfreundschaft ist heilig!», sagte das Mädchen und rief in Richtung Haus: «Es sind Wanderer am Brunnen, die um etwas Essen bitten.»

Jetzt erschien eine etwa fünfunddreissig jährige Frau mit edlen Zügen in einem einfachen, aber sauberen Gewand. Das Mädchen nahm den vollen Krug. Dimitrios zog die Kapuze an seinem Gewand nach vorne, so dass sein Gesicht im Dunkeln lag. Nur der struppige Bart schaute hervor.

Er flüsterte mir zu: «Rede du! Wir sind Reisende und du kannst von deinem Heilen erzählen. Ich will mich noch nicht sofort zu erkennen geben.»

Am Haus angekommen musterte mich die Frau mit einem strengen Blick. Ich sah wohl den Feuerhaken, welchen sie in der einen Hand hielt.

«Ich bin Dismas und das ist ein verletzter Wanderer, dem ich geholfen habe. Nun sind wir müde und bitten um etwas zu Essen. Wir können es euch auch bezahlen.»

Der Blick der Frau hellte sich auf. «Kommt herein! Lydia, bring ein Gefäss mit Wasser, damit sie sich waschen können.»

Lydia stellte das Gefäss hin und liess uns alleine.

«Es ist noch fast alles wie früher. Wunderschön ist Gaya, noch schöner als früher», schwärmte Dimitrios. «Aber vielleicht hat sie einen Freund oder will nichts mehr von mir wissen?»

«Kommt!», ertönte Gayas Stimme aus der Küche.

Wir gingen in die Küche und Dimitrios setzte sich ans obere Ende des Tisches.

«Nicht dort», rief Lydia, «dort darf niemand sitzen!»

Dimitrios erhob sich und setzte sich daneben.

«Dieser Platz bleibt immer frei», sagte Gaya. «Das hat seinen besonderen Grund. Aber esst nun. Es ist nicht viel, aber wir teilen es mit euch: Kohlsuppe und Gerstenbrei. Schlafen könnt ihr im Stall nebenan. Dort hat es eine einfache Kammer mit einem Strohlager. Kein Luxus, aber es ist trocken und sauber.»

Dimitrios sagte kein Wort und achtete darauf, dass kein Lichtschein in sein Gesicht fiel. Die Suppe war lecker und auch der Gerstenbrei mit den Kräutern schmeckte ausgezeichnet.

«Das ist gut», sagte ich, um ein Gespräch in Gang zu bringen.

«Es gäbe mehr, hätte uns nicht das Unglück so hart getroffen. Aber es ist gerecht so.»

Gaya senkte ihr Gesicht und eine Träne rollte über ihre Wange und platschte auf den Tisch.

«Was ist geschehen?», bohrte ich nach.

«Vor langer Zeit wurde eine grosse Ungerechtigkeit begangen. Zuerst starben viele Kinder, auch meine beiden kleinen Sterne. Die Ältesten, auch meine Eltern, suchten Schuldige. Jeder der den Göttern wenig oder nichts opferte, wurde zum Sündenbock gemacht. Wer fliehen konnte hatte Glück. Den anderen lauerten sie auf und erschlugen sie. Meinen Mann verfolgten sie auch, aber er konnte fliehen. Er sass immer auf dem obersten Platz.»

Sie zeigte in Richtung des freien Platzes. Wieder rollte eine dicke Träne über ihre Wange.

«Ich konnte ihm nicht helfen. Aber dieses sinnlose Verfolgen und Morden nützte nichts. Mit der Zeit starben immer mehr Kinder, dann auch starke junge Männer und Frauen. Auch meine Eltern starben qualvoll und fast alle Diener. Wer nicht starb, ist weggelaufen. Seit dieser Zeit sind wir auf uns alleine angewiesen. Lydia ist mein einziger Trost.»

Dimitrios, der bisher geschwiegen hatte, brummte vor sich hin, ohne den Kopf zu heben: «Und keine Freunde oder Verwandte haben dir geholfen?»

«Nein, sie sind alle aufs Festland gezogen, als die Seuche sich ausbreitete.»

«Warum bist du nicht gegangen?»

«Wir hoffen und warten immer noch auf die Rückkehr meines Vaters», piepste Lydia mit ihrer kindlichen Stimme.

«Deines Vaters?», brummelte Dimitios weiter.

«Ja, sie war unter meinem Herzen, als mein Mann fliehen musste. Aber ich wusste es damals noch nicht! Nun warten wir. Aber mit jedem Jahr wird die Hoffnung kleiner, dass er zurückkommt», sprach Gaya mit tränenerstickter Stimme. «Aber wieso erzähle ich euch das? Ihr habt sicher genug selbst zu tragen!»

Sie stand auf und ging zur Feuerstelle. Dimitrios erhob sich ebenfalls und setzte sich an den bisher leeren Platz am oberen Ende des Tisches «Nicht dort!», rief Lydia, «dort darf nur mein Vater sitzen!»

Gaya drehte sich um. Dimitrios streifte die Kapuze ab und blickte Gaya in die Augen.

Ein Schrei durchdrang die Küche: «Dimitrios! Bist Du es?»

«Ja, ich bin es Gaya!»

Sie flog förmlich auf ihn zu und umarmte ihn. Die kleine Lydia stand etwas abseits und versuchte alles zu verstehen: «Ist das mein Vater?»

«Ja, meine kleine Blume. Er ist es. Unsere Gebete sind erhört worden».

Freudig sprang Lydia auf und umarmte ihre Mutter und den neu gefundenen Vater.»

Ich freute mich, dass alles so gut für Dimitios ausgegangen war. Wurde aber auch etwas traurig, weil ich an Aurelia und meine Mutter denken musste. Gaya hatte tausend Fragen, aber Dimitrios vertröstete sie: «Später Gaya! Später haben wir genug Zeit! Jetzt müssen wir zuerst unsere Truhen vom Schiff holen, das uns hierhergebracht hat. Hast du immer noch den kleinen Karren und einen Esel?»

«Ja, das ist uns geblieben.»

«Gut, dann spann ihn an. Wir müssen die Dunkelheit der Nacht ausnützen. Es soll niemand von meiner Rückkehr wissen, bis ich weiss, wem man trauen kann und wem nicht.»

«Was machen wir mit Jaros, Pablo, Moro und Appolonia?», fragte ich ihn.

«Die kommen zuerst zu mir. Gaya, ist das Haus deiner Eltern noch bewohnbar?»

«Ja, ich habe es in gutem Zustand gehalten. Nur wollte nach dem Tod meiner Eltern niemand darin wohnen.»

«Das müssen wir ihnen ja nicht sagen.»

Dimitrios war voller Tatendrang.

Gegen Ende der Nacht war alles ausgeladen.

«Wir müssen das Schiff versenken!», ordnete Dimitrios an. «Wir wissen nicht, woher es kam, bevor wir es geentert haben. Vielleicht würde es jemand erkennen.»

Alle waren einverstanden. So schlug Dimitrios mit einem Beil, vom Beiboot aus, Löcher in den Schiffsrumpf. Wir ruderten an Land und sahen zu wie das Schiff, welches unsere Rettung war, langsam in der Bucht versank.

In den letzten Tagen war Gaya richtig aufgeblüht und Lydia war immer in der Nähe ihres Vaters.

«Komm Dismas, wechsle bitte meinen Verband.»

Ich legte ihm neue Verbände an.

«Bald wirst du ihn nicht mehr brauchen. Die Wunden sind fast verheilt. In Zukunft kann dies deine Frau machen. Ich habe gesehen, dass sie geschickte Hände hat.»

«Wieso? Verlässt du uns?»

«Ja, ich habe es auf dem Schiff gesagt. Ich möchte zurück nach Galiläa. Vielleicht habe ich so viel Glück wie du und die Meinen sind ebenfalls noch am Leben.»

«Du kannst tun, was du für richtig hältst. Mein Haus steht dir immer offen! Jaros wird im Hafen eine Weinhandlung eröffnen. Pablo und Moro werden weiterhin hier im Haus wohnen und die Felder bestellen. Der Besitz ist so gross, da reicht es gut für zwei Familien. Und Appolonia hat ja Krios, den Freund ihres Vaters gefunden und geht schon bald nach Athen zurück zu ihren Eltern.»

«Du willst uns verlassen?», fragte Gaya, die vom Brunnen kam.

«Ja, ich gehe zurück in meine Heimat. Übermorgen fährt ein Schiff nach Tyrus. Da will ich mit.»

«Dimitrios, dann wollen wir morgen ein grosses Abschiedsfest feiern, denn ohne ihn wärst du nicht zu uns zurückgekommen», bemerkte Gaya.

In der Heimat

Am Morgen nach dem Fest brummte mir noch etwas der Kopf vom vielen Wein. Trotzdem war ich guter Laune, denn das Schiff für meine Heimreise wartete bereits im Hafen auf mich. Meine sieben Sachen waren schnell gepackt. Ich hatte ja nicht viel. Gegen Mittag kamen alle vorbei. Gemeinsam gingen wir den Weg zur Hafenanlage. Als sie in Sicht kam, verabschiedeten sie sich von mir. Jaros überreichte mir einige Flaschen besten Weins, Pablo und Moro schenkten mir einen Korb mit Gemüse und Gaya drücke mich fest an sich.

«Ich werde dir nie vergessen, dass du mir das Glück zurückgebracht hast. Die Götter sollen dich dafür belohnen.»

Selbst Dimitrios hatte etwas wässrige Augen, als wir uns verabschiedeten.

«Danke Dismas für alles. Auch dafür, dass du oft meine Wunden geheilt hast. Nimm das als Zeichen meiner Dankbarkeit.»

Er zog ein etwa zehn Zentimeter langes Messer hervor, dass in einer Hülle aus Gold steckte, welche mit Edelsteinen verziert war. Ich liess es in meiner Tasche verschwinden.

Appolonia war etwas traurig und flüsterte mir zu, so dass es die anderen nicht hören konnten: «Du warst all die Jahre mein Beschützer, vor allem vor Silas. Du hast mich behütet wie eine Schwester. Ohne dich wäre ich wohl immer noch auf dieser Insel und im Hause eines harten Seeräubers. Ich werde nie vergessen, was du für mich getan hast. Möge dein Gott dich sicher ans Ziel führen.»

Sie drückte mir einen dicken Kuss auf die Wange und Tränen rannen ihr schönes Gesicht hinunter.

Nun war es an mir zu danken: «Ich danke auch euch, meine Freunde! Gemeinsam waren wir stark! Nur so ist es uns gelungen, von der unglückseligen Insel zu fliehen. Lebt wohl!»

Noch einmal umarmten wir uns, dann ging ich mit zwei Taschen bepackt zu den Schiffen. Da lag es! Ein Schiff, das seine besten Tage auch schon hinter sich hatte, wurde mit Vorräten aller Art beladen. Ich suchte den Kapitän. Er sass an der Planke, welche aufs Schiff führte. Mit seinem scharfen Blick hatte er alles unter Kontrolle.

«Wie vor drei Tagen besprochen, bin ich hier», sprach ich ihn an.

«Hast du das Geld für die Überfahrt?»

«Ja.» Ich reichte ihm einen kleinen Beutel mit den abgesprochenen Geldstücken.

«Suche dir einen Platz an Deck. Die Überfahrt wird die ganze Nacht dauern. Wenn alles gut geht, legen wir bei Morgengrauen in Tyros an.»

Ich hatte aus Erfahrung meinen Platz in der Nähe des Steuermannes gewählt. Wenn etwas Ungewöhnliches vorfallen würde, kamen immer alle zuerst zum Steuermann.

Aber die Nacht verlief ruhig. Ausser mir waren noch etwa ein Dutzend andere Passagiere an Bord. Ein älterer Mann mit einer krummen Nase, sass neben mir und hantierte am Verband seines Armes herum. Ein Blick genügte, um zu sehen, dass dieser alte, dreckige Stoff dringend ausgewechselt werden musste. Ich war gut gelaunt, weil ich endlich das Ende meiner Odyssee kommen sah, sodass ich ihn ansprach: «Eine schwere Verletzung?»

«Weiss nicht», brummte er in seinen Barth, «es juckt.»

«Wenn du willst, schaue ich es mir an. Ich verstehe etwas davon.»

Er hielt mir den Arm hin. Ich wickelte den verdreckten Verband ab. Darunter kam eine eiternde Schnittwunde zum Vorschein.

«Das musst du säubern, sonst kannst du den ganzen Arm verlieren», erklärte ich ihm.

«Du bist Arzt?»

«So etwas Ähnliches.»

«Kannst du es behandeln?»

«Wenn du es möchtest.»

«Ich habe aber nichts, um dich zu bezahlen.»

«Das brauchst du nicht. Ich benötige ja nur etwas Wasser, ein frisches

Tuch und etwas Salbe.»

Schon bald war die Wunde gesäubert. Ich suchte in meiner Tasche ein Stück sauberes Tuch. Um an die Tücher auf dem Boden der Tasche zu kommen, schob ich das Messer mit der Goldhülle zur Seite. Der Alte schaute neugierig zu. Schnell schloss ich die Tasche wieder und verband seinen Arm. Ausser einem dürren «Danke», brachte er nichts hervor. Ich bereute es bereits, ihm geholfen zu haben. Er war wohl kein angenehmer Zeitgenosse.

Die Stunden vergingen und als die Morgensonne golden den Horizont erhellte, sah ich die Küste.

«Zu Hause!», schoss es mir durch den Kopf. Zehn Jahre weg von meiner Heimat. Und nun endlich konnte ich schon bald wieder vertrauten Boden berühren.

Das Schiff lief in den Hafen ein. Ich war davon ganz in den Bann gezogen, sodass ich meine übliche Aufmerksamkeit vergass. Ich ging einige Schritte zur Reling und schaute, wie die Mannschaft das Schiff festband. Es wurden Holzstege herübergeschoben, um mit dem Entladen beginnen zu können. Als ich mich wieder umdrehte, war meine Medizintasche verschwunden.

«Wo ist meine Tasche?», rief ich.

«Da ist sie ja», sagte einer der Fahrgäste.

«Nein, nicht diese! Ich hatte zwei!»

Wo war der alte Mann mit der krummen Nase? Ich konnte ihn nirgends sehen. Dieser undankbare Kerl hatte sicher die Tasche gestohlen. Er muss in der Nacht beim Verbinden den goldenen Dolch gesehen haben. Oh hätte er doch nur den Dolch genommen. Aber so waren auch alle meine Salben, Zutaten und Geräte verloren, welche ich von Nadir in Ägypten erhalten hatte.

«Wo ist der alte Mann, der neben mir war?», fragte ich in die Menge.

«Der ist schon beim Anlegemanöver auf ein anderes Boot geklettert und an Land verschwunden», sagte einer der anderen Passagiere.

Niedergeschlagen packte ich meine Kleidertasche und ging von Bord. Wieder einmal hatte man mir Gutes mit Bösem vergolten. Meine Gedanken verfinsterten sich. Nun stand ich da ohne Geld.

Ohne meine Tasche, die Salben und Geräte kann ich nichts verdienen. Ich merkte, wie die Wut in mir hochstieg. Nur der Gedanke an Aurelia und meine Mutter konnten mich etwas beruhigen.

«Du warst schon schlechter dran!», schoss es mir durch den Kopf. «Du bist nicht an einen Mast gefesselt. Hinter dir schliesst sich kein Grabmal und kein Seefahrer will dich töten!» Ich war gesund und laufen konnte ich auch. Ja es hätte schlimmer um mich stehen können.

Ich schloss mich Kaufleuten an, die zum See Genezareth, nach Kapharnaum wollten. Etwa zwei Tagesreisen, wenn keine Wegelagerer dazwischenkämen. Um die machte ich mir keine Sorgen. In meiner Kleidertasche hatte ich noch mein Enterschwert und mit dem konnte ich umgehen. Um etwas Proviant zu bekommen, verkaufte ich die schöne Toga, die ich in Karthago besorgt hatte. Es hatte auch den Vorteil, dass die Tasche leichter wurde. Am ersten Tag kamen wir bis in die Gegend von Giscala. In einer geräumigen Höhle übernachteten wir. Ich kaute auf einem zähen Stück getrocknetem Fleisch herum und ass einige Oliven. In dieser Nacht konnte ich nicht schlafen. Tausend Gedanken gingen mir durch den Kopf. Ich durchdachte die vielen Möglichkeiten, was wohl aus Aurelia geworden war. Vielleicht hatte sie schon eine Kinderschar oder sie ist in eine andere Gegend gezogen oder sie wurde krank und starb. Ach, es gab so viele Möglichkeiten und nur wenige endeten für mich gut.

Endlich brach der Tag an. Der feuchte Tau bedeckte die Gräser vor der Höhle. Da die anderen noch schliefen, legte ich etwas Holz auf das ausgehende Feuer. Bald wurde es angenehm warm. Die kalten Glieder erwachten zu neuem Leben. Die Sonne hatte schon einen Viertel ihrer Bahn zurückgelegt, als wir endlich aufbrachen. Der Weg führte durch steinige Täler, über kleine Sturzbäche, bis wir am späten Nachmittag eine weitere Kuppe erreichten.

«Ich kann Kapharnaum sehen!», rief einer der Reisenden. «Noch vor Sonnenuntergang werden wir dort sein.»

Mit jedem Schritt, den wir uns Kapharnaum näherten, wurde mir banger ums Herz. Könnte ich ertragen, was ich antreffen würde? Jetzt waren wir nur noch eine knappe Viertelstunde vom Haus meiner Mutter entfernt, das sich am Dorfrand befand. Jeder Schritt wurde schwerer für mich und das Unvermeidbare rückte näher. Schon sah ich in der Ferne das Haus meiner Mutter. Es lag ruhig da. Nichts regte sich. Kein Rauch kam aus dem Kamin. Ich verabschiedete mich von meinen Begleitern und wollte die Türe öffnen, aber sie war verschlossen. Wie ein Blitz durchfuhr es mich. War sie gestorben oder weggezogen? Zehn Jahre sind eine lange Zeit.

«Wen suchst du?», drang eine jugendliche Stimme an mein Ohr.

«Wer bist du?», erkundigte ich mich.

«Ich bin Joab, der Sohn des Schäfers dort drüben.»

«Wohnt hier nicht Miriam?»

«Nein, als ihr Sohn vor vielen Jahren plötzlich verschwand, zog sie ins Haus des Jakob, des Fischers. Er hat gut zu ihr geschaut, weil sie so traurig war.»

«Lebt sie noch?»

«Ja, aber ich habe sie schon lange nicht mehr gesehen.»

Meine Mutter lebte noch. Und Aurelia? Ich packte meine Tasche und ging auf dem kürzesten Weg zu Jakobs Haus am See.

Die Sonne sandte ihre letzten Strahlen, bevor sie hinter den Hügeln verschwand, als ich das Haus am See erreichte. Der ganze See war in ein goldenes Licht getaucht, als wollte er mich willkommen heissen. Ich liess meinen Blick über den ganzen See schweifen. Dabei kamen mir wieder alle Erlebnisse hoch, besonders die Rettung Aurelias vor dem Ertrinken.

Das rhythmische Stampfen von römischen Stiefeln liess mich in die

Gegenwart zurückkommen. Eine Patrouille eilte im schnellen Schritt durch die nahe Strasse. Noch immer schreckte ich zusammen, wenn ich Soldaten sah, obwohl mein Sklavenzeichen verschwunden war. Etwas davon war in meiner Seele zurückgeblieben.

Ich näherte mich dem Haus und hörte Stimmen. Eine erkannte ich sofort. Es war die Stimme meiner Mutter.

«Geh bitte und hole mir sauberes Wasser und neue Tücher. Ich muss die Binden an Jakobs Beinen erneuern.»

Die Türe öffnete sich und eine junge Frau kam mit einem Krug heraus. Ohne mich zu beachten, schlug sie zielstrebig den Weg zum Brunnen ein. Sie trug ein langes, graues Kleid. Ein blaues Tuch verhüllte ihr Haar und ihr Gesicht. Sie verstand es geschickt, den Krug auf ihrem Kopf zu tragen. Ich folgte ihr. Vielleicht könnte ich von ihr etwas über die Hausbewohner erfahren.

Am Brunnen nahm sie den Krug hinunter und für einen kurzen Augenblick sah ich ihr rotblondes Haar. Rotblond! Konnte es Aurelia sein? Mein Puls schlug schneller. Ich konnte nicht länger warten. Es zog mich förmlich zum Brunnen. Mit meinem struppigen Bart und den langen Haaren würde sie mich wahrscheinlich nicht erkennen. Aber ich trug ja immer noch das Messer bei mir, welches sie mir zum Abschied geschenkt hatte. Ich nahm es aus meinem Gewand hervor, sodass sie es nicht sah. Dann sprach ich sie leise an: «Hast du einen Schluck Wasser für einen müden Wanderer?»

Ohne mich genau anzusehen, stellte sie mir einen Trinkbecher mit frischgeschöpftem Wasser hin.

«Hier, trinkt! Es ist genug da. Auch für einen durstigen Wanderer.»

Ich ergriff den Becher und legte dabei das Messer auf den Brunnenrand. Sofort wich die junge Frau etwas zurück, aber sie schaute wie gebannt auf das Messer. Sie nahm allen ihren Mut zusammen und sprach mich an: «Edler Wanderer, wo habt ihr dieses Messer erworben?»

«Das hat mir einst eine junge Frau geschenkt», sagte ich mit fester

Stimme.

Erschrocken wich sie zurück und stammelte vor sich hin:

«Das kann doch nicht sein! Das kann doch nicht sein! Mein Herz rast. Diese Stimme! Seine Stimme! Bist du es DISMAS?»

«Ja, ich bin es!»

«Wirklich?»

Noch zögerte sie.

«Wann habe ich dir dieses Messer gegeben?»

«Am Morgen, bevor ich nach Jerusalem zurückging, um Jesus zu suchen.»

Ihr Freudenschrei durchdrang die hereinbrechende Nacht. Freudentränen liefen ihre Wangen hinunter. Sie kam ganz nahe zu mir und strich mit ihrer weichen Hand mein Haar zur Seite. Schaute mich mit ihren strahlenden blauen Augen an. Darin war Glück zu sehen und …. Fragen! Grosse Fragen: «Wieso bist du damals nicht zurückgekommen? Wo warst du? Was ist passiert?»

Ich zog sie leicht an mich. Meine Hand strich liebevoll über ihre rosa Wangen. Ihre vollen weichen Lippen berührten die meinen. Und da war es wieder, das gleiche Gefühl wie damals in jener Nacht vor den Toren Jerusalems. Sanft löste ich sie von mir und flüsterte ihr ins Ohr: «Ich werde alle deine Fragen beantworten, aber zuerst bereite meine Mutter vor, damit sie nicht stirbt vor Freude, wenn sie mich sieht.»

«Wir haben immer gehofft und gebetet. Aber in letzter Zeit hat sie öfters gesagt, dass ihre Zuversicht schwindet.»

«Meine gute Mutter!»

«Lass mich vorausgehen. Du musst wissen, dass Miriam nicht mehr so gut sieht. Sie kann nur noch Umrisse erkennen und Dinge, die ganz nahe sind. Warte kurz und klopfe dann an die Türe.»

Die Minuten vor der Türe erschienen mir wie eine Ewigkeit. Dann klopfte ich. Aurelia öffnete und ich trat ein.

«Miriam wir haben Besuch von einem jungen Mann.»

Miriam kam aus ihrer Kammer.

«Wer ist es? Ich kann ihn nicht erkennen.»

Aurelia winkte mir zu, um mir damit aufzuzeigen, näher zu kommen. Sie forderte mich auf: «Sagt junger Mann, wie lange wart ihr fort von Kapharnaum?»

«Zehn Jahre!»

Miriam blickte wie versteinert in die Ferne.

«Zehn Jahre hat das Schicksal verhindert, dass ich nach Kapharnaum kommen konnte.»

Miriam begann leicht zu zittern.

«Alles kann eine Mutter vergessen, aber die Stimme ihres Kindes vergisst sie nie. Dismas, mein Dismas du bist endlich heimgekehrt! Komm zu mir! Lass dich anfühlen. Ich sehe nicht mehr so gut.»

Ich ging zu ihr. Sie fuhr mit ihren Händen über mein Gesicht, die Haare und meinen Bart.

«Du bist ungepflegt mein Sohn. Wie ein Wegelagerer! Wieso bist du so lange nicht nach Hause gekommen?»

«Ich wollte es. Aber konnte nicht. Das ist eine lange Geschichte.»

Aurelia zog mich zu sich und sagte: «Miriam, lass mich zuerst sein Haar richten und den Bart schneiden. Jetzt sieht er gar wild aus wie ein Räuber.»

Wie recht sie doch hatte. Ich wusste jetzt schon, alles würde ich ihnen nicht erzählen! Das war besser so!

Ich genoss es, wie Aurelia mir die Harre wusch, kürzte und kämmte. «Jetzt noch der Bart. Wie kurz möchtest du ihn?»

«Schneide ihn ganz ab! Ich hatte vorher keinen Bart und jetzt will ich ihn nicht mehr. Er würde mich zu stark an früher erinnern.»

«War es so schlimm?»

«Ja! Das Schlimmste war, nicht zu wissen, wie es dir geht.»

Aurelia sah mir nachdenklich in die Augen: «So, jetzt noch das Gesicht waschen und du bist ein neuer Mensch.»

Ich trocknete mich ab und setzte mich an den Tisch.

Da öffnete sich die Türe und ein gebückter, am Stock gehender Jakob trat ein.

Aurelia sprang auf ihn zu und konnte die gute Nachricht nicht länger für sich behalten.

«Ein Wunder ist geschehen! Dismas ist zurückgekehrt! Sieh, er sitzt dort am Tisch.»

Meine Mutter stand am Feuer und rührte den Haferbrei. Alle Augen waren auf mich gerichtet und nur eine Frage war aus ihnen zu lesen: «Was ist in den letzten zehn Jahren geschehen?»

Also setzte ich mich und erzählte von der Entführung in Jerusalem, dem Verkauf als Sklave und der Zeit in Ägypten mit Nadir. Ich zeigte Ihnen die Narbe, wo mein Sklavenzeichen eingebrannt war. Von der Tochter Echnatons, Djumana, erzählte ich nichts. Auch nicht von dem Grab, in dem ich eingemauert wurde. Nur die Flucht mit Abdullah und die Schifffahrt mit der Kenterung. Dies war nötig, da das Messer, dass sie mir nach ihrem merkwürdigen Traum gab, mir das Leben gerettet hatte. Auch die Undankbarkeit des Zenturio Flavius schilderte ich, obwohl er wusste, dass er nur dank mir überlebt hatte. Die Zeit auf der Pirateninsel beschönigte ich. Ich sagte nicht, dass ich auch auf die Enterfahrten mitmusste. Nur Jakob schaute mich prüfend an und sagte mit weiser Rücksicht: «Die Narben an den Armen und Füssen sagen mir, dass du es nicht einfach hattest.»

Ich war froh, dass er nicht mehr wissen wollte. Meine Mutter war ganz bleich geworden und Aurelia weinte leise und flüsterte mir zu: «Was hast du gelitten Dismas!»

Sie öffnete ihr Kleid am Hals und holte eine Halskette hervor.

«Aber du warst immer bei mir. Kennst du den Ring noch? Tag und Nacht lag er nahe an meinem Herz!»

«Wie könnte ich das vergessen? Natürlich weiss ich das noch. Vor den Toren Jerusalems habe ich ihn dir geschenkt. Mit einem Versprechen.»

«Ja, mit einem Versprechen. Keinem Menschen habe ich es bisher verraten. Und niemand hat verstanden, wieso ich bisher alle Verehrer abgewiesen habe. Aber jetzt, jetzt kann ich mein Schweigen brechen.»

Aurelia trat neben mich und verkündete: «Was Dismas mir vor mehr als zehn Jahren versprochen hat, sollt ihr heute, an diesem seligen Tag, erfahren.»

Sie fasste meine Hand und sagte triumphierend: «Wir wollen heiraten!» Sie drücke sich an mich und war selig.

«Ja, Aurelia, ich möchte dich zu meiner Frau nehmen. Der Gedanke an dich und mein Versprechen hat mir geholfen, viele Hindernisse zu überwinden.»

Meine Mutter und Jakob blickten sich an.

«Wir haben das schon vor dem Weggang gespürt. Ihr habt eine starke Liebe. Denn nur eine starke Liebe kann eine so lange Zeit überdauern. Kannst du noch fischen Dismas?»

«Sicher!» Ich erzählte ihm von der Zeit als Fischer auf der Pirateninsel. «Dann ist jetzt der Zeitpunkt gekommen, wo du mein Boot führen und meine Netze auswerfen wirst. Ich bin alt und gebrechlich geworden. Nach der Heirat wird alles dir gehören. Ich und deine Mutter werden hier in meinem Haus wohnen…»

« … und mein Haus wird von jetzt an euer Haus sein», beendete meine Mutter den Satz. «So, jetzt ist es aber Zeit, um schlafen zu gehen. Du kannst in der Kammer von Aurelia schlafen! Sie wird bei mir einen Platz finden», meinte meine Mutter.

Ich lag noch lange wach. Mit jedem Luftzug sog ich den wunderbaren Duft Aurelias in mich ein. Ich spürte, wie mein Herz auf ging und ein unstillbares Verlangen Einzug hielt, sie ganz nah an mich zu ziehen, sie festzuhalten und nie mehr loszulassen.

Am nächsten Morgen machte meine Rückkehr schnell die Runde im Dorf. Um die Neugierigen zu befriedigen, sprachen wir uns ab, ihnen zu sagen, ich sei als Kind entführt worden und habe erst jetzt fliehen können.

«Und wo war er?», hörte ich jemanden an der Türe fragen.

«Er redet nicht darüber. Es ist zu schmerzhaft. Geh jetzt!», befahl Aurelia und schloss die Türe.

«Gute Antwort, Aurelia! So werden wir es machen. Es ist nicht gut, wenn sie zu viel wissen.»

Aurelia drehte sich um, schmiegte sich an mich und hauchte mir ins Ohr: «Ja es soll unser Geheimnis bleiben. Nichts darf uns je wieder trennen.»

«So ist es, Aurelia. Ich gehe jetzt zu den Schiffen. Dein Vater erwartet mich.»

Es war, als wäre die Zeit stillgestanden. Fast alles war noch so, wie ich es in Erinnerung hatte. Auch Jakobs Boot schien einen Winterschlaf gemacht zu haben.

Es war etwa doppelt so gross, wie das Fischerboot, das ich auf der Pirateninsel hatte.

In der Mitte war ein kleiner Mast mit Segel. Die Holzplanken waren alt, aber sauber und dicht. Mit diesem wendigen, kleinen Boot liess es sich gut fischen.

«Erkennst du es noch?», fragte Jakob.

«Natürlich! Es sieht ja noch genauso aus wie früher.»

«Ja fast, ein Sturm hat den Mast geknickt. Er ist neu. Jetzt ist es noch schneller im Wind. Aber ich mag kaum noch die Segel halten, wenn es stark windet.»

«Dismas, der Junge dort im Boot ist Elo. Er ist seit drei Jahren bei mir. Ich habe ihm etwas Weniges beibringen können. Aber oft musste er in letzter Zeit alleine fahren, da ich zu schwach war.»

«Das wird sich jetzt ändern. Ich werde gleich heute Nacht mit ihm fischen gehen.»

Der Sternenhimmel beleuchtete den See. Der blaue Lichtschimmer tauchte alles in einen geheimnisvollen Schein. Ich warf mit Elo die Netze aus. Dann warteten wir. Alles schien mir so unwirklich. Konnte es wahrhaft sein, dass ich wieder hier am See Genezareth fischte, als hätte es die letzten zehn Jahre nicht gegeben? Ich wäre glücklich gewesen, es hätte sich ein dichter Nebel über die vergangenen Ereignisse gelegt. Das Netz bewegte sich, sodass ich aus meinen Gedanken gerissen wurde.

«Elo, zieh auf deiner Seite! Es scheinen einige Fische im Netz zu sein.» Langsam zog sich das Netz zusammen. Als es schon nahe beim Boot war, sahen wir, dass es nur so zuckte vor Fischleibern, die wild durcheinander sprangen.

«Das ist der beste Fang seit Jahren!», rief Elo.

«Ja, das Glück ist uns hold. Komm, lass uns die Fische ins Boot holen.» Gegen Morgen kehrten wir nach Kapharnaum zurück. Aurelia und Jakob erwarteten uns am Steg mit einem Korb für die Fische.

«Aurelia, der Korb wird nicht ausreichen! Schau ins Boot!», rief ich ihr zu.

Sie stiess einen Freudenschrei aus.

«So viele Fische! Schau Jakob, wann hattest du zuletzt solch einen Fang?»

Jakob fuhr sich durch den Bart: «Das ist viele Jahre her. Erinnerst du dich Dismas? Es war in der Woche vor der Jerusalemreise.»

Aurelia eilte nach Hause und kam mit meiner Mutter und vielen Körben zurück.

«Da hast du einen prächtigen Fang gemacht!», meinte einer der vorbeigehenden Fischer. «Du scheinst eine Glücksträhne zu haben. Zuerst kommt dein verlorener Fischergeselle wieder und jetzt dieser Fang.»

«Ja, Jahwe meint es gut mit mir, einem alten Mann. Auf meine alten Tage schenkt er mir auch noch die Freude, meine Tochter heiraten zu sehen. Dismas und Aurelia haben sich verlobt!»

«Du musst wirklich gesegnet sein. So viel Gutes auf einmal», entgegnete der weggehende Fischer.

Aurelia sortierte die Fische nach ihrer Art und Grösse.

«Schaut nur», frohlockte Aurelia, «die vielen grossen Tilapia, die Kischri und die Muscht. Und der Boden des Bootes ist voller kleiner Sardinen.» Ich wusste nicht, ob es die Fische waren oder weil ich wieder da war, aber sie strahlte vor Glück. Auch meiner Mutter viel das auf.

«Aurelia, du scheinst ja der Sonne Konkurrenz machen zu wollen, so stark leuchtet deine Freude aus dir!», sagte meine Mutter mit etwas Schalk in den Augen.

Aurelia senkte verlegen ihren rotblonden, wuscheligen Kopf. Trotzdem war klar zu sehen, dass sie errötete.

«Sieht man mir mein Glück so offensichtlich an?», hauchte sie leise in meine Richtung.

Ich nickte und zog sie sanft an mich. Auch in mir war eine überströmende Freude. Sie war so gross, dass ich zweitweise sogar die schrecklichen Dinge meiner zehnjährigen Odyssee vergessen konnte.

Die Tage vergingen wie im Flug. Ich fischte mit Elo, während meine Mutter und Aurelia unser altes Haus wieder auf Vordermann brachten. Tausend Dinge hatten sie zu tun. Nicht nur Aurelia blühte sichtlich auf, auch meiner Mutter schien neues Leben eingeträufelt worden zu sein. Die Aussicht auf unsere Hochzeit in den goldenen Herbsttagen dieses Jahres, erfüllte alle mit neuem Schwung.

Nur Jakob ging es nicht besser. Er freute sich auch, aber seine Kraft liess jeden Tag etwas nach. Die Hitze des Sommers machte ihm zusätzlich zu schaffen. Obwohl ihm die Brise des Sees etwas Linderung verschaffte, konnte er sich nicht erholen. Ich dachte während meiner Fischerfahrten nach, ob ich die Stärkungsrezeptur, welche mir Nadir beigebracht hatte, noch zusammenbrachte. Nadir war ein weiser Mann gewesen. Er hatte geahnt, dass ich vielleicht einmal ohne Notizen auskommen muss. Daher hatte er mich gezwungen, die wichtigsten Rezepte auswendig zu lernen. Er verpackte die benötigten Zutaten in kurze Geschichten, welche ich damals auswendig lernen musste. Und wirklich, in der Stille der Nacht auf dem See, stiegen diese «Geschichten» wieder in mein Bewusstsein. Vielleicht hilft es Jakob ja.

Als wir am Morgen den Steg erreichten, stieg ich eilends aus.

«Elo, schau du zu den Fischen. Ich muss ins Dorf etwas besorgen!»

Da ich von meiner Mutter etwas Geld bekommen hatte, konnte ich fast alle Zutaten in Kapharnaum kaufen. Auch einen Mörser hatte ich mit guten Verhandlungen günstig erworben. Aber es fehlte mir noch das Wichtigste, die schwarze, klebrige Masse der roten Blume, welche die Schmerzen linderte.

Als ich den Gewürzhändler danach fragte, verzog er sein Gesicht, presste die Augenlieder zusammen und fragte mich: «Woher weiss ein Fischer von dieser Pflanze?»

Schnell musste ich mir eine Geschichte ausdenken, denn ich wollte ihm die Wahrheit nicht sagen.

«Ein Matrose auf dem Schiff mit den ägyptischen Zeichen, welches vor einiger Zeit in Tyros anlegte, hatte mir davon erzählt. Es soll bei Schmerzen helfen.»

Wieder musterte er mich und kratzte sich nachdenklich im Bart. «Ich habe etwas davon, aber es ist teuer! Nur weiss ich nicht, wie man es anwenden sollte.»

Das war meine Chance!

«Der Matrose hatte es mir genau beschrieben. Wenn du mir etwas davon gibst, verrate ich dir, wie du es verwenden musst.»

«Nein, du musst es mir bezahlen!»

«Dann lass es!»

Ich tat, als würde es mich nicht mehr interessieren, drehte mich um und ging zwei Schritte in Richtung des nächsten Händlers. Da spürte ich, wie er mich am Arm packte.

«Also gut, ich habe das Zeug schon einige Zeit und auch Schmerzen.

238

Wenn du weisst, wie man es anwenden muss, überlasse ich dir einen Drittel davon.»

Ich blieb stehen und sagte, ohne ihn anzuschauen: «Die Hälfte! Und sobald ich es in der Hand halte, sage ich es dir.»

Er brummelte etwas vor sich hin und sagte dann: «Wenn ich nicht so Schmerzen hätte, würde ich nicht darauf eingehen. Aber so bleibt mir wohl keine Wahl.»

So kam ich auch zu meiner letzten Zutat.

In Jakobs Haus warteten schon alle auf mich. Elo hatte ihnen berichtet, dass ich ins Dorf gegangen war.

«Was hast du gekauft?», wollte meine Mutter wissen.

«Medizin für Jakob.»

Ich legte alle Zutaten auf den Tisch und begann, diese mit Hilfe des Mörsers zu zerkleinern.

Aurelia schaute ganz fasziniert zu.

«Was gibt das?»

«Das gibt eine Salbe für Jakob zum Einreiben.»

«Woher kannst du das?»

«Ich habe euch doch von Nadir, dem ägyptischen Heiler erzählt. Ich war nicht nur sein Handlanger. Er hat mich gelehrt, Verletzungen zu behandeln, aber auch andere Beschwerden zu lindern, wie die Gelenkschmerzen von Echnaton, dem ägyptischen Herrscher, der mich gekauft hatte.»

Ich fügte noch etwas der schwarzen Masse bei und vermischte alles mit Rinderfett.

«Noch etwas Rosmarin dazu, dann ist die Salbe fertig. Aurelia schau doch bitte, ob dein Vater schon wach ist.»

Sie ging zu seiner Kammer und schaute hinein.

«Er ist wach.»

Ich ging zu ihm hinein und setzte mich an sein Bett.

«Wie geht es dir Jakob?»

«Die Gelenke schmerzen heute besonders und der Rücken ist wie ein

Brett.»

«Ich habe dir eine Salbe gemacht, ähnlich, wie sie der ägyptische Herrscher bekommen hatte, als er auch an solchen Schmerzen litt. Soll ich dich damit einreiben?»

«Ja gerne. Wenn die Schmerzen auch nur wenig nachlassen, lohnt es sich schon.»

So rieb ich Jakob über drei Tage die Salbe ein. Am vierten Morgen wollte ich, wie die letzten Tage, ihm beim Aufstehen helfen, aber er war nicht im Bett.

Ich suchte ihn und fand ihn im Garten.

«Es ist wunderbar. Die Schmerzen sind fast weg. Wenn das so weiter geht, kann ich bald wieder fischen.»

Ich lachte.

«Nur nicht übertreiben, Jakob. Die Salbe hilft deine Schmerzen zu lindern. Aber dein Körper ist durch die harte Arbeit verbraucht. Du musst dich schonen. Du hast genug gearbeitet in deinem Leben. Jetzt bin ich da. Komm wir gehen zum Steg. Du kannst den Fang von heute Nacht anschauen. Auch der war gut.»

In den darauffolgenden Wochen schien es Jakob etwas besser zu gehen. Meine Mutter und Aurelia hatten unser altes Haus wieder fein hergerichtet. Es sah fast aus wie neu. Vielleicht stimmte das nicht ganz, aber die Anwesenheit von Aurelia verzauberte mich, sodass ich alles durch die Augen eines Verliebten sah.

«Noch vier Wochen, dann ist Hochzeit», frohlockte Aurelia.

«Ja meine Liebste!»

«Es ist alles bereit», meinte meine Mutter. «Jetzt müssen wir uns noch ums Essen kümmern und unsere Freunde einladen.»

«Und das Hochzeitskleid?», fragte ich.

«Du kennst doch deine Mutter, Dismas», lachte Aurelia. «Als gute Schneiderin hat sie vorgesorgt und einen wunderbaren Stoff gekauft. Aber das Kleid wirst du erst am Hochzeitstag sehen!»

Nur noch ein Mondumlauf und endlich werden wir vereint sein! Ich war glücklich. Dennoch war da etwas Warnendes in mir. Hatte das Schicksal für mich nicht immer wieder böse Überraschungen bereit? Ich verscheuchte die Gedanken und ging in den folgenden Tagen wie immer mit Elo fischen.

Das Begräbnis

«Seit du da bist, haben wir immer einen guten Fang», freute sich Elo. «Jakob wird dich wieder rühmen, wie jeden Morgen.»

Wir waren noch etwas fünfzig Meter vom Ufer entfernt, als ich meine Mutter am Ufer sah. Sie winkte aufgeregt mit den Armen.

«Komm Elo, lass uns schnell zum Ufer rudern. Da stimmt etwas nicht.» Mit kräftigen Schlägen erreichten wir das Ufer. Ich sprang heraus und eilte zu meiner Mutter.

«Was ist los, Mutter?»

«Schnell, komm zu Jakob! Er ist nassgeschwitzt und hat kalten Schweiss auf der Stirne.»

Ich rannte zum Haus. Jakob lag auf seinem Strohlager. Seine Haut war bleich und seine Arme zitterten leicht. Aurelia weinte lautlos. Die Tränen rannen ihr über ihr hübsches Gesicht. Sie schaute mich fragend an. Ich fühlte den Puls, obwohl ich wusste, dass ich nicht mehr viel machen konnte. Jakob zeigte alle Anzeichen, die ich bei vielen Sterbenden gesehen hatte. Ich nahm Aurelia und meine Mutter etwas zur Seite und flüsterte:

«Es geht zu Ende. Aurelia nutze die Zeit, solange er noch ansprechbar ist. Sag ihm, was du noch sagen willst, bevor es zu spät ist. Ich denke, dass er den Mittag nicht erleben wird!»

Aurelia stiess einen erstickenden Schrei aus. Ich drückte sie fest an mich und schaute ihr tief in die tränennassen Augen.

«Mach es ihm leicht! Wisch ihm seine Stirne mit einem feuchten Lappen ab. Gib ihm etwas Wasser, wenn er Durst hat und schenke ihm deine

Geborgenheit und Liebe.»

Sie nickte und kauerte sich neben sein Strohlager.

«Kannst du nichts tun?», fragte meine Mutter.

Ich schüttelte den Kopf.

«Nein. Sieh seine Füsse und Hände werden fleckig. Der Lebensgeist entschwindet.»

«Ich werde für ihn beten.»

Obwohl ich bei den Piraten viele habe sterben sehen, berührte mich das nahe Ende von Jakob sehr. Er war für mich in den Jahren der Fischerlehre wie ein Vater geworden.

Aurelia umsorgte ihn liebevoll. Plötzlich faste Jakob ihren Arm und zog Aurelia zu sich. Er flüsterte ihr etwas ins Ohr.

Aurelia winkte mir zu und ich kniete mich an sein Lager.

Jakob nahm zitternd unsere beiden Hände, legte diese ineinander und sprach stockend den mosaischen Segen:

«Der HERR segne euch und behüte euch. Der HERR lasse sein Angesicht leuchten über euch und sei euch gnädig. Der HERR hebe sein Angesicht über euch und gebe euch Frieden.»

Nach dieser grossen Anstrengung blickte er liebevoll zu meiner Mutter.

Nun schien er alles getan zu haben, was ihm noch wichtig war.

Er schnaufte zum letzten Mal ein und hauchte dann sein Leben aus.

Eine tiefe Stille legte sich über den ganzen Raum.

Ich schloss ihm die Augen. Aurelia und meine Mutter weinten laut. Elo stand etwas verloren am Eingang.

Meine Mutter drehte sich um und sagte zu ihm: «Gehe zum Rabbi und sag ihm, dass Jakob gestorben ist. Wir werden alles fürs Begräbnis heute Abend vorbereiten.»

Elo nickte und verschwand. Es ging nicht lange und die ersten Trauergäste kamen, um von Jakob Abschied zu nehmen. Dies lenkte Aurelia etwas von ihrer grossen Trauer ab. Meine Mutter hatte Jakob sein weisses Gewand angezogen und eine Kerze neben seinem Kopf entzündet.

Gegen Abend kam auch der Rabbi der Synagoge von Kapharnaum. Er war eine imposante Erscheinung mit seinem prächtigen Umhang und den langen Quasten, die an den Enden herunterhingen. Er betrat aber das Zimmer nicht, um sich nicht zu verunreinigen.

Elo, der sich gut in den jüdischen Bräuchen auskannte, hatte alles fürs Begräbnis organisiert. Verwandte Jakobs brachten Essen, damit sich Aurelia und meine Mutter voll der Trauer widmen konnten. Am späten Nachmittag kam der Schreiner mit dem einfachen Sarg. Wir legten Jakob hinein und trugen den Sarg zum Eselkarren.

Schweigend gingen wir hinter dem Karren her, der quer durchs Dorf, zum Friedhof führte. Viele Gedanken gingen mir durch den Kopf. Hatte Jakob ein erfülltes Leben? Wie würde mein Ende aussehen?

Meine Gedanken wurden durch eine römische Centurie unterbrochen, die unseren Weg kreuzte. Wir mussten warten, bis die hundert Soldaten vorbeigezogen waren. Es schien endlos zu dauern. Mann für Mann gingen an uns vorbei. Da drehte plötzlich einer der Soldaten den Kopf und musterte mich. Ich duckte mich etwas, sodass er mein Gesicht nicht mehr sah. Irgendwie kam er mir bekannt vor. Ich konnte mich aber nicht mehr erinnern, wo ich ihn schon einmal gesehen hatte. Und da war es wieder, dieses Gefühl, diese Ahnung, welche zur Vorsicht rief.

Endlich war die Centurie durchmarschiert und wir konnten unseren Trauerzug fortsetzen. Wir erreichten den jüdischen Friedhof und der Sarg wurde in die vorbereitete Grube gelegt. Der Rabbi rezitierte die üblichen Verse zu einer Beerdigung: «Siehe auf drei Dinge und du wirst nie fehlschlagen im Leben: Wisse, woher du kommst und wohin du gehst und vor wem du einst Rechenschaft ablegen musst.»

Darauf warf er drei Schaufeln Erde hinunter. Dann gab er die Schaufel Aurelia und forderte sie auf auch drei Schaufeln Erde in die Grube zu werfen, wie das alle Anwesenden tun sollten. Da die Trauer sie so sehr schwächte, half ich ihr dabei.

Als die Abenddämmerung einsetzte, löste sich die Trauergemeinde langsam auf. Auch wir machten uns auf den Heimweg.

«Sollen wir die Hochzeit verschieben?», fragte ich Aurelia auf dem Rückweg.

«Nein, Vater hätte das nicht gewollt. Zudem hat er uns ja seinen Segen schon gegeben. Eine Woche Trauer wird genügen. Dann soll wieder Freude sein in unserem Haus.»

Es war schon fast dunkel, als wir in die Nähe des Hauses kamen. Ich merkte sofort, dass etwas anders war als sonst. Meine Erfahrungen mit den Piraten hatten meine Sinne geschärft.

«Aurelia, Mutter, Elo, bleibt stehen!»

«Was ist los?», wollte meine Mutter wissen.

«Da stimmt etwas nicht. Ich spüre es.»

«Bleibt hier! Ich werde nachsehen.»

Vorsichtig schlich ich durch ein Nachbargrundstück zur Mauer, welche das Grundstück umgab. Ich späte hinüber. Es waren etwa zehn römische Soldaten vor unserem Haus. Darunter auch der, welcher mich gemustert hatte.

«Habe ich dich!», hörte ich eine Stimme hinter mir und spürte die Spitze seiner Lanze in meinem Rücken.

«Was schleichst du hier so herum? Geh zur Haustüre.»

Er stiess mich mit seiner Lanze vorwärts auf den Hausplatz.

«Lasst ihn los!», rief Aurelia aus der Ferne, von wo sie alles beobachtet hatte.

«Er hat euch nichts getan!»

«Schweig Weib!», sagte der Soldat verächtlich.

Ich wurde in die Mitte der Soldaten gestellt. Unterdessen waren auch meine Mutter, Aurelia und Elo auf den Platz gekommen.

«Ist er es?», fragte ein Soldat seinen Kameraden. Es war der Soldat, welcher mich im Vorbeigehen angeschaut hatte. Er musterte mich und sagte nachdenklich: «Damals auf dem Schiff, als sie alle umbrachten ausser mich, hatte er einen Bart. Aber ich habe seine Schulter gesehen.

Darauf ist eine längliche, ausgebrannte Narbe.»

Wie ein Blitz durchfuhr es mich. Es war der junge Römer, welchen ich auf der Enterfahrt mit den Piraten verschont hatte.

«Öffne dein Hemd!»

Ich wollte nicht, aber mit einem Ruck rissen sie mir mein Kleid von der Schulter, sodass meine Narbe zum Vorschein kam.

«Er ist es!», triumphierte der Soldat.

«Ich habe niemanden getötet!», rief ich laut. «Ich war selbst ein Gefangener und wurde gezwungen, die Wunden zu verbinden. Und dich, du Undankbarer, dich habe ich gerettet! Wieso tust du mir das an?»

«Ich habe Rache geschworen für meinen Vater, welchen ihr auf dem Schiff getötet habt. Du hattest ein Schwert. Du kannst kein Gefangener gewesen sein.»

«Aber ich habe nicht getötet! Ich habe dich vor den Piraten gerettet! Das ist doch Beweis genug!»

«Du warst bei ihnen! Das reicht!»

«Lasst ihn los», befahl Aurelia, «ich kenne ihn schon lange! Wenn er sagt, dass er nicht getötet hat, dann stimmt das.»

«Es ist mir egal, was du sagst, Weib! Der Kaiser hat angeordnet, alle Piraten zu töten!»

«Nein!», schrie Aurelia und schlug mit ihren Fäusten auf den Soldaten ein.

Der Soldaten stiess Aurelia unsanft weg. Sie fiel hin und schrie noch mehr. Alle Soldaten blickten hin. Jetzt oder nie! Mit einem Ruck entzog ich mich dem Griff des Soldaten, der mich festhielt und rannte davon. Sofort verfolgten mich Einige. Doch ich war schneller als sie mit ihren starren Kampfkleidern. Ich tauchte in die Dunkelheit ein. Zwei, drei Richtungsänderungen und ich hörte ihre Rufe, die sich immer weiter von mir entfernten. Im dichten Unterholz setzte ich mich auf einen Stein.

Alles in mir schrie:

«Warum, Gott? Warum bestrafst du mich? Wieso wird meine Barm-herzigkeit mit Undank belohnt?»

Nach einer Weile hatte ich mich wieder etwas gefangen. Was sollte ich nur tun? Zurückkehren konnte ich nicht. Die Soldaten überwachten sicher das Haus. Ich fasste den Entschluss, mich eine Woche im Wald zu verstecken. Dann würden sie sicher das Interesse an mir verlieren.

Der Mond war aufgegangen und ich sah am Hang des Waldes eine Höhle. Vorsichtig näherte ich mich dieser und ging hinein. Es war Platz für etwa fünf Personen und eine Feuerstelle hatte es auch. Sie musste von Wanderern als Notschlafstelle genutzt worden sein. Ich lehnte mich gegen die Wand und schlief ein.

Ein warmer Sonnenstrahl, welcher den Weg durch die Bäume und den Höhleneingang gefunden hatte, fiel auf mich. Ich öffnete meine Augen und hoffte, dass alles nur ein böser Traum war. Aber es war kein Traum. Es war bittere Wirklichkeit. Ich streckte meine steifen Glieder und überlegte, wie ich eine Woche hier unbemerkt leben konnte. Ich brauchte Wasser und etwas zu Essen. In der Nähe hörte ich das Rauschen eines Baches. Also war das Wasser kein Problem. Ich kletterte den Abhang hoch und schaute mir die Umgebung an. Im Osten sah ich Rauch aufsteigen. Da musste es Menschen haben und auch Nahrung. Ich brauchte etwa eine halbe Stunde, dann war ich in der Nähe der Stelle, von der der Rauch kam. Es war ein kleiner Hof mit Ziegen und frei herumlaufenden Hühnern. Es schien niemand draussen zu sein. Da ich als Kind auch Hühner hatte, war es für mich einfach, eines einzufangen. Ich packte es und drehte ihm den Hals um. Dann schlich ich mich zum Stall und sammelte Eier ein. Acht Stück fand ich. An der Stallwand hingen getrocknete, geräucherte Fleischstücke. Es waren einige, sodass die Menschen auf diesem Hof sicher nicht hungern mussten. Ich packte ein Stück. Auf einem Haufen lagen Feuersteine. Auch davon nahm ich zwei mit. Ich wusste wohl, dass sich das nicht gehörte. Aber ich nahm mir vor, wenn sich die Gelegenheit ergeben sollte, den Schaden zu ersetzen.

Dann verschwand ich wieder im Wald.

Ich säuberte die Höhle und machte mir aus feinen Ästen und Blättern ein frisches Lager. Für das Huhn brauchte ich ein Feuer. Trockenes Holz hatte es genug. Mit den Feuersteinen schlug ich Funken auf trockenes Stroh und schon bald brannte ein kleines Feuer. Das gerupfte Huhn steckte ich auf einen Holzspiess. Gedankenverloren briet ich es. Ich starrte in die Glut. Aber ich sah das Feuer nicht. Vor meinen Augen lief nochmals die ganze Zeit seit meiner Entführung ab. Ich versuchte einen Sinn in Allem zu finden. Aber es gelang mir nicht. Ich erkannte, dass es mehr selbstsüchtige, hinterhältige, ja grausame Menschen gab, als Gute. Hatte am Ende mein Vater doch recht, dass sich ein ehrliches Leben nicht lohnt? Wie oft wurde mir Gutes mit Bösem vergolten. Kaum hatte ich mein Glück nach so langer Zeit wiedergefunden, wurde mir eine gute Tat zum Verhängnis.

So verbrachte ich die Woche mit trüben Gedanken. Einzig das Wiedersehen mit Aurelia und meiner Mutter war für mich ein Lichtblick.

Zerbrechliches Glück

Es waren nun acht Tage vergangen, seit ich fliehen musste. Ich entschloss mich, den Vollmond auszunutzen und in der nächsten Nacht nach Kapharnaum zurückzukehren.

Als die Dämmerung anbrach, ass ich das letzte Stück vom Trockenfleisch und machte mich auf den Weg.

Die Schatten, welche die Bäume im Mondlicht warfen, liessen alles gespenstisch erscheinen. Manchmal meinte ich eine Gestalt zu sehen. Koros! Schaudern durchfuhr mich. Aber alles waren nur Trugbilder.

Gegen Mitternacht erreichte ich die ersten Häuser von Kapharnaum. Ich schlich wie ein Räuber, von Haus zu Haus.

«Wie ein Räuber, wie mein Vater», durchfuhr es mich.

Noch drei Häuser, dann sah ich unser altes Haus. Es brannte noch Feuer in der Feuerstelle, denn ein matter Lichtschein drang hinaus. Vorsichtig näherte ich mich, immer die Umgebung prüfend, ob jemand in der Nähe war. Ich schlich mich hinters Haus und warf einige Kieselsteine gegen die hintere Türe. Es dauerte nicht lange und Aurelia steckte den Kopf hinaus.

Sie flüsterte in die Nacht hinaus: «Wer ist da?»

«Ich bin es! Bist du alleine?»

Ich hörte ein erlösendes: «Ja.»

Mit wenigen Schritten war ich bei der Türe und verschwand im Haus.

Aurelia umarmte mich, küsste mich und drückte mich fest an sich.

«Oh Dismas! Warum gönnt uns das Schicksal unsere Liebe nicht? Warum werden wir immer wieder getrennt? Jetzt ist es aber das letzte Mal! Von jetzt an gehe ich dorthin, wo auch du hingehst!»

«Du weisst, was das bedeutet. Wir müssen weit weg von hier, wo uns niemand kennt. Dort können wir ein neues Leben beginnen. Ich habe Freunde auf der Insel Zypern. Dimitrios besitzt grosse Ländereien. Da wird sich schon etwas für uns finden. Zudem kann ich im Meer fischen. Es wird dir gefallen.»

Die tränenerfüllten Augen Aurelias begannen zu leuchten.

«Das wäre fast zu schön, um wahr zu sein! Endlich Ruhe und Friede. Nur du und ich!»

«...und meine Mutter.»

«Nein, Dismas. Deine Mutter weiss, dass wir weggehen müssen. Sie ist alt und will hierbleiben, damit sie auch hin und wieder zum Grab von Jakob gehen kann. Sie sagte, du würdest das verstehen.»

«Dann wird sie in Jakobs Haus wohnen bleiben?»

«Ja, sie hat mit mir alles für eine Flucht vorbereitet. Ein Esel steht im Stall hinter dem Haus. Kleider, Essgeschirr und einige Goldstücke liegen auch bereit.»

«Was ist mit den Soldaten? Beobachten sie unser Haus noch?»

«Sie blieben zwei Tage. Danach kamen sie nur noch auf den Kontrollgängen bei unserem Haus vorbei. Gestern gar nicht.»

«Wir müssen trotzdem sehr vorsichtig sein! Diese Römer sind schlau und unberechenbar!»

«Das hat deine Mutter auch gesagt. Du musst dich verstecken bis zur Flucht! Du kennst ja den kleinen Vorratsraum hinter unserem Haus, den deine Mutter in den Felsen schlagen liess. Wir haben den Eingang mit Ästen und Steinen so hergerichtet, dass man ihn nicht erkennt.»

«Eine Bitte hatte deine Mutter noch. Sie möchte unsere Heirat erleben. Wir sollen heimlich heiraten, bevor wir Kapharnaum verlassen. Miriam wird mit dem Rabbi reden. Ich denke, das sollten wir tun. Was meinst du?»

«Nun ja, wenn das der Wunsch meiner Mutter ist, dann soll es so sein! Aber es muss schnell gehen! Wir sind hier nicht sicher. Am besten wäre schon morgen!»

Erneut flammten die Augen von Aurelia auf. Sie war glücklich und selig bei der Vorstellung der bevorstehenden Heirat.

«Dann werde ich es deiner Mutter gleich morgen früh sagen.»

Plötzlich hörte ich etwas von draussen. Waren das nicht Geräusche von Stiefeln und Rüstungen? Nun bemerkte es auch Aurelia.

«Schnell in den Vorratsraum, Dismas!»

Ich verschwand lautlos, tastete mich in der Dunkelheit zur Vorratshöhle und verschwand hinter dem Wall aus Steinen und Ästen. Ich späte durch ein Loch im Schutzwall. Fackelschein erhellte den Nachthimmel. Harte Männerstimmen waren zu hören. Dazwischen schwang die Stimme von Aurelia. Dann wurde es still. Langsam entfernte sich der Lichtschein. Die Dunkelheit eroberte sich wieder ihren Platz.

Nach einigen, endlosen Minuten hörte ich die flüsternde Stimme von Aurelia.

«Dismas, sie suchen dich immer noch. Sie kamen vorbei, um zu spionieren und um mich zu warnen. Wenn ich dich verstecken würde, hätte ich mit der gleichen Strafe zu rechnen wie du.»

«Also müssen wir morgen Nacht fliehen. Es gibt keinen Aufschub! Der

Rabbi soll zur zweiten Nachstunde unauffällig in Jakobs Haus kommen.»

«So werden wir es machen. Schlaf gut mein Liebster.»

In den wenigen Stunden bis zum Morgen träumte ich immer wieder von der verhängnisvollen Enterfahrt. Ich stellte mir vor, was geworden wäre, wenn ich den Römer damals nicht am Leben gelassen hätte. Ich wäre ein freier Mann, aber ein Verwundeter an der Seele wegen des Mordes. Er hätte immer auf mir gelastet. Genauso wie auch die unterlassene Hilfe für Koros noch immer auf meiner Seele lastete.

Schweissgebadet wachte ich auf. Die Sonne schickte ihre ersten Strahlen in unseren Garten. Die Vögel sangen ihr Lied. Der Morgentau glänzte auf den Blättern. Alles war so friedlich. Ein guter Tag für meine Hochzeit.

In Jakobs Haus war Aurelia und meine Mutter sicher schon emsig mit den Vorbereitungen beschäftigt.

Ich spähte zwischen den Steinen und Ästen hindurch. Alles war ruhig, nur das Zwitschern der Vögel war zu hören. Ich schlich lautlos zum Haus und öffnete die Türe einen kleinen Spalt. Das Haus war leer. Auch kein als Wache platzierter Soldat war zu sehen. Aurelia hatte wohl nicht viel geschlafen. Alles war für unsere Abreise sorgfältig gepackt und bereitgestellt. Ich richtete wieder einmal meine Tasche, wie immer, wenn ich fliehen musste. Etwas Wehmut kam in mir auf. Kaum war ich in meine Heimat zurückgekehrt, musste ich sie schon wieder verlassen. Aber diesmal wenigstens nicht alleine. Mit Aurelia würde es mir sicher einfacher fallen.

Die Zeit in meinem Versteck schien mir endlos lange zu gehen. Endlich brach der Abend herein. Die ersten Sterne erschienen am wolkenlosen Himmel, als ich die Stimme Elos hörte.

«Dismas komm, es ist alles hergerichtet für die Hochzeit! Der Rabbi kommt schon bald. Hier sind festliche Kleider. Deine Mutter hat sie für dich genäht.»

Schnell zog ich mich um. Der feine Stoff war angenehm auf meinem Körper zu spüren. Wie wohl Aurelia aussehen würde?

Ich nahm meine Tasche und vorsichtig schlichen wir, im Schatten der Häuser, zu Jakobs Haus. Wir betraten es durch die Hintertüre. Und da stand sie! Aurelia! In einem weissen, mit Spitzen verziertem Kleid. Ihr rötliches Haar fiel wallend auf ihre Schultern und schien durch den weissen Schleier, welcher ihr Gesicht bedeckte, noch intensiver als sonst.

Sie stand unter der Chuppa, dem Hochzeitsbaldachin aus verzierter Seide. Die vier Stangen wurden von Fischern gehalten, welche Jakob nahestanden.

Meine Mutter hatte jetzt schon Tränen in den Augen vor Rührung.

Da klopfte es an der Türe. Zweimal schnell, einmal lang und wieder zweimal schnell.

Das Erkennungszeichen für Freunde.

Meine Mutter öffnete die Türe Der Rabbiner und einer seiner Schüler kamen herein.

«Ist euch jemand gefolgt?», wollte Elos wissen.

«Ich habe niemanden bemerkt. Zur Vorsicht habe ich am Anfang der Strasse einen meiner Schüler als Wache zurückgelassen. Aber lasst uns die Zeremonie schnell durchführen», mahnte der Rabbiner.

Er sprach den Segen über einen Becher Wein und gab ihn uns zu trinken. Aurelia hob dabei den Schleier. Darunter kam ihr freudestrahlendes Gesicht zum Vorschein. Ihre Augen glichen flammenden, blauen Saphiren.

Dann reichte mir meine Mutter den goldenen Ring. Ich streife ihn über den schlanken Zeigefinger der rechten Hand Aurelias und sprach das Heiratsgelübde.

«Durch diesen Ring bist du mir angelobt nach dem Gesetz Moses und Israels!»

Der Rabbi begann nun die Ketubba zu verlesen, den Ehevertrag.

«Du Dismas, bist verpflichtet, von nun an für Aurelia zu sorgen, sie zu ehren, zu kleiden und zu ernähren … »

Da flog die Türe auf. Ein junger Rabbi Schüler rief:

«Die Römer kommen!»

Ich packte meine Tasche mit der einen und Aurelia mit der anderen Hand. Wir rannten in den Innenhof. Aurelia entfernte den weissen Schleier, streifte ihren dunklen Mantel über und zog die Kapuze über den Kopf.

Ich spähte auf die Strasse. Da sah ich die Römer mit Fackeln vom Dorf herkommen.

«Schnell Aurelia, zu unserem Haus! Wir müssen meine Tasche und die Kleider holen!»

Wir waren etwa hundert Meter von Jakobs Haus weg, als die Soldaten ankamen. Einige aber blieben nicht dort, sondern rannten uns hinterher.

«Wir können nicht zum Haus», flüstere Aurelia, «sonst holen sie uns ein und vielleicht warten schon andere Soldaten dort!»

«Du hast recht! Komm wir gehen hier rechts in den Wald. Ich kenne diesen Weg von meiner ersten Flucht! Schnell!»

Hastig verliessen wir den Weg und folgten einem schmalen steinigen Pfad.

Immer wieder schaute ich nach hinten. Ich konnte noch das Scheppern der Schwerter hören.

«Dismas, schau hier teilt sich der Weg.»

Im Mondschein konnte man sehen, dass der eine Weg in eine Schlucht hinunterführte.

«Den nehmen wir! Da werden uns die Soldaten nicht folgen. Es ist zu mühsam für sie.»

So stiegen wir den steilen Weg hinunter in die Schlucht. Die römischen Soldaten folgten uns nicht. Sie waren sicher auf dem bequemeren Weg weiter gegangen.

In der Schlucht war es dunkel. Der durch Wolken immer weniger werdende Mondschein schuf eine gespenstische Stimmung.

«Schau hier Dismas! Hier scheint eine Höhle zu sein.»

«Lass mich vorausgehen! Manchmal sind diese Höhlen bewohnt.»

Ich suchte ein Stück Holz, wickelte etwas trockenes Gras darum und entzündete es mit meinem Feuerstein aus meiner Tasche. Dann trat ich in die Höhle.

Der Eingang war nur etwa anderthalb Meter hoch, sodass ich mich ducken musste.

Im Innern aber wurde die Höhle grösser. Wir waren hier nicht die ersten, die Zuflucht suchten, denn es gab eine Feuerstelle. Ich leuchtete in die hinteren Winkel und erschrak. Da lag das Knochengerüst eines Menschen.

«Dismas, kann ich hineinkommen? Ich habe schon etwas Holz gesammelt und es beginnt zu regnen!»

Ich schob die Knochen zur Seite in eine finstere Ecke, damit sich Aurelia nicht erschrecken würde.

«Ja komm rein. Es ist kein Tier hier drinnen.»

Aurelia schichtete das Holz auf und bald brannte ein Feuer. Ich legte meinen Arm um Aurelia, welche leise zu weinen begann.

«Wie haben die nur von unserer Hochzeit erfahren? Hätten sie doch nur bis zum Hochzeitssegen gewartet! Jetzt ist nicht einmal unsere Hochzeit vollständig.»

Aurelia begann zu schluchzen.

«Das werden wir nachholen. Ich verspreche dir das! Dafür haben wir unser Leben gerettet!»

«Aber wir mussten alles zurücklassen! Alle Kleider, Vorräte und die Goldmünzen, welche uns den Start erleichtert hätten.»

«Doch wir haben wenigstens uns zwei. Schlaf jetzt Aurelia. Ich halte Wache.»

Aurelia wickelte sich in ihren Mantel und legte sich neben das Feuer. Ich ging zum Höhleneingang und spähte in die Nacht hinaus.

Dunkelheit, Feuchte und das Rauschen von Wasser. Sonst war es still. Gegen Morgen wurde ich müde und schlief zusammengekauert beim Eingang ein.

Ein sanftes Rütteln weckte mich.
«Wach auf Liebster», hauchte mir Aurelia sanft ins Ohr.
Ich streckte mich. Meine Muskeln schmerzten etwas wegen der unbequemen Schlafhaltung.
«Sind wir alleine, keine Soldaten in der Nähe?», flüsterte ich.
«Es ist niemand da. Ich war schon am Bach und habe getrunken und mich gewaschen. Alles ist friedlich.»
«Dann werde ich mal sehen, ob ich uns etwas zum Essen besorgen kann.»
Ich drückte Aurelia an mich und gab ihr einen langen Kuss. Ich holte mein Messer aus der Tasche und ein Stück Sehne, dass ich immer darin aufbewahrte.
Vorsichtig verliess ich, im Schutz der Bäume, die Höhle.
Das Tal war etwa zehn Meter breit. In der Mitte schlängelte sich ein Bach. Auf beiden Seiten waren abfallende Wände, welche mit Bäumen bewachsen waren. Sie boten einen guten Schutz gegen Blicke von oben. Ich nahm mein Messer und schnitt einen biegsamen, aber kräftigen Ast ab und befestigte die Sehne. In kurzer Zeit war der Bogen bereit. Ich schnitt mir noch einige Pfeile zurecht und legte mich auf die Lauer. Die Zeit verging. Da, plötzlich raschelte es im Unterholz. Ich sah den Kopf eines Hasen. Er schaute sich um. Dann hoppelte er zu einer flachen Stelle des Baches und begann zu trinken. Ich spannte langsam den Bogen, zielte und schoss.
Der Pfeil schnellte heraus und traf den Hasen in die Flanke. Sofort versuchte er zu fliehen. Doch im dichten Unterholz verfing er sich mit dem Pfeil. So hatte ich es einfach, ihn einzufangen. Ein Schnitt mit dem Messer und er war erlöst. Das Essen unseres ersten gemeinsamen Tages war

gesichert.

Als ich zurückkam, überraschte mich Aurelia mit einer geschmückten Höhle. Sie hatte mit einem Zweig den Boden der Höhle geputzt und in die Nischen Blumen gestellt, welche sie am Bach gepflückt hatte.

«Das hast du wunderbar gemacht», lobte ich sie.

«War gar nicht so schwer. Es hat etwas gestaubt und Knochen und einen Schädel musste ich auch hinauswerfen. War wohl ein Tier.»

Ich wusste, dass das nicht stimmte. Aber ich sagte ihr nicht, dass es Menschenknochen waren, sonst hätte sie sich wohl erschrocken.

«Schau, ich habe einen Hasen gefangen. Das gibt ein Festmahl.»

«Und ich habe Bienenwaben gefunden!», triumphierte Aurelia.

«Ich denke, wir sollten einige Tage hierbleiben, bis sich alles beruhigt hat und die Römer das Interesse an uns verloren haben.»

Aurelia nickte und sagte: «Ist sowieso besser, wenn ich mich nicht zu fest anstrenge. Ich habe die unreinen Tage bekommen.»

Ich wusste schon, was sie damit meinte und stellte keine weiteren Fragen.

Da mir das Jagdglück auch in den folgenden Tagen hold war, hatten wir immer genug zu Essen. Manchmal fand ich sogar Feigen.

War Aurelia in den ersten Tagen in Hochstimmung, wurde sie Tag für Tag stiller und blasser. Ich schrieb das zuerst ihren Frauensachen zu, aber irgendwann war der Zeitpunkt gekommen, da es ihr wieder besser gehen sollte. Mehr als zehn Tage dauerte das nie. Das hatte ich bei Nadir in Ägypten gelernt.

Ich ging zu ihr hin und setzte mich neben sie. Ich merkte, wie sie sich etwas abwandte, wenn ich ihr zu nahe war.

«Aurelia du musst dich nicht abwenden. Ich weiss, dass Frauen dies hin und wieder haben. In Ägypten musste ich den vornehmen Töchtern Stärkungstee kochen. Das würde ich für dich auch machen, aber es fehlen mir die Kräuter dazu.»

Ich sah, wie eine dicke Träne über ihre Wangen kollerte.

«Was ist los Aurelia? Bitte sag es mir.»

Sie drehte sich mir zu und begann heftig zu weinen.

Schluchzend öffnete sie einen Teil ihres Kleides und da sah ich es.

Eine eitrige, fliessende Wunde am Brustkorb.

«Wie ist das passiert?»

«Auf der Flucht hatte ich mich an einem Ast verletzt. Zuerst machte ich mir keine Sorgen. Kleine Schnitte verheilen doch immer.»

Sie begann wieder zu weinen: «Aber die Verletzung wird immer schlimmer!»

«Lass mich sehen Aurelia! Ich habe bei Nadir viel gelernt über Wunden. Ich will schauen, was zu tun ist.»

Als ich die Wunde sah, erschrak ich. Doch ich liess mir nichts anmerken.

Es hatten sich schon blaurote Verfärbungen um die Wunde gebildet und der Eiter ging tief.

Oh, hätte ich doch meine Tasche noch, welche mir auf dem Schiff gestohlen worden war. Darin hätte ich sicher etwas gefunden, um ihr zu helfen. Jetzt sass ich da und konnte nicht viel machen.

«Ich werde sauberes Wasser holen und im Becher abkochen, dann säubere ich die Wunde. Danach wird es dir schon besser gehen.»

Ich versuchte sie zu trösten, aber innerlich hätte ich schreien können.

Ich wusste, dass nur Wenige eine solche Wunde überlebten. Wenn die kleinen Eitertierchen zu tief sassen, würde sie sterben.

Am Fluss schrie ich meine Wut über das ungerechte Schicksal ins Tal hinaus. Da war ich grossherzig und habe den Soldaten auf dem Schiff leben lassen. Und das war der Dank? Sollte mir das Liebste genommen werden?

«Warum Gott, warum?»

Ich erwärmte Wasser im Eisenbecher. Dann tauchte ich ein Stück Linnen hinein.

Mein Messer hielt ich über die Glut.

«Ach Aurelia, hätte ich nur meine andere Tasche noch! Darin war eine schwarze Masse, die Schmerzen lindert.»

«Es wird auch so gehen, Dismas. Ich werde an deine Küsse denken. Das wird mir helfen.»

«Und dieses Stück weiches Holz. Nimm es zwischen die Zähne und beiss fest darauf, wenn der Schmerz zu stark wird. Ich muss deine Wunde säubern. Der Eiter muss weg.»

Aurelia setzte sich so, dass ich an die eitrige Stelle kam. Vorsichtig löste ich Schicht um Schicht ab. Sie zuckte jedes Mal zusammen. Sie war unglaublich tapfer. Der Schmerz musste sehr stark sein.

Ich kam immer tiefer ins Fleisch und noch immer hatte es Eiter. So tief hatte ich noch nie in eine schwärende Wunde geschnitten. Ich wusste von Nadir, dass wenn ich eine Blutader treffen würde, sie innert kurzer Zeit verbluten würde.

Angstschweiss drückte aus meinen Poren und verband sich mit meinen Tränen, welche mir leise die Wangen herunterliefen. Aurelia hatte das Bewusstsein verloren. Das war besser so. Dann spürte sie den stechenden Schmerz nicht mehr, welcher mein glühendes Messer verursachte, als ich die Wunde vorsichtig ausbrannte.

Tiefer konnte ich einfach nicht schneiden, obwohl da immer noch etwas krankes Fleisch war. Ich meinte, darunter ihr Herz schlagen zu sehen.

Aus Heilkräutern in der Nähe der Höhle machte ich, zusammen mit etwas Hasenfett, welches ich noch vom erlegten Hasen übrighatte, eine Paste und schmierte damit das Linnen ein, welches ich ausgekocht hatte. Nachdem es etwas ausgekühlt war, legte ich es auf die tiefe Wund, verband alles und hoffte auf ein Wunder!

Aus Brennnesselblättern, kochte ich einen Tee. Nadir hatte das Kraut immer in heissem Wasser gekocht, wenn Echnaton in den Knochen und Gelenken Schmerzen hatte. Ich hoffte, dass das auch Aurelia helfen würde.

Es nahte schon der Abend, als Aurelia aus ihrer Ohnmacht erwachte.

Mit schmerzverzerrtem Gesicht hauchte sie meinen Namen.

«Dismas.»

«Aurelia, wie geht es dir?»

«Die Schmerzen sind sehr stark.»

Ich reichte ihr den lauwarmen Brennnesseltee.

«Trink davon. Es betäubt den Schmerz.»

Sie trank in kleinen Schlucken etwa den halben Becher.

Dann deutete sie mit der Hand an, dass ich nahe zu ihren Mund kommen sollte.

Sie war so schwach, dass sie nur ganz leise und mit grosser Kraftanstrengung sprechen konnte.

«Dismas, ich hatte einen wunderbaren Traum. Als der Schmerz zu gross wurde, war ich plötzlich ausserhalb meines Körpers und ich konnte dich sehen, wie du vorsichtig versuchtest, das verdorbene Fleisch wegzuschneiden. Deine Tränen habe ich auch gesehen. Ich habe dich auch begleitet, als du die Kräuter suchen gegangen bist. Du hast sie etwa fünfzig Meter talaufwärts auf der rechten Seite gefunden.»

«Das stimmt. Wie ist das möglich?»

«Ich weiss es nicht. Als du meine Wunde verschlossen und Brennnesseln gesucht hast, ist noch etwas Eigenartigeres passiert. Ich fragte mich, ob ich wohl wieder gesund werden würde und was mit dir geschieht, wenn ich sterben würde. Da geschah es.»

«Was passierte meine Liebste?»

«Plötzlich erstrahlte die ganze Höhle in gleissendem hellem Licht. Daraus trat eine Gestallt in einer weissen Tunika. Ein junger Mann mit strahlenden, tiefblauen Augen. Das muss wohl ein Engel gewesen sein. Er fasste mich an der Hand und sofort fühlte ich keinen Schmerz mehr. Er sah mich mitleidvoll an und sagte: «Alles wird gut! Nicht in diesem Leben, aber im wahren Leben! Dann liess er mich los, das Licht zog sich zusammen und er war verschwunden.»

Aurelia war noch voll erfüllt von der Erzählung.

«Aurelia, hast du diesen Mann schon einmal gesehen?»

«Nein, aber diese Augen! Die habe ich schon einmal gesehen. Aber wo?»

Ich dachte nach, ob dieses Erlebnis wohl von den Schmerzen herkommen könnte. Manchmal spielten einem die Gedanken dann Streiche, besonders wenn man von der schwarzen klebrigen Masse etwas zu viel genommen hatte. Aber davon hatte ich ihr ja nichts geben können.

«Jetzt weiss ich es. Er hatte die gleichen Augen wie der zwölfjährige Junge, damals auf der Reise nach Jerusalem.»

«Jesus?»

«Ja, genauso wie er!»

Ich zuckte zusammen. War das möglich? Er musste jetzt auch 26 Jahre alt sein, wie ich. Gedankenverloren ging ich zum Feuer und legte etwas Holz nach. Die Dunkelheit verschlang die letzten Sonnenstrahlen und die ersten Sterne wurden sichtbar.

«Dismas, Dismas! Komm zu mir!»

Ich eilte herbei.

«Was kann ich für dich tun?»

«Dismas ich spüre, wie ich immer schwächer werde. Als würde langsam das Leben aus mir herausströmen.»

«Nein Aurelia, verlass mich nicht!»

«Dismas, bitte hör mir zu! Ich werde kämpfen, aber wenn ich es nicht schaffe, so möchte ich neben meinem Vater in Kapharnaum begraben werden. Aber du darfst dich nicht in Gefahr bringen!»

«Das wird nicht nötig sein. Du wirst wieder gesund.»

«Dismas, es friert mich.»

Sofort legte ich etwas Holz nach.

Ich nahm sie in meine Arme und versuchte sie, mit meinem Körper zu wärmen.

So lagen wir etwa eine Stunde da. Es war gegen Mitternacht, als Aurelia plötzlich leicht zuckte.

«Dismas, Dismas, da ist es wieder! Dieses Licht!»

Ihre Stimme war kräftig und sanft zugleich.

«Der Engel ist auch da. Er ist so schön. Er winkt mir und hält mir seine ausgestreckte Hand hin.»

«Nein, geh nicht mit ihm. Es ist der Tod!»

«Nein, Dismas, es kann unmöglich der Tod sein. Jetzt fasst er mich bei der Hand. Ich habe keine Schmerzen mehr. Dismas, ich spüre eine grosse Glückseligkeit. Ach, könntest du es auch spüren!»

«Aurelia! Geh nicht!»

«Dismas, das ist nicht das Ende. Es ist der Anfang von etwas Wunderbarem! Ich weiss es!»

«Aurelia, Aureliaaaaaaaaa!»

Ihr Körper verlor die ganze Spannung. Sie atmete aus und ihr Kopf glitt sanft nach vorne.

Stille – Leere – Dunkelheit – Verzweiflung

Ich legte den leblosen Körper vorsichtig auf den Boden.

Und dann, dann drängte die Wut mit ungeheurer Macht an die Oberfläche. Alles Gute schien mir plötzlich wertlos. Aller Gottesglaube nutzlos! Alles Vertrauen in Menschen sinnlos!

Dunkelheit erfasste meine Gedanken. Und aus dieser Finsternis stieg Hass auf.

Hass auf alle Römer. Sie waren schuld, dass mir Aurelia genommen wurde. Sie werden dafür bezahlen. Bitter bezahlen. Alle Römer, alle!

Auch der Nachthimmel hatte sich verfinstert. Der Mond und die Sterne waren verschwunden. Ein dichter Wolkenteppich saugte das meiste Licht auf. Nur hin und wieder schaffte es ein zaghafter Lichtstrahl bis auf den Boden und verwandelte alles in eine unwirkliche, gespenstige Landschaft.

Ich legte Aurelia auf ihren weiten Umhang, schlug ihn von beiden Seiten zu, nahm das leblose Bündel auf den Rücken und verknüpfte die beiden Bändel vor meiner Brust.

So konnte ich sie gut die Schlucht hinauftragen. Öfters war ich nahe daran abzustürzen, denn das spärliche Licht liess den Weg nur undeutlich erkennen. Die Last spürte ich nicht. Meine Wut verlieh mir Kraft. Und Gnade Gott, wenn mir ein römischer Soldat begegnet wäre! In den frühen Morgenstunden erreichte ich Kapharnaum. Ich umging unser altes Haus und ging direkt zu Jakobs Haus. Vorsichtig späte ich in die Gasse. Aber zu dieser Stunde war nur eine Katze unterwegs. Ich schlich mich zum Hintereingang. Dort wartete ich eine kurze Weile, um die Situation zu prüfen. Als ich sicher war, dass keine Soldaten im Haus waren, warf ich kleine Steinchen gegen die Türe. Es ging nicht lange und meine Mutter streckte den Kopf hinaus.

«Mutter ich bin es, Dismas!»

«Wo bist du?»

«Hier hinten im Gebüsch. Aber bleib im Haus! Wecke Elo und schick ihn zu mir!»

Es dauerte nicht lange und Elo stand vor meinem Versteck.

«Was ist los Dismas! Wieso gehst du ein so grosses Risiko ein, hierher zu kommen?»

«Die verfluchten Römer haben mir alles genommen.»

«Was meinst du?»

«Aurelia!»

«Nein! Wo halten sie Aurelia gefangen?»

«Schlimmer, sie ist tot!»

Ein unterdrückter Schrei erfüllte die Nacht. Meine Mutter hatte alles mitangehört.

«Schnell Elo, hilf mir, den Körper von Aurelia ins Haus zu tragen!»

Im Inneren legten wir ihn auf den Boden. Ich öffnete den Umhang. Meine Mutter begann leise zu weinen.

«Auf der Flucht vor diesen hinterhältigen Römern hat sie sich verletzt. Sie hat mir nichts gesagt, bis es zu spät war. Die Wunde war zu tief mit den Eitertierchen durchsetzt.»

Eigenartigerweise beruhigte sich meine Mutter. Sie schaute gebannt auf das Gesicht von Aurelia.

«Schau Dismas, wie glücklich sie aussieht. Ihr Gesicht scheint zu leuchten.»

Für einen Moment gewann die Vernunft Oberhand und ich erzählte ihr von Aurelias merkwürdigen Erlebnissen kurz vor ihrem Tod.

«Jetzt verstehe ich ihren Gesichtsausdruck. Ein Engel hat sie abgeholt», bekräftigte meine Mutter.

«Alles Blödsinn», entfuhr es mir. «Die Römer sind schuld mit ihrer Hetze! Sie werden dafür bezahlen!»

«Beruhige dich mein Sohn. Zuerst wollen wir sie begraben.»

«Aurelia hat gewünscht, neben ihrem Vater begraben zu werden. Aus Liebe zu ihr habe ich dieses Risiko auf mich genommen.»

Draussen begann es langsam zu dämmern.

«Dismas, versteckst du dich oder gehst du wieder?», fragte Elo.

«Begrabt ihr sie. Das Risiko ist zu gross, auch für euch, wenn ich dabei bin. Ich werde wieder gehen.»

«Wohin mein Sohn?», wollte meine Mutter wissen.

«Weiss ich noch nicht. Ich werde erst wieder kommen, wenn die Römer für ihren Tod bezahlt haben.»

Ich drehte mich um und verschwand hinaus in die Morgendämmerung.

«Nein», rief meine Mutter, «sie werden auch dich töten! Dann habe ich gar niemanden mehr.»

Der Hass hatte wieder Besitz von meiner Seele ergriffen. Ich schlich zu meinem Haus. Dort füllte ich eine zweite Tasche mit allem, was ich brauchen konnte, um in der Wildnis zu überleben.

Ich kehrte zur Höhle zurück, denn ich wusste nicht, wo ich sonst hinsollte. Die Höhle wirkte ohne Aurelia kalt und öde. Die Müdigkeit wurde immer stärker. So wickelte ich mich in meinen Umhang und schlief ein.

Die Räuberbande

Ich träumte wild. All mein Erlebtes vermischte sich zu einem wirren Durcheinander.

Ich erwachte, als ich den Griff einer Hand an meiner Schulter spürte. Instinktiv griff ich nach meinem Messer. Aber eine andere Hand hielt meinen Arm fest. Ich schaute hoch und sah zwei Männer, welche mich festhielten.

«Hat er eine Geldbörse bei sich?», hörte ich eine tiefe Männerstimme sagen.

«Nein, sagte einer der beiden Angreifer. Er scheint kein reicher Kaufmann zu sein. Eher ein armer Taglöhner. Da wird es nicht viel zu holen geben.»

«Räuber!», durchfuhr es mich. Wie man mit solchen Gesellen umgeht, war ich mich ja gewohnt. Räuber oder Piraten! Alles ist das gleiche Gesindel!

Mit einem kräftigen Ruck befreite ich meine Arme, schlug den Einen nieder und hielt den Anderen mit meinem Messer auf Distanz.

«Na komm nur!», rief ich ihm provozierend zu. «Ich werde dich ins Jenseits befördern! Wie viele vor dir!»

«Lasst ihn!», sagte die tiefe Männerstimme vom Eingang her.

Ich atmete auf. Meine Übertreibung schien zu wirken.

«Du scheinst dich aufs Kämpfen zu verstehen. Wer bist du?»

«Wer bist du?», fragte ich zurück

«Ich bin Gestas! Vor mir und meinen Männern ist kein Wanderer in dieser Gegend sicher! Und du?»

Jetzt kam es darauf an, mich in ein gutes Licht zu setzen.

«Ich bin Dismas! Früher die rechte Hand des gefürchtetsten Piraten vor den Küsten Ägyptens! Durch die verfluchten Römer wurde ich in diese Höhle verschlagen. Wenn ich einen zu fassen kriege, drehe ich ihm den Hals um. Wie mit jedem von euch, der mir zu nahekommt!»

Ich machte einen Schritt auf den einen zu. Er wich etwas zurück und schaute verwirrt zu Gestas.

«Langsam Dismas, langsam! Ich will dir nichts tun. Einen wie dich können wir brauchen.»

«Arik, lass Dismas in Ruhe! Schau zu, dass Ilai wieder zu sich kommt!»

«Ich hole Wasser», brummte Arik und verliess die Höhle.

«Komm zu mir!», rief Gestas.

Ich näherte mich vorsichtig.

«Was haben dir die Römer getan?»

«Das geht dich nichts an! Es soll dir reichen, wenn du weisst, dass ich sie hasse. Und ich werde ihr Liebstes stehlen, ihr Geld!»

«Vortrefflich, wie wir! Dann werden wir uns gut verstehen.»

«Wenn du willst, nehme ich dich in meine Bande auf.»

Das war ein gutes Angebot für mich, denn alleine hätte ich es bedeutend schwerer.

Da ihr Ziel vor allem reiche Römer waren, hatte es auch den einen oder anderen Soldaten zum Schutz der Reisenden darunter. Wenn ich Glück habe, werde ich auch dem undankbaren Soldaten begegnen, um Rache zu bekommen!

«Ich bin einverstanden.»

«Ja, ich erinnere mich», unterbrach mich Gestas. «Unser erstes Zusammentreffen.»

Ich schaute durch das vergitterte Fenster. Die Nacht neigte sich dem Ende zu. Langsam verblassten die Sterne. Es war wohl das letzte Mal, dass ich sie gesehen hatte. Wehmut umklammerte mein Herz.

«Und das soll mein Leben gewesen sein?», fragte ich mich. Ein tiefer Seufzer entfuhr mir.

«Dismas, das war doch noch nicht alles! Du warst ein richtiger Römerhasser! Keiner war so verwegen wie du, hat so viel gewagt, um ihnen aufzulauern. Nun weiss ich wieso. Brennt die Wunde des Verlusts deiner Aurelia immer noch in dir?»

«Ja schon…»

«Aber vorletzten Herbst ist etwas mit dir geschehen. Von einem Tag auf den anderen hast du dich total verändert. Dein Römerhass war weg.»

«Ja, ich bin ihm nochmals begegnet.»

«Dem Römer?»

«Nein, Jesus! Es war vorletzten Herbst. Du lagst mit Fieber in unserer Höhle. Ich war mit den Männern auf der Lauer nach unvorsichtigen römischen Kaufleuten. Da geschah es.»

«Davon hast du mir nie etwas gesagt. Und komischerweise meinen Männern auch nicht. Was ist da geschehen?»

Weil Gestas so drängte, erzählte ich ihm auch das.

Wir lagen gut versteckt im Wald, an dem Hang, welcher nach Modin führt. Es war ein fleissiges Kommen und Gehen. Plötzlich entdeckte ich eine kleine Karawane.

«Ilai, siehst du diese Karawane dort mit den beladenen Lasttieren und der gut gekleideten Frau?»

«Ja»

«Schleiche dich an und versuche in Erfahrung zu bringen, was sie bei sich haben und wie gut sie bewacht ist.»

Schon nach kurzer Zeit kam Ilai zurück.

«Es ist eine prächtige Hochzeitskarawane, welche von Joppe nach Jerusalem unterwegs ist. Vom geschwätzigen Führer habe ich schnell erfahren, dass sie die Braut eines reichen Kaufmanns werden sollte und selber sehr vermögend ist. Sie trägt viele Goldringe und hat wertvolle Kleider und Brautgeschenke bei sich in den Kisten auf den Lasttieren. Genau das richtige für uns!»

«Dann greifen wir heute Nacht die Karawane an. Der Vollmond wird uns das nötige Licht geben.»

Wir warteten die erste Nachtwache ab. Erfahrungsgemäss wurden die nachfolgenden Wächter vom Schlaf übermannt, sodass wir es einfacher hatten, sie zu überwältigen.

Wir schlichen uns vorsichtig an. Ein grosser Schäferhund knurrte kurz. Er hatte uns vielleicht gewittert. Es waren aufgeregte Stimmen zu hören. Aber dann war Ruhe. Wir machten uns gerade zum Angriff bereit, als etwas Seltsames geschah.

Die Wächter fachten das Feuer an. Mächtige Flammen züngelten in den Nachthimmel und alles wurde in ein schimmerndes, gelbrotes Licht gehüllt. Ich schaute wie gebannt in die Richtung des grossen Feuers. Es sah aus, als komme daraus eine Gestalt hervor. Sie kam direkt auf uns zu und schien immer grösser zu werden. Eine fast zwei Meter grosse Gestalt, in einem von oben bis unten durchgewobenen Mantel, umhüllt vom Licht des züngelnden Feuers, blieb einige Meter vor unserem Versteck stehen. Angst erfasste mich. Ich schaute zu meinen Kammeraden. Auch in ihren Augen war der Schrecken zu sehen.

Da begann die Gestalt mit lauter Stimme zu sprechen:

«Das bösartige Verlangen nach Gold verleitet die Menschen zu verwerflichen Taten. Das Gold entlarvt den Menschen mehr als alles andere. Seht, wie viel Unheil dieses Metall mit seinem schimmernden Glanz anrichtet. Der Schöpfer hatte es sorgfältig in die Erde eingebettet, bei der Erschaffung, damit es dem Menschen diene und den Tempel schmücke. Aber Satan, der die Augen Evas verführte und dadurch den Mann befleckte, gab dem reinen Metall einen bösartigen Geschmack. Seitdem mordet und sündigt man des Goldes wegen. Die Frau wird des Goldes wegen zur Verführerin und ist zur Sünde des Fleisches bereit. Der Mann wird seinetwegen zum Dieb, zum Wucherer und Mörder. Er wird hartherzig und kalt gegen seinen Nächsten. Die Gier nach Gold blendet die Augen und lässt die Seele verkümmern, die so ihres wahren Erbes beraubt wird. Er bringt sie um den ewigen Schatz, das ewige Leben, für einige gleissende, wertlose Splitter, die er am Tag des Todes zurücklassen muss.»

Ich kannte diese Stimme. Sie war sanft, aber doch durchdrang sie Mark und Bein. Aber konnte er es sein? Er hielt einen Moment inne und drehte sich leicht, sodass ein flüchtiger Lichtschein sein Gesicht streifte. Und da sah ich sie: Jesus tiefblaue Augen! Solche hatte nur er! Für einen Bruchteil einer Sekunde trafen sich unsere Augen. Ein Bruchteil, der mich zutiefst erschütterte.

«O ihr, die ihr des Geldes wegen schwer sündigt. Je mehr ihr sündigt, umso mehr verspottet ihr, was eure Mütter und eure Lehrer euch gelehrt haben, dass es einen Lohn oder eine Strafe gibt für das während des Lebens Getane! Ihr denkt nicht daran, dass ihr wegen der Sünden den Schutz Gottes, das ewige Leben und die ewige Glückseligkeit verliert. Gewissensbisse und Fluch belasten euer Herz und die Angst ist euere ständige Begleiterin. Die Angst vor menschlichen Strafen, die immer doch ein Nichts sind im Vergleich zur Angst, die ihr haben müsstet und doch nicht habt, der heilsamen Angst vor der göttlichen Strafe. Ihr denkt nicht daran, dass euer Ende schrecklicher sein wird, als Strafe für euere Untaten. Das Ende ist umso schrecklicher, weil es ewig dauert, selbst wenn ihr bei euren Untaten aus Liebe zum Gold nicht bis zum Blutvergiessen gegangen seid. Es reicht schon, dass ihr nur das Gesetz der Liebe und der Achtung des Nächsten missachtet habt, statt jenen zu helfen, die hungern wegen eures Geizes, eurer Laster und eurer Habgier. Nein, ihr denkt nicht daran. Ihr sagt: «Das sind Märchen. Ich habe diese Märchen unter dem Gewicht meines Goldes begraben. Sie leben nicht mehr.» Aber es sind keine Märchen, es ist die Wahrheit! Sagt nicht: «Wenn ich tot bin, ist alles zu Ende.» Nein, dann beginnt alles erst richtig!»

Ich merkte, wie der Hass in mir sich aufzulösen begann. Wenn mit dem Tod nicht alles vorbei ist, wenn es weiter geht! Dann besteht auch noch Hoffnung für mich! Hoffnung für Aurelia!

«Das andere Leben ist kein Abgrund ohne Sinn und ohne Erinnerung, an die gelebte Vergangenheit, ohne Verlangen nach Gott, wie ihr euch die Zeitspanne der Erwartung des Erlösers vorstellt. Das andere Leben ist selige Erwartung für die Gerechten. Für die Büssenden geduldige Erwartung. Für die Verdammten qualvolle Erwartung. Für die ersteren im Vorraum, für die zweiten im Fegfeuer und für die letzten in der Hölle. Und während für die ersten ihr Exil mit dem Einzug des Erlösers in den Himmel endet, wird bei den zweiten durch die Erlösungstat die Hoffnung viel tröstlicher, während es für die dritten mit der schrecklichen Gewissheit der ewigen Verdammnis endet.

Denkt daran, ihr Sünder! Es ist nie zu spät, um zu bereuen! Ändert das Urteil, das im Himmel für euch geschrieben wird, durch eine wahre Reue. Das Fegfeuer wird für euch nicht die Hölle, sondern reuevolle Erwartung sein. Nicht Dunkel, sondern Morgendämmerung. Nicht Trennung, sondern Heimweh. Nicht Verzweiflung, sondern Hoffnung!»

Ich spürte, wie sich der letzte Funke Hass bei seinen hoffnungsvollen Worten auflöste: «Ändert das Urteil, das im Himmel für euch geschrieben wird!»

Der leere Raum in mir füllte sich mit Hoffnung. Es gab noch Hoffnung für mich.

«Geht, versucht nicht, gegen Gott zu kämpfen. Er ist der Starke und der Gute. Schändet den Namen eurer Eltern nicht. Hört, wie sie seufzen! Die Herzen eurer Mütter zerreisst es, wenn ihr zu Mördern werdet. Hört, wie der Wind in der Schlucht pfeift. Es scheint, dass er droht und verflucht, wie euch der Vater verflucht wegen des Lebens, das ihr führt. Hört, wie das Gewissen in euren Herzen heult. Warum wollt ihr leiden, wenn ihr mit wenig im Frieden auf Erden leben könntet, um dann im Himmel alles zu haben? Gebt eurer Seele Frieden! Gebt Frieden den angstvollen Menschen, die euch wie Raubtiere fürchten müssen. Gebt euch Frieden, ihr armen Unglücklichen! Erhebt den Blick zum Himmel. Entfernt den Mund von der vergifteten Speise und reinigt die Hände, die vom Blut des Bruders triefen. Reinigt euer Herz!»

Ich schaute mich um. Meine Kameraden waren genauso erschüttert wie ich. Er hielt uns den Spiegel vor. Seine machtvolle Stimme erweichte das

härteste Herz. Oh, wie gerne hätte ich jetzt meine Mutter um Verzeihung gebeten, dafür dass ich die Rache gewählt hatte und nicht auf sie
gehört habe. Aber es war zu spät. Sie war kurze Zeit später vor Gram
gestorben.

Wieder begann er zu reden: «Ich vertraue euch. Daher spreche ich zu
euch. Denn wenn die ganze Welt euch hasst und fürchtet, ich hasse und
fürchte euch nicht. Ich strecke euch die Hand entgegen, um euch zu sagen: Erhebt euch! Kommt! Kehrt friedlich zu den Menschen zurück, als
Menschen zu Menschen! Ich fürchte euch so wenig, dass ich jetzt zu diesen Leuten sagen kann «Kehrt zur Ruhe zurück, ohne Hass gegen die
armen Brüder. Betet für sie.» Ich bleibe hier, um sie mit den Augen der
Liebe anzublicken, und ich schwöre euch, dass nichts geschieht, denn
die Liebe entwaffnet die Gewalttätigen und sättigt die Gierigen. Die
Liebe, die wahre Macht in der Welt, sei gepriesen. Diese unbekannte
Macht. Eine Macht, die Gott gehört.»

Dann drehte er sich kurz Richtung Feuer um: «Geht, geht! Fürchtet euch
nicht. Es sind keine Räuber mehr hier, nur noch erschütterte, weinende
Männer. Wer weint, tut nichts Böses. Gebe Gott, dass sie bleiben, wie sie
jetzt sind. Es wäre ihre Rettung.»

Dann drehte er sich wieder uns zu. Keiner getraute sich etwas zu sagen.
Verstohlen wischten einige ihre Tränen ab. Selbst Ilai, der sonst ohne
mit der Wimper zu zucken tötete, hatte wässrige Augen.

Kopfhängend zogen wir uns zurück. Es herrschte Totenstille. Als wir
schon weit weg waren, begann Ilai plötzlich zu sprechen:

«Männer! Was heute Nacht passiert ist, soll unser Geheimnis bleiben!
Kein Wort zu Gestas! Er würde es uns sowieso nicht glauben. Und ihr
kennt ihn. Sein Zorn ist schrecklich.»

«Wir werden ihm sagen, dass bewaffnete Römische Soldaten da waren,
sodass wir keine Möglichkeit hatten, einen erfolgreichen Überra-
schungsangriff zu machen.»

Alle waren einverstanden.

«So war das damals.»

«Jetzt weiss ich, wieso uns kurz darauf Malchus und Jorus verliessen. Dieser Jesus war schuld daran. Und dich hat er zum Schwächling gemacht. Nur noch Vorsicht, möglichst wenig Verletzte bei Überfällen und schon gar keine Toten mehr! Jetzt wird mir vieles klar. Er hat euch ein schleichendes Gift ins Herz gegeben.»

«Nein, kein Gift, sondern, Liebe, Vergebung und Hoffnung!»

«Dummes Geschwätz! Noch nie ist ein Toter zurückgekehrt. Es gibt kein Leben nach dem Tod!»

«Oh, du hast es noch nicht gehört? Lazarus aus Bethanien war vier Tage tot. Sein Körper stank schon. Und er, er hat ihn von den Toten auferweckt! Ich habe ihn gesehen, bevor ich verhaftet wurde. Er hat gegessen und getrunken. Er war sehr lebendig! Und hat gesprochen. Er sagte, Jesus habe gesagt, er gehe hin uns eine Wohnung im Himmel zu bauen, wo wir dann ewig leben werden.»

«Pah, unnützes Geschwätz! Ich bin auch ein Prophet! Ich sage dir dein Leben wird in weniger als zwölf Stunden enden. Dann wirst du tot sein und die Würmer werden dich fressen. Hahahaha!»

Ich drehte mich weg. Ich bereute es, ihm meine Geschichte erzählt zu haben. Sein Herz musste aus Stein sein. Nicht einmal jetzt, vor seinem sicheren Tod, konnte er Mitgefühl zeigen, nur Hass und Spott.

Der Prozess

Die ersten Sonnenstrahlen erhellten Jerusalem. Langsam erwachte die Stadt. Aber irgendetwas war nicht wie sonst. Etwas Bedrückendes, Finsteres lag in der Luft. Durch das Kerkergitter konnte ich einen Teil des Platzes sehen. Soldaten gingen eilig vorbei. Einige Gesprächsfetzen drangen an mein Ohr.

«Hast du gehört Apollo, sie bringen diesen Jesus hierher. Der Hohe Priester der Juden will ihn töten.»

«Das darf er aber nicht! Nur wir Römer können ein Todesurteil fällen.»

«Darum bringen sie ihn hierher. Pilatus soll ihnen die Erlaubnis geben, ihn zu töten. Ich weiss aber nicht, ob er nicht eher dieses Gesindel des jüdischen Hohen Rates hinrichten lassen soll. Sie sind eine durchtriebene, hinterhältige Gruppe von Privilegierten, die nur ihren Vorteil und die Machterhaltung suchen. Von Jesus aber hörte ich nur Gutes. Er hat sogar Römer geheilt.»

«Ja, Jesus hat öfters die Scheinheiligkeit des Hohen Rates offengelegt. Er könnte ihnen gefährlich werden, daher wollen sie ihn töten und...»

Die Soldaten entfernten sich, sodass ich nichts mehr hören konnte.

Gestas war eingeschlafen. Er lag zusammengekauert auf dem modrigen Stroh. Ich konnte nicht schlafen. Der Gedanke an meinen baldigen Tod hielt mich wach. Mehr als mein eigenes Schicksal beschäftigte mich das von Jesus.

Wieso wurde er verhaftet? Er, der doch nur Gutes tat. Alle Erinnerungen an ihn stiegen in meinem Geiste hoch.

Plötzlich wurden meine Gedanken unterbrochen. Draussen schien es einen Tumult zu geben. Immer lauter werdender Lärm und wirres Gerede war zu hören. Ich horchte, ob ich etwas daraus verstehen konnte.

«Pilatus wollte ihn freilassen. Er findet keine Schuld an ihm.»

«Ja, darum hat er ihn zu Herodes geschickt, in der Hoffnung, dass dieser ihn frei lässt. Aber der hat ihn nur wieder zurückgeschickt.»

«Jetzt muss Pilatus wieder entscheiden.»

Ich hörte Schritte im Kerkergang. Die Türe öffnete sich und der Kerkermeister streckte seinen Kopf hinein.

«Reicht es nicht, dass ich euch zwei Schwachköpfe habe? Jetzt muss ich mich auch noch um diesen Jesus kümmern. Weck deinen Kumpel und kommt! Wir müssen Mass nehmen für euer Kreuz!»

Vier Wachen kamen herein und führten uns über den grossen Innenhof. Das Knallen von Geisseln war zu hören, aber keine Schreie. Ich sah einen nackten Männerkörper an einer Säule. Die Hände waren über seinem Kopf an einen Metallring gefesselt. Die Füsse erreichten nur knapp den Boden, sodass der Körper ganz gestreckt den fürchterlichen Hieben der siebenzüngigen Geisseln schutzlos ausgesetzt war. Die ersten Striemen zeichneten sich auf seinem Rücken ab. Aber komischerweise war von ihm kein Laut zu hören. Wer war das wohl?

Wir waren fast bei der Zimmerei der Garnison angekommen, als der Gegeisselte kurz seinen Kopf hob. Und da trafen sie mich wieder!

Diese blauen, unergründlichen Augen.

«Jesus!», entfuhr es mir.

Da spürte ich die Spitze eines Schwertes in meinem Rücken.

«Vorwärts, sonst kannst du auch noch Bekanntschaft mit der Geissel machen!»

Wir wurden hineingeführt, wo uns ein schlecht gelaunter Zimmermann erwartete.

«Noch mehr Kundschaft», meinte er sarkastisch.

«Steckt eure Arme aus! Wird's bald! Oder müssen die Soldaten euch mit den Speeren nachhelfen? Ich muss die Querbalken eurer Kreuze ausmessen, damit sie nicht zu kurz sind!»

- Kreuz! Schmerzen! Tod! -

Ich zuckte zusammen. Die letzte verzweifelte Hoffnung auf Rettung verschwand in mir. Das dunkle Grauen erfasste mich. Widerwillig streckte ich meine Hände aus.

«Ein mittlerer Balken reicht für dich und hier starke Seile. Du bist muskulös. Am Ende zerreisst du uns die Stricke.»

Dismas wehrte sich, aber die Stiche mit den Speeren brachten ihn zur Besinnung. Während der Zimmermann mit seinem Gehilfen die Querbalken zuschnitt, hörte ich immer wieder die regelmässigen, pfeifenden Geräusche der unablässig niedersausenden Geisseln im Innenhof. Dann war Stille. Nur noch das monotone Sägegeräusch war zu hören. Als die Balken bereit waren, befahl der Kerkermeister:

«Kommt ihr Gesindel! Jeder nimmt seinen Balken und trägt ihn in den

Innenhof!»

Bewacht von den Soldaten schleppte ich den Balken über den leeren Platz bis zu einem Ort, an dem wir an Eisenringe gekettet wurden.

«Geniesst eure letzten Minuten», höhnte der Kerkermeister. «Wenn ihr losgebunden werdet, wird das der Gang zur Kreuzigung sein!»

Ich schaute zu Boden. Erst jetzt sah ich, dass wir unweit der Stelle waren, wo Jesus gegeisselt wurde. Überall war Blut. Ob er noch lebte? Oder hatten sie ihn zu Tode gegeisselt?

Plötzlich wurde es wieder laut. Vom Richtplatz, der in der Nähe des Innenhofs lag, kam ein grosses Stimmengewirr.

In diesem Augenblick ging das Tor der Soldatenunterkunft auf. Sie führten einen in einem purpurroten Mantel gekleideten, grossgewachsen Mann heraus. Auf dem Haupt war eine Dornenkrone aufgesetzt. Es war Jesus! Er lebte! Aber er war schrecklich zugerichtet. Blut rann über seinen Kopf, ausgelöst durch die Dornen, die sich tief in seine Kopfhaut gebohrt hatten.

«Heil Dir, König der Juden!», spottete einer der Soldaten und schlug ihm mit einem Stock auf die Dornenkrone.

«Lass das!», befahl ein Vorgesetzter. «Wir müssen ihn lebend zu Pilatus bringen!»

Sie verschwanden zum Richtplatz, der um die Ecke lag.

Da ertönte ein mächtiger Hornstoss und eine Stimme war zu hören:

«Ich, Pontius Pilatus, Statthalter von Judäa und Samaria, eingesetzt von Kaiser Tiberius, habe Jesus wegen euch geisseln gelassen! Aber ich finde keine Schuld an ihm! Seht diesen Menschen!»

Erneut war ein Geschrei zu hören. Dann ertönt wieder die Stimme von Pilatus:

«Da bald das Passafest ist, werde ich euch einen Gefangenen frei geben. Wollt ihr Barabas oder Jesus?»

Ein wildes Geschrei brach los. Doch dann setzte sich ein Sprechchor durch:

«Barabas! Barabas! Barabas! Wir wollen Barabas!»

Ich hörte Säbelrasseln und Lanzenschaffte auf den Boden hämmern. Offenbar versuchten die Soldaten, die Menge zurückzudrängen. Langsam wurde es etwas ruhiger.

Ein Soldat kam herein und sagte zu unseren Bewachern:

«Diese elenden Pharisäer! Sie haben Geld unter dem Pöbel verteilt, damit sie nach Barabas schreien.»

Erneut ertönte die Stimme von Pilatus:

«Was soll ich mit Jesus machen? Ich finde keine Schuld an ihm!»

Wieder schrien Sprechchöre:

«Ans Kreuz mit ihm! Ans Kreuz mit ihm!»

«Also nehmt ihn euch und kreuziget ihn! Aber ich wasche meine Hände in Unschuld!», sprach Pilatus, um sich aus der Sache zurückziehen zu können.

Ein wildes Gejohle brach aus. Es waren wohl die Siegesrufe der Sprechchöre, die ihr Ziel erreicht hatten.

Gestas, der sich immer noch neben mir befand, regte sich und meinte trocken:

«Jetzt wird er mit uns gekreuzigt! So weit hat er es gebracht, dein Jesus! Siehst du, Dismas, wie die Welt ist? Die kümmern sich einen Dreck darum, was gerecht ist oder nicht! Es regiert das Geld, die Habsucht und die Macht!»

Ich war wie von Sinnen. Er wird gekreuzigt! Er, der nur Gutes tat, geheilt und die Liebe gepredigt hatte.

Das Stampfen von Stiefeln und das Klirren von Rüstungen liess mich erahnen, dass die Soldaten sich in Bewegung setzten. Schon bogen die Ersten auf den Innenhof ein. In der Mitte war Jesus. In seinem purpurroten Mantel wirkte er, trotz seiner Verletzungen und der Dornenkrone, königlich.

Aus der Zimmerei kam fluchend der Zimmermann.

«Reicht es nicht mit diesen beiden Banditen, Longinus! Muss ich mich nun auch noch um die jüdischen Verbrecher kümmern?»

Er ging um Jesus herum und murmelte:

«Der ist gross, sehr gross! Ich habe in der Zimmerei noch ein fertiges Kreuz. Aber das ist schwer!»

Der Zenturio meinte nachdenklich:

«Das wird schon gehen. Das muss gehen. Wir haben keine Zeit. Es geht schon gegen Mittag.»

Longinus blickte uns an. Dann befahl er:

«Bindet den beiden Mördern die Balken auf die Schultern! Den Nazaräer aber lasst noch ein wenig ausruhen! Er ist schon stark geschwächt. Sonst schafft er es nicht bis auf Golgatha.»

Ich sah, wie Jesus zusammengekauert im Schatten einer Säule lag. Er sah schon mehr tot als lebendig aus.

Die Kreuzigung

Zwei Soldaten rissen mich hoch und banden den Querbalken auf meine Schultern. Die Stricke schnitten mir in die Haut. Ein brennender Schmerz durchfuhr mich.

Gestas wehrte sich heftig, was ihm nur Schläge und Tritte einbrachte. Nach einigen Minuten war auch er mit dem Querbalken zusammengeschnürt.

Ich sah, wie Longinus interessiert um Jesus herumlief. Wohin er sah, war nicht einfach zu sagen, da er stark schielende Augen hatte. Dies verlieh ihm ein etwas sonderbares Aussehen. Er schien erbarmen mit Jesus zu haben, denn er reichte ihm einen Becher mit Honigwasser. Aber Jesus lehnte ihn ab. Longinus insistierte, neigte sich zu ihm und ich konnte einige Wortfetzen auffangen:

«Ich möchte nicht, dass du unnötig leidest, denn von allen Hebräern bist du der, welcher am wenigsten solch einen Tod verdient hat! Nimm wenigstens einen Schluck, um mir zu zeigen, dass du die Heiden nicht verachtest.»

Da nahm Jesus den Becher und trank einen kleinen Schluck und flüsterte: «Gott vergelte dir diesen Trost mit seinem Segen.»

Was hätte ich dafür gegeben, auch einen Schluck zu bekommen. Aber uns bot niemand etwas an.

Dann stand Longinus auf und befahl:

«Eine Zenturie geht voraus und sichert den Richtplatz! Räumt alles Gesindel weg! Schont auch die Pharisäer nicht! Der Platz muss frei sein!»

Ein Wink mit der Hand und die Zenturie schritt stampfend davon.

«Und ihr bildet eine Formation! Zuvorderst zwanzig Mann, dann der Nazaräer! Um ihn herum zwölf Mann! Ihr haftet mir mit eurem Leben, dass er lebend auf dem Richtplatz ankommt! Habt ihr verstanden?»

Die Zwölf nicken.

«Dahinter die beiden Mörder und der Rest der Zenturie sichert die Seiten und den Rückraum!»

Einige berittene Soldaten kamen auf den Zenturio zu. Sie reichten ihm ein Pferd und er sass auf. Dann legten die Soldaten das Kreuz auf Jesu Schultern. Was ich da sah, liess mich erschaudern. Es war sicher vier Meter lang und der Querbalken voll verkeilt. Es muss unglaublich schwer sein, das ganze Kreuz zu tragen. Jesus gelang es nur mit grosser Anstrengung zu gehen: Schritt für Schritt und schwankend. Dabei drückte der Querbalken die Dornenkrone noch mehr in die Kopfhaut und ich sah Blut herunter rinnen. Dann setzte sich der Zug in Bewegung. An der Spitze ritt Longinus.

Die Soldaten hatten Mühe, die aufgewiegelten, schreienden und johlenden Männer und Frauen zurückzuhalten. Erst als sie die Speere einsetzten, wich die Menge etwas zurück und bildete eine Gasse.

Dennoch sah ich einige, denen es gelang, Jesus anzuspucken, zu schlagen oder Steine nach ihm zu werfen. Einige verfehlten das Ziel und trafen die zwölf Soldaten um Jesus. Diese setzten unzimperlich ihre Speere ein und der eine oder andere freche Angreifer trug Stichverletzungen davon.

Ich erhielt einen Tritt. Das Zeichen zum Abmarsch. Gestas war hinter mir, sodass ich das Geschehen vor mir sehen konnte. In den Gassen war es unerträglich heiss. Schwüle Luft erschwerte mir das Atmen. Jeder Schritt war mühsam. Die Sonne schien erbarmungslos herunter, obwohl das Licht sich eigenartig zu verändern schien. Es sah so aus, als ob ein Sturm aufziehen würde. Mein Querbalken schnitt mir immer tiefer ins Schulterfleisch. Die Schmerzen nahmen immer mehr zu. Ströme von Schweiss rannen an meinem Körper herunter. Wir nahmen nicht den direkten Weg, sondern mussten einen Umweg durch schmale Gassen einschlagen, weil der Pöbel den direkten Weg versperrte. Zum Glück kamen wir nur langsam voran, sodass ich immer wieder Pausen zum Erholen hatte. Nur Jesus, der sich vor mir befand, half das nichts. Die Soldaten zerrten in vorwärts. Er stolperte mehr als dass er ging und so passierte es, dass er hinfiel. Das schwere Kreuz begrub ihn unter sich. Es entstand ein Tumult. Die Frechsten aus dem Gesindel beschimpften ihn und versuchten, ihn mit Schilfrohren zu schlagen. Die Soldaten schützten ihn so gut es ging. Erst als Longinus mit dem Pferd dazwischen ging, beruhigte sich die Situation. Er schaute sich um und rief einen Soldaten zu sich. Er flüstere ihm etwas ins Ohr. Dann ging dieser. Einige Frauen versuchten Jesus zu trösten. Eine reichte ihm ein Tuch, sodass er sein blut- und schweissüberströmtes Gesicht abtrocknen konnte. Jetzt sah man gut, dass er etliche Verletzungen im Gesicht erlitten hatte. Ein Augenlied war schon stark geschwollen und mit Blut unterlaufen.

Mühsam erhob sich Jesus. Das Kreuz wurde ihm wieder auf die Schulter gelegt. Sein Körper zitterte vor Entkräftung und Blutverlust. Der Zug setzte sich fort. An einer Seitenkreuzung stand der wegegeschickte Soldat. Longinus sah ihn und befahl plötzlich, in eine Seitengasse einzuschwenken, welche direkt aus der Stadt zum Richtplatz führte. Seine Truppen sicherten den Eingang, sodass auch die wütenden Einwände der Pharisäer, dass dies nicht erlaubt sei, nichts nützten.

Ich schleppte mich durch das schmale Seitentor in der Stadtmauer, als Jesus vor mir erneut stürzte. Er regte sich nicht mehr.

«Gestas, schau», rief ich ihm zu, «ich glaube er ist tot!»

Da der Weg hinauf nach Golgatha an einem stark genutzten Handelsweg vorbeiführte, sahen einige Neugierige interessiert zu, was mit uns geschah.

Longinus beriet sich mit seinen Führungsoffizieren. Dann trat einer hinaus und packte einen kleinen, aber sehr kräftigen Mann aus den Neugierigen am Kragen und zerrte ihn zu Jesus hin.

«Du hilfst ihm das Kreuz zu tragen!», befahl der Decurio.

«Sicher nicht», schrie der Mann, «ich bin Simon aus Cyrene, ein ehrbarer Händler! Ich habe nichts mit diesem Mann zu tun!»

Der Soldat verstärkte seinen Nackengriff und sagte grimmig:

«Entweder hilfst du ihm oder du wirst danach aussehen wie er!»

Ich sah, wie Jesus sich bewegte und seinen Kopf leicht anhob. Mit seinen blauen Augen sah er den Mann liebevoll und zugleich flehend an. Er hätte ein Stein sein müssen, wenn er von diesem Blick nicht erschüttert worden wäre. Sein Widerstand schien gebrochen. Mitleid und Drohung hatten ihn wohl umgestimmt. Er ergriff das schwere Kreuz und stellte es auf. Jesus wurde von den Soldaten an den Stricken aufgerissen.

Der Cyrenäer trug nun das Kreuz. Trotzdem gelang es Jesus nur mühsam, sich Schritt für Schritt vorwärts taumelnd den ansteigenden Weg hinaufzubewegen.

Es waren nicht mehr so viele Gaffer wie am Anfang. Vielleicht lag es daran, dass wir jetzt am Steinbruch vor der Stadt waren, wo der Weg steil hinauf auf den freistehenden Hügel führte. Hier war nicht viel Platz. Oder aber, weil der Himmel sich immer mehr fahlgelb verfärbte.

Da erhielt ich wieder einen schmerzhaften Tritt!

«Weiter du Träumer! Am Kreuz hast du genug Zeit, den Himmel zu betrachten! Wir wollen euch gekreuzigt haben, bevor das Unwetter anbricht!»

Dieser kurze, aber steile Anstieg, hatte es in sich. Der Querbalken auf meinen Schultern schien mir aus Blei zu sein, so schwer wurde er. Ich strauchelte und fiel auf meine Knie. Kleine Steine bohrten sich in meine Kniescheiben und rissen mir die Haut auf. Und schon wieder spürte ich einen Speer in meinem Rücken.

«Auf mit dir, vorwärts!»

Zwei Soldaten zogen mich am Querbalken hoch. Ich sah nach oben. Noch zwei Wegkehren, dann ist es geschafft. Aber für was! Für meinen Tod! Panik erfasste mich. Noch zwanzig Schritte! Noch zehn! Ich wurde von hinten unsanft gestossen. Jetzt waren wir oben.

Keuchend liess ich mich auf die Erde fallen. Mein Herz pochte bis zum Hals. Die letzte Anstrengung war extrem. Ich rang um Atem. Alles war vom Schweiss durchtränkt. Die Stricke an meinem Querbalken wurden gelöst, weil sie diesen brauchten. Ich sah, wie sie ihn an einem etwa drei Meter langen Balken befestigten. Das Kreuz war fertig, mein Kreuz!

Ich wollte wegrennen. Aber wohin? Überall waren Soldaten mit Lanzen und gezückten Schwertern.

«Entkleidet euch!», verlangte die energische Stimme des Decurio.

Ich leistete keinen Widerstand. Die halblange, einfache Tunika war schnell ausgezogen.

«Die Unterwäsche auch! Hier habt ihr einen Lappen, um eure Blösse zu bedecken!»

Gestas machte sich einen Spass daraus, die Schriftgelehrten und Pharisäer mit obszönen Gesten zu beleidigen. Er warf ihnen seine Unterwäsche zu. Und sie stieben auseinander, um sich ja nicht daran zu verunreinigen, da ja das Pessachfest anstand.

«Vor meiner Unterwäsche habt ihr Angst! Sie verunreinigt euch! Aber zu lügen und zu verleumden beschmutzt euch nicht! Ihr Heuchler, ihr Schlangenbrut! Ihr seid nicht besser als ich!»

«Sei still!», befahl ihm der Zenturio.

Als ich meinen Lendenschurz befestigt hatte, packten mich zwei kräftige Henkershelfer. Sie drückten mich so fest auf das Kreuz, dass ich meinte mein Rückgrat würde brechen. Ein Dritter zog mit aller Gewalt Stricke um meine Arme und den Kreuzbalken. Sie rissen an meinen Armen und verdrehten sie über den Querbalken, was mir höllische Schmerzen auslöste. Jetzt waren meine Füsse dran. Sie wurden satt auf einen Holzpflock gebunden, den sie am Kreuz befestigt hatten.

«So das erste Bündel ist geschnürt!», rief ein Henkersknecht dem Centurio zu.

«Wohin soll er?»

«Rechts!», befahl er. «Der andere kommt links hin. Den Nazaräer will ich in der Mitte!»

Sie packten mein Kreuz und stellten es auf. Zwei zogen mit Seilen von vorne. Zwei drückten von hinten. Da sie den Kreuzfuss in eine Vertiefung stellten, welche sie aus dem Felsen herausgeschlagen hatten, rutschte es nicht weg.

Ich wurde immer mehr hochgezogen und fürchtete schon, dass ich nach vorne fallen würde, als das Kreuz mit einem starken Ruck ins Felsenloch hinunterrutschte. Der Schlag übertrug sich auf meine Arme und verursachte mir rasende Schmerzen. Zum Glück konnte ich meinen Körper mit den Füssen etwas auf dem Holzpflock abstützen, welcher sich unterhalb meiner Füsse befand. So liess der Druck auf meine Arme endlich etwas nach.

Jetzt war Gestas an der Reihe. Unter Fluchen, Schreien, Schlagen und Treten war auch er nach zehn Minuten ans Kreuz geschnürt und aufgestellt.

Nun machten sie sich an Jesus zu schaffen. Obwohl er körperlich sehr geschwächt war, strahlte er eine grosse Würde und Kraft aus. Es war eigenartig. Auch die Henkersknechte wunderten sich. Ohne Murren legte er sich aufs Kreuz. Aber diese Nägel! Diese riesigen Nägel! Das konnte nicht sein! Wieso behandeln sie ihn grausamer als uns?

Ich konnte nicht hinschauen! Schon hörte ich den ersten Hammerschlag.

Dann den Zweiten! Jesus, schrie bei diesem Schmerz auf. Ich schaute hinüber und sah, wie er zusammenzuckte. Aus seinen weit aufgerissenen Augen quollen Tränen hervor. Es musste ein schrecklicher Schmerz sein, den er fühlte. Der Nagel drang ein und zerriss Muskeln, Nerven und Adern und durchbohrte die Knochen. Dann war die erste Hand angenagelt.

Nun zerrten sie an seinem anderen Arm. Offenbar war das vorbereitete Loch etwas zu weit aussen. Mit Stricken zogen sie den Arm in die richtige Position. Es knackte in den Gliedern und schon fiel der nächste Hammerschlag. Schmerzverzerrt aber ruhig wie ein Opferlamm, das nicht weiss, dass es im nächsten Augenblick tot sein wird, ertrug er diese grausame Marter. Aber noch war es nicht vorbei. Es fehlten noch die Füsse!

Unten auf dem Plateau wurde es unruhig.

«Da ist seine Mutter! Kreuzigt sie auch!», hörte ich einige rufen. Da sah ich sie. Ich erkannte sie sofort. Sie war immer noch die gleiche edle Erscheinung wie damals auf der Jerusalemreise mit dem zwölfjährigen Jesus. Allerdings verzerrten Schmerz und Angst ihr Gesicht! Ein Jüngling stand neben ihr und versuchte sie vom Geschehen abzulenken. Doch sie wollte alles sehen.

«Drängt die Gaffer zurück! Besonders diese Pharisäer und den Pöbel! Die Frau aber und ihren Begleiter lasst dort unbehelligt stehen!», befahl der Zenturio Longinus.

Die Soldaten richteten ihre Speere und die feigen Gaffer stoben unter Fluchen und Zetern auseinander. Der Himmel wurde immer dunkler. Er verfärbte sich ockerfarben und Wind kam auf. Das Licht wurde eigenartig fahl.

Da hörte ich den nächsten Hammerschlag und wieder ein dumpfes Krachen von Knochen. Jesus stöhnte und konnte einen lauten Schrei nicht unterdrücken. Es zerreisst mir das Herz, zu sehen, dass seine Mutter das alles mitansehen musste. Welch eine unmenschliche Qual, den eigenen Sohn unschuldig leiden zu sehen.

Ein letzter Schlag, ein letztes Stöhnen, dann war er auf dem Kreuz festgenagelt. Genagelt und nicht geschnürt wie wir.

Um sein Kreuz aufzustellen brauchte es noch mehr Henkersknechte, da es grösser war als meines. Zug um Zug wurde es aufgerichtet. Dann fiel es in die Felsenvertiefung.

In dem Augenblick durchbrach ein Blitz die Wolkendecke und schlug donnergrollend ganz in der Nähe ein.

Einigen der Priester, Schriftgelehrten, Pharisäern und Sadduzäern wurde es jetzt doch zu unheimlich oder sie fürchteten das aufziehende Unwetter. Sie zogen sich zurück. Andere aber, die Frechsten von ihnen, lästerten Jesus.

«Wenn du Gottes Sohn bist, steige doch hinunter vom Kreuz! Zerschmettere uns!»

Andere riefen: «Was ist nun? Du Erlöser des Menschengeschlechtes, warum rettest du dich nicht selbst? Hat Beelzebub, dein König, dich verlassen? Verleugnet er dich?»

Und einige Pharisäer sprachen: «Steige vom Kreuz und wir werden dir glauben. Du willst den Tempel zerstören und in drei Tagen wieder aufbauen? Du bist verrückt! Sieh ihn dir an, den herrlichen und heiligen Tempel Israels. Du Schänder, er ist unzerstörbar! Aber du stirbst!»

Ich konnte das nicht verstehen. Das sollten Priester und Vorbilder sein? Hasserfüllte Hyänen! Wie Besessene! Jeder von ihnen würde ihn jetzt selber töten, wenn sie die Möglichkeit dazu hätten!

Zu mir war Jesus immer nur gut. In mir stiegen wieder seine Worte hoch, die er am Wald zu uns Räubern gesprochen hatte: «Das Herz eurer Mutter zerreisst es, wenn ihr zu Mördern werdet!» und «Ich hasse und fürchte euch nicht. Ich strecke euch die Hand entgegen, um euch zu sagen: Erhebt euch! Kommt! Kehrt friedlich zu den Menschen zurück, als Menschen zu Menschen.»

Dicke Tränen liefen mir die Backen hinunter. Ich konnte sie nicht zurückhalten. Ich sah seine Mutter an und ich dachte an meine Mutter und auch an Aurelia!

Als Horde kamen die Feiglinge wieder näher und wurden immer dreister.

Das missfiel dem Zenturio Longinus und so rief er seinen Soldaten zu: «Drängt das Gesindel auf die zweite Ebene zurück! Und wenn einer es wagt, hinaufzukommen, setzt eure Speere ein.»

Für einige Augenblicke kehrte Ruhe ein. Doch dann begann Gestas zu spotten:

«Rette dich und rette uns, wenn du willst, dass man dir glaubt. Du willst der Christus sein? Ein Irrer bist du! Es gibt keinen Gott. Die Welt gehört den Schlauen. Als Kinder redet man uns ein, gut und ehrlich zu sein. Gott wird es belohnen. Gott, so ein Märchen! Das redet man uns nur ein, damit wir brav sind. Es lebe unser Ich! Unser Ich allein ist König und Gott!»

Das war zu viel für mich. Ich spürte plötzlich eine Kraft in mir und ich rief ihm streng zu: «Schweig, Gestas! Fürchtest du nicht einmal jetzt Gott, da du diese Strafe erleidest? Für uns ist sie gerecht. Warum aber beleidigst du ihn? Er, der gut ist? Er leidet noch mehr als wir und er hat nichts Böses getan.»

Durch Gestas angestachelt nahm das Gefluche und Gespött der Juden wieder zu.

Da hörte ich Gestas rufen:

«Seine Mutter hätte ihn besser erziehen sollen!»

Maria nahm alles schweigend hin. Sie litt stumm mit. Sie, die immer so liebevoll war, wann immer ich sie getroffen hatte. Ihr hatte ich es zu verdanken, dass meine Mutter mich ins Badewasser von Jesus tauchen durfte und ich vom Schorf geheilt wurde.

«Schweig!», herrschte ich ihn an, «denke daran, auch dich hat eine Frau geboren! Und vergiss nicht, dass unsere Mütter um uns geweint haben! Es waren Tränen des Schams, weil wir Verbrecher sind. Unsere Mütter

sind gestorben. Wie gerne würde ich die meine um Verzeihung bitten.»
Mein Blick suchte Maria.

«Aber könnte ich das? Sie war herzensgut. Ich habe sie getötet durch den Schmerz, den ich ihr zugefügt habe. Ach könnte ich nur alles Ungute rückgängig machen. Ungeschehen! Besonders reute es mich, meiner Mutter in ihren letzten Tagen so viel Schmerzen bereitet zu haben. Ich bin ein grosser Sünder. Wer verzeiht mir? Mutter, im Namen deines sterbenden Sohnes, bitte für mich!»

Sie hob für einen kurzen Augenblick ihr schmerzgequältes Gesicht, sah mich Unglücklichen mit liebevolltröstenden Augen an und dann zu ihrem Sohn.

Der Blick durchdang mich so sehr, dass ich noch stärker zu weinen begann.

«Ja, nimm dir die zur Mutter. Dann hat sie noch einen Verbrecher mehr zum Sohn», höhnten die Spötter und Gestas.

Da bewegte Jesus seinen Kopf und sprach laut vernehmbar: «Vater, vergib ihnen, denn sie wissen nicht, was sie tun!»

«Er hat seinen Vater um Verzeihung gebeten. Das gilt doch auch für mich! Für mich Unglücklichen! Jetzt ist die Chance da, ihn um Verzeihung zu bitten!»

Ich drehte meinen Kopf zu Jesus und flehte ihn an:

«Herr, gedenke meiner, wenn du in dein Reich kommst. Es ist gerecht, dass ich leide. Aber gewähre mir Barmherzigkeit und Frieden im anderen Leben. Einmal habe ich dich reden gehört, du sprachst zu uns Räubern, aber töricht wie ich war, habe ich dein Wort gehört, aber mein Leben nicht geändert! Nun bereue ich es. Ich bereue alle meine Sünden vor dir, Sohn des Allerhöchsten. Ich glaube, dass du Gottes Sohn bist. Ich glaube an deine Macht. Ich glaube an deine Barmherzigkeit. Christus, verzeih mir im Namen deines heiligsten Vaters!»

Jesus wandte sich mir zu. Er schaute mich mit tiefem Mitleid an. Trotz seiner Schmerzen und Verletzungen, hatte er ein immer noch wunderschönes Lächeln auf seinem armen gequälten Gesicht. Sein Mund öffnete sich leicht:

«Ich sage dir, heute noch wirst du mit mir im Paradiese sein!»

Bei diesen Worten öffnete sich etwas in mir. Die Dunkelheit, die Verzweiflung, die schwere Last, fielen von mir ab und ein inneres Licht, eine nie gekannte Zuversicht begann mich zu erfüllen.

Die Schmerzen waren noch da, aber sie waren plötzlich erträglich. Ich spürte meinen Körper immer weniger, dafür öffnete sich mein Geist. Aus meinem Inneren stiegen Worte empor und mein Mund formte sie:

«Jesus von Nazareth, König der Juden, erbarme dich meiner. Jesus von Nazareth, König der Juden, ich hoffe auf dich. Jesus von Nazareth, König der Juden, ich glaube an deine Gottheit.»

Ein heftiger Windstoss unterbrach meine Gedanken. Das rötlich-fahle Licht war nun so schwach, dass man von Jerusalem nur noch schemenhaft die Mauern sehen konnte. Ich sah, wie Maria und ihr junger Begleiter näher ans Kreuz kamen.

Jesus sprach mühevoll und leise zu ihnen:

«Frau, siehe da deinen Sohn. Sohn, siehe da deine Mutter.»

Ich verstand nicht, was er meinte. Dafür spürte ich, wie mein Körper immer schwächer wurde. Krämpfe befielen meine Hände und Fussmuskeln. Aber das war wohl nicht so schlimm wie bei Jesus neben mir. Sein Körper wechselte von rötlich auf bläulich. Wundkrämpfe schüttelten seine Glieder. Dann hing er plötzlich still an den Händen herunter. Vielleicht hatte er das Bewusstsein verloren.

«Er ist tot!», riefen einige Pöbler.

«Das wollen wir sehen!», schrien einige Pharisäer. Sie hoben Steine auf und warfen damit auf Jesus. Einige trafen ihn. Er stöhnte auf und kam wieder zu sich.

Seine Schmerzen mussten unerträglich sein. Trotzdem nahm er all seine Kraft zusammen und rief mit lauter Stimme in seiner hebräischen Muttersprache:

«Mein Gott, mein Gott, warum hast du mich verlassen?»

Mich schauderte es bei diesem Ausruf. Wie tief musste seine Verzweiflung sein, dass er sich von allen verlassen fühlte. Sogar von seinem Vater!

«Er ruft nach Elias, dieser Irre», hörte ich einige Stimmen sagen: «Mal sehen, ob er ihm hilft.»

Noch einmal sprach Jesus: «Mich dürstet!»

Longinus gab ein Zeichen und ein Soldat ging zu einem Gefäss, das mit Essig und Galle gefüllt war. Der Soldat nahm ein dünnes, aber steifes Rohr und steckte den getränkten Schwamm auf. Ich sah, wie Jesus den Kopf wegdrehte, als er schmeckte, dass es Essig und Galle war. Er sprach mit sterbender Stimme: «Es ist vollbracht.»

Es war nun so dunkel geworden, dass ich nur noch Jesus gut sehen konnte. Sein Körper war nun fast bläulich und er zitterte. Zuckungen durchliefen seine Glieder von den Füssen bis zu den Händen. Ein letzter Ruf durchdrang die Dunkelheit: «Vater! Vater, in deine Hände lege ich meinen Geist!»

Drei Mal wurde sein Körper heftig erschüttert. Beim letzten Mal bäumte sich sein ganzer Körper auf und wurde mit aller Kraft erschüttert. Die Umgebung wurde in eine fast dunkle Nacht getaucht. Ein alles durchdringender, herzzerreissender Schrei.

Jesus ist tot!

In diesem Augenblick zuckten hunderte Blitze durch die Luft. Sie erhellten die dunkle Umgebung, welche nun gespenstisch, fast bedrohlich wirkte! Einige Umstehende wurden getroffen.

In mir stieg Angst auf. Ich schrie! Da begann die Erde zu beben. Ich wurde am Kreuz hin und her geworfen. Neben Jesu Kreuz öffnete sich ein Spalt. Andere fielen vom Plateau hinunter. Die Soldaten kamen näher an mein Kreuz, um nicht hinunterzufallen. Der Zenturio Longinus sah Jesus an und sagte: «Das war wahrhaft Gottes Sohn!»

Immer noch bebte die Erde und die Natur entfesselte sich in furchtbaren Blitzen und Donner. Nach etwa einer Viertelstunde beruhigte sich der Boden. Es wurde auch etwas heller, sodass ich die Stadt Jerusalem wieder sehen konnte. Es war Rauch zu erkennen. Offenbar hatten einige Blitze in der Stadt eingeschlagen. Auch vom Tempel schien Rauch aufzusteigen. Auf dem Plateau waren nur noch die Soldaten, Henkersknechte und einige Frauen mit Maria und dem jungen Mann. Alle versuchten die Mutter Jesu zu trösten.

Dies alles war so eindrucksvoll, dass ich darob meine Schmerzen fast vergessen hätte. Jetzt aber kehrten sie umso heftiger zurück. Meine Hände spürte ich schon lange nicht mehr. Die Stricke hatten sie abgeschnürt. Auch die Füsse litten unter der Blutarmut. Da ich aber einen kräftigen Körper hatte, war ich immer noch bei Bewusstsein. Würde mein Ende wohl auch so grausam aussehen wie das von Jesus?

«Wo ist Longinus?», hörte ich einen herbeigeilten Soldaten fragen.

«Hier bin ich! Was gibt es?»

«Pontius Pilatus hat den Juden zugesichert, dass die Gekreuzigten nicht über ihren Festtag hängen bleiben. Wir sollen ihnen die Knochen brechen, sodass sie verbluten und sterben. Die Pharisäer verlangten es auch bei Jesus, damit sie sicher sind, dass er tot ist!»

Knochenbrechen! So also sollte mein Tod aussehen. Immerhin müsste ich dann nicht ein endlos langes Martyrium erleiden und diese grausamen Schmerzen hätten ein Ende. Ich sah, wie Longinus sich nachdenklich am Kinnbart kratzte. Dann ging er hin zu dem jungen Mann und sagte etwas zu ihm. Dieser nickte und die Frauen bildeten einen Kreis um Maria, sodass sie nicht auf das Kreuz sah. Longinus holte einen langen Speer, trat unter mein Kreuz und stiess den Speer durch die Seite Jesu in sein Herz. Sofort strömte Blut und Wasser heraus.

Longinus bekam einige Spritzer ins Gesicht.

«Du hast Blut auf den Augen und der Nase!», sagte sein Decurio zu ihm.

Longinus wischte es ab.

«Ist alles weg?», wollte er wissen.

«Ja, aber... aber deine Augen!»

«Was ist mit meinen Augen?»

«Du schielst nicht mehr! Sie sehen beide ganz gerade aus!»

«Wirklich?»

«Ja»

«Selbst im Tode heilt sein Blut noch! Er war wirklich Gottes Sohn!»

Ich konnte es kaum fassen. Jetzt, halbtot, wurde ich noch Zeuge eines Wunders Jesu. Wenn selbst Jesu Blut noch diese heilende Wirkung hat, gibt es auch für mich noch Hoffnung. In mir stiegen die Worte Jesu wieder hoch: «Ich sage dir, heute noch wirst du mit mir im Paradiese sein!» Da durchdang mich ein heftiger Schmerz! Die Henkersknechte begannen mit grossen Hämmern, meine Knochen zu zerschlagen. Einige Schläge zertrümmerten meine Knie.

«Jesus hilf mir, Jesus hilf mir armem Sünder!», dachte ich halb besinnungslos und mein Mund flüsterte diese Worte, als mich ein dumpfer Schlag aufs Herz traf.

Himmelslicht

Aber da geschah etwas Eigenartiges. Es schien, als löste ich mich von meinem Körper. Kein Schmerz war mehr zu spüren, aber ich sah und hörte alles. Alles! Gestas fluchte und schrie wie von Sinnen. Jesus hing tot am Kreuz und ich... ich hing auch tot am Kreuz.

Da öffnete sich der Himmel. Von oben kam ein wunderbares helles, strahlendes Licht. Ein Lichtkanal! Ich wurde von ihm magisch angezogen. Als er mich berührte, spürte ich, wie Wärme mich erfüllte und alles Weltliche von mir abfiel. Eine tiefe, selige Ruhe erfasste mich. Langsam wurde ich in diesem Lichtkanal emporgezogen. Der Kreuzigungsberg wurde immer kleiner. Auch Jerusalem war bald nur noch ein kleiner Punkt unter mir. Dann auf einmal, blieb ich in grosser Höhe stehen. Stunden, Tage? Wie lange ich so gestanden war, wusste ich nicht.

Plötzlich schoss ein gewaltiger Lichtblitz an mir vorbei hinunter nach Jerusalem, in die Nähe des Kreuzigungsortes. Als er unten angekommen war, schien er zu explodieren und eine gigantische Lichtwelle verteilte sich in Sekundenbruchteilen über alles, was ich sehen konnte. Schien mir bisher die Gegend wie tot, so war jetzt alles von unbändigem Leben erfüllt.

Plötzlich bemerkte ich neben mir eine lichte Gestalt. Ich sah nur die Umrisse. Meine Augen hatten Mühe, etwas Genaueres zu erkennen. Es war, als sei die Gestalt fliessendes Licht. Ich schloss kurz die Augen. Als ich sie wieder öffnete, war ich an einem anderen Ort. Ich stand auf einer blühenden Wiese. Ein sanfter Wind bewegte die wunderbaren Blumen. Blumen, welche ich noch nie zuvor gesehen hatte, in einer Pracht und Farbenfülle, wie sie kein Garten auf Erden je gesehen hat. Es ging ein wunderbarer Duft von ihnen aus.

Da sah ich diese lichte Gestalt wieder auf mich zukommen. Sie blieb etwa einen Meter vor mir stehen. Ihr Licht war so intensiv, dass ich zu Boden schauen musste.

«Ich sagte dir: Heute noch wirst du mit mir im Paradiese sein!»

Es war seine Stimme! Die Stimme von Jesus!

Ich fiel auf die Knie und hauchte: «Mein Herr und mein Gott! Vergib mir!»

«Ich habe dir schon vergeben. Am Kreuz, du weisst es! Heute noch wirst du mit mir im Paradiese sein, sagte ich dir!»

Ich sah, wie er seine lichte Hand ausstreckte und auf etwas zeigte: «Siehst du das grosse Buch dort?»

«Ja!»

«Das ist das Buch des Lebens! Gehe hin!»

Auf ein Handzeichen von Jesus öffnete sich das grosse Buch.

«Schau hinein! Was steht da?»

Ich schaute hinein und da stand … mein Name.

«Dismas, Sohn des Elius und von Miriam.»

Ich überflog die Zeilen und sah mein ganzes Leben dort verzeichnet: Alles Gute und alles Schlechte. Auch, wie ich Koros Armentzündung nicht behandelte und er daran gestorben war.

«Also bin ich auch ein Mörder, Mörder aus Unterlassung!», durchfuhr es mich.

Doch das Schlechte war alles durchgestrichen.

Etwas verwirrt schaue ich scheu zum lichten Jesus.

«Ja, dir wurde alles vergeben! Du hast meine Mutter gebeten für dich zu bitten. Und sie hat es getan! Dadurch hast du eine besondere Gnade erhalten. Die Gnade, deine Fehler zu erkennen. Du hast am Kreuz deine Fehler bereut. Du hast sie vor mir bekannt und mich um Verzeihung gebeten. Du hast dich am Kreuz zu mir, als Sohn Gottes, bekannt. Du hast mich verteidigt, als die Pharisäer, der Pöbel und dein Räuberkumpan mich verspotteten.»

Jesus machte eine kleine Pause, damit ich das alles fassen konnte.

«Du warst schon fast verloren. Wie so viele Menschen der vergangenen und zukünftigen Zeit. Aber du hast im allerletzten Augenblick deines Lebens bereut, um Vergebung gefleht, meine Mutter bestürmt und dich zu mir als Sohn Gottes bekannt. Darum konnte ich dir eine besondere Gnade zukommen lassen, die ich ALLEN Menschen zukommen lasse, welche im letzten Augenblick ihres Lebens bereuen, bekennen und mich um Vergebung bitten.

Diese GNADE wird einen besonderen Namen tragen und an dich erinnern:

«Die SCHÄCHERSGNADE!»

Noch immer lag ich auf den Knien. Ich weinte, nicht vor Schmerz, sondern vor Freude. Welche Liebe lag in diesen Worten. Unendliche Gnade! Glückseligkeit!

Und wieder richtete er sein Wort an mich.

«Deine Seele liegt offen vor mir und ich sehe deine Fragen, welche du dir immer wieder im Leben gestellt hast «Wieso muss ich so viel Schweres und Ungerechtes ertragen? Was habe ich Gott getan, dass er mich so straft?» Ich will es dir sagen! Ich habe dich für etwas Besonderes ausgewählt! Du bist das Beispiel und die Hoffnung für alle Verzweifelten. Für alle, welche grosse Sünden begangen haben, welche sich nutzlos und ausgestossen fühlen und schon mit einem Bein in der ewigen Verdammnis stehen!

Du wirst der Leuchtturm am Abgrund zur Hölle sein. Der Leuchtturm der warnt «Bis hierher und nicht weiter! Kehret um! Selbst jetzt könnt ihr noch gerettet werden!»

An dir werden sich viele aufrichten, wenn sie sehen, dass selbst einem Räuber und Mörder vergeben worden ist, weil er sich verdemütigte, bereute und um Vergebung gefleht hat.»

Jesus zog mich mit der Hand hoch.

«Schau!»

Ich schaute auf und sah vor mir ein goldenes Tor. Die Flügel des Tores waren weit geöffnet. Blühende Rosen rankten sich darum. Rechts und links standen erhabene Wesen mit Schwertern in der Hand, aus Licht und lodernden Feuerzungen.

«Fürchte dich nicht! Es sind Engel, die Wächter am Himmelstor! Mit meinem Leiden, meinem Tod und meiner Auferstehung habe ich alle Sünden der Menschen gesühnt, welche den Weg zu mir gehen wollen. Aber sie müssen ihn gehen. Jeder Mensch hat den freien Willen und kann sich für oder gegen mich entscheiden!

Nur was rein ist, darf durch dieses Tor treten!»

«Dann wird mein Vater nie durch dieses Tor schreiten können.»

Ich schaute Jesus traurig an.

«Auch wenn er ein schlechter Mensch war, er war mein Vater.»

«Dismas, ich habe dir auf Golgatha vergeben. Und ich habe allen Menschen aller Zeiten vergeben, welche meine Vergebung suchen. Und was sie Gutes getan haben, wird ihnen angerechnet. Ich wäge alles ab: Gutes wie Böses! Die Lebensumstände, den Ort, die Zeit! Alles! Ich bin die Gerechtigkeit! Aber auch die Liebe!»

Ich erhob meinen Blick und erkannte, dass Jesus in die Zeit schaute.

«Damals, als ich als kleines Kind bei euch in der Herberge war, war er barmherzig zu mir und meiner Familie. Dafür habe ich einen winzigen Lichtfunken in seinem Herzen entzündet, welcher sein ganzes Leben nie ausging. In seiner Todesstunde ist daraus eine Flamme geworden. Mehr sage ich dir nicht. Es ist ein Geheimnis zwischen ihm und mir. Er wird noch einen sehr lagen, fast unendlich langen Weg zurückzulegen haben, bis die Flamme zum Feuer wird. Zum reinigenden Gottesfeuer. Dann aber, Dismas, dann wirst du ihn wiedersehen!»

Jesus nahm mich bei der Hand und wir schritten gemeinsam an den flammenden Schwertern der Engel vorbei, durchs Himmelstor.

Sofort erfüllte mich ein unendlicher himmlischer Friede. Das Erdenleben erschien mir schon recht fern. Zurück blieb nur ein Gefühl:

Die Liebe!

Mein ganzes Sein wurde erfüllt von Liebe! Liebe zu Jesus! Liebe zu seiner Mutter! Liebe zu meiner irdischen Mutter! Und… Liebe zu Aurelia!

«Aurelia!»

Jesus lächelte.

Mit einer Handbewegung deutete er auf eine nahe Anhöhe. Da stand meine Mutter. Und da war auch Aurelias Vater, Jakob. Sie kamen auf mich zu. Meine Mutter sah so jung aus, wie ich sie als kleiner Junge in Erinnerung hatte. Und auch Jakob sah so aus, wie wohl in seinen besten Jahren.

Tiefe, innige Liebe durchfloss mich.

Meine Mutter sagte nur zwei Worte: «Mein Sohn!»

«Und Aurelia? Wo ist sie?»

Jesus gab mir die Antwort:

«Was dir auf Erden nicht vergönnt war, wird dir nun im Himmel zu Teil! Eine himmlische Hochzeit! Komm!»

Kaum hatte er es ausgesprochen, standen wir schon in einem prächtig geschmückten Saal. Blumen in allen Farben und Formen, wie ich sie noch nie gesehen hatte, zierten die Wände. Der Boden glänzte und schimmerte wie blauer Saphir. Der Saal war gefüllt mit Gästen. Einige erkannte ich. Es waren Verwandte und Bekannte. Andere kannte ich nicht und doch wusste ich, dass sie irgendwie mit mir verbunden waren.

«Das ist deine himmlische Familie! Du wirst sie noch kennenlernen! Du hast eine Ewigkeit Zeit», erklärte mir Jesus.

Wir gingen bis ganz nach vorne im Saal.

Und da stand sie!

Aurelia!

In einem wunderschönen weissen Brautkleid! Ein Diadem aus Perlen und Edelsteinen in ihrem rotblonden, gewellten Haar.

Jesus nahm meine Hand und legte sie in die Hand von Aurelia!

«Im Himmel wird vollendet, was auf Erden begonnen hat!»

Ein riesiger Jubel erfüllte den Saal. Aurelia blickte mir in die Augen. Mit der Hand auf Jesus deutend sagte sie zu mir: «Er war es, der mich in der Höhle beim Sterben abholte. Und mit ihm durfte ich und mit mir viele Gerechte der Vorzeit, in den Himmel eintreten, als er nach seinem Opfertod für uns auferstanden ist.

Ich habe es dir damals gesagt bei meinem Sterben:

«Dismas, das ist nicht das Ende! Es ist der Anfang von etwas Wunderbarem! Ich weiss es!»

Jesus legte uns die Hand auf die Schultern und sagte:

«Ich habe ihr damals bei ihrem Sterben den Schleier der Ewigkeit einen Hauch geöffnet, sodass sie die Gewissheit empfing, dass der Tod nicht das Ende ist, sondern der Anfang von etwas Wunderbarem, dem Ewigen Leben, der Ewigen Glückseligkeit! Ich bin das Alpha und das Omega, der Anfang und das Ende! Wer an mich glaubt wird in Ewigkeit Leben!»